EL SECRETO DE LA BOTICARIA

SARAH PENNER

Editado por HarperCollins Ibérica, S.A.
Núñez de Balboa, 56
28001 Madrid

El secreto de la boticaria
Título original: The Lost Apothecary
© 2021 by Sarah Penner
© 2021, para esta edición HarperCollins Ibérica, S.A.
Publicada originalmente por Park Row Books
© De la traducción del inglés, Isabel Murillo

Diseño de cubierta: CalderónStudio
Imágenes de cubierta: Shutterstock

ISBN: 978-84-9139-702-1
Depósito legal: M-21876-2021

Para mis padres

LONDRES

Hacia 1791

«JURO Y PROMETO ANTE DIOS,
AUTOR Y CREADOR DE TODAS LAS COSAS [...]

NUNCA ENSEÑAR A DESAGRADECIDOS NI LOCOS
LOS SECRETOS Y MISTERIOS DEL OFICIO [...]

NUNCA DIVULGAR LOS SECRETOS QUE SE ME HAN CONFIADO [...]
NUNCA ADMINISTRAR VENENOS [...]

RENEGAR Y REHUIR COMO DE LA PESTE DE LAS PRÁCTICAS ESCANDALOSAS
Y PERNICIOSAS DE CHARLATANES, EMPÍRICOS Y ALQUIMISTAS [...]

Y NO CONSERVAR FÁRMACO ALGUNO NOCIVO O EN MAL ESTADO
EN MI ESTABLECIMIENTO.

¡QUE LA BENDICIÓN DE DIOS CONTINÚE CONMIGO
MIENTRAS SIGA OBEDECIENDO TODO ESTO!».

ANTIGUO JURAMENTO DEL BOTICARIO

1

NELLA

3 de febrero de 1791

Llegó al amanecer, la mujer cuya carta tenía en aquel momento en mis manos, la mujer cuyo nombre aún desconocía.

No sabía su edad ni dónde vivía. No conocía la clase social a la que pertenecía ni el contenido oscuro de sus sueños al caer la noche. Podía ser tanto una víctima como una criminal. Una recién casada o una viuda vengativa. Una institutriz o una concubina.

Pero a pesar de todo lo que desconocía, comprendí perfectamente lo siguiente: aquella mujer tenía muy claro a quién quería ver muerto.

Acerqué el papel de color rosáceo a la llama mortecina de una vela de sebo con una única mecha. Recorrí con los dedos la tinta de sus palabras y traté de imaginar qué desesperación habría llevado a aquella mujer a recurrir a alguien como yo. Que no era solo una boticaria, sino también una asesina. Una maestra del camuflaje.

Su petición era sencilla y directa. *Para el esposo de mi señora, con su desayuno. Amanecer, 4 de febrero.* Al instante, visualicé una criada de mediana edad, obedeciendo órdenes de su señora. Y con un instinto que he ido perfeccionando a lo largo de las últimas dos décadas, supe de inmediato el remedio más adecuado para satisfacer la petición: un huevo de gallina mezclado con nuez vómica.

La preparación sería cuestión de minutos; el veneno estaba a mi alcance. Pero por una razón que todavía desconozco, algo en aquella carta me provocó cierta inquietud. No era el sutil olor a madera del pergamino ni el modo en que la esquina inferior izquierda aparecía ligeramente enrollada, como si en algún momento las lágrimas la hubieran humedecido. El caso es que dentro de mí empezó a fraguarse un desasosiego. El conocimiento intuitivo de que algo debía evitarse.

¿Pero qué advertencia no escrita podía contener una única hoja de pergamino, camuflada bajo trazos de pluma? Ninguna, me aseguré; la carta no era ningún mal presagio. Mis preocupaciones no eran más que el resultado de la fatiga —era realmente tarde— y del dolor persistente de mis articulaciones.

Volqué la atención en el cuaderno con tapas de cuero de cabritilla que tenía en la mesa, delante de mí. Mi precioso cuaderno era un registro de anotaciones sobre la vida y la muerte, un inventario de las muchas mujeres que acudían a buscar pócimas a este lugar, la botica más tenebrosa de la ciudad.

En las primeras páginas de mi cuaderno, los trazos de tinta eran suaves, escritos con una mano ágil, carente de dolor y de resistencia. Aquellas entradas, descoloridas y gastadas, pertenecían a mi madre. Esta botica, especializada en dolencias de la mujer y situada en el número 3 de Back Alley, fue suya antes de pasar a ser mía.

De vez en cuando leía sus entradas —*23 de marzo de 1767, señora R. Ranford, milenrama, 15 gotas, 3 veces al día*— y las palabras allí escritas me evocaban su recuerdo: el modo en que el cabello le caía sobre la espalda cuando trituraba en el mortero el tallo de la milenrama, o la piel de su mano, tersa y fina como el papel, cuando extraía las semillas de la flor. Pero mi madre no había camuflado la tienda detrás de una pared falsa ni vertido sus remedios en jarras de vino tinto. Nunca había tenido necesidad de esconderse. Los brebajes que despachaba eran solo para buenos fines: para calmar las partes doloridas y en carne viva de una parturienta o para provocar el menstruo de una esposa estéril. Y, en consecuencia, llenaba las páginas de su cuaderno con remedios herbales de carácter benigno que jamás levantarían ninguna sospecha.

En las páginas correspondientes a mis anotaciones, sin embargo, aparecían escritas cosas como ortiga, hisopo y amaranto, sí, pero también remedios más siniestros: belladona, vedegambre y arsénico. Debajo de los trazos de tinta de mis anotaciones se escondían traiciones, angustias… y secretos oscuros.

Secretos relacionados con aquel vigoroso joven que sufrió un ataque al corazón en vísperas de su boda o sobre cómo un adinerado padre reciente cayó víctima de unas fiebres repentinas. Las notas de mi cuaderno ofrecían todas las respuestas: no había habido ni corazones débiles ni fiebres, sino zumos de manzana espinosa y de belladona incorporados a vinos y pasteles por mujeres astutas cuyos nombres llenaban ahora mis páginas.

Oh, pero ojalá mi cuaderno contara mi propio secreto, la verdad sobre cómo empezó todo esto. Porque en sus páginas estaban documentadas todas las víctimas, todas excepto una: Frederick. Las líneas afiladas y negras de su nombre ensuciaban únicamente mi corazón melancólico, mi vientre marcado.

Cerré con cuidado el cuaderno, puesto que no tenía que utilizarlo más por el momento, y presté de nuevo atención a la carta. ¿Qué era lo que tan preocupada me tenía? El borde inferior del pergamino seguía atrayendo mi atención, como si por debajo de él se arrastrara alguna cosa. Y cuánto más seguía sentada a la mesa, más me dolía el estómago y más me temblaban las manos. A lo lejos, más allá de las paredes de la tienda, las campanillas de un carruaje sonaron de forma aterradora, emulando las cadenas del cinturón de un policía. Pero me dije a mí misma que el alguacil no se presentaría esta noche, igual que jamás se había presentado en las últimas dos décadas. Mi botica, y también mis venenos, estaban camuflados con inteligencia. Nadie conseguiría encontrar este lugar; estaba escondido detrás de la pared de un armario, en los bajos de un callejón tortuoso de uno de los rincones más oscuros de Londres.

Dirigí la mirada hacia la pared manchada de hollín que nunca había tenido el valor, ni las fuerzas, de limpiar. Una botella vacía reflejó mi imagen desde una de las estanterías. Los ojos, en su día verdes y brillantes como los de mi madre, contenían poca vida. Igual que las mejillas, en otros tiempos sonrosadas por la energía, ahora se veían cetrinas y hundidas. Parecía un fantasma, mucho más vieja que los cuarenta y un años de edad que tenía.

Empecé a frotar con suavidad el hueso redondeado de mi muñeca izquierda, inflamado y caliente como una piedra que se ha puesto al fuego y ha quedado olvidada allí. El malestar de las articulaciones llevaba años invadiéndome el cuerpo; se había vuelto tan severo, que ya no conocía una hora sin dolor. Cada veneno que dispensaba acarreaba una nueva oleada de congoja; había noches en las que tenía los dedos tan hinchados y rígidos, que estaba segura de que mi piel se acabaría abriendo y dejando al descubierto lo que había debajo.

Era la consecuencia de matar y guardar secretos. Había empezado a pudrirme de dentro hacia fuera, y algo en mi interior pretendía rajarme entera.

De pronto, el aire se volvió viciado y el humo empezó a arremolinarse junto al techo bajo de piedra de mi escondite. La vela estaba casi agotada y las gotas de láudano no tardarían mucho en envolverme en su pesado calor. La noche había caído hacía un buen rato y ella llegaría en cuestión de horas, la mujer cuyo nombre incorporaría a mi registro y cuyo misterio empezaría a desvelar, por mucho que el malestar se gestara en mi interior.

2

CAROLINE

Presente, lunes

En teoría, no tendría que estar sola en Londres.

Los viajes para celebrar un aniversario están pensados para dos, no para uno, pero cuando salí del hotel y me recibió el resplandor de una tarde de verano en Londres, el espacio vacío que tenía a mi lado me llevó la contraria. Hoy —la fecha de nuestro décimo aniversario de boda—, James y yo deberíamos haber estado juntos, de camino hacia el London Eye, la gigantesca noria que ofrece vistas panorámicas sobre la ciudad y se alza a orillas del Támesis. Habíamos reservado un paseo nocturno en una cápsula vip, ocupada solo por nosotros dos y con botella de champán incluida. Llevaba semanas imaginándome la cápsula, tenuemente iluminada y balanceándose bajo el cielo estrellado, nuestras risas interrumpidas tan solo por el tintineo de las copas y la caricia de nuestros labios.

Pero James estaba a un océano de distancia. Y yo estaba en Londres sola, triste, furiosa, con *jet lag* y con una decisión trascendental que tomar.

En vez de echar a andar hacia el sur, hacia el London Eye y el río, puse rumbo en dirección contraria, hacia la catedral de San Pablo y Ludgate Hill. Concentré mis esfuerzos en encontrar un *pub*. Me sentía como una turista, con mis zapatillas deportivas grises y mi bandolera cruzada sobre el pecho. Llevaba dentro mi libreta, con

17

páginas repletas de tinta azul y corazoncitos y un resumen detallado de nuestro itinerario de diez días. Acababa de llegar y no soportaba la idea de leer nuestra agenda para dos y las notas graciosas que nos habíamos escrito mutuamente. *Southwark, paseo por el jardín de las parejas*, había escrito yo en una de las hojas.

Practicar hacer niños detrás de un árbol, había escrito James, justo al lado. Y yo había pensado en ponerme un vestido, por si acaso.

Pero ya no necesitaba la libreta, y había descartado todos los planes anotados allí. Empecé a percibir una quemazón en la garganta, la llegada de las lágrimas, y me pregunté qué más acabaría descartando. ¿Nuestro matrimonio? James era mi pareja desde la universidad; no conocía la vida sin él. No me conocía a mí misma sin él. ¿Perdería también las esperanzas de tener un bebé? Me dolía el estómago, y no solo por la necesidad de comer algo decente, sino también por aquella posibilidad. Deseaba ser madre, besar unos piececillos perfectos y hacer pedorretas en la barriguita de mi bebé.

Llevaba recorrida solo una manzana cuando localicé un *pub*, The Old Fleet Tavern. Pero justo antes de entrar, un tipo de aspecto robusto, armado con un portapapeles y vestido con un pantalón de algodón de color claro lleno de manchas, me hizo señas al pasar por su lado. Con una sonrisa de oreja a oreja, el hombre, que había superado con creces los cincuenta, me dijo:

—¿Te apetece venir con nosotros a remover fango, a practicar un poco el *mudlarking*?

«¿*Mudlarking*? —pensé—. ¿Pero qué me está diciendo este hombre?». Forcé una sonrisa y moví la cabeza en un gesto de negación.

—No, gracias.

Pero no se dio fácilmente por vencido.

—¿Has leído a algún autor de la época victoriana? —dijo, aunque el sonido de un autobús turístico de color rojo apenas me dejó oír su voz.

Y entonces, me paré en seco. Diez años atrás, en la universidad, me había graduado en Historia Británica. Había superado mis cursos con notas más que decentes, aunque lo que más me había interesado siempre era todo lo que había fuera de los libros de texto. Los capítulos austeros y predecibles no me llamaban tanto la atención como los álbumes mohosos y anticuados almacenados en los archivos de viejos edificios o las imágenes digitalizadas de recuerdos —carteles de espectáculos, registros censales, listas de pasajeros— que pudiera encontrar *online*. Podía perderme durante horas en aquellos documentos aparentemente carentes de significado mientras mis compañeros de clase se reunían en los bares para estudiar. No podía atribuir a nada específico mis intereses tan poco convencionales; lo único que sabía era que los debates que se desarrollaban en clase sobre las revoluciones civiles y los líderes mundiales sedientos de poder me hacían bostezar. Para mí, el atractivo de la historia estaba en las minucias de la vida de otros tiempos, en los secretos no contados de la gente normal.

—Alguno he leído, sí —respondí.

Amaba las novelas clásicas británicas, naturalmente, y en mi época de estudiante era una lectora voraz. A veces pensaba que habría hecho mejor decantándome por un grado en Literatura, pues parecía más acorde a mis intereses. Lo que no le dije a aquel hombre fue que llevaba un montón de años sin leer literatura victoriana, ni, de hecho, ninguno de mis títulos antiguos favoritos. Si aquella conversación acababa en un examen sorpresa, fracasaría estrepitosamente.

—Pues todos escribieron sobre los *mudlarkers*, esa cantidad infinita de almas que se pasaba el día removiendo el fango del río en busca de objetos antiguos, de objetos con algún valor. Tal vez te mojes un poco los zapatos, pero no hay mejor manera de sumergirse en el pasado. La marea sube, la marea baja, y siempre trae consigo alguna novedad. Si te va la aventura, te invito a sumarte a nuestro *tour* turístico. La primera vez siempre es gratis. Estaremos justo al otro lado de esos edificios de ladrillo que ves ahí... —Señaló hacia el lugar en cuestión—. Busca las escaleras que bajan hasta el río. El grupo se reúne a las dos y media, cuando baja la marea.

Le sonreí. A pesar de su aspecto desaseado, sus ojos de color avellana irradiaban calidez. Detrás de él, el cartel de madera que anunciaba The Old Fleet Tavern se columpiaba en una bisagra chirriante, tentándome para entrar.

—Gracias —dije—, pero tengo otra… otra cita.

La verdad era que necesitaba una copa.

El hombre asintió, lentamente.

—No pasa nada, pero si cambias de idea, estaremos explorando hasta las cinco y media, más o menos.

—Pasadlo bien —murmuré pasándome la bandolera al otro hombro e imaginando que nunca más volvería a cruzarme con aquel tipo.

Entré en el bar, un local oscuro y húmedo, y me instalé en un taburete con asiento de cuero junto a la barra. Cuando me incliné hacia delante para ver qué cervezas de barril tenían, me encogí de asco al notar que mis brazos acababan de posarse sobre una superficie mojada: el sudor y la cerveza derramada de quien hubiera estado allí sentado antes que yo. Pedí una Boddingtons y esperé con impaciencia a que la espuma de color crema subiera a la superficie y se asentara. Le di por fin un buen trago, demasiado agotada para prestar atención a mi incipiente dolor de cabeza, a que la cerveza estaba tibia y a que en el lado izquierdo del abdomen había empezado a sentir un retortijón.

«Los victorianos». Pensé en Charles Dickens y el nombre del autor resonó en mis oídos como el de un antiguo novio cariñosamente olvidado; un chico interesante, pero no lo bastante prometedor como para hacer planes a largo plazo. Había leído muchas de sus obras —*Oliver Twist* era mi favorita, seguida de cerca por *Grandes esperanzas*—, pero de pronto sentí un destello de turbación.

Según el hombre que me había abordado fuera, todos los victorianos habían escrito sobre eso del «*mudlarking*», pero yo ni siquiera conocía el significado de la palabra. Si James hubiera estado a mi lado, a buen seguro se habría reído de mí por aquella metedura de pata. Siempre bromeaba diciendo que mi paso por la universidad había sido como participar en un club de lectura, leyendo cuentos de hadas góticos hasta las tantas cuando, según él, tendría que haber dedicado más esfuerzos a analizar revistas académicas y desarrollar mis propias tesis sobre los disturbios históricos y políticos. Ese tipo de investigación, decía, era la única forma con la que un título en Historia podía beneficiar a quien lo poseyera, pues era lo que permitía el acceso al mundo académico, a un doctorado, a una cátedra.

Y en cierto sentido, James tenía razón. Diez años atrás, después de graduarme, no tardé mucho en darme cuenta de que mi titulación en Historia no ofrecía las mismas perspectivas profesionales que el grado en Economía de James. Mientras mi infructuosa búsqueda de trabajo se prolongaba, él consiguió fácilmente un puesto bien pagado en Cincinnati en una de las cuatro grandes firmas del sector de la consultoría y auditoría financieras. Yo me presenté a varios puestos de profesora en institutos y universidades de la zona, pero, tal y como James había vaticinado, todo el mundo prefería a alguien con más experiencia.

Pero yo, impasible, lo consideré como una oportunidad para profundizar más en mis estudios. Con excitación y nerviosismo, puse en marcha la solicitud para llevar a cabo un posgrado en la Universidad de Cambridge, a tan solo una hora en coche de Londres. James se mostró tercamente contrario a la idea, y pronto supe por qué: unos meses después de la graduación, me llevó un día hasta el borde de un muelle sobre el río Ohio, se arrodilló y, entre lágrimas, me pidió que me convirtiera en su esposa.

Cambridge podía desaparecer del mapa, por lo que a mí se refería... Cambridge, los posgrados y todas las novelas escritas por Charles Dickens. Porque desde el instante en que abracé a James por la nuca aquel día en el muelle y le dije en un susurro que sí, mi identidad de aspirante a historiadora se esfumó y quedó reemplazada por mi identidad de futura esposa. Tiré a la basura la solicitud del posgrado y me zambullí con ilusión en el torbellino de la planificación de la boda. Mi preocupación pasó a ser la fuente tipográfica de las invitaciones y el tono de rosa de las peonías de los centros florales. Y cuando la boda quedó reducida a un chispeante recuerdo a orillas del río, consagré mi energía a la adquisición de nuestra primera casa. Acabamos instalándonos en el «Lugar Perfecto»: una vivienda de tres dormitorios y dos cuartos de baño situada en la rotonda final de una calle sin salida en un barrio de familias jóvenes.

La rutina de la vida de casada se instauró sin mayor problema, una vida tan recta y predecible como las hileras de cornejos que flanqueaban las calles de nuestro nuevo barrio. Y mientras James empezaba a asentarse en el primer peldaño de la escalera corporativa, mis padres —que poseían tierras de cultivo al este de Cincinnati— me obsequiaron con una oferta tentadora: un puesto remunerado en la granja familiar que consistía en llevar la contabilidad básica y realizar tareas administrativas. Sería un trabajo estable, seguro. Sin interrogantes.

Reflexioné sobre mi decisión durante unos días, y recordé solo brevemente las cajas que seguían aún en el sótano y que guardaban las muchas docenas de libros que adoraba cuando era estudiante. *La abadía de Northanger. Rebeca. La señora Dalloway.* ¿Para qué me habían servido? James tenía razón: enterrarme en documentos antiguos e historias sobre mansiones encantadas no había dado como resultado ni una sola oferta de trabajo. Más bien al contrario, me había costado decenas de miles de dólares en préstamos estudiantiles. Empecé a albergar resentimiento hacia los libros encerrados en aquellas cajas y llegué a la conclusión de que lo de ir a estudiar a Cambridge había sido la idea descabellada de una recién licenciada impaciente y desempleada.

Además, con el puesto de trabajo seguro de James, lo más correcto —lo más maduro— era quedarme en Cincinnati con mi flamante esposo y nuestro nuevo hogar.

Para gran satisfacción de James, acepté el puesto en la granja familiar. Y Brontë, Dickens y todo lo demás que había adorado durante tantísimos años, se quedó en las cajas, escondido en un rincón del sótano, sin abrir, hasta acabar cayendo finalmente en el olvido.

En el *pub* oscuro, di otro buen trago a la cerveza. Era una sorpresa que James hubiera accedido a viajar a Londres. Cuando estuvimos hablando sobre destinos donde celebrar nuestro aniversario, dejó clara su preferencia: un complejo turístico a orillas del mar en las Islas Vírgenes, donde pudiera desperdiciar los días dormitando al lado de una copa de cóctel vacía. Pero en Navidad ya habíamos disfrutado de una versión de aquellas vacaciones empapadas en daiquiri, de modo que le supliqué a James que nos planteáramos algo un poco distinto, como Inglaterra o Irlanda. Con la condición de que no perdiéramos el tiempo en cosas excesivamente académicas, como aquel taller de restauración de libros que le había mencionado en una ocasión, accedió por fin a viajar a Londres. Claudicó, dijo, porque sabía que visitar Inglaterra siempre había sido uno de mis sueños.

Un sueño que, solo unos días atrás, James había destrozado, como aquel que brinda con champán y la copa de cristal acaba haciéndose mil pedazos entre sus dedos.

El camarero señaló mi jarra de cerveza medio vacía, pero le respondí negando con la cabeza; con una bastaba. Inquieta, saqué el teléfono y abrí Facebook Messenger. Rose, mi mejor amiga de siempre, me había enviado un mensaje.

¿Va todo bien? Te quiero.

Y luego:

Te mando una foto de la pequeña Ainsley. Ella también te quiero. ♥

Y allí estaba Ainsley, la recién nacida, envuelta en un arrullo de color gris. Una recién nacida perfecta, de tres kilos doscientos gramos de peso, mi ahijada, durmiendo plácidamente en brazos de mi querida amiga. Agradecía que hubiese nacido antes de enterarme del secreto de James porque, de este modo, ya había podido disfrutar de muchos momentos dulces y agradables con la pequeña. A pesar de la tristeza que me embargaba, sonreí. Porque aunque lo hubiese perdido todo, seguía teniéndolas a ellas dos.

Si las redes sociales servían como muestra de algo, James y yo éramos los únicos de nuestro círculo de amistades que todavía no empujábamos cochecitos ni dábamos besos a mejillas embadurnadas de macarrones con queso. Y a pesar de que la espera había sido dura, nos había ido bien: la financiera donde trabajaba James esperaba que los empleados de su nivel salieran a tomar copas y a cenar con los clientes, y que trabajaran ochenta y pico horas a la semana. Y aunque yo deseaba un matrimonio con hijos, James no quería enfrentarse al estrés que suponía tener que lidiar con tantas horas de trabajo y una familia joven. Y así había sido como él había ido ascendiendo día a día por la escalera corporativa desde hacía prácticamente una década y como yo, también a diario, me había llevado a la boca una píldora rosa mientras decía para mis adentros: «Algún día».

Miré la fecha que indicaba el teléfono: 2 de junio. Habían pasado casi cuatro meses desde que James se había colocado en el carril adecuado para llegar a ser socio de la compañía, lo que significaba dejar atrás las largas jornadas en la oficina con los clientes.

Cuatro meses desde que decidimos intentar ir a por un bebé.

Cuatro meses desde que llegó mi «algún día».

Pero aún no había bebé.

Me mordisqueé el pulgar y cerré los ojos. Por primera vez en cuatro meses, me alegraba de no haberme quedado embarazada. Hacía apenas unos días, nuestro matrimonio había empezado a desintegrarse bajo el peso aplastante de mi descubrimiento: nuestra relación ya no constaba solo de dos personas. Otra mujer se había metido entre nosotros. ¿Qué bebé se merecía un panorama como aquel? Ninguno, ni mi bebé ni el de nadie.

Pero había un problema: ayer me tendría que haber bajado la regla y, de momento, nada de nada. Esperaba con todas mis fuerzas que todo fuera culpa del *jet lag* y el estrés.

Eché un último vistazo a la hija de mi mejor amiga y no sentí envidia, sino malestar respecto al futuro. Me habría encantado que mi bebé hubiese sido el mejor amigo o amiga de Ainsley, que tuviesen una conexión tan especial como la que yo tenía con Rose. Pero después de enterarme del secreto de James, no estaba segura de que seguir casados continuara siendo una opción, y mucho menos ser madre.

Por primera vez en diez años, me estaba planteando que tal vez hubiera cometido un error en aquel muelle, cuando le dije a James que sí. ¿Y si le hubiera dicho que no, o que todavía no? Dudaba mucho que siguiera viviendo en Ohio, dilapidando mis días en un trabajo que no me gustaba mientras mi matrimonio se tambaleaba peligrosamente al borde de un acantilado. ¿Estaría viviendo en Londres, dando clases o dedicándome a la investigación? A lo mejor tendría la cabeza llena de cuentos de hadas, como solía decir en broma James, ¿pero no sería eso mejor que la pesadilla en la que estaba inmersa ahora?

Siempre había valorado mucho el pragmatismo y el carácter calculador de mi marido. A lo largo de nuestro matrimonio, lo había considerado como el método que utilizaba James para mantenerme con los pies en el suelo, a salvo. Siempre que me aventuraba a exponer alguna idea espontánea —cualquier cosa que se saliera de los límites de los objetivos y deseos que él tenía predeterminados—, me devolvía rápidamente a la tierra con su detallada descripción de los riesgos, del lado negativo. Aquella racionalidad era, al fin y al cabo, lo que lo había impulsado en su trabajo. Pero ahora, a un mundo de distancia de James, me pregunté por primera vez si los sueños que había perseguido en el pasado no habrían sido para él poco más que un problema contable. Si le preocupaba más el retorno de la inversión y la gestión de riesgos que mi felicidad. Y lo que siempre había considerado sensatez en James me parecía, por vez primera, otra cosa: algo asfixiante y sutilmente manipulador.

Me removí en el taburete, despegué mis muslos pegajosos del cuero y apagué el teléfono. Pensar en casa y en lo que podría haber sido no me haría ningún bien en Londres.

Por suerte, a los pocos clientes que había en aquel momento en The Old Fleet Tavern no les parecía raro que una mujer de treinta y cuatro años estuviera sola en el bar. Agradecí aquella falta de atención y noté que la Boddingtons había empezado a abrirse camino a través de mi dolorido y agotado cuerpo. Abracé con ambas manos la jarra de cerveza y el anillo que llevaba en la mano izquierda presionó con incomodidad el cristal. Apuré la copa.

Salí del local, y mientras pensaba a dónde ir —una siesta en el hotel me parecía más que merecida—, me acerqué al lugar donde el hombre con el pantalón manchado me había parado antes para invitarme a ir a…, ¿cómo había dicho que se llamaba aquello? ¿*Mudlurking*? No, *mudlarking*. Había mencionado que el grupo se reunía justo allí enfrente, a los pies de la escalera que bajaba hasta el río, a las dos y media. Saqué el teléfono y miré la hora; eran las 14:35. Sintiéndome rejuvenecida de repente, aceleré el paso. Era el tipo de aventura que habría adorado diez años atrás, seguir las indicaciones de un británico amable y maduro dispuesto a enseñarme secretos sobre los victorianos y los *mudlarkers* del Támesis. No me cabía la menor duda de que James se habría opuesto a aquella aventura espontánea, pero ahora no estaba a mi lado para impedírmelo.

Sola, podía hacer lo que me viniera realmente en gana.

De camino, pasé por delante del La Grande —nuestra estancia en aquel estiloso hotel había sido un regalo de aniversario de mis padres—, pero ni siquiera lo miré dos veces. Me dirigí al río y encontré con facilidad los peldaños de hormigón que bajaban hasta el agua. La corriente fangosa y opaca de la parte más profunda del canal se revolvía como si alguna cosa se agitase bajo la superficie.

Seguí adelante, rodeada por transeúntes que a buen seguro se dirigían hacia empresas más predecibles.

La escalera era más empinada y estaba en peores condiciones de lo que cabría esperar en el centro de una ciudad tan modernizada. Los peldaños tenían prácticamente medio metro de altura y estaban hechos de piedra triturada, una especie de hormigón antiguo. Bajé despacio y agradecí ir calzada con zapatillas deportivas y llevar la bandolera, que no me coartaba los movimientos. Al llegar al pie de la escalera, me detuve y me percaté del silencio que me envolvía. Al otro lado del río, en la orilla sur, los coches y los peatones iban de un lado a otro, pero desde aquella distancia no se captaba nada. Lo único que se oía era el suave chapoteo de las olas contra la orilla, el sonido, similar al de un carrillón, de los guijarros arremolinándose en el agua, el graznido solitario de una gaviota.

El grupo de turistas exploradores del fango estaba a escasa distancia, escuchando con atención al guía, el hombre que me había cruzado antes en la calle. Me armé de valor y me encaminé hacia allí, sorteando con cuidado adoquines sueltos y charcos embarrados. Y mientras me aproximaba al grupo, me obligué a dejar atrás cualquier pensamiento relacionado con mi casa: James, el secreto que había descubierto, nuestro deseo no cumplido de tener un hijo. Necesitaba hacer una pausa y olvidarme del dolor que me asfixiaba, de aquellas puñaladas de ira tan penetrantes e inesperadas que me cortaban la respiración. Independientemente de cómo decidiera pasar los diez días siguientes, recordar y revivir lo que había descubierto sobre James hacía tan solo cuarenta y ocho horas no serviría de nada.

En Londres, en el viaje de «celebración» de mi aniversario de boda, necesitaba averiguar qué quería realmente y si la vida que deseaba vivir seguía incluyendo a James y los hijos que habíamos pensado criar juntos.

Y para conseguir ese objetivo, necesitaba desenterrar unas cuantas verdades sobre mi propia persona.

3

NELLA

4 de febrero de 1791

Cuando el número 3 de Back Alley era una botica respetable para mujeres propiedad de mi madre, ocupaba una única estancia. Iluminada con la llama de innumerables velas y a menudo abarrotada de clientas y sus bebés, el pequeño establecimiento transmitía sensación de calidez y seguridad. En aquella época, era como si todo Londres conociera la tienda especializada en enfermedades de la mujer, y la pesada puerta de roble que daba acceso al local rara vez permanecía cerrada por mucho tiempo.

Pero hace ya muchos años —después del fallecimiento de mi madre, después de la traición de Frederick y después de que yo empezara a dispensar venenos a mujeres de todo Londres—, se hizo necesario dividir el espacio en dos secciones distintas y separadas. Lo cual se consiguió fácilmente gracias a la instalación de una pared de estanterías que partía el local en dos.

La primera habitación, situada en la parte delantera, era accesible directamente desde Back Alley. Cualquiera podía abrir la puerta, que casi nunca estaba cerrada con llave, aunque la mayoría imaginaría de entrada que había llegado al lugar equivocado. En aquella habitación no había nada más que un viejo barril para conservar cereales, ¿y a quién podía interesarle un contenedor de cebada perlada medio podrida? A veces, con un poco de suerte, se formaba un nido de ratas en una esquina del cuarto, lo cual contribuía a otorgar al lugar la impresión de falta de uso y abandono. Aquella estancia era mi primer camuflaje.

De hecho, muchas antiguas clientas habían dejado de venir. Se habían enterado del fallecimiento de mi madre y, al ver el espacio de la entrada desierto, habían asumido que la tienda había cerrado.

Pero el local vacío no disuadía a los más curiosos ni a la gente de mala calaña, como muchachos con la mano muy larga. Con la intención de llenarse los bolsillos, se adentraban en el local e inspeccionaban las estanterías en busca de utensilios o libros. Pero no encontraban nada, porque yo no había dejado allí nada que robar, nada de interés. Y por eso pasaban de largo. Siempre pasaban de largo.

Qué tontos eran... todos, excepto las mujeres a quienes sus amigas, sus hermanas y sus madres les habían contado dónde tenían que dirigirse. Solo ellas sabían que el barril de cebada perlada desempeñaba una función muy importante: era un medio de comunicación, un escondite para cartas cuyo contenido nadie se atrevía a leer en voz alta. Solo ellas sabían que escondida entre la pared de estanterías, invisible, había una puerta que daba acceso a mi botica para enfermedades de la mujer. Solo ellas sabían que yo esperaba en silencio detrás de aquella pared, con los dedos manchados con los residuos de mis venenos.

Y allí, al amanecer, estaba esperando en aquellos momentos a la mujer, a mi nueva clienta.

Cuando escuché el leve crujido de la puerta del almacén, supe que había llegado. Observé a través de la rendija casi imperceptible que se abría entre la columna de estanterías, ansiosa por obtener mi primera y tenue visión de ella.

Sorprendida, me tapé la boca con mano temblorosa. ¿Habría habido algún error? No era una mujer, era simplemente una niña que no tendría más de doce o trece años. Llevaba un vestido de lana gris y un raído abrigo de color azul marino sobre los hombros. ¿Se habría equivocado de lugar? Tal vez fuera una de esas ladronzuelas que no se dejaba engañar por mi almacén y andaba buscando algo que robar. De ser ese el caso, haría mejor mirando en la panadería e intentando afanar algún que otro bollo de cerezas para engordar un poco.

Pero la niña, a pesar de su juventud, había llegado justo al amanecer. Se había quedado quieta en el almacén, segura de sí misma y con la mirada puesta en la falsa pared de estanterías detrás de la cual me encontraba.

No, no era una visitante accidental.

Me dispuse de inmediato a despacharla con la excusa de su edad, pero me contuve. En la nota decía que necesitaba algo para el esposo de su ama. ¿Qué sería de mi legado si la señora en cuestión era conocida en la ciudad y empezaba a correr la voz de que había despedido a una niña? Además me fijé, mientras seguía observándola a través de la rendija, en que la niña mantenía la cabeza muy alta. Tenía una melena negra y abundante y los ojos redondos y brillantes, pero no se miraba los pies ni echaba la mirada hacia atrás, hacia la puerta que daba al callejón. Temblaba ligeramente, pero diría que era más por el frío del ambiente que por nerviosismo. La niña estaba demasiado erguida, con un semblante demasiado orgulloso, como para llegar a la conclusión de que tenía miedo.

¿De dónde sacaría aquel coraje? ¿De las órdenes estrictas de su señora o tendría un origen más siniestro?

Retiré el pestillo de seguridad, moví hacia dentro la columna de estanterías y le indiqué con un gesto a la niña que se acercara. Sus ojos asimilaron el minúsculo espacio en un instante, sin necesidad ni siquiera de pestañear; el cuarto era tan pequeño que si la niña y yo extendiéramos los brazos, casi podríamos tocar las paredes opuestas.

Seguí su mirada, que recorrió las estanterías de la pared de atrás, abarrotadas de viales de cristal, pequeños embudos, albarelos y piedras de amolar. En una segunda pared, lo más alejada posible del fuego, el armario de madera de roble de mi madre contenía un amplio surtido de recipientes de barro cocido y porcelana destinados a los brebajes y las hierbas que se deterioraban y se descomponían con la luz, por mínima que fuera. En la pared más cercana a la puerta tenía instalado un mostrador largo y estrecho, que le llegaría a la niña a la altura de los hombros, donde descansaba una colección de balanzas de metal, pesos de cristal y de piedra, y algunos manuales sobre enfermedades de la mujer. Y si la niña quisiera husmear en los cajones de debajo del mostrador, encontraría cucharas, tapones de corcho, velas, bandejas de peltre y docenas de hojas de pergamino, muchas de ellas echadas a perder con notas y cálculos apresurados.

Mientras pasaba con cautela por su lado para ir a cerrar de nuevo la puerta, mi preocupación más inmediata se centró en proporcionarle a mi nueva clienta cierta sensación de seguridad y discreción. Pero mis miedos estaban injustificados, puesto que la niña se dejó caer en una de las dos sillas, como si hubiera estado en la tienda un centenar de veces. A la luz de la vela pude observarla mejor. Era delgada y tenía los ojos claros, de color avellana, casi demasiado grandes para su rostro ovalado. Entrelazó entonces los dedos, colocó las manos sobre la mesa, me miró y sonrió.

—Hola.

—Hola —repliqué, sorprendida por sus modales.

Al instante, me sentí como una tonta por haber intuido algún tipo de fatalidad en la carta de color rosáceo escrita por aquella niña. Me pregunté por su bella caligrafía a tan tierna edad. Y a medida que mi preocupación disminuía, fue aumentando un sentimiento relajado de curiosidad; deseaba conocer más cosas sobre la niña.

Me volví hacia el hogar, que ocupaba una esquina del cuarto. La olla de agua que había puesto al fuego hacía poco rato escupía entrañas de vapor.

—He preparado unas hierbas —le dije a la niña.

Llené dos tazas con la infusión y deposité una delante de ella.

Me dio las gracias y se acercó la taza. Su mirada se posó sobre la mesa, donde descansaban las tazas, una vela encendida, mi cuaderno con el registro de encargos y la carta que mi clienta había dejado en el barril de cebada perlada: *Para el esposo de mi señora, con su desayuno. Amanecer, 4 de febrero.* Las mejillas de la niña, sonrosadas desde que había llegado, seguían ruborizadas por la juventud, por la vida.

—¿Qué tipo de hierbas?

—Valeriana —respondí—, sazonada con corteza de canela. Unos sorbitos para calentar el cuerpo, y unos pocos más para aclarar y relajar la mente.

Nos quedamos sin decir nada alrededor de un minuto, pero no fue un silencio incómodo, como puede suceder entre adultos. Imaginé que la niña se sentía agradecida, más que nada, por poder alejarse por un rato del frío. Le concedí unos momentos para entrar en calor, me acerqué al mostrador y decidí ocuparme con un puñado de piedras negras de pequeño tamaño. Tenía que ir dándoles forma con la piedra de amolar, después de lo cual se convertirían en tapones perfectos para mis viales. Cogí la primera piedra y, presionándola con la palma de la mano, la hice rodar, le di la vuelta, y la hice rodar de nuevo. No aguanté más de diez o quince segundos antes de verme obligada a parar para tomar aire.

Hacía tan solo un año estaba mucho más fuerte, y mi vigor era tal que podía hacer rodar y pulir aquellas piedras en cuestión de minutos y sin apenas despeinarme. Pero ahora, con la niña mirándome, fui incapaz de continuar; el hombro me dolía de mala manera. Cómo era posible que ni yo comprendiera este mal que me afligía. Se había iniciado meses atrás en el codo, luego había pasado a la muñeca del lado contrario y, muy recientemente, el calor había empezado a desplazarse hacia las articulaciones de los dedos de las manos.

La niña seguía sin moverse, enlazando la taza entre sus manos.

—¿Qué es esa cosa como de color crema de aquel recipiente de ahí, el que está junto al fuego?

Dejé de mirar las piedras para observar el fuego.

—Un ungüento —respondí—, hecho con manteca de cerdo y dedalera purpúrea.

—¿Y la calienta porque, si no, estaría demasiado duro?

Tardé unos instantes en responder al ver la velocidad con la que lo había captado.

—Sí, así es.

—¿Para qué es el ungüento?

Me subió el calor a la cara. No podía decirle que las hojas de la dedalera purpúrea, una vez secas y aplastadas, absorbían el calor y la sangre de la piel y, en consecuencia, resultaban muy útiles para la mujer que acababa de dar a luz, una experiencia desconocida para las niñas de la edad de la que tenía delante.

—Sirve para curar los cortes —dije, y tomé asiento.

—¿Un ungüento venenoso para los cortes?

Negué con la cabeza y dije:

—Esto no contiene ningún veneno, niña.

Su menuda espalda se tensó.

—Pero la señora Amwell, mi ama, me ha dicho que usted vendía venenos.

—Efectivamente, pero no solo vendo venenos. Las mujeres que vienen aquí para adquirir remedios mortales ven también el surtido de mis estanterías y se lo comentan a sus amigas de más confianza. Dispenso todo tipo de aceites, brebajes y fármacos, cualquier cosa que una boticaria honorable pueda tener en su tienda.

Y, de hecho, cuando muchos años atrás empecé a despachar venenos, no dejé mis estanterías vacías de todo lo que no fuera arsénico y opio. Sino que conservé los ingredientes necesarios para remediar muchos males, ingredientes tan benignos como la salvia y el tamarisco. Que una mujer se haya librado de un mal —de un esposo malvado, por ejemplo— no significa que sea inmune a otras enfermedades. Mi registro era la clara prueba de ello; intercalados entre los tónicos mortales había también muchos remedios sanadores.

—Y que aquí solo vienen chicas —dijo la niña.

—¿Eso te ha dicho también tu señora?

—Sí.

—Pues no anda equivocada. Aquí solo vienen chicas.

Con la excepción de uno, hace ya mucho tiempo, ningún hombre ha puesto jamás el pie en mi tienda de venenos. Yo solo ayudaba a mujeres.

Mi madre se había aferrado a este principio, y desde muy temprana edad me había dado a entender la importancia de poder proporcionar un refugio seguro —un lugar de curación— a las mujeres. Londres ofrece muy poco a las mujeres necesitadas de cuidados y, en cambio, está lleno a rebosar de médicos para caballeros, cada uno más carente de principios y más corrupto que el anterior. Mi madre adquirió el compromiso de ofrecer un lugar de refugio a las mujeres, un lugar donde poder mostrarse vulnerables y comunicar sus males sin tener que someterse a la evaluación lasciva de un hombre.

Los ideales de la medicina de los caballeros tampoco coincidían con los de mi madre. Ella creía en los remedios demostrados de la tierra, dulce y fértil, no en los esquemas plasmados en libros y estudiados por hombres con gafas y la lengua impregnada de *brandy*.

La niña miró a su alrededor y la luz del fuego se reflejó en sus ojos.

—Muy inteligente. Me gusta este lugar, aunque lo encuentro un poco oscuro. ¿Cómo sabe cuándo es de día? No hay ventanas.

Señalé el reloj de la pared.

—Existe más de una manera de adivinar la hora —dije—, y una ventana no me haría ningún servicio.

—Pues entonces, debe de cansarse de estar a oscuras.

Había veces en que no distinguía el día de la noche, puesto que hacía ya tiempo que había perdido el sentido intuitivo del desvelo. Mi cuerpo estaba siempre sumido en un estado de fatiga.

—Estoy acostumbrada —repliqué.

Resultaba extraño estar allí en compañía de aquella chiquilla. La última niña que se había sentado allí había sido yo, hace décadas, cuando miraba cómo trabajaba mi madre. Pero yo no era la madre de aquella niña y su presencia empezó a ponerme incómodamente tensa. A pesar de que su ingenuidad resultaba adorable, era muy joven. Y por mucho que le gustara mi tienda, no podía necesitar nada de lo que yo dispensaba, ni ayudas para la fertilidad, ni cataplasmas para los calambres menstruales. Estaba aquí solo por el veneno, razón por la cual decidí volver al tema que nos ocupaba.

—No has tocado la infusión.

Miró la taza con escepticismo.

—No es mi intención ser descortés, pero la señora Amwell me ha dicho que vaya con mucho cuidado…

Levanté la mano para interrumpirla. Era una chica lista. Cogí la taza, bebí un buen trago y volví a dejarla delante de ella.

Al instante, cogió la taza, se la acercó a los labios y la vació por completo.

—Tenía mucha sed —dijo—. Gracias, estaba deliciosa. ¿Podría tomar un poco más?

Me incorporé con dificultad de la silla y di dos pasitos hacia el hogar. Intenté no esbozar una mueca de dolor cuando levanté el cazo para rellenar la taza.

—¿Qué le pasa en la mano? —me preguntó la niña desde detrás de mí.

—¿A qué te refieres?

—A que lleva todo el rato sujetándosela, como si le doliera. ¿Se ha hecho daño?

—No —respondí—, y fisgonear es de mala educación. —Pero al instante me arrepentí del tono que había empleado. Simplemente sentía curiosidad, como yo a su edad—. ¿Cuántos años tienes? —pregunté, suavizando el tono.

—Doce.

Asentí, pues esperaba más o menos esa respuesta.

—Eres muy joven.

Vi que dudaba y, por el movimiento rítmico de su falda, imaginé que estaba moviendo el pie contra el suelo en un gesto nervioso.

—Es que nunca… —Se calló—. Es que nunca he matado a nadie.

Casi me echo a reír.

—No eres más que una niña. Nadie esperaría que en tu corta vida hubieras matado a mucha gente. —Mi mirada fue a parar a la estantería que la niña tenía a sus espaldas, donde descansaba un platito de porcelana del color de la leche. Sobre el plato había cuatro huevos morenos de gallina, con el veneno camuflado en su interior—. ¿Y cómo te llamas?

—Eliza. Eliza Fanning.

—Eliza Fanning —repetí—, de doce años de edad.

—Sí, señorita.

—Y te envía tu señora, ¿no es eso? —dije, un acuerdo que me daba a entender que la señora de Eliza debía de confiar mucho en ella.

Pero la niña tardó unos instantes en contestar. Arrugó la frente y lo que dijo a continuación me dejó sorprendida.

—De entrada fue idea suya, sí, pero la que sugirió lo de la hora del desayuno fui yo. Al señor le gusta frecuentar los asadores para cenar con sus amigos y a veces se ausenta durante toda una noche, o dos. Pensé que lo más adecuado sería aprovechar el desayuno.

Miré la carta de Eliza, que seguía sobre la mesa, y recorrí el borde con el pulgar. Teniendo en cuenta su juventud, consideré necesario recordarle una cosa.

—¿Y entiendes que esto no solo le hará daño? ¿Que no solo lo pondrá enfermo sino que además…? —Ralenticé las palabras—. ¿Qué esto lo matará igual que mataría a un animal? ¿Es esto lo que tu señora y tú pretendéis?

La pequeña Eliza se quedó mirándome con determinación. Unió las manos con pulcritud por delante de ella.

—Sí, señorita.

Y cuando lo dijo, ni siquiera pestañeó.

4

CAROLINE

Presente, lunes

—No has podido resistir la llamada del viejo río, ¿verdad? —dijo una voz familiar.

El guía, que llevaba unas botas de agua enormes que le llegaban hasta la rodilla y guantes azules de goma, se apartó del grupo turístico para venir hacia mí.

—Supongo que no. —A decir verdad, ni siquiera sabía qué íbamos a hacer en el lecho del río, pero en eso consistía en parte el atractivo. No pude evitar sonreírle—. ¿Necesito también unas botas de esas? —pregunté señalándolas.

El hombre negó con la cabeza.

—Las zapatillas que llevas bastarán, pero sí te recomiendo esto. —Sacó de una mochila un par de guantes de goma, usados y manchados de barro, similares a los que llevaba él—. Imagino que no te apetecerá cortarte con nada. Ven, estamos aquí abajo. —Echó a andar, pero entonces se volvió hacia mí de nuevo—. Oh, por cierto, me llamo Alfred. Aunque todo el mundo me conoce como Alf el Solterón. Lo cual es gracioso, teniendo en cuenta que llevo cuarenta años casado. Pero bueno, el caso es que mi viejo apodo me viene por haber encontrado tantos anillos deformados.

Empecé a ponerme los guantes y el guía, percatándose de mi expresión perpleja, amplió su explicación.

—Hace cientos de años, los hombres doblaban anillos de metal para demostrar su fuerza antes de pedirle la mano a una dama. Y si la dama no quería casarse con el tipo en cuestión, arrojaba el anillo por el puente y le pedía al pretendiente que la dejara en paz. He encontrado centenares de anillos de esos. Por lo visto, muchos caballeros se alejaban del río convertidos en solterones, no sé si me explico. Una tradición curiosa, la verdad.

Bajé la vista hacia mis manos. Mi alianza de boda quedaba escondida bajo un mugriento guante de goma. La tradición tampoco me había servido de mucho. Hacía apenas unas semanas, antes de que mi vida se detuviera por completo, le había comprado a James una cajita antigua para que guardara sus nuevas tarjetas de visita. Era una caja de hojalata, un regalo tradicional para un décimo aniversario de boda, cuyo significado estaba relacionado con la durabilidad del matrimonio. Había mandado grabarla con las iniciales de James y había llegado por correo la noche anterior a nuestro viaje previsto a Londres, justo a tiempo.

Y desde aquel momento, todo había salido mal.

En cuanto llegó la caja, subí a esconderla en la maleta. Y mientras revolvía en el armario, cogí unas cuantas cosas que aún no había incorporado al equipaje: más ropa interior, unas sandalias de tacón con tiras y unas botellitas de aceites esenciales. Me decanté por el de lavanda, el de rosas y el de naranjas dulces, entre otros. A James le encantaba el aroma a naranjas dulces.

Sentada en el suelo del vestidor con las piernas cruzadas, cogí unas braguitas cuya elección aún no tenía muy clara: un tanga de color rojo que se adaptaba a la perfección a mi cuerpo y resaltaba el trasero y las piernas. Con un gesto de indiferencia lo metí en la maleta, junto con un test de embarazo que había comprado en la farmacia y que, en aquel momento, confiaba desesperadamente en poder utilizar en Londres si no me venía la regla. Lo cual me recordó que no debía olvidarme de las vitaminas prenatales. Siguiendo la recomendación del médico, había empezado a tomarlas desde que nos habíamos puesto en serio con lo del bebé.

Cuando me dirigía al cuarto de baño a por las vitaminas, un zumbido llamó mi atención; era el móvil de James, que se había olvidado en el vestidor. Lo miré de reojo, sin interés, pero cuando vibró una segunda vez, mi mirada se clavó en una palabra: «Besos».

Temblorosa, me incliné para leer los mensajes. Los enviaba alguien que aparecía en la lista de contactos de James como «B».

Voy a echarte mucho de menos, decía el primero.

Y el otro: *No bebas mucho champán o te olvidarás del último viernes. Besos.*

El segundo mensaje, para mi horror, incluía la fotografía de unas bragas negras en el interior del cajón de una mesa de despacho. Debajo de las bragas, reconocí un folleto a todo color con el logotipo de la empresa de James. La fotografía debía de haber sido tomada en su puesto de trabajo.

Me quedé mirando fijamente el teléfono, atónita. El viernes me había pasado la noche en el hospital con Rose y su marido, mientras Rose estaba de parto. James se había quedado en el despacho, trabajando. O no trabajando, empecé a sospechar.

No, no, tenía que haber algún error. Me empezaron a sudar las manos. Abajo, James estaba trajinando por la cocina. Respiré hondo varias veces para tranquilizarme y cogí el teléfono como aquel que empuña un arma.

Bajé corriendo las escaleras.

—¿Quién es B? —le pregunté a James mostrándole la pantalla del teléfono.

—Caroline —dijo él sin alterarse, como si yo fuese un cliente y estuviera a punto de presentarme un análisis de causa raíz—. No es lo que imaginas.

Con mano temblorosa, retrocedí hasta el primer mensaje.

—¿«Voy a echarte mucho de menos»? —leí en voz alta.

James apoyó las manos en la encimera de la cocina y se inclinó hacia delante.

—No es más que una compañera de trabajo. Lleva unos meses encoñada conmigo. En la oficina todos bromeamos con el tema. En serio, Caroline, no es nada.

Una mentira pura y dura. No le revelé, aún, el contenido del segundo mensaje.

—¿Ha pasado algo entre vosotros? —pregunté obligando a mi voz a mantener la calma.

James soltó el aire lentamente y se pasó la mano por el pelo.

—Hace unos meses coincidimos en aquella fiesta para los ascendidos —respondió por fin. La empresa de James había celebrado en Chicago una cena a bordo de un barco en honor a los recién ascendidos; las parejas podían asistir costeándose los gastos, pero nosotros estábamos ahorrando para el viaje a Londres y no me importó escaquearme—. Aquella noche nos besamos, solo una vez, después de muchas copas. Yo no veía ni por dónde iba. —Avanzó un paso hacia mí, mirándome con cariño, con ojos suplicantes—. Fue una cagada terrible. Pero no ha pasado nada más, y no he vuelto a verla desde…

Otra mentira. Volví a mostrarle el teléfono, esta vez señalando las bragas negras en el cajón.

—¿Estás seguro? Porque acaba de enviarte esta foto, diciéndote que no te olvides de lo del viernes pasado. Por lo visto, ahora guarda en tu cajón su ropa interior.

Se esforzó por inventarse una explicación y una capa de sudor le cubrió la frente.

—No es más que una broma, Car…

—Vete a la mierda —dije, cortándolo. Las lágrimas empezaron a rodar por mis mejillas. Y mientras en mi cabeza se formaba una imagen anónima, la de la mujer propietaria de aquellas minúsculas bragas negras, comprendí, por primera vez en mi vida, la ira incalculable que puede llevar a alguien a cometer un asesinato—. El viernes no trabajaste mucho, ¿verdad?

James no respondió; su silencio fue tan condenatorio como un reconocimiento de los hechos.

Supe entonces que ya no podía confiar en nada más que me dijera. Sospeché que James no solo había visto aquellas bragas negras con sus propios ojos, sino que probablemente se las había quitado también. James rara vez se quedaba sin palabras; si entre ellos no hubiera pasado nada serio, estaría defendiéndose con insistencia. Pero se había quedado mudo, con la culpabilidad escrita en su rostro alicaído.

El secreto, la infidelidad, era espantoso. Pero en aquel momento, las preguntas crudas y desagradables sobre ella y el alcance de su relación me parecieron menos relevantes que el hecho de que llevase meses ocultándome aquel secreto. ¿Y si yo no hubiera descubierto aquel par de mensajes? ¿Cuánto tiempo me lo habría estado escondiendo? Justo la noche anterior habíamos hecho el amor. ¿Cómo se atrevía a incorporar el fantasma de aquella mujer a nuestra cama, al lugar sagrado donde habíamos estado intentando concebir un hijo?

Me temblaban las manos, un escalofrío me recorrió la espalda.

—Todas estas noches intentando lo del bebé. ¿Estabas pensando en ella en vez de en…?

Pero contuve un grito al darme cuenta de lo que estaba diciendo y me sentí incapaz de pronunciar la palabra «mí». Era insoportable tener que vincular aquella farsa a nosotros, a nuestro matrimonio.

Y antes de que le diera tiempo a contestarme, me sobrevino una imparable sensación de náuseas y tuve que marcharme corriendo. Cerré de un portazo el cuarto de baño y corrí el pestillo. Vomité cinco veces, siete, diez, hasta que no quedó absolutamente nada dentro de mí.

Me sobresaltó el rugido del motor de una embarcación que navegaba por el río y dejé atrás mis recuerdos. Alf el Solterón estaba mirándome con los brazos extendidos.

—¿Lista? —preguntó.

Turbada, respondí con un gesto de asentimiento y lo seguí hasta el grupillo de cinco o seis personas. Algunos estaban ya en cuclillas entre las rocas, removiendo piedrecillas. Me acerqué al guía y le hablé sin levantar la voz.

—Disculpe, pero es que no entiendo muy bien de qué va esto del *mudlarking*. ¿Estamos buscando algo en concreto?

El hombre me miró y rio entre dientes, un movimiento que le hizo temblar la barriga.

—No te lo he contado, ¿verdad? Mira, lo único que tienes que saber es lo siguiente: el Támesis atraviesa toda la ciudad de Londres, de extremo a extremo. Y en el fango, si se le dedica el tiempo suficiente, pueden encontrarse pequeños vestigios de historia, incluso de la época de los romanos. En sus tiempos, los *mudlarkers* encontraban monedas antiguas, anillos, cerámica…, y luego los vendían. Y los victorianos escribieron mucho sobre ellos, sobre los pobres niños que intentaban ganarse el pan. Pero hoy en día buscamos simplemente por gusto. Y además, cada uno se queda lo que encuentra, esa es nuestra regla. Mira aquí —dijo señalándome la punta del pie—. Estás justo encima de una pipa de arcilla. —Se inclinó para recoger el objeto. A mí me parecía una piedra alargada, pero Alf el Solterón me sonrió de oreja a oreja—. En un día puedes encontrar un millar. No es gran cosa, a menos que sea tu primera vez. Estas pipas podían rellenarse con hojas de tabaco. ¿Ves aquí, estas rugosidades en la cazoleta? La fecharía entre 1780 y 1820.

Hizo una pausa, a la espera de mi reacción.

Enarqué las cejas y examiné la pipa de arcilla, abrumada de repente por la emoción de tener en mis manos un objeto que no había sido tocado desde hacía siglos. Antes, Alf el Solterón me había dicho que la marea, cada vez que subía y bajaba, traía consigo nuevos misterios. ¿Qué otros objetos antiguos estarían a mi alcance? Verifiqué los guantes para comprobar que estaban bien colocados y me puse en cuclillas; a lo mejor encontraba más pipas, o una moneda, o un anillo doblado, como los que había mencionado Alf. O tal vez podría sacarme mi anillo, doblarlo por la mitad y arrojarlo al agua para que se sumase a todos los demás símbolos de amor fracasado.

Despacio, recorrí con la mirada las rocas y rocé con la punta de los dedos los guijarros brillantes, del color del óxido. Pero al cabo de más o menos un minuto, fruncí el entrecejo; todo me parecía igual. Ni siquiera si hubiese un anillo de diamantes enterrado en el cieno sería capaz de localizarlo.

—¿Hay algún truco? —le grité a Alf el Solterón—. ¿O tendría quizá una pala?

El hombre estaba a escasos metros de mí, inspeccionando un objeto en forma de huevo que había encontrado uno de los buscadores del grupo.

El guía se echó a reír.

—La autoridad portuaria de Londres prohíbe el uso de palas, por desgracia, así como el uso de cualquier técnica de excavación. Solo nos permiten buscar en la superficie. De modo que encontrar un objeto es más bien cosa del destino o, al menos, eso me gusta pensar.

El destino o una pérdida colosal de tiempo. Pero era o el lecho del río o la cama gigantesca, gélida y vacía del hotel, de manera que avancé unos pasos para acercarme más al agua y volví a acuclillarme, no sin antes ahuyentar una nube de mosquitos que revoloteaba a mis pies. Examiné despacio las piedrecillas y capté el resplandor de un objeto, brillante como un espejo. Contuve un grito, dispuesta a llamar a Alf para que viniese a inspeccionar mi hallazgo. Pero cuando me acerqué y giré hacia mí el minúsculo objeto brillante, me di cuenta de que acababa de encontrar la cola perlada y en estado de putrefacción de un pez muerto.

—¡Puaj! —refunfuñé—. Qué asco.

De pronto, oí a mis espaldas un chillido de excitación. Cuando me volví, vi que su origen era una mujer de mediana edad;

estaba tan inclinada sobre el suelo, que las puntas del pelo se le habían sumergido en un charco arenoso. Tenía en la mano una piedra blanquecina y de bordes afilados. Después de frotarla con la mano enguantada, la mostró con orgullo.

—¡Un fragmento de cerámica de Delft! —anunció Alf el Solterón—. Y be-llí-si-mo, me gustaría añadir. Azules como ese ya no se encuentran. Se conoce como cerúleo y fue descubierto a finales del siglo XVIII. Hoy en día es un tinte barato. Mirad… —Señaló el dibujo de la cerámica—. Parece ser el extremo de una canoa, quizá de un barco dragón.

La mujer se guardó el fragmento en la mochila y todo el mundo reemprendió la búsqueda.

—Prestadme atención, chicos —dijo Alf el Solterón—. El truco está en dejar que el subconsciente encuentre la anomalía. El cerebro está concebido para identificar las posibles alteraciones de los modelos uniformes. Es una característica de nuestra evolución que hemos ido desarrollando a lo largo de millones de años. No se trata tanto de buscar un objeto como de buscar una inconsistencia, o una ausencia.

En aquel momento, pensé, estaba inmersa en ausencias, entre las que destacaba la falta de seguridad o de certeza en cuanto a cómo sería el resto de mi vida. Después de enterarme de lo de James, después de encerrarme en el baño y acurrucarme sobre la alfombrilla de la ducha, él había intentado entrar. Le había rogado que me dejara en paz, y cada vez que se lo pedía, él me respondía con alguna súplica, con una variación de «Deja que te lo compense» o «Pasaré el resto de mi vida solucionando esto». Pero yo lo único que quería era que se largara.

Luego había llamado a Rose y le había contado de pe a pa todo lo sucedido. Sorprendida y con el llanto de un recién nacido de fondo, me había escuchado con paciencia. Le dije también que no me imaginaba marcharme con él a Londres al día siguiente para celebrar nuestro aniversario.

—Pues no vayas con él —me dijo—. Ve tú sola.

En aquel momento, la vida de Rose y la mía eran completamente distintas, pero yo estaba desesperada y ella vio con claridad lo que yo era incapaz de ver: necesitaba irme lejos, muy lejos de James. No soportaba estar cerca de sus manos, de sus labios; revolvían mi imaginación, mi estómago. Y así fue cómo mi inminente viaje a Londres se convirtió en un salvavidas arrojado hacia mí por la borda. Me aferré a él con impaciencia, con desesperación.

Unas horas antes del vuelo, cuando James me vio guardando las últimas cosas en la maleta, me miró y meneó la cabeza en silencio, visiblemente roto, mientras la rabia ardía en el interior de mi cuerpo, destrozado por el llanto y falto de sueño.

Pero aun necesitando tiempo y distancia, la ausencia de James era un recordatorio constante a cada paso que daba. En el aeropuerto, la azafata de facturación me había mirado con extrañeza y tamborileado sobre el mostrador con sus uñas pintadas de naranja mientras me preguntaba por el paradero del señor Parcewell, el segundo integrante de la reserva. La recepcionista del hotel me había mirado con mala cara cuando le dije que no necesitaba más que una llave de la habitación. Y ahora, claro está, me encontraba en un lugar en el que nunca me habría imaginado estar: el lecho fangoso de un río, buscando objetos antiguos y, como acababa de decir Alf, «inconsistencias».

—Hay que confiar más en el instinto que en los ojos —siguió diciendo Alf el Solterón.

Y mientras reflexionaba sobre aquello, capté el hedor a ácido sulfúrico de las cloacas y me invadió una oleada de náuseas. Al parecer, no era la única fastidiada por aquella peste, pues oí que varios más refunfuñaban también.

—Esta es otra de las razones por las que no excavamos con palas —explicó Alf el Solterón—. Los olores de ahí abajo no son muy agradables.

Mientras caminaba por el borde del agua en busca de una zona donde no hubiera nadie más, pisé mal y acabé hundiéndome hasta el tobillo en un charco fangoso. Contuve un grito al notar que la zapatilla se me llenaba de agua helada y pensé qué diría Alf el Solterón si me largaba antes de que acabase la experiencia. Dejando de lado la pestilencia, la aventura no me estaba sirviendo para cambiar de estado de humor.

Miré la hora en el teléfono y decidí concederle doce minutos más, hasta las tres de la tarde. Si por entonces la cosa no se había animado un poco —con un pequeño descubrimiento, mínimamente interesante—, buscaría alguna excusa para largarme de allí.

Doce minutos. Una fracción en el intervalo de una vida, pero suficiente para alterarla por completo.

5

NELLA

4 de febrero de 1791

Me acerqué a la estantería que quedaba detrás de Eliza y cogí el platito del color de la leche. Contenía cuatro huevos morenos de gallina, dos de ellos ligeramente más grandes que los otros dos. Dejé el plato con los huevos sobre la mesa.

Eliza se inclinó hacia delante como si desease alcanzar el plato, posó las manos en la mesa y sus palmas dejaron una huella de humedad.

La verdad es que veía en ella la niña que fui —los ojos abiertos de par en par por la curiosidad que despierta la novedad, algo que muchos niños no consiguen experimentar—, por mucho que fuera como si hubiese vivido esa parte de mí hacía miles de años. La diferencia estaba en que yo, la primera vez que vi el contenido de esta tienda —los viales, las balanzas y los pesos de piedra— era mucho menor de doce años. Mi madre me lo mostró en cuanto tuve capacidad para coger y clasificar objetos, conocimiento para diferenciar unos de otros, para ordenar y reorganizar.

Cuando contaba tan solo con seis o siete años y mi tiempo de atención era fluctuante, mi madre me enseñó cosas sencillas y fáciles, como los colores: los viales con aceites azules y negros iban en esta estantería y los de aceites amarillos y rojos en esa otra. Cuando entré en la adolescencia y me volví más habilidosa, más perceptiva, las tareas fueron aumentando en dificultad. Mi madre, por ejemplo, vaciaba un bote entero de lúpulo sobre la mesa, extendía sobre la superficie los conos secos y amargos, y me pedía que los ordenase según su aspecto. Mientras yo trabajaba en eso, mi madre permanecía ocupada a mi lado con sus brebajes y sus infusiones y me iba explicando la diferencia entre escrúpulos y dracmas, albarelos y calderos.

Aquello eran mis juguetes. Mientras otros niños se divertían con bloques de madera, palos y cartas en callejones enfangados, yo pasé toda mi infancia en este cuarto. Acabé conociendo el color, la consistencia y el aroma de centenares de ingredientes. Estudié a los grandes herboristas y memoricé los nombres latinos que aparecían mencionados en las farmacopeas. De hecho, nunca nadie dudó de que yo conservaría el establecimiento de mi madre y continuaría su legado de bondad con las mujeres.

Y nunca pretendí manchar su legado, dejarlo desbaratado y mancillado.

—Huevos —musitó Eliza, despertándome de mis ensoñaciones. Me estaba mirando, confusa—. ¿Tiene gallinas que ponen huevos venenosos?

A pesar de la seriedad del encuentro con Eliza, no pude evitar reír. Era una pregunta lógica para una niña. Me recosté en la silla.

—No, no exactamente —levanté uno de los huevos, se lo mostré y lo devolví al plato—. Fíjate bien. Si miramos estos cuatro huevos juntos, ¿podrías decirme cuáles son los dos más grandes?

Eliza arrugó la frente, se agachó hasta que la mesa quedó al nivel de sus ojos y examinó los huevos unos segundos. Y entonces, de pronto, se enderezó de nuevo, con expresión orgullosa y señaló.

—Estos dos —declaró.

—Muy bien. —Asentí—. Esos son los dos más grandes. Y recuérdalo bien. Los dos más grandes son los venenosos.

—Los más grandes —repitió la niña. Bebió un sorbito más de infusión—. ¿Y cómo será?

Dejé en el plato tres de los huevos y sostuve uno de los grandes. Le di la vuelta en la mano para sostener en la palma la base del huevo.

—Lo que no ves, Eliza, es el agujero minúsculo que hay justo aquí, en la parte superior del huevo. Ahora está cubierto con cera del mismo color, pero si hubieses estado ayer aquí, habrías visto un puntito negro diminuto en el lugar donde introduje el veneno mediante una aguja.

—¡Y no se rompió! —exclamó la niña, como si acabara de revelarle un truco de magia—. Y la cera ni siquiera se ve.

—Exactamente. Pero el interior contiene veneno, suficiente para matar a una persona.

Eliza movió la cabeza en un gesto de asentimiento, mirando boquiabierta el huevo.

—¿Y qué tipo de veneno es?

—Nuez vómica, veneno para ratas. El huevo es un lugar ideal para introducir esa semilla triturada, puesto que la yema, al ser viscosa y estar fresca, la conserva sin problemas, de un modo similar a como conservaría un pollito en su interior. —Devolví el huevo al plato, junto a los demás—. ¿Pensáis utilizar pronto los huevos?

—Mañana por la mañana —dijo Eliza—. Cuando está en casa, mi señora y su esposo comen juntos. —Hizo una pausa, como si estuviera imaginándose la mesa del desayuno puesta—. Le daré a la señora los dos huevos más pequeños.

—¿Y cómo los diferenciarás, después de haberlos echado a la sartén?

Se quedó sin palabras, pero solo por un momento.

—Primero cocinaré los huevos más pequeños, los pondré en el plato de la señora y luego preparé los más grandes.

—Muy bien —dije—. No será un proceso muy largo. En cuestión de segundos es posible que empiece a quejarse de una sensación de quemazón en la boca. Asegúrate de servir los huevos lo más calientes posible para que no sospeche nada, tal vez acompañados con una salsa de carne o de pimienta. Así pensará que simplemente se ha quemado la lengua. Poco después, empezará a sentir náuseas y lo más probable es que quiera acostarse. —Me incliné hacia delante para asegurarme de que Eliza entendía bien lo que iba a decirle a continuación—. Te sugiero que no le veas después de eso.

—Porque estará muerto, es eso, ¿no? —dijo, inexpresiva.

—No de inmediato —le expliqué—. Durante las horas posteriores a la ingesta de nuez vómica, la mayoría de las víctimas sufre rigidez de columna. Pueden combarse hacia atrás, como si su cuerpo estuviera colgado de un arco. Nunca lo he visto personalmente, pero me han contado que es horripilante. De hecho, la causa de una vida entera de pesadillas. —Me recosté en la silla y dulcifiqué la mirada—. Cuando muera, por supuesto, esta rigidez desaparecerá. Su aspecto será de estar en paz.

—¿Y luego? ¿Y si alguien pide inspeccionar la cocina o las sartenes?

—No encontrarán nada —le garanticé.

—¿Por la magia?

Posé las manos en mi regazo y negué con la cabeza.

—Mira, pequeña Eliza, permíteme que te deje lo siguiente muy claro: esto no es magia. Los hechizos y los conjuros no existen. Se trata de cosas terrenales, tan reales como esa mancha de suciedad que tienes en la mejilla. —Me lamí el pulgar, me incliné hacia delante y le limpié la mejilla. Satisfecha, volví a acomodarme en la silla—. La magia y el camuflaje pueden lograr los mismos fines, pero te aseguro que son cosas muy distintas. —Vi que estaba confusa—. ¿Sabes a qué me refiero con eso de «camuflaje»? —añadí.

Dijo que no con la cabeza y encogió un hombro.

Hice un gesto hacia la puerta oculta por la que Eliza había entrado.

—Cuando has entrado en el almacén que hay al otro lado de donde estamos sentadas ahora, ¿sabías que estaba observándote desde un agujerito que hay en esta pared? —Señalé la entrada de mi cuarto escondido.

—No —respondió—. No tenía ni idea de que estaba usted aquí detrás. Cuando he entrado y he visto que no había nadie y estaba todo vacío, he pensado que llegaría por el callejón, detrás de mí. Algún día me encantaría tener una casa con un cuarto oculto como este.

Ladeé la cabeza hacia ella.

—Si tienes algo que esconder, tal vez necesites construirte un cuarto oculto.

—¿Y ha estado siempre aquí, este cuarto?

—No. Cuando era pequeña y trabajaba aquí con mi madre, no había necesidad de tener este cuarto. Por aquel entonces, no preparábamos venenos.

La niña frunció el ceño.

—¿Quiere decir que no siempre ha vendido venenos?

—No siempre, no.

Y aunque no tenía mucho sentido compartir los detalles con la joven Eliza, reconocer aquello abrió la puerta a un doloroso recuerdo.

Hacía ya veinte años, mi madre empezó a tener tos a principios de semana, fiebre a mitad de la misma y el domingo fallecía. Se fue en el breve plazo de seis días. Con veintiún años de edad, había perdido a mi única familia, a mi única amiga, a mi gran maestra. El trabajo de mi madre se había convertido en mi trabajo, y nuestros brebajes era lo único que conocía de este mundo. En aquel momento, deseé haber muerto con ella.

Me vi arrastrada hacia un océano de dolor tan enorme, que a duras penas fui capaz de mantener la tienda a flote. No podía recurrir a mi padre, al que nunca llegué a conocer. Décadas atrás, siendo marinero, estuvo viviendo varios meses en Londres —los suficientes como para seducir a mi madre— antes de que su tripulación levara anclas de nuevo. No tenía hermanos, y pocos amigos con los que hablar. La vida de una boticaria es extraña y solitaria. El carácter intrínseco del negocio de mi madre implicaba pasar más tiempo en compañía de pócimas que de personas. Cuando mi madre me dejó, creí haberme quedado con el corazón roto y temí que el legado de mi madre —y la botica— acabara desapareciendo también.

Pero como un elixir vertido sobre las llamas de mi tristeza, entró de repente en mi vida un joven de pelo oscuro llamado Frederick. En aquel momento, pensé que nuestro encuentro casual era una bendición; su presencia empezó a enfriar y a suavizar todo lo que me había ido mal. Era carnicero y despachó con rapidez el caos que yo había acumulado desde la muerte de mi madre: deudas que no había pagado, colorantes que no había inventariado, encargos que no había cobrado. E incluso después de arreglar todo lo referente a la contabilidad de la botica, Frederick siguió allí. No quería separarse de mí, ni yo de él.

Y a pesar de que en su día solo me había considerado habilidosa en las complejidades de mi botica, pronto descubrí mi pericia en otras técnicas, la liberación entre dos cuerpos, un remedio que no podía encontrarse en los viales que llenaban mis paredes. Durante las semanas siguientes, nos enamoramos maravillosamente, increíblemente. Mi océano de dolor se volvió menos profundo, podía respirar de nuevo y visualizar un futuro, un futuro con Frederick.

Lo que no podía saber entonces era que a los pocos meses de enamorarme de él, prepararía una dosis letal de matarratas para matarlo.

La primera traición. La primera víctima. El inicio de un legado mancillado.

—La botica no debía de ser muy divertida por aquel entonces —dijo Eliza meneando la cabeza, como si estuviera decepcionada—. ¿Sin venenos y sin cuarto oculto? Bah. A todo el mundo le gusta tener una habitación secreta.

Y aunque su inocencia era envidiable, la niña era demasiado joven para comprender el maleficio de un lugar amado —independientemente de que fuera o no un cuarto secreto— y arruinado por la pérdida.

—Esto no tiene nada que ver con la diversión, Eliza. Sino con la ocultación. A esto me refiero cuando hablo de camuflaje. Un veneno lo puede comprar cualquiera, pero lo que no se puede es simplemente echar una pizca en los huevos revueltos de la víctima, porque la policía podría encontrar residuos o descubrir la caja del veneno en la basura. No, hay que camuflarlo con inteligencia para que nadie pueda seguir el rastro. El veneno está camuflado en ese huevo igual que esta tienda está camuflada en las entrañas de un viejo almacén. De este modo, todo aquel que no debería estar aquí, dará sin duda media vuelta y se marchará. Podría decirse que el almacén de la parte delantera es una medida de protección para mí.

Eliza asintió y su moñito rebotó en la base de su nuca. Pronto se convertiría en una joven preciosa, más guapa que la mayoría, según se entreveía ya en sus largas pestañas y los ángulos perfilados de su rostro. Atrajo el plato con los huevos contra su pecho.

—Supongo, entonces, que esto es todo lo que necesito.

Sacó unas monedas del bolsillo y las dejó en la mesa. Las conté rápidamente: cuatro chelines con seis peniques.

Se levantó y entonces se llevó la punta de los dedos a los labios.

—¿Y cómo los transporto? Temo que si los llevo en el bolsillo del vestido se acaben rompiendo.

Había vendido veneno a mujeres que le triplicaban la edad y a las que ni se les había pasado por la cabeza la posibilidad de que los viales se derramaran en el interior de su bolsillo; pero Eliza, por lo visto, era más lista que todas ellas juntas. Le entregué un bote de cristal de color rojizo y, juntas, fuimos colocando uno a uno los huevos en el bote, cubriendo cada uno con un centímetro de ceniza de madera antes de colocar el siguiente encima.

—Aun con todas estas precauciones, manéjalos con cuidado —le advertí—. Y… —Posé con delicadeza la mano sobre la de la niña—. Con un huevo bastará, si es necesario.

Su mirada se oscureció y en aquel instante intuí que, a pesar de su juventud y del optimismo que había demostrado hasta el momento, comprendía la gravedad de lo que pensaba hacer.

—Gracias, señorita…

—Nella —dije—. Nella Clavinger. ¿Y cómo se llama él?

—Thompson Amwell —respondió, con seguridad—. De Warwick Lane, cerca de la catedral. —Levantó el bote para asegurarse de que los huevos seguían colocados correctamente y, entonces, frunció el ceño—. Un oso —observó, mirando la pequeña imagen grabada en el bote.

Mi madre había decidido en su día lo de la imagen del oso, puesto que en Londres había multitud de callejones que llevaban el nombre de Back Alley, aunque solo el nuestro estaba al lado de un Bear Alley o «pasaje del Oso». El pequeño grabado del bote era inofensivo y solo lo reconocían quienes realmente necesitaban conocerlo.

—Sí —dije enseguida—, para que no se confunda este bote con otro.

Eliza se dirigió hacia la puerta. Con mano firme, recorrió con un solo dedo una de las piedras ennegrecidas próximas al umbral. Dejó una línea marcada en el hollín, revelando la piedra limpia que había debajo. Sonrió, como si acabara de dibujarme un monigote en una hoja de papel.

—Gracias, señorita Nella. Debo decir que me ha encantado la infusión y que me encanta asimismo esta tienda escondida, y confío de verdad en que nos volvamos a ver.

Enarqué las cejas. La mayoría de mis clientas no eran asesinas profesionales y, a menos que volviera porque necesitaba un remedio medicinal, no esperaba volver a verla. Pero sonreí igualmente a aquella niña curiosa.

—Sí —dije—, a lo mejor volvemos a vernos.

Descorrí el pestillo, abrí la puerta hacia dentro y me quedé mirando a Eliza hasta que se fundió con las sombras del exterior.

En cuanto se hubo ido, pasé unos minutos pensando en la visita de la niña. Era una jovencita extraña. No me cabía la menor duda de que cumpliría con su tarea y agradecí el regocijo momentáneo que había aportado a mi sombría tienda de venenos. Me alegraba de no haberla rechazado, me alegraba de no haber hecho caso al sentimiento de mal presagio que me había provocado su carta.

Volví a sentarme a la mesa y cogí mi cuaderno. Pasé las páginas hasta localizar el espacio del registro que correspondía ocupar y me dispuse a escribir mi entrada.

Y entonces, después de sumergir la pluma en el tintero, la acerqué al papel y escribí:

Thompson Amwell. Huevo preparado con NV. 4 de febrero de 1791. Por encargo de la Srta. Eliza Fanning, de doce años de edad.

6

CAROLINE

Presente, lunes

Limpié como pude el barro de la zapatilla empapada y seguí caminando por la orilla. A medida que fui alejándome del resto de los *mudlarkers*, el sonido de sus conversaciones se amortiguó y el chapoteo del leve oleaje del río me animó a seguir adelante. Levanté la mirada hacia el cielo y vi un nubarrón de color amoratado. Me estremecí y esperé a que pasara, pero le siguieron muchos más. Empecé a temer que se estuviera avecinando tormenta.

Me crucé de brazos y miré el suelo, una banda homogénea de piedras de color gris y cobre. «Hay que buscar inconsistencias», había dicho Alf el Solterón. Me acerqué más al agua y observé el ir y venir de las olas, que seguía un ritmo firme y regular, hasta que pasó un barco a toda velocidad y mandó un borbotón de agua en mi dirección. Y entonces lo oí: un sonido hueco y efervescente, como burbujas atrapadas en el interior de una botella.

Cuando el agua se retiró, me acerqué al lugar donde había oído el sonido y vi un recipiente de cristal, de color azulado, atascado entre dos piedras. Una vieja botella de refresco, quizá.

Me acuclillé para examinarla y tiré del cuello estrecho de la botella, pero la base estaba atrapada firmemente entre las piedras. Mientras maniobraba para sacarla de allí, me fijé en la pequeña imagen que decoraba la parte lateral del recipiente. ¿Una marca o un logotipo, ¿quizá? Retiré una de las piedras más grandes y conseguí liberar por fin el objeto y sacarlo de la hendidura.

La botella debía de medir unos doce centímetros —era más bien un vial, teniendo en cuenta lo reducido de su tamaño— y, debajo de la capa de barro incrustado, se adivinaba que era de cristal traslucido de color azul celeste. Sumergí el vial en el agua y con el pulgar cubierto con el guante de goma, froté para retirar la suciedad y luego observé el recipiente con atención. La imagen del lateral parecía un grabado rudimentario, probablemente hecho a mano y no a máquina, y representaba algún animal.

Aunque no tenía ni idea de qué había encontrado, lo consideré lo suficientemente interesante como para mostrárselo a Alf el Solterón. Vi que se estaba aproximando a mí.

—¿Qué has encontrado? —preguntó.

—No sé muy bien qué es —respondí—. Parece un vial con un animalito grabado en el lateral.

Alf el Solterón cogió el vial para examinarlo de cerca. Giró la botella y rascó el cristal con la uña.

—Qué raro. Parece un vial de botica, pero normalmente los encontramos con otro tipo de grabados, como el nombre del establecimiento, la fecha, la dirección. Tal vez se trate de un objeto doméstico. De alguien que quería practicar sus dotes para el grabado. Espero que mejorara un poco después de hacer esto. —Se quedó en silencio unos instantes mientras estudiaba la parte inferior del vial—. El cristal es bastante irregular. No es un objeto fabricado en serie, eso seguro, pero debe de ser bastante antiguo. Puedes quedártelo, si quieres. —Extendió los brazos—. ¿Verdad que es fascinante? Este es el mejor trabajo del mundo, es lo que me digo siempre.

Me obligué a esbozar un amago de sonrisa y sentí envidia al pensar que me gustaría poder decir lo mismo sobre mi trabajo. Estaba obligada a reconocer que pasarse el día tecleando números con un *software* obsoleto en un ordenador obsoleto en la granja de mi familia no me animaba a sonreír de oreja a oreja como acababa de hacer Alf el Solterón. Porque yo me pasaba los días sentada a una desvencijada mesa de roble amarillo, la misma en la que había trabajado mi madre durante más de tres décadas. Diez años atrás, sin trabajo y con una casa nueva, la oportunidad laboral en la granja me había parecido demasiado buena como para desdeñarla, pero a veces me preguntaba por qué llevaba allí tanto tiempo. Que no pudiera dar clases de Historia en el instituto no quería decir que no hubiera más alternativas. Y a buen seguro debía de existir algún trabajo más interesante que las labores administrativas que me ocupaban en la granja.

Pero los niños… Con niños en el horizonte, la estabilidad de mi puesto de trabajo era esencial, tal y como James solía recordarme. Y por eso me había quedado ahí y me había acostumbrado a tolerar la frustración y los pensamientos incómodos sobre si podría haber hecho algo más grande. Incluso algo completamente distinto.

Y en el lecho del río, en compañía de Alf el Solterón, consideré la posibilidad de que, tiempo atrás, él también hubiera tenido un trabajo de despacho poco interesante. ¿Habría decidido, tal vez, que la vida era demasiado corta como para pasarla sin pena ni gloria durante cuarenta horas a la semana? ¿O habría sido más valiente y más atrevido que yo y habría convertido su pasión, el *mudlarking*, en una salida profesional? Me planteé preguntárselo, pero antes de tener oportunidad de hacerlo, lo reclamó otro miembro del grupo para comentarle un hallazgo.

Recuperé el vial y me agaché con la intención de devolverlo al lugar donde lo había encontrado, pero una parte sentimental y nostálgica de mí se negó a hacerlo. Sentía una extraña conexión con quienquiera que hubiese tenido aquel vial en sus manos por última vez, un parentesco inherente con la persona cuyas huellas dactilares quedaron impresas en el cristal, igual que las mías ahora. ¿Qué brebaje habrían mezclado en el interior de aquel recipiente azul celeste? ¿Y a quién pretenderían ayudar, curar?

Me empezaron a escocer los ojos pensando en las probabilidades de encontrar aquel objeto en el lecho del río: un artefacto histórico, que probablemente perteneció en su día a alguien de escasa importancia, a alguien cuyo nombre no constaba en los libros de texto, pero cuya vida era también fascinante. Y esto era precisamente lo que encontraba tan encantador de aquella historia: por mucho que me separaran varios siglos de la persona que había tenido aquel vial en sus manos por última vez, compartíamos la misma sensación que su frío cristal dejaba en nuestros dedos. Era como si el universo, de un modo extraño y absurdo, quisiera llegar hasta mí y recordarme que, si miraba debajo de las capas de polvo que se habían acumulado con el paso del tiempo, reencontraría el entusiasmo que antiguamente había sentido por los fragmentos insignificantes de épocas pasadas.

Caí entonces en la cuenta de que desde que había aterrizado en Heathrow por la mañana, no había llorado ni una sola vez por James. ¿Y no era justo por eso por lo que había huido a Londres? ¿Para alejar de mí, aunque fuera solo por unos minutos, aquella malévola masa de dolor? Había volado a Londres para respirar y eso era justo lo que había hecho, por mucho que parte de aquel tiempo lo hubiera pasado literalmente enterrada en el fango.

Supe que conservar el vial era justo lo que debía hacer. No solo porque sentía un vínculo sutil con la persona que en su día fuera propietaria de aquel objeto, sino también porque lo había encontrado participando en una expedición de *mudlarking* que ni siquiera formaba parte del itinerario original que tenía previsto con James. Había ido al lecho del río sola. Había metido las manos en una grieta fangosa entre dos piedras. Había contenido las lágrimas. Aquel objeto de cristal —delicado y, aun así, todavía intacto, un poco como yo— era la prueba de que podía ser valiente, aventurera y hacer cosas complicadas yo sola. Guardé el vial en el bolsillo.

Las nubes seguían creciendo y sonó un trueno hacia el oeste del meandro del río. Alf el Solterón nos llamó a todos.

—Lo siento, chicos —vociferó—, pero no podemos continuar si empieza una tormenta eléctrica. Vamos a recoger. Estaré mañana aquí, a la misma hora, si alguien quiere volver a apuntarse.

Me quité los guantes y me acerqué a Alf el Solterón. Ahora que ya me había acostumbrado un poco al entorno, era una decepción que la aventura terminara tan pronto. Al fin y al cabo, acababa de hacer mi primer descubrimiento y sentía una curiosidad creciente y muchas ganas de seguir buscando. Entendía perfectamente que aquel pasatiempo pudiera volverse adictivo.

—Si estuviera en mi lugar —le dije a Alf—, ¿adónde iría para averiguar más cosas sobre el vial?

Por mucho que no tuviera las marcas que Alf esperaría encontrar en un típico vial de botica, tal vez pudiera obtener un poco de información sobre el objeto, sobre todo teniendo en cuenta el animalito grabado en el lateral, que parecía un oso caminando sobre sus cuatro patas.

Me sonrió con afabilidad, sacudió los guantes que acababa de entregarle y los arrojó a un cubo junto con los de los demás.

—Pues supongo que podrías llevarlo a que lo viera un aficionado o un coleccionista especializado en la fabricación de recipientes de vidrio. Tanto el pulido, como los moldes y las técnicas, han ido cambiando con el paso del tiempo y a lo mejor alguien especializado podría ayudarte a datarlo.

Asentí, aun sin tener ni la más remota idea de cómo encontrar a un cristalero aficionado.

—¿Cree que es de aquí, de algún rincón de Londres?

Antes, había oído que Alf el Solterón explicaba a otro participante que el castillo de Windsor estaba a unos cuarenta kilómetros de aquí, en dirección oeste. A saber cuánto había viajado aquel vial, y desde dónde.

Alf levantó una ceja.

—¿Sin una dirección o algún fragmento de texto que pueda ayudarnos? Es casi imposible de determinar, la verdad. —Retumbó un trueno por encima de nuestras cabezas. Vi que Alf el Solterón dudaba, dividido entre querer ayudar a una novata curiosa como yo y que los dos siguiéramos secos y a salvo—. Mira —dijo—, prueba a ir a la Biblioteca Británica y pregunta por Gaynor, en el mostrador de la sección de Mapas. Dile que vas de mi parte. —Miró el reloj—. Van a cerrar pronto, así que mejor que te pongas ya en marcha. Coge el metro y en Thames cambia y sigues hasta St. Pancras. Es lo más rápido… y lo más seco. Además, no es un mal lugar para esperar a que pase la tormenta.

Le di las gracias y me marché corriendo, confiando en que la tormenta tardara aún unos minutos en desencadenarse. Saqué el teléfono y suspiré aliviada al comprobar que la estación estaba a escasas manzanas de distancia, y me resigné al hecho de que si iba a pasar diez días sola en aquella ciudad, había llegado la hora de enterarme de cómo funcionaba el metro.

Cuando salí de la estación, diluviaba. La Biblioteca Británica estaba justo enfrente. Aceleré el paso y tiré del cuello de la camiseta en un vano intento de ventilar el interior. Y para empeorar las cosas, la zapatilla —la que se había llenado de agua cuando había pisado aquel charco en el río— seguía empapada. Cuando por fin entré en la biblioteca, vi mi imagen reflejada en el cristal y suspiré, temiendo que Gaynor me mandara a paseo cuando me viera tan desaliñada.

Peatones, turistas y estudiantes llenaban el vestíbulo, cobijándonos todos de la lluvia. Y aun así, tuve la sensación de ser la única con un motivo real para estar allí. Mientras que muchos iban cargados con mochilas y cámaras, yo había llegado tan solo con un objeto de cristal no identificado en el bolsillo y el nombre de pila de alguien que podía o no estar trabajando allí. Por un instante, me planteé la posibilidad de tirar la toalla; tal vez ya fuera siendo hora de comprarme un bocadillo y planificar un itinerario de verdad.

Pero en cuanto aquel pensamiento me pasó por la cabeza, lo deseché. Eso sería justo lo que James habría dicho. Y mientras la lluvia seguía aporreando los cristales de la biblioteca, me obligué a ignorar la voz de la razón, la misma que en su día me llevó a rasgar la solicitud para matricularme en Cambridge y me animó a aceptar el trabajo en la granja de mi familia. Me pregunté qué haría, de estar en mi lugar, la antigua Caroline, la Caroline de hacía una década, la ferviente estudiante que no estaba todavía deslumbrada por un anillo de diamantes.

Me acerqué a la escalera, alrededor de la cual pululaba un grupo de turistas curiosos con un folleto en la mano y paraguas y bolsas a sus pies. A un lado había un mostrador atendido por una mujer. Me aproximé a ella, aliviada al comprobar que no se mostraba consternada por mi ropa mojada y desaliñada.

Le dije que quería hablar con Gaynor, pero la mujer rio entre dientes.

—Tenemos más de mil empleados —dijo—. ¿Sabe en qué departamento trabaja?

—En Mapas —respondí, y de inmediato me sentí más empoderada que hacía un instante.

La empleada consultó el ordenador, hizo un gesto de asentimiento y me confirmó que una tal Gaynor Baymont trabajaba en el mostrador de consultas de la sala de mapas, en la tercera planta. Me señaló los ascensores.

Minutos después, estaba delante del mostrador de consultas de la sala de mapas viendo cómo una mujer atractiva de treinta y pocos años y pelo ondulado de color caoba permanecía inclinada sobre un mapa impreso en blanco y negro con una lupa en una mano y un lápiz en la otra. Fruncía el ceño, totalmente concentrada. Pasados un par de minutos, se enderezó para estirar la espalda y se sorprendió al descubrirme allí.

—Siento molestar —dije en voz baja, interrumpiendo el silencio casi total de la sala—. Estoy buscando a Gaynor.

Me miró a los ojos y sonrió.

—Pues está en el lugar correcto. Soy Gaynor. —Dejó la lupa y se retiró un mechón de pelo que le caía sobre la cara—. ¿En qué puedo ayudarte?

Ahora que estaba delante de ella, mi petición me pareció ridícula. Era evidente que el mapa que Gaynor tenía delante —un laberinto caótico de líneas y letras minúsculas— era un tema de investigación importante para ella.

—Puedo volver en otro momento —sugerí, casi esperando que aceptara mi idea, me despidiera y, por lo tanto, me obligara a hacer algo más productivo en mi jornada.

—Oh, no seas tonta. Este mapa tiene ciento cincuenta años. Ten por seguro que no va a cambiar en los próximos cinco minutos.

Busqué en el bolsillo y capté una mirada confusa de Gaynor; probablemente estaba más acostumbrada a tratar con estudiantes cargados con tubos con pergaminos que a una mujer empapada por la lluvia hurgando en el bolsillo en busca de alguna cosa.

—He encontrado esto hace un rato, en el río. Estaba haciendo *mudlarking* con un grupo de turistas liderado por un hombre llamado Alf que me ha dicho que viniera a verte. ¿Lo conoces?

Gaynor sonrió.

—Es mi padre, de hecho.

—¡Oh! —exclamé provocando la mirada airada de un cliente. Qué taimado, Alf el Solterón por no contármelo—. Es que aquí, en el lateral, hay un pequeño grabado —dije señalándolo—, y es la única marca del vial. Creo que es un oso. No he podido evitar preguntarme de dónde puede haber salido.

Gaynor ladeó la cabeza, con curiosidad.

—La mayoría de la gente no mostraría ningún interés por un objeto así. —Extendió la mano y le entregué el vial—. Debes de ser historiadora, ¿o investigadora, quizá?

Sonreí.

—No, profesionalmente no me dedico a eso. Pero me interesa la historia.

Gaynor se quedó mirándome.

—Somos almas gemelas. Mi trabajo me permite ver todo tipo de mapas, pero mis favoritos son los antiguos, los oscuros. Siempre dejan un poco de margen a la interpretación, puesto que los lugares evolucionan bastante con el tiempo.

Los lugares y las personas, pensé. Incluso en aquel mismo momento estaba percibiendo el cambio en mi interior: el descontento aferrándose a la posibilidad de aventura, una excursión a mi perdido entusiasmo por épocas pasadas.

Gaynor acercó el vial a la luz.

—He visto unos cuantos viales antiguos como este, aunque normalmente son un poquito más grandes. Siempre los he considerado desconcertantes, ya que no tenemos ni idea de qué contenían. Sangre o arsénico, me imaginaba de pequeña. —Estudió con atención el grabado y pasó el dedo por encima del animal en miniatura—. Parece un osito. Lo extraño es que no haya más marcas, pero diría con bastante seguridad que perteneció al propietario de algún comercio, a un boticario, lo más probable. —Suspiró y me devolvió el vial—. Mi padre tiene un corazón de oro, pero no sé por qué te ha remitido a mí. La verdad es que no tengo ni idea de qué es este recipiente ni de dónde puede haber salido.

Volvió a mirar el mapa que tenía delante, una manera educada de comunicarme que nuestra breve conversación había tocado a su fin.

Era un callejón sin salida y mi expresión delató mi desaliento. Le di las gracias a Gaynor por su tiempo, me dispuse a guardar el vial en el bolsillo y me alejé de la mesa. Pero cuando me volví, Gaynor me llamó.

—Disculpa, pero no me has dicho cómo te llamas.

—Caroline. Caroline Parcewell.

—¿Vienes de visita desde Estados Unidos?

Sonreí.

—Mi acento me delata, seguro. Sí, estoy aquí de visita.

Gaynor cogió un bolígrafo y se inclinó sobre el mapa.

—Pues bien, Caroline, si puedo ayudarte en cualquier otra cosa o si averiguas algo más sobre el vial, me encantaría seguir al corriente.

—Por supuesto —dije, y guardé definitivamente el vial en el bolsillo.

Desanimada, decidí olvidarme de aquel objeto y de mi aventura con el *mudlarking*. De hecho, no creía en que el destino pudiera conducir a grandes descubrimientos.

7

ELIZA

5 de febrero de 1791

Me desperté con un dolor de barriga que no se parecía en nada a cualquier mal que pudiera haber padecido antes. Introduje las manos por debajo del camisón y presioné. La piel estaba caliente e hinchada y apreté los dientes cuando el malestar empezó a extenderse por todas partes.

No era el mismo dolor de barriga que había tenido después de comer muchos dulces o después de dar volteretas en el jardín de verano con las luciérnagas, cuando estaba en casa. Era un dolor más abajo, como si necesitara orinar. Me senté corriendo en el orinal, pero la sensación de pesadez no desapareció.

Tenía por delante una tarea muy importante. La más importante que mi señora me había encomendado. Era más importante que cualquier plato que hubiera fregado, que cualquier pudin que hubiera horneado o que cualquier sobre que hubiera lacrado. No podía defraudarla diciéndole que no me encontraba bien y que me gustaría quedarme en la cama. Aquellas excusas podrían haberme funcionado en la granja con mis padres el día que tocaba cepillar a los caballos o cuando las judías estaban a punto para ser recogidas. Pero aquel día no, y mucho menos en la impresionante casa de ladrillo propiedad de los Amwell.

Retiré la colcha y me dirigí al lavamanos, decidida a ignorar el malestar. Y mientras me lavaba, mientras ordenaba mi buhardilla y mientras acariciaba al gordito y anónimo gato atigrado que dormía a los pies de mi camastro, me susurré casi para mis adentros, como si expresarlo de viva voz fuera a hacerlo más creíble:

—Esta mañana le serviré los huevos envenenados.

Los huevos. Seguían encerrados en el bote con ceniza, en el fondo del bolsillo del vestido que colgaba junto a la cama. Saqué el bote, me lo acerqué al pecho y la frialdad del cristal me alcanzó incluso a través de la tela del camisón. Y mientras sujetaba el bote, las manos no me temblaron, ni una pizca.

Era una chica valiente, al menos para algunas cosas.

Dos años atrás, cuando tenía diez años, fui a caballo con mi madre desde nuestro pueblo, Swindon, hasta la inmensa ciudad de Londres. Nunca había estado antes en Londres y solo había oído rumores sobre su suciedad y su riqueza. «Un lugar inhóspito para gente como nosotros», siempre murmuraba mi padre, que era granjero.

Pero mi madre no pensaba lo mismo. Siempre en privado, me hablaba de los muchos colores de Londres —los campanarios dorados de las iglesias, los azules pavo real de los vestidos— y de la gran cantidad de tiendas peculiares y establecimientos que tenía la ciudad. Me describía animales exóticos vestidos con chaleco acompañados por sus domadores, que los paseaban por las calles de la ciudad, y también puestos del mercado donde vendían bollos calientes de almendras y cerezas, cuyas colas alcanzaban incluso las tres docenas de clientes.

Para una niña como yo, que vivía rodeada de ganado y de arbustos que solo daban frutos amargos, un lugar como aquel era impensable.

Con cuatro hermanos mayores para ayudar en la granja, mi madre había insistido en buscarme una colocación en Londres en cuanto alcanzara la edad adecuada para ello. Mi madre sabía que si no abandonaba muy joven el campo, jamás vería la vida más allá de los pastos y las pocilgas. Mis padres habían discutido sobre el tema durante meses, pero mi madre nunca se mostró dispuesta a ceder, ni una pizca.

La mañana de mi partida fue tensa y estuvo llena de lágrimas. Mi padre aborrecía la idea de tener que perder dos manos útiles para la granja; mi madre aborrecía la idea de tener que separarse de su hija menor.

—Me siento como si me estuvieran arrancando un trozo de corazón —dijo llorando mientras alisaba la mantita que acababa de meter en mi maleta—. Pero no estoy dispuesta a condenarte a una vida como la mía.

Nuestro destino era la Oficina de Registro de Servidumbre. Cuando entramos en la ciudad, mi madre se inclinó hacia mí y me habló con un tono que ya no era triste, sino eufórico.

—Debes empezar en el lugar de la vida donde te ha colocado la suerte —dijo presionándome la rodilla—, y ascender a partir de ahí. Empezar como lavaplatos o criada no tiene nada de malo. Además, Londres es un lugar mágico.

—¿A qué te refieres con eso de que es mágico, madre? —le pregunté con los ojos como platos para comenzar a asimilar la ciudad. Era un día despejado y azul y empecé a imaginarme ya que los callos de las manos se me estaban reduciendo.

—Me refiero a que en Londres puedes ser todo aquello que quieras ser —respondió—. En los campos de cultivo no te espera nada grande. Las vallas te habrían mantenido acorralada, igual que sucede con los cerdos, igual que me ha sucedido a mí. ¿Pero en Londres? Con el tiempo, y si eres inteligente, podrás desplegar tu propio poder, como un mago. En una ciudad tan grandiosa, incluso una chica pobre puede transformarse en aquello que desee ser.

—Como una mariposa azul índigo —dije pensando en los capullos vítreos que había visto en los páramos en verano. En cuestión de días, los capullos se volvían negros como el hollín, como si el animal de su interior se hubiese marchitado hasta morir. Pero

68

luego, la oscuridad desaparecía para dejar entrever las impresionantes alas azules de la mariposa dentro de aquella envoltura fina como el papel. Poco después, las alas perforaban el capullo y la mariposa emprendía el vuelo.

—Sí, como una mariposa —dijo mi madre—. Ni siquiera los hombres poderosos son capaces de explicar qué sucede en el interior del capullo. Es magia, sin duda, igual que lo que sucede en el interior de Londres.

A partir de aquel momento, deseé conocer más detalles sobre aquella cosa llamada «magia» y estuve ansiosa por explorar la ciudad a la que acabábamos de llegar.

En la Oficina de Registro de Servidumbre, mi madre esperó con paciencia en un rincón mientras un par de mujeres me estudiaban de arriba abajo; una de ellas era la señora Amwell, enfundada en un vestido de raso de color rosa y tocada con un sombrerito rematado con encaje. Tuve que hacer esfuerzos por no mirarla, porque en la vida había visto un vestido de raso rosa.

Creo que a la señora Amwell le gusté al instante. Se inclinó hacia delante para hablar conmigo y se quedó tan cerca de mí que nuestras caras casi se tocaron, y poco después rodeó con el brazo a mi madre, cuyos ojos volvían a estar llorosos. Me quedé encantada cuando finalmente la señora Amwell me cogió de la mano, me llevó hasta la gran mesa de madera de caoba del otro extremo de la oficina y le pidió la documentación a la empleada.

Mientras cumplimentaba la información requerida, me fijé en lo mucho que le temblaba la mano a la señora Amwell al escribir y me dio la impresión de que mantener la pluma sobre el papel le exigía mucho esfuerzo. Las palabras que escribía eran dentadas y estaban inclinadas hacia ángulos raros, aunque a mí me daba igual. Por aquellos tiempos no sabía leer y cualquier caligrafía me resultaba incomprensible.

Después de una despedida llena de lágrimas, dejé allí a mi madre y mi señora y yo subimos a un carruaje para ir hasta la casa que compartía con el señor Amwell, su esposo. Trabajaría de entrada en la cocina, de modo que la señora Amwell me presentó a Sally, la cocinera y responsable de la intendencia.

Durante las semanas siguientes, Sally no fue precisamente parca en palabras: según ella, yo no sabía ni fregar una cacerola ni retirar las raíces de la patata sin echar a perder la pulpa. Y cuando me enseñó la manera «correcta» de hacer las cosas, nunca me quejé, puesto que me gustaba trabajar en casa de los Amwell. Tenía mi propia habitación en la buhardilla, que era mucho más de lo que mi madre me había dicho que podía esperar, y desde allí arriba podía observar la actividad entretenida y omnipresente de la calle: los palanquines corriendo de un lado a otro, los maleteros cargados con cajas de productos desconocidos, las idas y venidas de una joven pareja de enamorados.

Al final, Sally acabó sintiéndose cómoda con mis habilidades y empezó a permitirme ayudarla en la preparación de las comidas. Me pareció un pequeño ascenso, tal y como mi madre me había dicho, y me llenó de esperanza; confiaba en que llegaría un día en que también yo pasearía por las majestuosas calles de Londres en busca de algo más grande que patatas y cacerolas.

Una mañana, mientras estaba colocando unas hierbas para aderezo en una bandeja, una de las doncellas entró corriendo en la cocina. La señora Amwell quería verme en su sala de estar. Me invadió una sensación de terror. Convencida de haber hecho algo mal, subí las escaleras muy despacio, ralentizada por el miedo. Ni siquiera llevaba dos meses en casa de los Amwell; mi madre estaría horrorizada si me despedían en tan poco tiempo.

Pero cuando entré en la salita azul celeste de mi señora y ella cerró la puerta a mis espaldas, se limitó a sonreírme y a pedirme que me sentara a su lado, detrás del escritorio. Entonces, abrió un libro y extrajo de su interior una hoja de papel en blanco, luego sacó una pluma y un tintero. Señaló varias palabras del libro y me pidió que las escribiera.

No me sentía cómoda sujetando la pluma, en absoluto, pero me acerqué el papel y empecé a copiar las palabras lo mejor que pude. La señora Amwell me observó con atención mientras iba trabajando, con el ceño fruncido y la barbilla apoyada en las manos. Cuando hube terminado aquellas primeras palabras, seleccionó unas cuantas más, y debo reconocer que, casi de inmediato, noté una mejoría en mis trazos. Mi señora debió de verlo también, puesto que movió la cabeza en un gesto de aprobación.

A continuación, dejó a un lado la hoja de papel y cogió el libro. Me preguntó si comprendía las palabras que había allí y negué con la cabeza. Entonces, señaló algunas de las palabras más cortas —«yo», «sol», «pan»— y me explicó que cada letra tenía su propio sonido y que las palabras unidas sobre el papel podían transmitir una idea, una historia.

«Como si fuese magia», pensé. La magia estaba en todas partes, solo había que saberla ver.

Aquella tarde en la sala de estar tuvo lugar mi primera clase. La primera de un número infinito de clases, en ocasiones dos al día, puesto que la enfermedad de mi señora, de la que me había percatado por vez primera en la Oficina de Registro, había empeorado. El temblor de la mano se había vuelto tan grave, que ya no podía escribir su correspondencia y necesitaba que yo lo hiciera por ella.

Con el tiempo, cada vez fui trabajando menos en la cocina, y la señora Amwell me llamaba a menudo para que acudiera a su sala de estar. El resto de la servidumbre no se lo tomaba muy bien, sobre todo Sally. Pero no me preocupaba: la señora Amwell era mi señora, no Sally, y yo no podía negarme ni a los *ganache* de chocolate, ni a las cintas de adorno, ni a las clases de escritura junto a la chimenea de la salita, ¿verdad?

Me llevó muchos meses aprender a leer y escribir, y más tiempo incluso a hablar como una niña que no venía del campo. Pero la señora Amwell era una tutora maravillosa: educada y con voz dulce, me cogía la mano entre las suyas para formar las letras y reía conmigo cuando se me escapaba la pluma. Cualquier pensamiento que quedara en mí relacionado con mi casa acabó esfumándose; me daba vergüenza admitirlo, pero no quería volver a ver la granja nunca jamás. Quería quedarme en Londres, en la majestuosidad de la sala de estar de mi señora. Aquellas largas tardes sentada junto a su escritorio, cuando la única molestia eran las miradas de las criadas celosas, se contaban entre mis mejores recuerdos.

Pero entonces, algo cambió. Hace un año, cuando la redondez de mi cara empezó a esfumarse y el borde superior de mi corpiño se volvió cada vez más tenso, no pude seguir ignorándolo: sentía otra mirada, una mirada nueva, y la sensación de que alguien me observaba con excesiva atención.

Era el señor Amwell, el esposo de mi señora. Por razones que yo solo alcanzaba a comprender mínimamente, había empezado a prestarme atención. Y estaba segura de que mi señora también se había dado cuenta de ello.

Era casi la hora. El dolor de barriga ya no era tan espantoso; ir de un lado a otro de la cocina me había ido bien. Y lo agradecía, puesto que seguir las instrucciones de Nella me exigiría ir con mucho cuidado y no temblar. Un desliz con la mano, que habría provocado risas en la sala de estar de mi señora, supondría hoy un error terrible.

Los dos huevos más pequeños chisporrotearon en la sartén. La grasa me salpicó el delantal cuando los bordes blancos empezaron a burbujear y a cuajarse. Permanecí muy quieta, concentrada, y retiré los huevos de la sartén cuando los bordes alcanzaron el color de la miel, tal y como le gustaban a la señora. Puse los huevos en un plato, los tapé con un paño y los aparté. Dediqué los minutos siguientes a ocuparme de la salsa de carne, la sugerencia de Nella.

Y mientras la salsa se espesaba, caí en la cuenta de que aquel era el último momento en el que podía deshacer lo que no había hecho todavía, en el que podía cortar el hilo que aún no había sido cosido. Si seguía adelante, sería igual que uno de aquellos hombres de Tyburn sobre los que había oído hablar y que habían acabado en la horca: una criminal. Se me puso carne de gallina al pensarlo y me planteé por un instante mentirle a mi señora y decirle que el veneno del huevo debía de haber sido demasiado flojo.

Negué con la cabeza. Una mentira de aquel calibre sería cobardía y el señor Amwell seguiría con vida. El plan, que la señora Amwell había puesto en marcha, fracasaría por mi culpa.

Hoy no tendría que estar en la cocina. Pero la semana pasada, Sally le había pedido permiso a la señora Amwell para ausentarse unos días para poder ir a visitar a su madre enferma. Mi señora le había dado al instante su aprobación y acto seguido me había llamado a su salita para impartirme una clase. Pero la lección de aquel día no había versado sobre caligrafía ni redacción de cartas; sino que había girado en torno a una botica escondida. Me había dicho que tenía que dejar una nota en el barril de cebada perlada que había justo detrás de la puerta del número 3 de Back Alley, y que la nota debía especificar la fecha y la hora en la que volvería allí para recoger el remedio que era, naturalmente, letal.

No le pregunté a mi señora por qué quería hacerle daño a su esposo; pero sospeché que era por lo que había sucedido hacía un mes, justo después de Año Nuevo, cuando mi señora se ausentó de casa y pasó el día en los jardines de invierno que hay cerca de Lambeth.

Aquel día, la señora Amwell me había pedido que le organizara un montón de cartas y, antes de marcharse a los jardines, me entregó varias docenas para que las clasificara; sin embargo, no pude completar mi tarea porque me dolía mucho la cabeza. El señor Amwell me encontró casualmente con las mejillas empapadas de lágrimas; la presión en la cabeza se había vuelto insoportable. El señor Amwell insistió en que me retirara a mi habitación y me pusiera a dormir. Unos minutos después, subió para ofrecerme una bebida que me dijo que me iría muy bien y engullí un líquido fuerte del color de la miel a tanta velocidad, que incluso pensé que me daría un ataque de tos. Se parecía al coñac que mi señora bebía a veces directamente de la botella, y me parecía inconcebible que alguien fuera capaz de ingerir aquella cosa por voluntad propia.

Dormí para ahuyentar el dolor de cabeza en el silencioso y soleado confort de mi habitación. Al final, me despertó el olor a grasa animal —una vela de sebo— y el contacto de la mano fría de mi señora en la frente. El dolor de cabeza había desaparecido. La señora Amwell me preguntó cuánto tiempo había estado durmiendo y le respondí que la verdad era que no lo sabía, que me había acostado a media mañana. «Son las diez y media de la noche», me dijo, lo que significaba que había dormido casi doce horas.

La señora Amwell me preguntó si había soñado. Y aunque le dije que no con la cabeza, la verdad era que empezaba a tomar forma un vago recuerdo, un recuerdo que estaba segura de que era un sueño que había tenido hacía unas horas. Veía la imagen del señor Amwell en mi buhardilla; había retirado el gato de mi camastro y lo había echado al pasillo, luego había cerrado la puerta y se había acercado. Había tomado asiento a mi lado, me había puesto la mano en la barriga y había empezado a hablar. Por mucho que lo intentara, era incapaz de recordar de qué habíamos hablado en el sueño. Luego, había empezado a mover la mano, deslizándola hacia mi ombligo, y entonces uno de los criados había gritado desde abajo; acababan de llegar un par de caballeros que necesitaban hablar urgentemente con el señor Amwell.

Le conté aquella historia a mi señora, pero le dije que no sabía si había sido un sueño o si era real. Se quedó a mi lado, con cara de preocupación. Entonces señaló la copa vacía de coñac y me preguntó si me la había dado el señor Amwell. Le dije que sí. Y, a continuación, se inclinó más sobre mí y me cogió la mano.

—¿Es la primera vez que lo hace? —me preguntó.

Moví la cabeza en un gesto de asentimiento.

—¿Y te encuentras ya bien? ¿No te duele nada?

Entonces hice un gesto negativo. No me dolía nada.

Mi señora miró de nuevo la copa, me cubrió bien con las mantas y me deseó buenas noches.

Fue solo después de que mi señora se hubiera marchado cuando oí el lamento del gato atigrado fuera de la habitación. Estaba en el pasillo y maullaba para que lo dejara entrar.

Cogí los huevos más grandes como si fueran de cristal. Era una labor complicada, sin duda, y jamás me había concentrado tanto en la presión con la que cascaba un huevo. La sartén seguía aún muy caliente y las yemas empezaron a cuajarse casi al instante. Temía acercarme demasiado por miedo a respirar algún olor venenoso y decidí cocinar los huevos con el brazo tan extendido que pronto empezó a dolerme el hombro como cuando trepaba por los árboles en el campo.

Una vez hechos, retiré los dos huevos más grandes del fuego y los coloqué en un segundo plato. Los cubrí con la salsa de carne y tiré las cuatro cascaras a la basura. Me alisé el delantal y, después de asegurarme de haber colocado los huevos envenenados en el lado derecho de la bandeja, salí de la cocina.

La señora y el señor ya estaban sentados a la mesa, enfrascados en una conversación sobre un banquete que se iba a celebrar próximamente.

—Dice el señor Batford —comentó la señora Amwell— que habrá una exposición de esculturas procedentes de todo el mundo.

El señor Amwell refunfuñó a modo de respuesta y levantó la vista hacia mí cuando accedí al comedor.

—Ajá —dijo—. Ya estás aquí.

—Jura que son bellísimas. —Mi señora se frotó la clavícula y vi que la piel que rozaron sus dedos tenía manchas rojizas. Se la veía inquieta, aun siendo yo la que cargaba con la bandeja de los huevos envenenados, lo cual me molestó un poco. Le había dado miedo ocuparse personalmente de los huevos y ahora parecía incapaz de templar los nervios.

—Umm, umm —le dijo el señor Amwell sin despegar los ojos de mí—. Trae eso para aquí. Rápido, chica.

Me acerqué por detrás, cogí el plato del lado derecho de la bandeja y lo deposité con cuidado delante de él. Al hacerlo, el señor Amwell puso la mano detrás de mis piernas y, delicadamente, levantó el tejido tosco de mi falda. Recorrió la parte posterior de mi rodilla y empezó a ascender por el muslo.

—Encantador —dijo retirando por fin la mano para coger el tenedor.

Empecé a sentir picores allí donde me había tocado, un sarpullido invisible bajo la piel. Me aparté y dejé el segundo plato delante de la señora.

Con la clavícula aún enrojecida, la señora me dirigió un gesto de asentimiento. Tenía los ojos tristes y apagados, tan oscuros como las rosetas de color marrón del papel pintado que tenía a sus espaldas.

Ocupé mi lugar en un extremo del comedor y esperé, inmóvil como una estatua de piedra, lo que fuera a suceder a continuación.

8

CAROLINE

Presente, lunes

Cuando me desperté por la noche, el reloj de la mesita marcaba las tres de la madrugada. Refunfuñé y me volví hacia el otro lado para no ver la tenue lucecita roja, pero cuando intenté conciliar otra vez el sueño, se me empezó a revolver el estómago y una sensación de malestar me dejó la piel húmeda y caliente al tacto. Retiré el edredón, me sequé el sudor del labio superior y me levanté para comprobar el termostato. Estaba programado en grados Celsius, no Fahrenheit, y pensé que a lo mejor lo había puesto demasiado alto el día anterior. Arrastré los pies por la moqueta del suelo, me detuve para estabilizarme y me vi obligada a apoyar la mano en la pared.

Y de repente, tuve ganas de vomitar.

Corrí al baño y llegué al inodoro justo a tiempo de arrojar todo lo que había comido el día anterior. Una, dos, vomité tres veces y me quedé con el cuerpo hecho polvo sobre la taza.

Después, cuando mi estómago se relajó y recuperé el aliento, busqué a tientas una toalla. Mi mano tumbó un objeto pequeño y sólido. El vial. Después de llegar al hotel, lo había sacado de la bolsa y lo había dejado en la repisa del cuarto de baño. Y ahora, para no romperlo, lo guardé en el fondo de la maleta, donde imaginé que estaría seguro, y volví a entrar en el baño para cepillarme los dientes.

«Intoxicación alimentaria en un país extranjero —pensé, gimoteando. Y entonces me tapé la boca con una mano húmeda y temblorosa—. ¿Intoxicación alimentaria… o quizá otra cosa?». ¿Verdad que el día anterior también me había sentido mareada un par de veces? Apenas había comido y, por lo tanto, no podía achacar aquellas náuseas a haber ingerido algo en mal estado.

De pronto, todo parecía una broma de mal gusto. Si de verdad estaba embarazada, nunca me había imaginado que la cosa fuera a desarrollarse de aquella manera. Llevaba mucho tiempo soñando con el momento en que James y yo nos enteráramos conjuntamente de la noticia: las lágrimas de felicidad, el beso de celebración, ir juntos corriendo a comprar nuestro primer libro sobre bebés. Los dos, juntos, celebrando lo que habíamos creado. Y ahora estaba aquí, sola en el cuarto de baño de un hotel en plena madrugada con la esperanza de que no hubiéramos creado nada de nada. No quería un bebé de James, ahora no. Lo único que quería era sentir el dolor incómodo y agudo que anticipaba mi periodo.

Me preparé una taza de manzanilla caliente. La bebí despacio y después me tumbé en la cama media hora, sin poder dormir, a la espera de que se me pasaran las náuseas. No tenía valor suficiente como para plantearme la idea de hacerme la prueba de embarazo. Me concedería unos días más. Recé para que el viaje y el estrés fueran los culpables del retraso y me dije que seguramente la regla me vendría más tarde, a lo largo de la jornada, o al día siguiente.

El estómago empezó a calmarse, pero el *jet lag* me mantuvo despierta. Extendí el brazo hacia el lado derecho de la cama, hacia el espacio que debería estar ocupando James, y estrujé las sábanas frías entre los dedos. Por un breve momento, no pude resistirme a reconocer la verdad: una parte de mí lo echaba muchísimo de menos.

No. Solté las sábanas y me volví hacia el lado izquierdo, me alejé del espacio vacío que tenía a mi lado. No estaba dispuesta a echarlo de menos. Todavía no.

Y por si el secreto de James no era ya carga suficiente, había algo más: hasta la fecha, solo había revelado la infidelidad de mi marido a mi mejor amiga, Rose. Y ahora, despierta a horas intempestivas, me planteé la posibilidad de llamar a mis padres para contárselo todo. Pero mis padres habían pagado la estancia no reembolsable del hotel y no me veía capaz de decirles que en la *suite* solo estaba uno de nosotros dos. Se lo contaría a la vuelta, cuando hubiera tenido tiempo suficiente para reflexionar sobre todo, cuando hubiera decidido sobre el futuro de mi matrimonio.

Al final, renuncié a seguir durmiendo, encendí la luz de la mesita de noche y desenchufé el móvil del cargador. Abrí la aplicación de Internet y mis dedos se quedaron flotando por encima del teclado, sometidos a la tentación de buscar qué hacer en Londres. Pero los lugares emblemáticos, como Westminster y Buckingham Palace, ya estaban anotados en mi cuaderno con todos los detalles concernientes a horarios de apertura y precios de las entradas, pero no me atraía ir a visitar nada. Si apenas era capaz de tolerar la ausencia de James en aquella habitación espaciosa, ¿cómo podría pasear por los senderos de Hyde Park sin sentir el espacio vacío que tendría a mi lado? Mejor no ir.

Entré en la página web de la Biblioteca Británica. Mientras charlaba con Gaynor en la sala de mapas, me había fijado en un letrerito que mencionaba la base de datos *online*. Y a pesar del *jet lag* y el malestar, me acomodé entre las sábanas de algodón y decidí indagar un poco.

Cliqué en la cajita de búsqueda del catálogo principal y tecleé dos palabras: *vial oso*. Aparecieron varios resultados de temática muy diversa: un artículo reciente publicado por una revista de biomecánica, un libro del siglo XVII sobre profecías apocalípticas y una colección de documentos recuperados a principios del siglo XIX del hospital de St. Thomas. Hice clic en el tercer resultado y esperé a que se cargara la página.

Aparecieron detalles adicionales, a saber, la fecha de creación de la colección de documentos —entre 1815 y 1818— e información relativa a cómo fueron obtenidos. Según constaba en la página, los documentos fueron hallados en el ala sur del hospital y estaban relacionados tanto con el personal hospitalario como con los pacientes ingresados en aquel pabellón.

Hacia el principio de los resultados de la búsqueda, aparecía un enlace para solicitar los documentos. Pinché en el enlace y resoplé, dando por hecho que me exigirían registrarme en la biblioteca para solicitar el documento físico. Pero, para mi sorpresa, varias páginas aleatorias del documento estaban digitalizadas. Y en cuestión de segundos, empezaron a materializarse en la pantallita del teléfono.

Hacía más de una década que no llevaba a cabo aquel tipo de búsqueda y no pude evitar percibir la subida repentina de adrenalina en el pecho. Me morí de envidia al pensar que Gaynor se pasaba el día en la Biblioteca Británica disfrutando de pleno acceso a archivos como aquel.

Mientras la imagen se materializaba, la pantalla se iluminó con una llamada entrante. No reconocí el número, pero el identificador indicaba que era una llamada procedente de Minneapolis. Fruncí el ceño e intenté recordar si conocía a alguien en Minnesota. Negué con la cabeza; seguro que querían venderme alguna cosa. Rechacé la llamada, me acomodé en la almohada y empecé a leer las páginas digitalizadas del documento.

Las primeras páginas eran irrelevantes: nombres de administradores del hospital, un documento de préstamo y una copia firmada de un testamento, tal vez del puño y letra del paciente en su lecho de muerte. Pero en la cuarta página, algo me llamó la atención: la palabra «oso».

Era la imagen digitalizada de una breve nota escrita a mano, con escritura aserrada y descolorida en varios lugares:

22 de octubre de 1816

Para los hombres, un laberinto. Podría haberles mostrado todo lo que desearan ver en Bear Alley.

Que una asesina no tiene necesidad alguna de levantar su esbelta y delicada mano. Que no necesita tocarlo mientras él muere.

Que hay otras formas más inteligentes: viales y vituallas.

La boticaria era amiga de todas nosotras, de las mujeres, la elaboradora de nuestro secreto: los hombres mueren porque lo queremos nosotras.

Aunque no todo salió como yo pretendía.

No fue culpa de ella, de la boticaria. Ni siquiera fue mía.

Atribuyo la culpa a mi esposo, y a su sed de aquello que no estaba pensado para él.

La nota no estaba firmada. Me temblaban las manos; las palabras «oso» y «vial» estaban presentes, lo que quería decir que aquella era la página que coincidía con mis palabras de búsqueda. Y la autora de aquella nota, quienquiera que fuese, pretendía claramente compartir un importante secreto mientras estaba ingresada en el hospital. ¿Podría tratarse de una confesión en el lecho de muerte?

¿Y la frase que hablaba de «todo lo que desearan ver en Bear Alley», es decir, en el «pasaje del Oso»? La autora de la nota hacía alusión a un laberinto, dando a entender que ella conocía cómo transitar por él. Y si había un laberinto, parecía lógico que al final del mismo hubiera algo valioso, o secreto.

Me mordí la uña. No tenía ni idea de qué podía querer decir aquella frase tan rara.

Pero fue otra cosa la que me resultó más chocante: la mención de la boticaria. La autora de la nota decía que la boticaria era una «amiga» y una «elaboradora» de secretos. Si el secreto era que los hombres morían —y, claramente, no por accidente—, la boticaria era el hilo conductor de su muerte. Una especie de asesina en serie. Un escalofrío me recorrió el cuerpo y me cubrí mejor con el edredón.

Mientras examinaba de nuevo la nota, apareció en la bandeja de entrada de mi correo electrónico la notificación de un mensaje no leído. Lo ignoré, abrí Google Maps y tecleé a toda velocidad, *Bear Alley, Londres*, tal y como aparecía mencionado en la primera frase de la nota.

Al instante apareció un único resultado: efectivamente, en Londres había un «Bear Alley». Y aunque pareciera increíble, estaba cerca —muy cerca— de mi hotel. A diez minutos andando, no más. ¿Pero sería el mismo Bear Alley que mencionaba la nota? Sin lugar a dudas, muchas calles habían cambiado de nombre a lo largo de los últimos doscientos años.

La vista satélite de Google Maps indicaba que la zona de Bear Alley estaba llena de grandes edificios construidos en hormigón, y los negocios que se veían en el mapa eran básicamente bancos de inversión y empresas financieras. Lo que significaba que aun en el caso de que aquel fuera el Bear Alley de antaño, no encontraría gran cosa más allá de un enjambre de hombres trajeados corriendo de un lado a otro. Hombres similares a James.

Miré la maleta, en el interior de la cual había guardado el vial. Gaynor había coincidido conmigo en que la imagen grabada en el lateral del objeto era un oso. ¿Podría el vial estar relacionado con el callejón que llevaba precisamente el nombre del oso? La idea —improbable aunque no imposible— era como un cebo colgado de un anzuelo. Y no pude resistirme al atractivo del misterio, al «¿y sí…?», a lo desconocido.

Miré la hora. Eran casi las cuatro de la mañana. En cuanto saliera el sol, cogería un café e iría directa a Bear Alley.

Antes de dejar el teléfono, eché un vistazo al mensaje que había dejado sin leer en la bandeja de entrada y casi se me escapa un grito: era de James. Con la mandíbula tensa, empecé a leerlo.

He intentado llamarte desde el aeropuerto de Minneapolis. Casi no puedo ni respirar, Caroline. La otra mitad de mi corazón está en Londres. Necesito verte. Estoy a punto de embarcar rumbo Heathrow. Aterrizo a las nueve, hora europea. Imagino que pasar la aduana me llevará un rato. ¿Nos vemos en el hotel, hacia las once?

Pasmada, leí el mensaje una segunda vez. James estaba viajando a Londres en aquel momento. Ni siquiera me había preguntado si me apetecía verlo, ni me concedía el derecho a la soledad y la distancia que tanto necesitaba. La llamada desconocida de hacía unos minutos debía de haber sido suya, tal vez desde una cabina, porque probablemente intuía que no descolgaría si hubiese visto que era él.

Me empezaron a temblar las manos; era como si acabara de enterarme otra vez de su romance. Acerqué el dedo a la tecla para responder, dispuesta a decirle: «No, no te atrevas a venir». Pero lo conocía bien; bastaba con decirle que no podía hacer algo para que se esforzara el doble en hacerlo. Además, James conocía el nombre del hotel, y aunque me negara a reunirme con él, estaba segura de que se quedaría esperando en el vestíbulo todo el tiempo que fuera necesario. Y yo tampoco podía quedarme eternamente encerrada en la habitación.

Dormir me resultaría imposible. Si James pretendía llegar hacia las once, me quedaban tan solo unas pocas horas sin la carga de su presencia, de sus excusas. Unas pocas horas de no tener que afrontar nuestro matrimonio herido. Unas pocas horas para ir a Bear Alley.

Me levanté de la cama y empecé a deambular de un lado a otro, junto a la ventana, mirando el cielo cada pocos minutos, buscando con desesperación los primeros rayos de luz.

El sol no tenía la más mínima prisa por salir.

9

ELIZA

5 de febrero de 1791

Cuando pasó un minuto, y luego otro, sin que se observase ningún cambio en la conducta del señor Amwell en la mesa del desayuno, mi valentía empezó a venirse abajo. Deseaba con todas mis fuerzas poder tomar otra taza caliente de la infusión de valeriana que me había preparado Nella al recordar lo relajada que me había sentido en el cuarto secreto de su pequeña tienda.

El acto en sí tampoco había sido tan terrible: cascar los huevos y echarlos a la sartén caliente. Ni siquiera me daban miedo las palabras de rabia que me pudiera escupir el señor Amwell cuando los huevos envenenados se revolvieran en su estómago, ni la forma rígida y curvada que su cuerpo pudiera adquirir, algo que, según me había advertido Nella, podía llegar a provocar pesadillas para toda la vida.

Pero aunque era valiente para determinadas cosas, no era valiente siempre. Lo que más miedo me daba era su fantasma, su espíritu desatado cuando hubiera muerto. Su movimiento invisible atravesando las paredes, atravesando mi piel.

Mi miedo a los espíritus era reciente y se había iniciado hacía tan solo unos meses, cuando Sally me llevó con ella a la oscura y fría bodega de la casa y me contó la historia de una chica llamada Johanna.

Después de aquel día, al descubrir que la magia podía agriarse e ir mal, dejé de ser tan valiente.

Según Sally, Johanna estuvo trabajando en casa de los Amwell poco antes de que yo llegara. Era solo un par de años mayor que yo y cayó enferma, tan enferma que no podía ni salir de su habitación. Y durante su aislamiento, empezaron a oírse murmullos por los pasillos: rumores de que no estaba enferma, sino que llevaba un bebé en el vientre y pronto daría a luz.

Sally dijo que una fría mañana de noviembre, una de las criadas acompañó a Johanna durante un día entero para dar a luz. Empujó y empujó con todas sus fuerzas, pero sin un solo grito. El bebé nunca llegó a salir y Johanna cayó dormida y ya nunca se despertó.

La habitación de la buhardilla, donde yo dormía —con sus rincones llenos de telarañas y corrientes de aire—, estaba justo al lado del cuarto donde habían muerto Johanna y su bebé. Y después de que Sally me contara esa historia, empecé a oír a Johanna gritar a través de las paredes, a altas horas de la noche. Era como si me gritara a mí, como si gritara mi nombre. A veces, oía un sonido que parecía agua corriente, y unos golpes sordos, como si el bebé que llevaba en su vientre intentara salir golpeando con sus puñitos.

«¿Quién era el padre?», le pregunté a Sally aquel día en la bodega.

Me miró fijamente, como si a aquellas alturas ya debiera haberlo adivinado.

Al final, me armé del valor necesario para revelarle a la señora Amwell parte de lo que Sally me había contado sobre Johanna, pero mi señora insistió en que en la casa no había habido ninguna chica embarazada y en que allí jamás había muerto nadie. Intentó darme a entender que Sally sentía envidia de mí por el lugar que yo ocupaba en la casa y que aquellos golpes eran de mi corazón, que estaba aterrado, que todo aquello no era más que pesadillas.

No quise llevarle la contraria a la señora Amwell. Pero yo sabía muy bien lo que oía por la noche. ¿Cómo es posible confundir un grito que lleva tu propio nombre?

Y ahora, mientras esperaba en el comedor, con la espalda pegada a la pared y viendo cómo el señor Amwell comía sus huevos, fue aquel conjunto de acontecimientos lo que empezó a desequilibrarme, hasta tal punto que me vi obligada a apoyar las manos contra la pared para no caerme. No me arrepentía de lo que había hecho; solo esperaba que los huevos envenenados mataran con rapidez al señor Amwell, y a luz del día, además, porque no soportaba la idea de que otra voz gritara mi nombre a través de las paredes. Recé para que el desgraciado espíritu del señor Amwell no se liberara en esta estancia o, si lo hacía, que no se entretuviera por aquí mucho tiempo.

No entendía este tipo de magia. No entendía por qué el espíritu de Johanna seguía atrapado en este mundo ni por qué me perseguía de aquel modo, y temía que el espíritu del señor Amwell empezara a acompañarla por los pasillos.

Era valiente para ciertas cosas, sí, y los venenos no me asustaban. Pero desencadenados, los espíritus furiosos podían conmigo.

Se llevó la mano a la garganta cuando iba ya por el segundo huevo.

—¡Dios mío! —gritó—. ¿Pero qué lleva esta salsa? ¡Tengo una sed espantosa!

Tragó media jarra de agua mientras yo seguía en el otro lado del comedor, a la espera de retirar los platos.

La señora abrió los ojos de par en par. Acarició el tejido de punto elástico amarillo de la parte superior de su vestido. ¿Serían imaginaciones mías el temblor que me pareció observar en su muñeca?

—¿Estás bien, querido? —le preguntó.

—¿Tengo pinta de estar bien? —le espetó el señor Amwell. Tiró de su labio inferior, que había empezado a hincharse y a ponerse rojo—. Me arde la boca. ¿Le has echado guindilla?

Se secó una gota de salsa de carne que le había quedado adherida a la barbilla y la servilleta cayó al suelo cuando la soltó. Y entonces lo vi con una claridad absoluta: la ira cuajándose para transformarse en algo similar al miedo.

—No, señor —dije—. La he hecho como siempre. La leche no se estropeaba hasta dentro de unos días.

—Pues creo que ya estaba estropeada.

Empezó entonces a toser y volvió a llevarse la mano a la garganta.

La señora cogió un poco de salsa y huevos de su plato y comió con cautela.

—¡Maldita sea! —El señor empujó el plato, se puso de pie y la silla cayó al suelo, levantando las pulcras cortinas con estampado de margaritas—. ¡Acabaré vomitando, chica! ¡Llévate esto!

Corrí a recoger el plato y vi entonces que se había comido el primer huevo y gran parte del segundo. Nella me había prometido que con uno bastaría, en caso necesario.

El señor Amwell subió la escalera y sus pasos resonaron por todo el comedor. La señora y yo nos miramos en silencio, y debo reconocer que en parte me quedé sorprendida al ver que el plan había funcionado. Me marché a la cocina, retiré rápidamente los restos del plato y lo puse enseguida a remojo.

En el comedor, la señora siguió comiendo. Parecía encontrarse perfectamente bien, gracias a Dios, pero los vómitos del señor Amwell en la planta de arriba eran tan potentes que me pregunté si el esfuerzo acabaría matándolo antes incluso de que lo hiciese el veneno. Jamás había oído vomitar de aquella manera. ¿Cuánto tiempo tardaría? Nella no me lo había dicho y yo no había pensado en preguntárselo.

Pasaron dos horas. Habría resultado sospechoso si la señora Amwell hubiese seguido escondida detrás de su escritorio, abajo, las dos trabajando en cartas que no era necesario escribir en aquel momento, comportándonos como si no pasara nada.

Todo el mundo sabía que al señor Amwell le gustaba beber y que había sufrido periodos de días y noches con la cabeza metida en el orinal. Pero la verdad era que nunca se había quejado de un modo tan agónico como aquel; esto era distinto, e imaginé que el resto del servicio ya se habría dado cuenta de ello. La señora y yo subimos a verlo, y cuando la señora se dio cuenta de que su esposo no podía ni hablar, ordenó a un criado que fuese a buscar al médico.

El médico declaró de inmediato que el estado del señor Amwell era nefasto, que el abdomen del paciente estaba hinchado como nunca lo había visto y sufría terribles convulsiones. Aunque intentó explicárselo a mi señora sirviéndose de extraños términos que no entendí en absoluto, cualquiera podía ver sus convulsiones; era como si en la barriga del señor Amwell hubiera un animal encerrado. Tenía los ojos inyectados en sangre y ni siquiera podía fijar la vista en la luz de la vela.

Cuando el médico y mi señora empezaron a conversar en voz baja, el señor Amwell volvió la cabeza, y aquellos agujeros negros y vacíos me miraron fijamente, me traspasaron el alma, y juro que en ese momento vi que lo sabía. Contuve un grito y salí corriendo de la habitación justo en el momento en que el doctor empezaba a palpar la entrepierna del paciente, provocándole un aullido tan intenso y primitivo que temí que el espíritu del señor Amwell hubiera salido en aquel momento de él.

Pero su respiración, rasposa y jadeante —audible desde el pasillo, donde, temblorosa, me había refugiado yo—, me comunicó que todavía seguía con vida.

—La vejiga está a punto de estallar —le explicó el médico a la señora Amwell cuando salí de la habitación—. ¿Y dice que no es la primera vez que se produce este tipo de episodio?

—Lo ha sufrido muchas veces —respondió mi señora. No era mentira, pero estaba mintiendo. Me apoyé en la pared del pasillo, justo al lado de la puerta, inmersa en una oscuridad fría y negra como el carbón, y presté atención a las palabras de mi señora y a la respiración entrecortada de su esposo moribundo—. La bebida es su vicio.

—Pero esta hinchazón del vientre es excepcional...

El médico se interrumpió y me lo imaginé reflexionando sobre el extraño caso que tenía ante él, preguntándose si debería llamar al alguacil. El moribundo, su bella esposa. ¿Habría visto el médico las botellas vacías de *bourbon* que habíamos repartido por la planta de abajo con la intención de engañarlo?

Avancé un paso, incapaz de contener la curiosidad, y asomé la cabeza por la puerta abierta. El médico se había cruzado de brazos, tamborileaba con un dedo y acababa de disimular un bostezo. Me pregunté si tendría a su también bella esposa esperándolo en casa con la cena casi a punto. Vi que dudaba unos instantes antes de decir:

—Tendría que mandar llamar a un pastor, señora Amwell. Y enseguida. No sobrevivirá a la noche.

Mi señora se llevó la mano a la boca.

—Cielos —musitó con un tono de sincera sorpresa en la voz.

Y siguiendo órdenes de mi señora, acompañé al médico hasta la salida. Después, cuando cerré la puerta de entrada y me volví, mi señora estaba esperándome.

—Sentémonos al lado de la chimenea —murmuró, y nos dirigimos al lugar de siempre. Mi señora se cubrió las piernas con una manta, cogió un cuaderno y empezó a dictarme una carta para su madre, que vivía en Norwich—. Madre —empezó—, mi esposo ha caído terriblemente enfermo y...

Escribí todas y cada una de las palabras exactamente igual que me las iba dictando, por mucho que supiera que no eran ciertas. Y cuando la carta estuvo acabada —escribí seis hojas, luego ocho, y todo era una repetición de cosas que ya había dicho—, ella siguió hablando y yo seguí escribiendo. Ninguna de las dos quería moverse de allí; ninguna de las dos quería subir al cuarto. El reloj informaba de que era casi medianoche. Hacía mucho rato que había oscurecido.

Pero no continuamos sentadas allí eternamente porque, de repente, noté algo extraño, algo pegajoso y húmedo entre las piernas. Y justo en el mismo momento, un criado bajó las escaleras de dos en dos, con los ojos muy abiertos y llenos de lágrimas.

—¡Señora Amwell! —gritó—. ¡Si-siento mucho decirlo, pero ha dejado de respirar!

La señora Amwell retiró rápidamente la manta que le cubría el regazo y se levantó. Seguí su ejemplo e hice lo mismo. Pero vi entonces, horrorizada, que el lugar caliente y cóncavo en el que había estado sentada estaba manchado de un color granate tan intenso como el de una manzana recién cogida del árbol. Me quedé boquiabierta. ¿Vendría también la muerte a buscarme? Inspiré hondo para coger aire con fuerza, obligándolo a que permaneciera dentro de mí.

La señora Amwell se encaminó hacia la escalera, pero entonces grité:

—¡Espere! —dije en tono suplicante—. No me deje aquí sola, por favor.

No me cabía la menor duda: algún tipo de magia horrorosa había vuelto a dar conmigo. Arriba, el espíritu del señor Amwell había abandonado su cuerpo, pero igual que había sucedido con el de Johanna, no se había marchado por completo de la casa. ¿Qué otra cosa, si no, podía extraer sangre de mi cuerpo en el momento de su muerte?

Caí de rodillas al suelo y las lágrimas rodaron por mis mejillas.

—No me deje —volví a suplicarle.

Mi señora me miró con extrañeza, puesto que me había dejado sola allí mil veces. Seguía sintiendo continuamente aquel calor húmedo brotando de mí. Y desde el suelo, le señalé el sofá donde habíamos estado sentadas las dos. Mis ojos se clavaron en el cojín manchado de sangre y a nuestro alrededor, las sombras de la luz de las velas bailaron, envolviéndome, obsesionándome con el señor Amwell oculto en todas y cada una de ellas.

10

NELLA

7 de febrero de 1791

El séptimo día de febrero, dejaron otra nota en el barril de cebada perlada.

Antes de leerla, acerqué la nariz a la fina hoja de pergamino —delgada como la piel de mis agotadas manos— y aspiré el aroma de su perfume. Cerezas, con un trasfondo de lavanda y agua de rosas.

Igual que había sucedido con la carta de Eliza, supe de inmediato, por las curvas firmes e incluso por los bucles trazados con tinta, que la autora poseía buena educación, que era culta. Visualicé una mujer de mi edad: señora de su casa, la esposa de un comerciante. Me imaginé una amiga cariñosa y fiel, pero no una mujer frívola de la alta de sociedad, sino una que disfrutaba con los jardines y los teatros, pero no como una concubina. Me imaginé un pecho turgente, unas caderas anchas. Una madre.

Pero cuando abandoné la imaginación y empecé a leer las palabras cuidadosamente escritas en el papel, se me quedó la boca seca. La nota era muy curiosa. Como si su autora dudase en plasmar lo que quería y prefiriese una sutil insinuación. Dejé caer la nota en la mesa. Acerqué la vela al pergamino y volví a leerla:

El criado los encontró juntos, en la casita del guarda.

Celebramos una fiesta en dos días, y ella estará presente. ¿Por casualidad tiene usted algo que incite la lujuria? Acudiré a su tienda mañana a las diez.

Oh, morir en los brazos de una amante mientras yo yazco sola, a la espera, con los pasillos en silencio.

Diseccioné cada frase como las entrañas de una rata en busca de alguna pista enterrada en su interior. En la casa de aquella mujer había un criado y una casita para el guarda, por lo que di por sentado que se trataba de una persona adinerada. Lo cual me preocupaba, puesto que no tenía ningún interés en interferir en los motivos de los ricos, que con los años había acabado catalogando como impredecibles e inestables. Y la mujer decía buscar alguna cosa que «incite la lujuria», para que él —presumiblemente su esposo— muriera en brazos de su amante —presumiblemente su querida—. El plan me parecía un poco perverso y la carta no me sentó nada bien.

Y el preparado debía estar listo en dos días. Un plazo muy justo.

Pero la carta de Eliza tampoco me había sentado bien y todo había acabado saliendo a la perfección. Estaba segura de que el malestar que también me había provocado esta carta podía explicarse como una consecuencia de mi cuerpo dolorido y mi espíritu agotado. Tal vez todas las cartas que recibiera de ahora en adelante despertarían en mí ese mismo sentido de alarma. Mejor que me acostumbrara a ello, igual que me había acostumbrado a la ausencia de luz en la tienda.

Además, la carta de aquella mujer implicaba una traición, y la traición era precisamente la razón por la cual había empezado a dispensar venenos, la razón por la cual había empezado a cargar con los secretos de tantas mujeres, a anotarlos en mi registro, a protegerlas y ayudarlas. La mejor boticaria era aquella que conoce íntimamente la desesperación que sufre su paciente, sea en el cuerpo o en el corazón. Y a pesar de que no podía verme reflejada en el lugar que ocupaba esta mujer en la sociedad —puesto que en Back Alley no había ni casitas para el guarda ni criados— sí conocía, de primera mano, su agitación interior. La aflicción es un sentimiento compartido por todas que no conoce de clases sociales.

De manera que, por mucho que me doliera, hice los preparativos para pasar la jornada fuera. Me cubrí con mi abrigo más grueso y cogí un par de calcetines de recambio. A pesar de que los campos a los que pensaba ir estaban húmedos y desangelados, era el lugar donde encontraría escarabajos irritantes, el remedio más adecuado para la peculiar solicitud de aquella mujer.

Caminé rápido, con pericia, por las callejuelas serpenteantes de mi ciudad, sorteando palanquines y excrementos de caballo, abriéndome paso entre las asfixiantes masas de cuerpos que entraban y salían de tiendas y casas, y puse rumbo hacia los campos próximos a Walworth, en Southwark, donde encontraría los escarabajos. Visitaba el río a menudo y sé que sería capaz de llegar hasta el puente de Blackfriars con los ojos cerrados, pero este día, las piedras sueltas del suelo suponían un peligro. Vigilé dónde pisaba salvando los obstáculos, como un chucho que mordisqueaba un animal muerto y, más adelante, un paquete de pescado cubierto de moscas.

Enfilé a paso ligero Water Street, con el río ya por delante de mí. Las mujeres, a ambos lados de la calle, barrían escombros y porquería del umbral de sus casas, formando una nube de cenizas y polvo. Carraspeé un poco y, de repente, me vi sorprendida por un ataque de tos. Me doblegué de dolor y descansé las manos sobre las rodillas.

Nadie me prestó atención, a Dios gracias; lo último que necesitaba era preguntas acerca de mi destino, de mi nombre. No, todo el mundo estaba ocupado con sus tareas, sus mercancías y sus hijos.

Mis pulmones siguieron engullendo aire hasta que noté que el ardor de la garganta menguaba. Me sequé la humedad de los labios, horrorizada al ver la mucosidad verde espesa que pringaba la palma de mi mano, como si acabara de sumergirla en el río y la hubiese sacado con un manojo de algas adherido a la piel. Agité la mano para que la mucosidad cayera al suelo, la aplasté con el zapato hasta hacerla desaparecer, enderecé la espalda y continué mi camino hacia el río.

Al llegar a los peldaños de la base del puente de Blackfriars, vi a un hombre y una mujer acercándose desde el otro lado de la calle. El hombre tenía los ojos entrecerrados y miraba fijamente en mi dirección, y recé para que hubiera reconocido a quienquiera que pudiera estar andando detrás de mí. La mujer avanzaba penosamente, con el paso dificultado por el peso de un bebé que llevaba colgado al pecho. Desde aquella distancia, solo entreví la cabeza en forma de huevo de la criatura, que iba envuelta en una mantita de color beis.

Bajé la vista y apreté el paso, pero cuando llegué al peldaño inferior del puente, noté una mano en el hombro.

—¿Señorita? —Me volví, y allí estaban los tres en perfecta formación: padre, madre, hijo—. ¿Se encuentra bien?

El hombre se apartó el sombrero de la cara y se recolocó la bufanda que llevaba al cuello.

—Sí... sí, estoy bien —respondí tartamudeando.

La barandilla parecía hielo bajo mis dedos, pero no la solté.

El hombre suspiró, aliviado.

—Dios mío, es que la hemos visto allí, tosiendo. Tendría que olvidarse del frío de la calle y entrar en calor junto a una chimenea. —El hombre miró hacia la escalera, hacia donde yo me dirigía—. ¿No estará pensando en cruzar el puente para ir a Southwark, imagino? El agotamiento, con este frío...

Intentó no dirigir la mirada hacia el recién nacido, envuelto en su manta.

—No hay ningún problema, se lo aseguro.

La mujer ladeó la cabeza, sintiendo claramente lástima de mí.

—Venga con nosotros, contrataremos un barquero. Este pequeño pesa ya demasiado para ir andando.

La mujer miró al bebé y luego dirigió un gesto hacia uno de los hombres que esperaban a orillas del río.

—Gracias, pero estoy perfectamente, de verdad —insistí, levantando el pie para empezar a subir.

Sonreí a la amable pareja deseando que se marcharan de una vez, pero otro ataque de tos me tensó la garganta y mis esfuerzos por contenerlo fueron inútiles. No pude evitar volver la cabeza para toser de nuevo y, al hacerlo, noté otro contacto en el hombro, más firme en esta ocasión.

Era la mujer, y su mirada era decidida.

—Si necesita estar obligatoriamente a la intemperie, insisto en que venga con nosotros en la barca. No conseguirá subir esta escalera, se lo garantizo, y mucho menos cruzar el puente. Vamos, acompáñenos.

Tiró de mí, con una mano en la cabeza del recién nacido y la otra en mi espalda, y de este modo me guio hacia los barqueros que esperaban a orillas del río.

Cedí, y en cuanto estuvimos instalados en la barca con las piernas cubiertas con gruesas mantas de lana, me sentí agradecida por aquel momento de respiro.

El bebé empezó a llorar en el instante en que la barca se apartó de la orilla. La madre se sacó el pecho y la barca se zarandeó sobre las aguas gélidas. Me incliné hacia un lado y confié en que mi estómago respondiera correctamente al paseo hasta Southwark. Por un rato, me olvidé por completo de la razón por la que estaba a bordo de la barca, con aquella amable familia. Pero rápidamente la recordé: los escarabajos. La casita del guarda. El criado. Algo que «incite la lujuria».

—¿Está mareada? —preguntó el hombre—. El agua está hoy un poco picada, pero le aseguro que sigue siendo mucho mejor que cruzar andando.

Asentí, mostrándole con ello mi conformidad con sus palabras. Además, la sensación no me resultaba desconocida; era muy similar a las náuseas matutinas, que recordaba aún a pesar de que habían transcurrido dos décadas. Las oleadas de náuseas aparecieron muy pronto, antes incluso de que echara en falta mi periodo mensual, y la fatiga llegó poco después. Pero supe de entrada que aquello no era una fatiga cualquiera; del mismo modo que era capaz de mirar dos semillas y declarar cuál era de un lirio amarillo y cuál de uno blanco, supe, sin la menor duda, que llevaba un hijo en el vientre. Y aun con las náuseas y el cansancio, cualquiera pensaría que había descubierto el secreto de la felicidad, porque jamás en la vida me había sentido más dichosa que aquellos primeros días, con el hijo de Frederick en mis entrañas.

La madre me sonrió y retiró al bebé dormido de su pezón.

—¿Le apetece cogerla? —preguntó.

Me ruboricé, pues no me había dado ni cuenta de cómo estaba mirando a la criatura.

—Sí —musité antes de ser consciente de lo que estaba diciendo—. Sí.

Me entregó al bebé y me contó que se llamaba Beatrice.

—Portadora de alegría —dijo.

Pero cuando el peso de la niña llenó mis brazos y su calor traspasó las capas de tela de mi ropa hasta llegar a mi piel, sentí de todo menos alegría. El bultito de piel de melocotón y los suspiros minúsculos se instalaron en mis brazos como la losa de una lápida, el recordatorio de una pérdida, de algo especial arrancado de mí. Se me formó un nudo en la garganta y al instante me arrepentí de haber decidido llegar a Southwark de aquella manera.

«Morir en los brazos de una amante mientras yo yazco sola, a la espera, con los pasillos en silencio». Las palabras de la carta que me había traído hasta aquí parecían ya un maleficio.

La pequeña debió de intuir mi malestar, puesto que se despertó de repente y miró a su alrededor, desorientada. Incluso con la barriga llena, arrugó la frente y dio la impresión de estar a punto de romper a llorar.

El instinto me dijo que la zarandeara, arriba y abajo, arriba y abajo, y que la abrazara más fuerte.

—Shhh —le susurré, consciente de que su padre y su madre me estaban mirando—. Shhh, pequeña, tranquila, no tienes por qué llorar.

Beatrice se calmó y clavó su mirada en la mía, como si pretendiera vislumbrar lo más profundo de mi persona, fisgonear en mis secretos, y me morí de dolor.

Si pudiera ver la podredumbre que habitaba en mi interior. Si su corazoncito pudiera comprender el peso que llevaba dos décadas acosándome, echando leña al fuego de un camino de venganza que ardía ya por todo Londres y me cargaba con el peso de infinidad de secretos de otras personas.

En esto estaba pensando mientras la barca sorteaba las olas y cruzábamos hacia la otra orilla. Y aun así, incluso con la preciosa Beatrice, la portadora de alegría, en mis brazos, no pude evitar dirigir la mirada hacia el puente de Blackfriars. Contemplando los arcos de piedra que sustentaban la estructura y la elevaban por encima del agua, me permití soñar por un momento con la liberación y la libertad que podría alcanzar fácilmente con solo dar un único paso fuera del puente.

Un instante de caída libre, una explosión de agua helada. Un solo instante y acabaría con esta maldición y con todo lo demás, encerraría para siempre los secretos y protegería todo aquello que me había sido confiado. Un solo instante y expulsaría de mis huesos la pérdida y la podredumbre. Un solo instante y me reencontraría con mi pequeña, donde quiera que estuviera.

Seguí zarandeando a Beatrice entre mis brazos y recé en silencio para que nunca tuviera pensamientos tan oscuros y horripilantes como los míos. Estaba segura de que si mi bebé hubiera vivido —tendría ahora diecinueve años, toda una mujer—, no estaría ahora pensando en estas cosas. Y tampoco miraría con tanto anhelo la sombra negra del puente, a escasa distancia de mí.

Bajé la vista hacia la cara de Beatrice. Su rostro era inmaculado, ni siquiera una mancha de nacimiento. Retiré mínimamente la manta de color beis para poder ver mejor los plieguecitos de piel de su barbilla y su cuello. Por la suavidad de la lana al tacto, imaginé que la mantita que envolvía a la criatura costaba más dinero que la totalidad de la ropa que llevaban encima la madre y el padre. «Beatrice —dije en silencio, esperando de un modo u otro poder comunicarme con ella solo con la mirada—, tu madre y tu padre te quieren mucho».

Y mientras decía aquello, podría haber roto a llorar; nunca había sentido mi vientre tan vacío, tan hueco. Ojalá hubiera podido decirle lo mismo a la hija que había perdido —que su padre y su madre la querían mucho—, pero nunca podría haberlo hecho, puesto que solo habría sido una verdad a medias.

Temblorosa, devolví a Beatrice a su madre cuando vi que el barquero nos estaba acercando ya a la orilla.

A primera hora del día siguiente, después de haber recogido escarabajos en el campo y de haberlos asado en la chimenea, apenas podía moverme. El aire gélido del día anterior me había dejado las rodillas rígidas, y la larga caminata que siguió al recorrido en barca me había hinchado los tobillos. Tenía también los dedos de las manos ensangrentados y en carne viva, aunque eso era de esperar. En los campos próximos a Walworth había recogido más de un centenar de escarabajos irritantes, retirándolos uno a uno de sus nidos, alejándolos de sus queridos parientes.

Y con tanto malestar, el alivio me lo proporcionaban la llama y el agua cargada de opio que hervía en el fuego. Disponía de una hora de descanso hasta la llegada de la clienta rica, cuya inminente visita seguía provocándome una sensación palpable de inquietud.

Pero no lo conseguí; justo en el instante en que descansaba la cabeza junto al hogar, se oyó una llamada en la puerta escondida, tan repentina, tan sorprendente, que estuve a punto de soltar un grito. Rápido, rápido, empecé a pensar. ¿Tan agotada estaba que se me había pasado por alto una cita? ¿Habría ignorado una carta? Era demasiado pronto para la señora que tenía que llegar a las diez; demasiado pronto para achacar la culpa a relojes con hora no coincidente.

Maldiciendo para mis adentros, llegué a la conclusión de que debía de tratarse de alguna mujer necesitada de ajenjo o de matricaria, los remedios del día a día. Refunfuñé e intenté levantarme del suelo, pero el peso de mi cuerpo era como una masa de arenas movedizas que me engullía irremediablemente. Llamaron de nuevo, esta vez con más fuerza. Maldije a la intrusa para mis adentros, a la persona que me estaba provocando aún más dolor.

Conseguí llegar a la puerta y observé a través de la rendija para ver quién era mi visitante.

Era Eliza.

11

ELIZA

8 de febrero de 1791

Cuando Nella abrió la puerta moviéndola en dirección a su cuerpo menudo, me pareció que estaba terriblemente asustada.

—Siento mucho haberla pillado por sorpresa —dije.

—Oh, pasa —musitó Nella llevándose la mano al pecho.

Sacudí mis pies mojados y entré. La estancia estaba exactamente igual que hacía unos días, pero el olor había cambiado; el ambiente olía como a tierra húmeda, sana. Con curiosidad, examiné las estanterías con la mirada.

—Ayer leí los periódicos —dijo Nella mirándome a los ojos. Las sombras de sus mejillas hundidas estaban más oscuras que el otro día, y los mechones de su pelo, rizado y del color del carbón, salían disparados en ángulos extraños—. Sobre el señor Amwell, que sucumbió finalmente a la bebida. Por lo que parece, todo salió según lo planeado.

Moví la cabeza en un gesto afirmativo y sentí el orgullo llenándome por dentro. Tenía ganas de contarle lo bien que había funcionado el huevo envenenado, y habría preferido que no hubiese leído la noticia para haber tenido la oportunidad de contárselo todo personalmente.

—Cayó enfermo al instante —dije—, y no mejoró, ni siquiera una pizca.

Había solo un problema. Mi mano se desplazó hacia mi bajo vientre, que me dolía desde el momento de la muerte del señor

Amwell. Por mucho que hubiera sucumbido al veneno según lo planeado, yo había empezado a sangrar en el mismo instante en que su espíritu quedó liberado en la casa. Volver a la tienda de Nella me había parecido mi única opción, segura de que alguno de sus brebajes serviría para expulsar al fantasma.

Además, sus viales y sus pociones me fascinaban. Tal vez ella no las considerase mágicas, pero yo estaba rotundamente en desacuerdo. Sabía que el señor Amwell no se había limitado a morir, sino que alguna cosa suya se había transformado, como les sucedía a las mariposas en el interior del capullo. Había adoptado una forma nueva y estaba segura de que los elixires de Nella eran la única manera de solventar aquello, la única manera de detener el sangrado de mi vientre.

Pero no podía compartir aquello con Nella, aún no, porque durante mi primera visita había negado la magia. No quería que me tomase por una chica cansina, o loca de remate, y por eso había venido preparada con otra táctica.

Nella se cruzó de brazos y me miró de arriba abajo. Los nudillos de sus manos, que quedaban ahora a escasos centímetros de mi cara, estaban hinchados, redondos y rojos como cerezas.

—Me alegro mucho de que el huevo funcionara —dijo—, pero viendo que has cumplido ya con tu tarea, siento curiosidad por conocer qué te ha traído de nuevo hasta aquí. Sin previo aviso, debo añadir. —Su tono no era de regañina, pero intuí que no estaba muy satisfecha con mi presencia—. ¿Imagino que no habrás vuelto para castigar a tu señora con el mismo destino?

—Por supuesto que no —respondí haciendo un gesto negativo—. Mi señora siempre se ha mostrado encantadora conmigo. —Sentí una repentina ráfaga de aire y, con ella, una potente bocanada de aquel olor húmedo y terroso—. ¿Qué es este olor?

—Ven —dijo Nella, indicándome una olla de barro que había en el suelo, cerca del hogar. La olla era grande, alta hasta mi cintura, y estaba llena de tierra de color negruzco. Me aproximé, pero

Nella levantó la mano—. No te acerques más —dijo. Y entonces cogió un par de manoplas toscas de cuero y, con la ayuda de un pequeño instrumento similar a una pala, separó un poco la tierra, empujándola hacia los bordes de la olla, y vislumbré un objeto duro de tonalidad blanquecina—. Raíz de matalobos —dijo.

—Mata… lobos —repetí, despacio. El objeto parecía una piedra, pero, cuando estiré el cuello para ver mejor, me fijé en que sobresalían unos bultitos, similares a los que pueda tener una patata o una zanahoria—. ¿Para matar lobos?

—En otra época, sí. Los griegos extraían el veneno e impregnaban con él sus flechas para cazar perros salvajes. Pero aquí no vamos a hacer nada de eso.

—Porque servirá para matar hombres, no lobos —dije, ansiosa por demostrarle que la había entendido.

Nella me miró enarcando las cejas.

—No te pareces en nada a cualquier niña de doce años que haya conocido —dijo. Se volvió hacia la olla y con cuidado limpió la tierra que cubría la raíz—. En el plazo de un mes, cortaré esta raíz en mil pedacitos, y con solo un pellizco, mezclándolo bien con una salsa de rábano amargo, se consigue detener el corazón de una persona en menos de una hora. —Ladeó la cabeza hacia mí—. No has respondido aún a mi pregunta. ¿Necesitas algo más de mí?

Se sacó las manoplas y cruzó las manos sobre el regazo.

—No quiero seguir en casa de los Amwell —murmuré.

No era una mentira, aunque tampoco era la pura verdad. Tosí un poco y noté la sensación húmeda y pegajosa de la sangre saliendo de mí. El día anterior, había cogido un paño de la lavandería y lo había cortado en diversos trozos para que la sangre no echara a perder mi ropa interior.

Nella ladeó la cabeza, confusa.

—¿Y tu señora? ¿Tu trabajo?

—Se ha ido al norte unas semanas, a Norwich, con su familia. Se ha marchado esta mañana, en un carruaje ornado de negro, para poder estar con la familia mientras… —Hice una pausa y repetí lo que mi señora me había pedido escribir en varias cartas antes de su partida—. Mientras está de duelo.

—Entonces, debes de tener trabajo suficiente en casa como para mantenerte ocupada.

Hice un gesto negativo. Con mi señora ausente, su marido muerto y Sally de vuelta en casa después de haber visitado a su madre, tenía poco que hacer.

—Solo me dedico a escribir sus cartas, y por eso la señora Amwell me dijo que no era necesario que permaneciera en la casa durante su ausencia.

—¿Le escribes las cartas? Eso explica tu caligrafía.

—A mi señora le tiemblan las manos. Ya no puede escribir mucho.

—Entiendo —dijo Nella—. Y por eso te ha despedido por una temporada.

—Me sugirió que fuera a visitar a mis padres, que viven en el campo, en Swindon. Pensó que tal vez me iría bien un descanso.

Nella volvió a levantar las cejas, pero lo que le estaba contando era verdad; después de derrumbarme en el suelo, llorando, y de descubrir la mancha de sangre en el sillón, la señora Amwell me había abrazado. Yo estaba inconsolable por culpa del espíritu liberado del señor Amwell, incapaz de controlar el hipo, pero ella se había mostrado impasible, tranquila, incluso. ¿Cómo era posible que no viera la verdad? Había empezado a sangrar en el mismo momento en que había muerto el señor Amwell; ¿cómo era posible que no viera que era su espíritu el que me había hecho eso? Aquella noche, su espantoso fantasma me envolvió el vientre entero.

«No hay que llorar por esto —me había susurrado mi señora—, porque es tan natural como que la luna se desplace por el cielo».

Pero aquella sangre de muerte, que no se había detenido todavía aun habiendo transcurrido dos días, no tenía nada de natural. Mi señora estaba equivocada con respecto a Johanna. Yo sabía que aquella chica había muerto en la habitación contigua a la mía, estaba equivocada también con respecto a lo que me estaba pasando.

—Pero no te has ido a Swindon —dijo Nella reclamando mi atención.

—Es un viaje muy largo.

Nella se cruzó de brazos y me miró con incredulidad. Sabía que estaba mintiendo; sabía que había algo más, algún motivo por el que no quería volver a mi casa. Nella miró el reloj, luego miró hacia la puerta. No sé si estaba esperando la llegada de alguien o esperando que yo me fuera, pero si no podía contarle lo de mi sangrado, necesitaba encontrar otra manera de quedarme allí, y rápido.

Cerré los puños, preparándome para decirle todo lo que había estado ensayando durante el trayecto hasta allí. Me tembló la voz; no podía fallar, si no me mandaría a casa.

—Me gustaría quedarme con usted para ayudarla en la tienda. —Las palabras me salieron seguidas, sin respirar—. Me gustaría aprender a trocear raíces que matan lobos y a introducir veneno en un huevo sin romperlo. —Esperé, valorando la reacción de Nella, pero su rostro se mantuvo inexpresivo, lo que me proporcionó una inyección de valentía—. Como aprendiz, solo por una temporada breve. Hasta que la señora Amwell regrese de Norwich. Le prometo que le seré de gran ayuda.

Nella me sonrió y aparecieron unas arruguitas en las comisuras de sus ojos. Y pese a que hacía tan solo un momento pensaba que solo era algo más mayor que mi señora, me pregunté ahora si quizá Nella tendría cuarenta años, o tal vez incluso cincuenta.

—No necesito ayuda con mis brebajes, niña.

Con terquedad, enderecé la espalda. Había llegado preparada con una segunda idea, por si acaso mi primera petición no funcionaba.

—Entonces, puedo ayudarla con los viales —dije señalando una de las estanterías—. He visto que hay etiquetas que están descoloridas y me he fijado en cómo tiene que sujetarse el brazo para trabajar. Puedo oscurecer la tinta, para que no le duela tanto. —Pensé en las muchas horas y días que había pasado con la señora Amwell en su sala de estar, perfeccionando mi caligrafía—. Mi trabajo no la defraudará —añadí.

—No, pequeña Eliza —dijo—. No, no puedo aceptar tu oferta.

Tenía el corazón a punto de estallar y comprendí que ni en sueños me había planteado que también me dijera que no a esto.

—¿Por qué no?

Nella rio con incredulidad.

—¿Quieres ser aprendiz, ayudante, y aprender a preparar venenos para que mujeres normales y corrientes maten a sus maridos? ¿A sus señores? ¿A sus hermanos, pretendientes, cocheros e hijos? Esto no es una confitería, niña. Esto no son tubitos de chocolate en los que introducimos frambuesas troceadas.

Me mordí la lengua, resistiéndome al deseo de recordarle que hacía apenas unos días yo misma había cascado un huevo envenenado, lo había echado a una sartén y luego se lo había servido a mi señor. Pero después de escribir tantas cartas para la señora Amwell, sabía que las cosas que una persona desea decir son a menudo las cosas que debemos guardar a buen recaudo. Hice una pausa y repliqué a continuación, con calma:

—Ya sé que esto no es una confitería.

Nella se puso seria.

—¿Qué interés te empuja a querer meterte en este negocio, niña? Tengo el corazón negro, tan negro como la ceniza de ese hogar que tienes delante, y lo tengo así por razones que eres aún demasiado joven para alcanzar a comprender. ¿Qué es lo que te ha hecho tanto daño que con solo doce años te lleva a desear aún más de esto? —dijo.

Extendió los brazos para abarcar la estancia hasta que su mirada descansó finalmente en la olla de barro que guardaba la raíz de matalobos en su interior.

—¿Y has pensado en lo que supone dormir en un camastro en un cuarto donde apenas si cabe una de nosotras dos? ¿Has pensado en que aquí no hay la más mínima privacidad? Aquí no hay descanso, Eliza: siempre hay algo humeando, cociéndose, asándose, empapándose. De noche, me despierto a todas horas para ocuparme de todo esto que ves a tu alrededor. Esto no es una mansión con noches tranquilas y paredes cubiertas con papel pintado de color rosa. Tal vez no seas más que una criada, pero sospecho que tu aposento es mucho más agradable que esto. —Nella cogió aire y posó con delicadeza su mano sobre la mía—. No me digas que sueñas con trabajar en un lugar como este, niña. ¿No deseas algo mejor?

—Oh, sí, claro —respondí—. Deseo vivir cerca del mar. He visto cuadros de Brighton, de castillos en la arena. Creo que me gustaría vivir allí. —Retiré la mano y me rasqué la barbilla; me había salido un granito, apenas mayor que la punta de un alfiler, y me picaba. A falta de más ideas, solté todo el aire y me resigné a contarle a Nella el resto de la historia—. El espíritu del señor Amwell me persigue. Y temo que si me quedo en la casa sin que esté la señora Amwell, me hará más daño aún del que ya me ha hecho.

—Tonterías, niña —dijo Nella meneando la cabeza con vehemencia.

—¡Se lo juro! En la casa ya habita además otro espíritu, el de una joven muchacha que estuvo allí antes que yo y que se llamaba Johanna. Murió en la habitación contigua a la mía, y por las noches la oigo llorar.

Nella abrió las manos, mostrándome las palmas, como si no creyera nada de lo que estaba escuchando, como si yo estuviera loca. Pero yo continué, decidida.

—Quiero y deseo seguir al servicio de la señora Amwell. Y prometo que regresaré a mi puesto en cuanto ella haya vuelto a Londres. No pretendo causarle ninguna molestia. Simplemente he pensado que quizá podría enseñarme a preparar alguna cosa que elimine los espíritus de la casa, para así no tener que escuchar nunca más el llanto incesante de Johanna y para que el señor Amwell me deje en paz de una vez por todas. Podría aprender además otras cosas, y quizá ayudarla mientras estoy aquí.

Nella me miró a los ojos.

—Escúchame bien, Eliza. No existe ninguna poción capaz de eliminar los espíritus del aire vacío que respiramos. Si existiese alguna, y si yo hubiese sido la persona capaz de elaborar y embotellar dicho brebaje, sería ahora una mujer rica y estaría viviendo en una mansión. —Recorrió con la punta de la uña un rasponazo de la mesa a la que estábamos sentadas—. Eres valiente por contarme la verdad. Pero lo siento, niña. Yo no puedo ayudarte y tú no puedes quedarte aquí.

El desánimo se apoderó de mí; por mucho que le suplicara, Nella no se habría prestado a ayudarme de ninguna manera, ni siquiera ofreciéndome un lugar donde alojarme hasta que la señora Amwell volviera. Pero aun así, me aferré al temblor de su voz.

—¿Cree en los espíritus? La señora Amwell no me cree, en absoluto.

—No creo en fantasmas, si eso es lo que me preguntas. En nubecillas de mal que supuestamente aparecen por la noche y que temen los niños, como tú. Piénsalo bien: si al morir nos convertimos en fantasmas y encantamos los lugares donde vivimos, ¿no estaría todo Londres sumido en una niebla perpetua? —Hizo una pausa y el crepitar del fuego pareció incrementarse—. Aunque sí creo que, a veces, sentimos el vestigio de aquellos que antes estuvieron vivos. Pero no son espíritus, sino creaciones de nuestra desesperada imaginación.

—¿Así que piensa que Johanna, que llora y grita en la habitación vecina, es pura imaginación mía?

Eso era imposible, ni siquiera había visto nunca a aquella chica.

Nella se encogió de hombros.

—No puedo responderte a eso, niña. Te conozco desde hace poco, pero eres pequeña y, por lo tanto, propensa a ideas descabelladas.

—Tengo doce años —le espeté, después de haber perdido toda la paciencia—. No soy tan pequeña.

Nella me miró a los ojos, se levantó esbozando una mueca de dolor y se dirigió al armario grande que había al fondo del cuarto. Recorrió con el dedo el lomo de varios libros y chasqueó la lengua contra los dientes. Al no encontrar lo que andaba buscando, abrió una de las puertas del armario y buscó entre otro montón de libros, este más desordenado. Y al llegar hacia el final de la pila, tiró del lomo de un libro de pequeño tamaño y lo retiró.

Era muy fino, más un folleto que un libro, y la cubierta blanda estaba levantada por una esquina.

—Perteneció a mi madre —dijo haciéndome entrega del libro—. Aunque nunca le vi abrirlo y yo tampoco he tenido necesidad de hacerlo.

Abrí la descolorida cubierta de color bermellón y contuve la respiración al ver la portada; era la imagen de una mujer dando a luz una enorme cantidad de productos de la cosecha, nabos, fresas y setas. Por encima de sus pechos desnudos había varios peces y un cerdito recién nacido.

—¿Y esto qué es? —le pregunté a Nella, ruborizada.

—Alguien se lo dio a mi madre hace mucho tiempo, solo un año antes de su fallecimiento. Es un libro que afirman que está lleno de magia, destinado a parteras y sanadoras.

—Y su madre tampoco creía en la magia —supuse.

Nella negó con la cabeza, cogió su cuaderno y empezó a pasar las páginas hacia atrás, arrugando la frente mientras buscaba determinadas fechas. Recorrió con el dedo las entradas y al final asintió.

—Eso es. Echa un vistazo a esto de aquí.

Giró la libreta para que quedara de cara a mí y señaló una entrada.

6 de abril de 1764, señorita Breyley, atipia, miel de flores, ½ libra, uso tópico.

—«Media libra de miel de flores» —dijo Nella, leyendo lo escrito en voz alta.

Abrí mucho los ojos.

—¿Para comer?

Señaló la palabra «tópico».

—No, para extender sobre la piel. —Carraspeó un poco antes de explicarse—. La señorita Breyley apenas era mayor que yo. Apenas mayor que tú. Acudió a la tienda de mi madre pasada la medianoche. Sus gritos nos despertaron. Llevaba un bebé en brazos… Dijo que unos días atrás, el pequeño se había escaldado con una tetera con agua hirviendo. Mi madre no preguntó cómo había sido el accidente. No era tan importante como el estado en que se encontraba el pobre niño. La herida había empezado a supurar pus. Peor aún, le estaba empezando a salir un sarpullido en otras partes del cuerpo, como si la herida se hubiese extendido por todos lados.

—Mi madre cogió al niño en brazos, notó el calor que irradiaba hacia su pecho, lo colocó sobre esta misma mesa y le quitó la ropa. Abrió un tarro de miel de flores y la extendió por todo su cuerpo. El bebé empezó a llorar, y mi madre también. Sabía el dolor que debía de estar provocándole sobre una piel tan tierna y delicada. Provocar dolor a otra persona, Eliza, es de lo más turbador que existe, por mucho que sepas que es por su bien.

Nella se secó los ojos.

—Mi madre no permitió que la chica y el niño se marcharan a casa en tres días. Se quedaron aquí con nosotras, en la tienda, para poder aplicarle al bebé la miel cada dos horas. Mi madre no se saltó ni un solo tratamiento, no se retrasó en ningún momento ni un minuto para aplicarle la miel al pequeño durante tres días seguidos. Lo trató como si fuera su hijo. —Cerró el cuaderno—. El pus se secó. El sarpullido desapareció. La herida que supuraba se curó, sin apenas dejar cicatriz. —Señaló entonces el libro de magia que acababa de darme—. Por eso mi madre jamás abrió el libro que tienes ahora en tus manos. Porque salvar vidas con los regalos de la tierra, Eliza, es tan bueno como la magia.

Pensé en el bebé cubierto de miel que un día estuvo tumbado en aquella misma mesa y de pronto me sentí avergonzada por haber mencionado la magia.

—Pero entiendo que sientas curiosidad por los fantasmas —continuó Nella—, y esto no va de salvar vidas, ni mucho menos. En el interior de la contraportada aparece el nombre de una librería, y la calle donde se encuentra. Ahora no recuerdo el nombre..., algo así como Basing Lane. Tienen todo tipo de libros sobre magia, o al menos eso me han contado. Tal vez ese establecimiento ni siquiera siga existiendo hoy en día, pero viendo que te gustaría elaborar una poción para eliminar los espíritus de la casa, creo que es un buen sitio por donde empezar. —Cerró la puerta del armario—. Mejor que este, desde luego.

Sostuve el libro entre mis manos, percibiendo su frío peso sobre la humedad de las palmas. Un libro de magia, pensé con satisfacción, y con la dirección de una tienda donde vendían muchos más. Tal vez aquella visita no hubiera sido al final tan infructuosa como me temía. La anticipación aporreó mi pecho. Iría enseguida a esa librería.

De pronto llamaron a la puerta, cuatro golpes seguidos. Nella miró de nuevo el reloj y refunfuñó. Me levanté de la silla, dispuesta a marcharme. Pero cuando Nella se dirigió hacia la puerta, me posó con delicadeza la mano en el hombro para que volviera a tomar asiento.

Se me aceleró el corazón y Nella me habló en voz muy baja.

—Mi pulso no es firme y tal vez no pueda embotellar el polvo que voy a venderle a la mujer que acaba de llegar. Podría recurrir a tu ayuda por esta vez, si no te importa.

Asentí con energía; la librería mágica podía esperar. Y entonces, con los nudillos aún hinchados y rojos, Nella abrió la puerta.

12

CAROLINE

Presente, martes

Justo después de las seis de la mañana, con un café en la mano y suficiente luz del amanecer para poder verme correctamente, salí del hotel y me dirigí hacia Bear Alley. Inspiré varias veces para limpiarme los pulmones y reflexioné sobre cuál sería la mejor manera de gestionar la inminente llegada de James. Podía pedirle que reservase habitación en otro hotel, a ser posible en otra ciudad, o imprimir nuestros votos matrimoniales y que me contara qué era, exactamente, lo que no entendía de la frase «te seré fiel». Independientemente de lo que le pidiera que hiciera, una cosa tenía muy clara: cuando por fin nos viéramos, no le iba a gustar mucho lo que yo tuviera que decirle.

Distraída con mis pensamientos, pasé por alto un semáforo y un taxi casi me atropella al cruzar Farringdon Street. Agité la mano en dirección al taxista, una disculpa inútil, y maldije a James en silencio por haber estado a punto de morir por su culpa.

En el otro lado de Farringdon Street, edificios imponentes de hormigón y cristal se elevaban hacia el cielo; como me temía, la zona que rodeaba Bear Alley estaba ocupada por grandes empresas y parecía poco probable que cualquier cosa que hubiera existido allí doscientos años atrás pudiera permanecer aún intacta. Con mi destino a media manzana de distancia, me rendí ante el hecho de que Bear Alley iba a ser poco más que una vía de acceso a algún garaje.

Encontré por fin el pequeño cartel en blanco y negro que indicaba un pasaje escondido entre edificios altos: *Bear Alley, EC4*. Y, efectivamente, el pasaje tenía el aspecto de ser una vía de servicio para camiones de reparto. Un lado del pasaje estaba ocupado por contenedores de basura llenos hasta arriba y el pavimento quedaba oscurecido por un amasijo de colillas y envoltorios de comida rápida. Una impresionante sensación de decepción me oprimió el pecho; a pesar de que no confiaba en encontrarme con un cartel que anunciara «La boticaria asesina vivió aquí», sí esperaba que todo estuviera envuelto con un poco más de intriga.

Cuando me adentré en el pasaje y el ruido de la calle se amortiguó con rapidez, vi que detrás de la fachada de edificios de hormigón y de acero había estructuras de ladrillo más antiguas. Por delante de mí, el callejón se prolongaba unos doscientos metros. Examiné la zona y vi un hombre apoyado contra la pared, fumando y mirando el teléfono, pero, aparte de él, el callejón estaba vacío. A pesar de ello, no sentí ningún miedo; la llegada de James me había inyectado adrenalina de sobra.

Caminé despacio entre los edificios de ladrillo hasta llegar al fondo del pasaje en busca de algún detalle interesante, pero solo encontré más basura. Me pregunté qué estaba buscando. No es que necesitara pruebas de que el vial, o la boticaria anónima, pudieran tener alguna relación con el pasaje. Al fin y al cabo, ni siquiera estaba convencida de su existencia, ya que la nota del hospital podía haber sido escrita por una mujer demente con alucinaciones en las horas previas a su muerte.

Pero la posibilidad de la existencia de la boticaria, el misterio que lo envolvía todo, me empujó a seguir adelante. La Caroline joven y aventurera estaba empezando a cobrar vida de nuevo. Pensé en mi título de historiadora, jamás utilizado, un diploma guardado en el fondo de un cajón. Cuando era estudiante, sentía fascinación por la vida de la gente normal, por aquellos cuyos nombres no estaban ni reconocidos ni registrados en los libros de texto. Y ahora, acababa de tropezar con el misterio de uno de aquellos personajes anónimos, de uno de aquellos seres olvidados… y mujer, nada menos.

Si quisiera ser sincera conmigo misma, la verdad era que esta aventura me atraía por otra razón: buscaba una distracción para no tener que pensar en el mensaje de mi bandeja de entrada. Como sucede el último día de vacaciones, anhelaba alguna cosa, cualquier cosa, que me ayudara a retrasar la confrontación inevitable que estaba por llegar. Me llevé la mano al vientre y suspiré. Buscaba también distraerme del hecho de que mi periodo seguía sin hacer acto de presencia.

Descorazonada, llegué casi al final del pasaje. Pero entonces, a mi derecha, vi una verja de hierro de aproximadamente un metro ochenta de altura por uno veinte de ancho, desconchada y combada por el tiempo. Al otro lado de la verja había un pequeño solar de forma cuadrada que tendría más o menos la mitad del largo de una cancha de baloncesto, sin pavimentar y lleno de malas hierbas. Estaba repleto de material de desecho: tuberías oxidadas, chapa metálica y más basura, el lugar ideal para una colonia de gatos callejeros. El solar estaba rodeado por paredes desgastadas de ladrillo. Me pareció extraño encontrar un solar en patente estado de abandono en una zona de negocios tan popular. No era agente inmobiliaria, ni mucho menos, pero aquello era un despilfarro económico.

Me apoyé en la verja, sustentada mediante dos pilares de piedra, y presioné la cara contra los barrotes para poder observar mejor el solar. Aunque habían transcurrido doscientos años desde los tiempos de la boticaria, mi imaginación se aferró a la posibilidad de que el solar escondido y abandonado que tenía delante de mí pudiera haberse mantenido inalterado. Tal vez la boticaria hubiera caminado por aquel mismo lugar. Me habría gustado que el solar no estuviera tan lleno de matorrales y malas hierbas, porque las paredes que lo rodeaban también parecían antiguas. ¿Cuántos años tendrían los edificios?

—¿Buscando un gato perdido? —dijo una voz ronca detrás de mí. Aparté rápidamente la cabeza de la verja y me volví. A menos de cinco metros de distancia, vi un hombre con pantalones de trabajo de color azul y camisa del mismo tono observándome con expresión burlona. Un obrero de la construcción, imaginé. De entre sus labios colgaba un pitillo—. Perdón, no era mi intención asustarla —añadió.

—No… no pasa nada —dije tartamudeando, sintiéndome ridícula. ¿Qué buen motivo podía darle al hombre para estar mirando a través de una verja en un callejón que no llamaba nada la atención?—. Mi marido está justo aquí en la esquina —añadí, mintiendo—. Quería hacerme una foto delante de esta verja antigua —dije, encogiéndome por dentro al escuchar mi propia respuesta.

El hombre miró hacia atrás, como si quisiera localizar al marido invisible.

—Pues no los interrumpiré. Aunque la verdad, si quiere saber mi opinión, me parece un lugar bastante tenebroso para hacerse una foto —dijo el hombre, que soltó una risita y le dio una calada al cigarrillo.

Agradecí que el hombre guardara las distancias, y levanté la vista hacia las ventanas que había sobre mi cabeza. Estaba a salvo, seguro; por muy aislado que pareciera el pasaje, debía de haber un montón de gente capaz de verme desde aquellos edificios.

Sintiéndome algo más cómoda, decidí aprovechar la llegada del desconocido. Tal vez pudiera sonsacarle alguna información.

—Sí, supongo que es tenebroso —dije—. ¿Alguna idea de por qué este solar sigue aquí?

El hombre aplastó el cigarrillo con el pie y se cruzó de brazos.

—Ni idea. Hace unos años, intentaron montar aquí un *biergarten*. Habría sido perfecto, pero oí decir que no les habían concedido los permisos. Desde aquí no se ve bien, pero ahí al fondo hay una puerta de servicio. —Señaló hacia el fondo a la izquierda del solar, un lugar con arbustos más altos que yo—. Imagino que debe de conducir a un sótano o algo por el estilo. Y supongo que los propietarios del edificio deben de querer mantener la zona despejada por si acaso algún día necesitan entrar allí. —De pronto se oyó un sonido en su bolsillo y extrajo un pequeño *walkie-talkie*—. Sí, soy yo —dijo—. Siempre hay alguna que otra cañería que instalar o arreglar.

De modo que era fontanero.

—Bueno, pues gracias por la información —dije.

—Tranquila, no hay de qué.

Me saludó con la mano al marcharse y presté atención al sonido regular de sus pasos hasta que desaparecieron por completo.

Volví a la verja. Sirviéndome de una piedra que sobresalía en uno de los pilares, me encaramé unos centímetros para mirar por encima. Dirigí la mirada hacia el lado izquierdo del solar, hacia donde el fontanero me había indicado. Desde mi atalaya, entrecerré los ojos para forzar la vista e intentar ver más allá de los arbustos.

Detrás de uno de ellos vislumbré lo que parecía un trozo grande de madera insertado en el viejo edificio de ladrillo; la base de la madera quedaba parcialmente oculta entre el espesor de malas hierbas. De pronto, una ligera brisa agitó levemente los arbustos y me dejó ver algo de color rojizo que sobresalía de la madera. El pomo oxidado de una puerta.

Contuve un grito y a punto estuve de caerme del pilar de piedra. Aquello era una puerta, sin duda. Y por su aspecto, hacía mucho, muchísimo tiempo, que nadie la abría.

13

NELLA

8 de febrero de 1791

Cuando abrí la puerta a la mujer cuya llegada estaba temiendo, las sombras dibujaron su figura como una silueta y vi que sus facciones quedaban ocultas por un velo fino. Solo atisbaba el ancho de sus faldas y el encaje delicado que adornaba el cuello del vestido. Entonces, cuando dio un paso vacilante hacia el interior de la tienda, una brisa de lavanda flotó a su alrededor y la luz de la vela iluminó su forma.

Sofoqué un grito; por segunda vez en lo que iba de semana, tenía delante de mí una clienta distinta a cualquiera que hubiera visitado antes mi botica. Primero fue una niña, pero ahora era una mujer adulta que, a tenor de su aspecto, parecía más adecuada para los ventilados salones de Kensington que para mi modesto y escondido establecimiento. El vestido, de color verde oscuro con un motivo bordado de azucenas doradas, ocupaba prácticamente una cuarta parte del espacio, y temí que con un único movimiento mandara todos mis viales al suelo.

La mujer se quitó el velo y los guantes, dejándolo todo sobre la mesa. Eliza no parecía tan sorprendida como yo por la visita, y de inmediato cogió los guantes para acercarlos al fuego y ponerlos a secar. El gesto era tan evidente, por mucho que a mí ni se me pasara por la cabeza, que me quedé pasmada, sin moverme, mientras observaba a la dama que tenía delante de mí. Cualquier duda que pudiera haber tenido antes sobre su riqueza y su clase, se esfumó de repente.

—Aquí está muy oscuro —dijo esbozando un mohín con sus labios pintados con carmín.

—Echaré más leña al fuego —gorjeó Eliza. Era la segunda vez que estaba en la tienda, pero, en ciertas cosas, estaba empezando a ser más lista que yo.

—Siéntese, *milady*, por favor —dije, indicándole la segunda silla.

La mujer tomó asiento con delicadeza y exhaló un largo y tembloroso suspiro. Se quitó una pequeña horquilla que llevaba en la nuca, recolocó un mechón de rizos y volvió a sujetarse el pelo.

Eliza se adelantó con una taza en la mano que depositó con cuidado en la mesa, frente a la mujer.

—Agua de menta caliente, señora —dijo haciendo una reverencia.

Miré a Eliza, perpleja, preguntándome dónde habría encontrado aquella taza y, sobre todo, las hojas prensadas de menta. No había silla para ella, pero confié en que se sentara en el suelo o se entretuviera con el libro de magia que le había dado.

—Gracias por la información proporcionada en la carta —le dije a la mujer.

La mujer arrugó la frente.

—No sabía muy bien qué decir. Tomé muchas precauciones para protegerme por si acaso alguien la interceptaba.

Un motivo más por el que no quería tener nada que ver con los ricos: la gente siempre quería lo que tenía, sus secretos, sobre todo.

—Dijo suficiente, y creo que estará satisfecha con el preparado.

Un chirrido potente nos interrumpió y cuando me volví vi que era Eliza, que arrastraba por el suelo una caja de madera. Empujó la caja hasta la mesa, colocándola entre la mujer y yo, y unió las manos sobre el regazo.

—Soy Eliza —le dijo a la mujer—. Estamos encantadas de tenerla aquí.

—Gracias —replicó la mujer, dulcificando la mirada al ver a la niña—. Cuando he llegado, no me he dado cuenta de que eran dos. —Me miró con expectación—. ¿Su hija?

Oh, cuánto me gustaría que mi hija estuviese a mi lado. Aunque, de ser así, no estaríamos haciendo esto, dispensar venenos y escondernos entre las sombras. Respondí sin dilación, casi atragantándome:

—Me ayuda de vez en cuando —respondí, mintiendo, incapaz de admitir que Eliza había llegado sin previo aviso y en el momento más inadecuado. Si había solo dos sillas en el cuarto era por alguna razón, y empecé a arrepentirme de haber permitido a Eliza que se quedara. Llevaba toda la vida valorando la discreción por encima de todo y vi con claridad que había cometido un error al permitirle entrometerse en los secretos que pudiéramos intercambiar aquella mujer y yo—. Eliza, quizá ahora deberías dejarnos solas.

—No —dijo la mujer con la fuerza de quien está acostumbrado a salirse con la suya—. Este té de menta está muy bueno —continuó—, y creo que querré un poco más. Además, la presencia de una niña me resulta… reconfortante. No tengo hijos, ¿sabe usted? Por mucho que los haya querido tener y por mucho que hayamos…

—Se interrumpió—. Oh, eso no importa. ¿Cuántos años tienes, pequeña Eliza? ¿Y de dónde eres?

Me parecía increíble. Aquella mujer, a buen seguro heredera de grandes propiedades, tenía algo en común conmigo: ambas habíamos deseado ver nuestra barriga hinchada, sentir pataditas en el vientre. Pero ella era más afortunada que yo, puesto que su momento aún no había pasado. La piel que rodeaba sus ojos me daba a entender que no tendría más de treinta años de edad. Para ella, aún no era demasiado tarde.

—Doce —respondió en voz baja Eliza—. Y soy de Swindon.

La mujer hizo un gesto de aprobación mientras yo, desesperada por terminar pronto con la visita, me acerqué a una de mis estanterías y saqué un frasco hecho a partir de un cuerno de carnero. Le indiqué con un gesto a Eliza que viniera a ayudarme y le expliqué entonces que, con mucho cuidado, cogiera con una cucharilla el polvo de escarabajo del cuenco que había en la mesa y lo introdujera en el frasco. Tal y como era de esperar, su pulso era mucho más firme que el mío.

Cuando terminamos, dejé el frasco sin cerrar delante de la mujer para que lo examinara. Observó el polvo brillante de color verde, tan fino que podría deslizarse entre sus dedos como el agua.

—Cantaridina —murmuré.

La mujer abrió los ojos como platos.

—¿Es seguro si me acerco? —preguntó. Apartó un poco la silla y la gigantesca falda crujió alrededor de sus piernas.

—Sí, siempre y cuando no lo toque.

Eliza se inclinó hacia delante para mirar el contenido del frasco mientras la mujer asentía sin abandonar su expresión de sorpresa.

—Solo he oído mencionar esta sustancia en una ocasión. Algo relacionado con su uso en los burdeles parisinos… —Ladeó el frasco hacia ella—. ¿Cuánto tiempo le ha llevado?

El recuerdo de la travesía del Támesis —el ataque de tos, la mujer amamantando a la pequeña Beatrice— se apoderó de mí al instante.

—Toda la noche y hasta esta mañana. —Suspiré—. El proceso va mucho más allá de recoger los escarabajos. Hay que asarlos al fuego y luego pulverizarlos. —Señalé el mortero del otro extremo de la habitación; el frasco era tan ancho como el corpiño de la mujer—. Los pulverizo en ese recipiente de allí.

La dama, cuyo nombre aún desconocía, cogió el frasco con el polvo y lo acercó a la luz.

—¿Qué tengo que hacer? ¿Echar el polvo a alguna comida o bebida? ¿Tan sencillo es?

Crucé las piernas a la altura de los tobillos y me recosté en la silla.

—Me pidió algo para incitar la lujuria. La cantaridina está pensada, principalmente, para excitar. La sangre se precipita a toda

120

velocidad hacia las entrañas y… —Me detuve, consciente de que Eliza seguía escuchando con atención. Me volví hacia ella—. Esto no es para ti. ¿Podrías pasar al almacén?

Pero la mujer posó una mano sobre la mía y negó con la cabeza.

—El polvo es mío, ¿verdad? Adelante. Que la niña aprenda.

Suspiré y continué.

—La inflamación de la entrepierna resulta insaciable. La excitación se prolongará un tiempo, y luego irá acompañada por dolor abdominal y ampollas en la boca. Le sugiero que prepare algo oscuro, licor de melaza, tal vez, le eche el polvo y lo remueva muy bien. —Dudé un instante para poder elegir correctamente mis palabras—. Un cuarto del frasco y no sobrevivirá la noche. La mitad, y no sobrevivirá una hora.

Se produjo entonces una prolongada pausa mientras la dama reflexionaba, una pausa durante la cual el único sonido que se oyó fue el tictac del reloj que había junto a la puerta y el chisporroteo del fuego. Me quedé inmóvil y la inquietud que había experimentado previamente con la noticia de la visita de aquella mujer regresó con ganas. La mujer acarició mecánicamente la alianza de boda que adornaba su mano con la mirada fija en la llama que seguía ardiendo detrás de mí. El fuego bailó en sus ojos. Levantó finalmente la barbilla.

—No puedo matarlo. Si lo mato no podré tener un hijo.

Temí al instante no haber explicado correctamente el peligro del polvo. La voz me empezó a temblar.

—Le aseguro que se trata de un veneno mortal. No podrá administrar una cantidad que no sea fatal de…

Levantó la mano para acallarme.

—No me ha entendido bien. Busco un veneno mortal, efectivamente. Pero lo que pretendo decir es que no es a él a quien quiero matar. Sino a ella.

«Ella». Me encogí al oír aquella palabra; ya no necesitaba saber nada más.

No era la primera petición de aquel tipo que recibía. A lo largo de las dos décadas anteriores, me habían pedido varias veces que dispensara un veneno para ser administrado a otra mujer, y siempre había rechazado a la clienta en cuestión, sin dudarlo un instante. Por mucho que hubiera una traición de por medio, ninguna mujer sufriría jamás en mis manos. Mi madre fundó la botica en el 3 de Back Alley para curar y cuidar a mujeres y yo pensaba seguir su ejemplo hasta el día de mi muerte.

Cabía la posibilidad, claro está, de que alguna clienta me dijera mentiras, que no me comentara sus verdaderas intenciones y acabara administrando mis brebajes a hermanas o concubinas. ¿Y cómo evitarlo? Era imposible. Pero por lo que yo sabía, mis venenos nunca se habían utilizado contra una mujer. Jamás. Y mientras yo siguiera con vida, nunca accedería voluntariamente a ello.

Reflexioné sobre cómo explicarlo ahora, cómo decirle a aquella mujer que no, pero la mujer me miró con ojos muy oscuros y supe que había intuido mi deseo de rechazarla. Aprovechó el momento de silencio, mi debilidad, como si yo fuese un conejo y ella un zorro. Se cuadró de hombros y dijo:

—No parece muy satisfecha.

Había conseguido recuperar un poco el sentido y las palabras dejaron de oponerme resistencia.

—Valoro mucho que haya querido contratar mis servicios, pero me resulta imposible acceder a esto. No puedo permitir que se marche de aquí con este polvo si su intención es matar a una mujer. Esta botica fue concebida para ayudar y curar a mujeres, no para hacerles daño. Es la base sobre la que se asienta. Y no pienso alterarla.

—Pero usted es una asesina —replicó en tono acusador—. ¿Cómo puede hablar de ayudar y curar a alguien, sea hombre o mujer? —Miró de reojo el frasco abierto con el polvo de escarabajo—. ¿Le importa acaso saber quién es ella, ese insecto? Es su amante, su prostituta…

La mujer siguió con sus explicaciones, pero sus palabras se deterioraron hasta transformarse en un débil zumbido mientras yo parpadeaba lentamente y la habitación se oscurecía a mi alrededor. Me sobrevino un viejo y vergonzoso recuerdo: yo también había sido en su día una amante, por mucho que en aquel momento no lo supiera. Un insecto, una prostituta, según aquella mujer. Yo era el secreto guardado en las sombras, no una mujer para ser amada, sino una forma de diversión. Y por mucho que yo lo adorara, jamás olvidaría el momento en que me enteré de la farsa de Frederick, de su red de mentiras. Asimilar aquello fue muy amargo, comprender que había sido poco más que un recipiente vacío donde Frederick descargaba su lujuria.

Y ojalá aquella hubiera sido la peor de sus transgresiones. Lo peor de todo lo que me hizo. Instintivamente, me llevé las manos al vientre.

Aquella mujer despiadada no era merecedora ni de un segundo más de mi tiempo; no pensaba contarle mi historia, la del cobarde que sembró la semilla del legado mancillado de mi madre que la había guiado hasta mi puerta. Y a pesar de que la habitación seguía dando vueltas a mi alrededor, su cháchara había cesado por fin. Mis manos temblorosas palparon el espacio en busca de la seguridad plana y rígida de la mesa.

Sin saber muy bien cuántos segundos o minutos habían pasado, cobré de pronto conciencia de que Eliza me estaba zarandeando.

—Nella —murmuró—. Nella, ¿se encuentra bien?

Mi visión se despejó y las vi a las dos, sentadas delante de mí con cara de inquietud. Eliza, que se había inclinado y estaba tocándome, parecía preocupada por mi bienestar. La mujer, sin embargo, parecía más bien una niña petulante, temerosa de no acabar obteniendo lo que tanto quería.

Reconfortada por el contacto de Eliza, me obligué a realizar un leve gesto de asentimiento y a liberarme de mis recuerdos.

—Estoy bien, sí —le aseguré. Me dirigí entonces a la dama—. A quien puedo ayudar y a quien puedo hacer daño es asunto mío. No pienso venderle el polvo.

La mujer me miró con incredulidad, entrecerrando los ojos, como si fuera la primera vez que alguien le decía que no. Soltó una sola risotada.

—Soy *lady* Clarence de Carter Lane. Mi esposo… —Hizo una pausa y miró el frasco con el polvo de escarabajo—. Mi esposo es *lord* Clarence. —Me estudió con atención, a la espera de ver mi reacción de sorpresa, pero no le di ese placer—. Es evidente que no entiende usted la urgencia de este asunto —continuó—. Como le dije en mi carta, mañana por la noche celebramos una fiesta. Y asistirá a ella la señorita Berkwell, prima y amante de mi esposo. —*Lady* Clarence tiró del extremo de su corpiño y se mordió los labios—. Está enamorada de mi esposo y él de ella. No puedo continuar así. Mes tras mes, confirmo que no llevo un hijo suyo porque ya no le queda nada para mí, porque lo dilapida todo con ella. Me quedo con este polvo —dijo llevándose la mano a un bolsillo cosido en la falda, cerca de la cintura—. ¿Cuánto quiere por él? Le daré el doble de lo que me pida.

Negué con la cabeza. Su dinero me daba igual. Prescindiría de él, pero no pensaba actualizar el registro con el nombre de una mujer muerta por mi culpa, fuese o no fuese una amante.

—No —dije levantándome de la silla, clavando los pies en el suelo—. La respuesta es no. Y ahora, puede usted marcharse.

Lady Clarence se levantó de la silla y nuestros ojos quedaron al mismo nivel.

Durante todo aquel rato, la cabeza de Eliza fue de un lado a otro, mirándonos por turnos. Estaba sentada muy seria, con la espalda erguida, la boca cerrada con fuerza. Cuando antes me había pedido ser mi aprendiz, dudo de que se imaginara un encuentro como este. Tal vez bastara para hacerle cambiar de idea.

Y de pronto, hubo una ráfaga de movimientos. Pensé de entrada que *lady* Clarence había dejado caer el dinero sobre la mesa, puesto que sus manos se movieron con rapidez. Pero luego comprendí, horrorizada, que una de sus manos pretendía alcanzar el frasco con el polvo que Eliza y yo no habíamos tapado aún con corcho y seguía en el centro de la mesa, mientras que con la otra abría el bolsillo de su vestido. Sin importarle mis deseos, quería llevarse el brillante polvo verde.

Me abalancé a por el frasco y se lo arranqué de la mano en el último momento; tropecé entonces contra Eliza con tanta fuerza que a punto estuvo la niña de caerse de la caja de madera en la que estaba sentada, e hice lo único que se me ocurrió: arrojé el frasco de cantaridina venenosa al fuego, detrás de mí.

Las llamas estallaron en un verde luminoso y, en un instante, el veneno quedó reducido a nada. Aturdida, me quedé mirando el fuego, incapaz de creer que el trabajo de toda una mañana y toda una noche hubiera quedado destruido tan rápidamente. Con manos temblorosas, me volví muy despacio y vi que *lady* Clarence estaba sofocada y espantada, y que la pequeña Eliza me estaba mirando con los ojos abiertos de par en par.

—No puedo… —tartamudeó *lady* Clarence—. No puedo… —Sus ojos recorrieron el cuarto como ratones en busca de un segundo frasco, de más polvo—. ¿Se ha vuelto loca? ¡La fiesta es mañana por la noche!

—No hay más —le informé antes de empujarla hacia la puerta.

Lady Clarence me lanzó una mirada furibunda y se volvió entonces hacia Eliza.

—Mis guantes —exigió. Eliza se puso en acción y recogió con delicadeza los guantes que había dejado a secar para entregárselos a *lady* Clarence, que empezó a ponérselos, introduciendo los dedos de uno en uno. Después de respirar hondo varias veces, volvió a tomar la palabra—: Estoy segura de que puede prepararme otro frasco sin ningún problema —dijo.

Aquella mujer era insufrible, por Dios. Levanté las manos, consternada.

—¿Y no conoce ningún médico al que pueda sobornar? ¿Por qué tiene que acudir a mí si ya me he negado a hacerlo?

Lady Clarence se cubrió la cara con el velo y el delicado encaje me recordó las hojas de la cicuta.

—Está loca —dijo desde detrás del encaje—. ¿No cree que ya he pensado en todos los médicos y en todos los boticarios de renombre de la ciudad? No quiero que me pillen. ¿Acaso no está al corriente del aura que la envuelve? —Hizo una pausa para alisarse el vestido—. Depositar mi confianza en usted ha sido un error. Pero ya de nada sirve dar marcha atrás en mi decisión. —Bajó la vista hacia sus manos enguantadas y contó con los dedos—. Ha preparado ese polvo en solo un día, ¿no es eso?

Fruncí el entrecejo, confusa. ¿Y eso qué importancia tenía a estas alturas?

—Sí —murmuré.

—Muy bien —dijo *lady* Clarence—. Volveré mañana, puesto que entiendo que dispone de tiempo suficiente para elaborar de nuevo el preparado. Y me entregará entonces otro frasco con cantaridina, idéntico en aspecto y forma a ese que tan tontamente acaba de echar a perder. Estaré aquí a la una y media.

Me quedé mirándola, atónita, dispuesta a empujarla para que cruzara la puerta, valiéndome de la ayuda de Eliza en caso necesario.

—Y si no tiene el polvo preparado tal y como le he pedido —continuó *lady* Clarence—, mejor que vaya recogiendo sus cosas y se largue de aquí, porque iré directa a las autoridades y les contaré qué esconde su pequeña botica, llena de telarañas y matarratas. Y cuando hable con ellos, les diré que se fijen muy especialmente en ese almacén y miren qué hay detrás de la pared posterior. Todos los secretos escondidos en este agujero saldrán a la luz. —Se envolvió con su chal—. Soy la esposa de un *lord*. No intenté jugármela.

Tiró de la puerta, salió y cerró de un portazo.

14

CAROLINE

Presente, martes

Con solo unas horas disponibles antes de la llegada de James, no tenía tiempo para investigar la puerta de detrás de la verja, pero mi curiosidad, que se había despertado el día anterior, estaba ahora en su máximo apogeo. Tenía la sensación de que cada retazo de información que aparecía —primero el vial, luego la críptica nota del antiguo hospital que hablaba sobre Bear Alley y ahora la puerta al fondo del pasaje— presentaba una nueva pieza de un rompecabezas seductor. Decidí seguir indagando y regresar allí en cuanto pudiera.

Cuando salí de Bear Alley, el sol se escondió detrás de una nube, sumergiéndome en una sombra gélida. Visualicé a la boticaria, suponiendo que hubiera existido: una mujer mayor con pelo blanco y desaliñado, con las puntas abiertas debido al tiempo que pasaba delante de su caldero, caminando por el callejón adoquinado envuelta en una capa negra. Pero entonces sacudí la cabeza para borrar la imagen: no se trataba de una bruja, y aquello tampoco era *Harry Potter*.

Pensé de nuevo en la nota del hospital. Quienquiera que la hubiera escrito decía que los hombres morían, hablando en plural. Resultaba frustrantemente vaga. Pero si era verdad que habían muerto varias personas por culpa de la boticaria, tenía que haber alguna referencia *online*, alguna anotación sobre la boticaria.

Al llegar a Farringdon Street saqué el teléfono, entré en el buscador de Internet y tecleé: *Londres boticaria asesina hacia 1800.*

Apareció una mezcla de resultados: algunos artículos sobre la obsesión por la ginebra que se vivió en el siglo XVIII, una página de Wikipedia sobre la Ley de boticarios de 1815 y la página de una revista académica que hablaba sobre fracturas óseas. Pasé a la segunda página de resultados de la búsqueda y una web con un inventario del antiguo tribunal penal central de Londres —el Old Bailey— me pareció el mejor resultado hasta el momento. Recorrí la página con el dedo, pero el inventario era increíblemente largo y no tenía ni idea de cómo hacer una búsqueda en el documento con el móvil. Al cabo de un momento, la gran cantidad de datos de la página hizo que se colgara el buscador. Maldije para mis adentros y cerré la aplicación.

Suspiré, frustrada. ¿De verdad pensaba que iba a solucionar aquel rompecabezas con una simple búsqueda en Internet? James seguro que le echaría la culpa a mi escaso conocimiento de las técnicas de investigación, que tendría que haber dominado como estudiante si hubiera leído más libros de texto y menos novelas durante las largas jornadas que pasaba en la biblioteca de la universidad.

La biblioteca. Levanté de pronto la cabeza y, cruzando los dedos para que Gaynor estuviera hoy trabajando, pregunté a un transeúnte dónde estaba la estación de metro más próxima.

Poco después llegué a la sala de mapas, contenta porque esta vez no iba empapada por la lluvia ni envuelta en un olor desagradable. Localicé de inmediato a Gaynor, pero estaba delante de un ordenador ayudando a alguien y esperé con paciencia a que acabara.

Pasados unos minutos, Gaynor regresó a su puesto. Me sonrió en cuanto me vio.

—¡Estás de vuelta! ¿Has averiguado alguna cosa sobre el vial? —preguntó alegremente. Y luego cambió de cara y, con sorna, se puso seria—. ¿O has repetido con lo del *mudlarking* y me traes otro misterio?

Me eché a reír y experimenté una oleada de cariño hacia ella.

—Nada de eso. —Le expliqué lo de los documentos del hospital y la nota escrita por una autora anónima que hacía alusión a la implicación de la boticaria en múltiples muertes—. La nota está fechada en 1816. Y menciona un «Bear Alley», que casualmente queda cerca de mi hotel. Esta mañana me he acercado hasta allí, pero no he visto gran cosa.

—Eres una investigadora en ciernes —dijo en el mismo tono bromista—. Y yo habría hecho exactamente lo mismo. —Gaynor cerró varias carpetas que tenía delante y las dejó a un lado—. ¿Bear Alley, has dicho? Sí, el grabado de tu vial parecía un oso, aunque parece un poco forzado que las dos cosas puedan estar conectadas.

—Sí, coincido contigo. —Apoyé la cadera contra la mesa—. La verdad es que toda la historia parece un poco forzada, pero… —Me interrumpí, y mi mirada descansó en una pila de libros que Gaynor tenía detrás—. ¿Pero y si no? ¿Y si hay algo?

—¿Piensas, entonces, que esta boticaria podría haber existido? —Gaynor se cruzó de brazos y me lanzó una mirada inquisitiva.

Hice un gesto de negación.

—No sé muy bien qué pensar. Lo cual es, en parte, la razón por la que estoy aquí. Me gustaría ver si tienes algún mapa antiguo de la zona, de la zona de Bear Alley, me refiero, de principios del siglo XIX. Y he pensado también que seguro que eres mucho mejor que yo investigando en Internet. He intentado hacer una búsqueda por «boticaria asesina Londres», pero no he obtenido gran cosa.

Mi petición iluminó el rostro de Gaynor; según me había comentado en nuestro primer encuentro, los mapas antiguos eran su tema favorito. Me invadió una sutil oleada de envidia. Había pasado un día y estaba más cerca del regreso a mi trabajo en Ohio, un puesto que no tenía nada que ver con la historia.

—Pues mira, a diferencia de ayer —dijo—, creo que sí que puedo ayudarte en esto. Tenemos recursos excelentes. Ven conmigo.

Me guio hacia uno de los ordenadores y me indicó que tomara asiento. Por primera vez en una década, volví a sentirme como una estudiante de Historia.

—Veamos, el mejor lugar por el que empezar es el mapa que elaboró Rocque en 1746. Es bastante anterior al periodo de tiempo que quieres investigar, pero estuvo considerado uno de los planos más precisos y concienzudos de Londres durante más de un siglo. Rocque tardó una década en investigar y publicarlo. —Gaynor hizo clic en un icono del escritorio del ordenador y apareció una pantalla llena de cajitas en blanco y negro—. Podemos ampliar cada cuadradito para ver las calles en detalle o simplemente teclear el nombre de la calle que nos interese. Vamos a introducir «Bear Alley», ya que es la calle que aparece mencionada en la nota del hospital.

Tecleó el nombre y de inmediato la imagen saltó al único «Bear Alley» del mapa.

—Para orientarnos —me explicó Gaynor, moviéndose por el mapa—, echemos un vistazo a los alrededores. La catedral de San Pablo está aquí, hacia el este, y el río aquí, al sur. ¿Crees que se trata de la misma zona en la que has estado hoy?

Fruncí el ceño, no muy segura. El mapa tenía más de doscientos cincuenta años de antigüedad. Leí el nombre de los alrededores y no reconocí ninguno: Fleet Prison, Meal Yard, Fleet Market.

—No estoy muy segura —respondí, sintiéndome como una tonta—. En general, los mapas no son lo mío, la verdad. Solo recuerdo Farringdon Street, la calle principal.

Gaynor chasqueó la lengua.

—Brillante —dijo—. Creo que podremos solapar con facilidad un mapa actual con el mapa de Rocque. —Pulsó varios botones e iconos y en un instante apareció un segundo mapa por encima del primero—. Farringdon Street pasa por aquí. En el mapa antiguo aparece como Fleet Market, lo cual quiere decir que, en un determinado momento, el nombre cambió. De lo más normal.

Con el segundo mapa en pantalla, reconocí enseguida el plano de la zona; el mapa actual mostraba incluso el cruce donde el taxi había estado a punto de atropellarme.

—¡Ahí está! —exclamé, inclinándome hacia la pantalla—. Sí, sin duda alguna es el Bear Alley que estamos buscando.

—Perfecto. Volvamos ahora al mapa antiguo y estudiemos la zona un poco más.

Retiró el mapa actual de la pantalla y amplió todo lo posible la zona de Bear Alley, tal y como aparecía plasmada en el mapa de Rocque.

—Interesante… —dijo Gaynor—. ¿Ves esto?

Señaló una línea minúscula, fina como un pelo, que sobresalía de Bear Alley. La línea estaba etiquetada como «Back Al».

Apenas me di cuenta de un pinchazo inesperado que empezó a tirar de mi bajo vientre.

—Sí, lo veo —dije—. ¿Y por qué es interesante?

Pero en el instante en que las palabras salían de mi boca, mi corazón se aceleró. La puerta.

—Es una cosilla minúscula —dijo Gaynor—. Rocque hizo un trabajo excelente en lo relativo al tamaño de las calles. Por ejemplo, las vías principales están dibujadas más anchas. Pero esto es de lo más estrecho que debió de dibujar en el mapa. Me imagino que era una callejuela sin importancia, tal vez poco más que un pasadizo. Y tiene sentido, puesto que está etiquetado como «Back Alley». —Volvió a solapar el mapa actual y a hacerlo desaparecer de nuevo, jugando con el ratón—. Y, definitivamente, no existe hoy en día. Lo cual es habitual: hay miles de calles en la ciudad que han quedado sustituidas por otras, que han sido desviadas o que han acabado eliminadas por nuevas construcciones. —Me miró de reojo y retiré la mano de la boca. Sin darme cuenta, estaba mordiéndome las uñas—. Me parece que algo te está carcomiendo por dentro —dijo.

Nuestras miradas se cruzaron. Por un momento, sentí un deseo casi incontrolable de recostarme en ella y liberar todo el contenido de mi corazón. Pero cuando noté el calor escociéndome en los ojos, coloqué las manos debajo de las piernas y miré fijamente el ordenador. James no había llegado todavía a Londres; aquel tiempo era mío y no estaba dispuesta a desperdiciarlo llorando por él.

Volví a mirar el mapa y dudé, debatiendo interiormente si haría bien en contarle a Gaynor que había visto una puerta justo en el punto donde, según el mapa, el obsoleto Back Alley desembocaba en Bear Alley. Pero no tenía importancia, ¿no? Tal y como el fontanero me había dicho, la puerta daba al sótano de uno de los edificios. Nada más.

—Estoy bien —dije forzando una sonrisa y mirando la pantalla—. De modo que Bear Alley ha sobrevivido dos siglos pero Back Alley no tuvo tanta suerte. Debieron de construir encima.

Gaynor asintió.

—Pasa constantemente. Avancemos ahora a cien años después del mapa de Rocque. —Clicó en varias cosas más y solapó otro mapa, este lleno de formas sombreadas irregulares—. Es un mapa del servicio estatal de cartografía de finales del siglo XIX —me explicó— y las áreas sombreadas representan estructuras, de modo que podremos ver fácilmente qué edificios existían entonces.

Gaynor examinó un momento la pantalla.

—Veamos, toda esta zona estaba prácticamente llena de edificaciones a mediados del siglo XIX. Lo que nos da a entender que aunque Back Alley existiera en el siglo XVIII, desapareció durante el siglo siguiente. Pero… —Hizo una pausa y señaló el mapa del servicio estatal de cartografía—. Aquí hay una pequeña línea serrada que parece separar un par de edificios, y sigue casi a la perfección el recorrido de Back Alley. Lo cual indica que es posible que incluso en el siglo XIX, Back Alley siguiera existiendo como un pasadizo entre los edificios. Es imposible saberlo.

Moví la cabeza en un gesto de asentimiento; a pesar de lo poco que entendía de cartografía, seguí sin problemas la lógica de su explicación. Y a cada momento que pasaba, estaba más convencida de que la línea estrecha y serrada que representaba Back Alley en el mapa del siglo XIX estaba relacionada con la puerta que había visto. La localización exacta de la puerta, en relación con los dos mapas antiguos que Gaynor me había mostrado, era demasiada coincidencia.

Por primera vez desde que había encontrado el vial, me permití soñar con que había empezado a desvelar un misterio histórico importante. ¿Y si detrás de la puerta había algo, alguna cosa relacionada con la nota del hospital, el vial, la boticaria? ¿Y si le revelaba a Gaynor aquella conexión y ella consideraba el hallazgo merecedor de ser compartido más ampliamente con historiadores? A lo mejor me invitaban a colaborar con otros proyectos de investigación, o a trabajar por un periodo breve en la Biblioteca Británica…

Respiré hondo y me recordé que siempre había que seguir los hechos despacio y con un orden lógico. No podía adelantarme a los acontecimientos.

—Cruzar referencias de mapas está muy bien —prosiguió Gaynor—. Pero si lo que pretendes es descubrir más cosas sobre la boticaria, no sé muy bien qué pueden decirte estos mapas.

Y tenía razón.

—Comprendo —dije, preparada para pasar a mi segunda petición, que era quizá la más importante—. Supongamos ahora que nos gustaría verificar si esta boticaria existió realmente, ¿cuál sería la mejor manera de hacerlo? Como te he dicho, las búsquedas que he realizado *online* han sido bastante infructuosas.

Gaynor asintió, en absoluto sorprendida.

—Internet es una herramienta muy valiosa, pero los algoritmos que utilizan los motores de búsqueda, como Google, son una pesadilla para los investigadores. Nada de todo eso está pensado para buscar en documentos y periódicos antiguos, por mucho que estén digitalizados. —Volvió al escritorio del ordenador e hizo clic en un icono que le dio acceso al Archivo Británico de Prensa—. Veamos —dijo volviéndose hacia mí—. Vamos a probar con esto. Hará una búsqueda en todas las líneas de texto de la mayoría de los periódicos británicos de los últimos cientos de años. Si existe algún artículo sobre la boticaria, estará aquí, pero la gracia está en introducir las palabras de búsqueda adecuadas. ¿Qué me has dicho que habías probado antes?

—Algo así como «Londres boticaria asesina hacia 1800».

—Perfecto. —Gaynor introdujo las palabras de búsqueda y le dio a la tecla. Instantes después, la página exhibió cero resultados—. Vale, eliminemos la fecha —dijo.

Y una vez más, sin resultados.

—¿Podría ser que la función de búsqueda no estuviera funcionando bien? —sugerí.

Gaynor se echó a reír.

—Ahí está la gracia: cuánto más tiempo y más esfuerzo dediquemos a la búsqueda, mayor será la recompensa que obtendremos al final.

Y mientras ella probaba con nuevas palabras, yo reflexioné sobre el doble significado de lo que acababa de decir. Estaba buscando una boticaria de la antigüedad, sí, pero la tristeza se apoderó de mí cuando reconocí que estaba buscando algo más: la respuesta a mi matrimonio inestable, a mi deseo de ser madre, a mi carrera profesional. Rodeada por un millar de piezas rotas, tenía por delante de mí una búsqueda larga y llena de esfuerzo, una búsqueda que me exigiría discernir con qué piezas quería quedarme y con cuáles no.

Gaynor maldijo para sus adentros y vi que su rostro reflejaba frustración.

—Muy bien, estupendo, hasta el momento no tenemos nada. No me extraña que tu búsqueda *online* resultara infructuosa. Intentémoslo de otra manera.

Tecleó una palabra en la casilla de búsqueda, «boticaria», y luego, manualmente, refinó los resultados de búsqueda en el lado izquierdo de la pantalla. Acotó la fecha entre 1800 y 1850 y la región a Londres, Inglaterra.

Aparecieron algunos resultados y el corazón me dio un vuelco cuando vi el titular de un artículo de prensa: *Delitos de fraude y asesinato, Middlesex*. Pero el artículo, fechado en 1825, me parecía muy tardío, y resultó ser sobre un boticario que había sido asesinado después de robar un caballo.

Me derrumbé, decepcionada.

—¿Qué más podríamos probar?

Gaynor frunció los labios en un mohín.

—Aún no podemos dar por finalizada la búsqueda en prensa. Tal vez deberíamos olvidarnos de la palabra «boticaria» e intentar con otras, como «Bear Alley». Aunque hay muchísimos recursos más entre los que buscar. Nuestra base de datos de manuscritos, por ejemplo… —Se interrumpió y pasó a otra página web—. Por definición, los manuscritos incluyen todo tipo de documentos escritos a mano, como diarios, revistas e incluso documentos sobre propiedades familiares. Suele tratarse de información muy personal. Pero nuestra colección de manuscritos incluye además material impreso, como textos mecanografiados, registros impresos y cosas por el estilo.

Asentí, recordando todo esto de mis tiempos de estudiante.

Gaynor cogió un bolígrafo y lo hizo girar entre sus dedos.

—En nuestra colección tenemos millones de manuscritos. Pero buscar en esta colección plantea otro tipo de problemas. Los registros de prensa están disponibles inmediatamente *online*, ya que están digitalizados, pero los manuscritos hay que pedirlos. Se realiza la petición, te ponen en cola, esperas un par de días y recibes en la mesa el documento físico para su estudio.

—De modo que buscar por esta vía podría llevarme días.

Gaynor movió la cabeza en sentido afirmativo, despacio y con expresión preocupada, como la del médico que se dispone a dar una mala noticia a su paciente.

—Sí, si no semanas o meses.

La magnitud de la investigación resultaba agotadora solo de pensar en ella, sobre todo teniendo en cuenta que la historia de la boticaria era poco más que un mito, por el momento. ¿Y si toda la búsqueda fuera en vano porque ni siquiera había una persona real que descubrir? Me recosté en la silla, derrotada. Tenía la sensación de que era incapaz de discernir entre la verdad y la mentira en cualquier aspecto de mi vida.

—Levanta ese ánimo —dijo Gaynor, haciendo chocar su rodilla contra la mía—. Veo que estás realmente intrigada con todo esto, lo cual es excepcional en sí mismo. Recuerdo muy bien mi primera semana en la biblioteca… no tenía ni idea de lo que hacía, pero me gustaban los mapas más que a nadie que trabajara aquí. La gente como nosotras debe mantenerse unida y perseverar.

Perseverar. Aunque no sabía exactamente qué quería encontrar —o si había algo que encontrar—, había algo que era imposible ignorar: la puerta del fondo de Back Alley coincidía a la perfección con los mapas antiguos. E independientemente de que la boticaria trabajara o no en la zona, la idea de que existiera un antiguo pasadizo o calle, conocido tan solo por aquellos que vivieron hace doscientos años, pero que seguía enterrado bajo la ciudad, me cautivaba.

A lo mejor era a esto a lo que se refería Gaynor cuando hablaba del atractivo de la investigación. No tenía ni idea de qué había detrás de la puerta —lo más probable era que se tratara de un montón de ladrillos derrumbados poblados por ratas y telarañas—, pero si algo sabía sobre mí ahora que no sabía hacía tan solo unos días, era que mirar en el interior de las cosas no siempre era cómodo. Y esta era la razón por la cual había evitado pensar en James hasta este momento, y la razón por la cual no había contado aún ni a mis padres ni a nadie, excepto a Rose, lo que James había hecho. Era, en realidad, la razón por la cual me estaba distrayendo con la antigua boticaria.

Gaynor y yo intercambiamos nuestros números de teléfono y le dije que me pondría en contacto con ella si decidía solicitar algún manuscrito o seguir buscando en los registros digitalizados de prensa.

Cuando salí de la biblioteca, el teléfono indicaba que eran poco más de las nueve. James estaría a punto de aterrizar. Y a pesar de que la búsqueda infructuosa me había desanimado, inspiré el cálido aire de Londres y me armé de valor de camino hacia el metro y Ludgate Hill, dispuesta a enfrentarme a lo que no podía seguir siendo ignorado por más tiempo.

A pesar de lo desconsolada que me había sentido estos días, en Londres —inmersa en un viejo misterio, en una vieja historia— me sentía más viva de lo que me había sentido en los últimos años. Decidí seguir indagando. Abrirme paso en la oscuridad y mirar el interior de las cosas.

15

ELIZA

8 de febrero de 1791

Después de que *lady* Clarence abandonara el establecimiento de Nella, el ambiente en el pequeño cuarto se volvió húmedo y caluroso, como a veces sucedía en la cocina. Me di cuenta de que el vello de mis brazos se había erizado; jamás en la vida había oído a nadie hablar en el tono en que acababan de conversar Nella y *lady* Clarence.

La expresión de Nella era de tristeza y agotamiento. El peso de su trabajo —y las exigencias de mujeres como *lady* Clarence— había horadado arrugas en su frente y hundido sus mejillas. Cuando se dejó caer en la silla, con la preocupación cubriéndole toda la cara como vinagre derramado de una jarra, las volutas de humo seguían aún percibiéndose en el ambiente.

—¿Matar a la amante de un *lord* —murmuró— o colgar de la horca? —Volvió la cabeza hacia el fuego, como si buscara los restos del polvo de escarabajo—. Cualquier decisión es peor que la otra.

—Tiene que volver a prepararlo. —No me había pedido opinión, pero las palabras salieron de mí sin darme cuenta de lo que estaba diciendo—. Es la única opción.

Se volvió hacia mí con ojos de loca.

—¿Matar a una mujer? Llevo toda la vida intentando ayudar a mujeres. De hecho, es la única parte del legado de mi madre que he conservado con cierto éxito.

Pero Nella me había mostrado su cuaderno de registro, y yo sabía que en sus entradas constaban nombres, fechas y remedios. Peor aún, sabía que el nombre del señor Amwell, y también el mío, estaban allí anotados. Lo que significaba que si Nella no volvía a preparar el polvo y *lady* Clarence decidía vengarse, mis actos saldrían a la luz.

Todas las que constábamos en el cuaderno saldríamos a la luz. Señalé el cuaderno.

—Tal vez encuentre la manera de evitar que el nombre de la señorita Berkwell aparezca ahí escrito, pero ¿y qué pasará conmigo? ¿Qué pasará con todas las mujeres cuyo nombre aparece escrito en esas páginas?

Nella miró el cuaderno y frunció el ceño, como si aquella idea no se le hubiese pasado por la cabeza. Como si en realidad no creyese que *lady* Clarence fuera a ser capaz de cumplir su amenaza. Leyó despacio las últimas líneas.

—No tengo fuerzas —murmuró por fin—. Pasé toda la tarde de ayer en el campo recogiendo escarabajos y luego, despierta hasta al amanecer asándolos y triturándolos. Cuando esa mujer vuelva, le diré eso. Le enseñaré la hinchazón que escondo bajo el vestido, todos los lugares que tengo en mal estado, si insiste en verlos. No puedo volver a preparar el polvo, ni aunque quisiera.

Tenía ante mí una oportunidad, si sabía aprovecharla con Inteligencia. Mis miedos con respecto al espíritu del señor Amwell no habían desaparecido y ahora tenía que cargar además con otra desgracia: la posibilidad de que los alguaciles descubrieran la tienda y el cuaderno de registro de Nella.

Retiré las tazas vacías y las llevé al fregadero para aclararlas.

—Pues lo haré yo. Si me explica cómo hacerlo, iré a buscar escarabajos y luego los asaré y los trituraré.

Al fin y al cabo, estaba perfectamente acostumbrada a hacer el trabajo deshonroso de los demás. Ya fuera escribir mentiras para la señora Amwell o machacar escarabajos venenosos para Nella, no era ninguna chismosa. Se podía confiar en mí.

Al ver que Nella no decía nada, seguí aclarando las tazas aun mucho después de que ya estuvieran limpias. Daba la impresión de que su nerviosismo se había calmado un poco, aunque era imposible saber si era porque mi oferta de ayuda le había dado esperanzas o porque se había resignado a su destino.

—El campo está al otro lado del río —dijo por fin, inclinándose hacia delante en su silla, como si la simple idea de volver allí la dejara agotada—. Es una buena caminata, pero no puedes hacerla sola. Haré acopio de fuerzas. Iremos en cuanto caiga el sol. Recoger escarabajos es más fácil de noche, cuando duermen. —Tosió varias veces y se limpió la mano en la falda—. Hasta entonces, mejor será que aprovechemos el tiempo. Antes me has dicho que podías ayudarme con las etiquetas de los viales. —Me miró de reojo—. No es necesario. Me los sé de memoria, con etiqueta o sin ella.

—¿Y si se mezclan? ¿Y si se desordenan?

Se señaló primero la nariz y luego los ojos.

—Está el olfato, y luego la vista. —Ahora señaló el cuaderno, que seguía en el centro de la mesa—. Pero hay algo más. Te pediré que repares las entradas de mi cuaderno que se han descolorido. No tengo la mano lo bastante firme como para hacerlo yo.

Atraje el cuaderno hacia mí y me pregunté cómo era posible que los nombres y las fechas de aquel registro fueran más importantes que los viales que llenaban las estanterías. De hecho, cabría esperar lo contrario. Aquel cuaderno contenía los nombres de todo aquel que le había comprado venenos a Nella y, en mi opinión, sus páginas deberían ser quemadas, no reparadas.

—¿Por qué es tan importante arreglar las entradas que se han descolorido? —pregunté.

Nella se inclinó hacia delante y buscó una página correspondiente a 1763, llena a rebosar de entradas. Deslizó la mano hasta la esquina inferior izquierda; en su día, se había derramado sobre el pergamino algún líquido dejando ilegibles muchas entradas. Empujó entonces una pluma y un tintero hacia mí. Obedeciendo sus órdenes, cogí la pluma y empecé a copiar con tinta fresca los débiles trazos del cuaderno, repasando las letras de los remedios —acedera, bálsamo, cártamo— con el mismo cuidado con que repasé los nombres de las clientas.

—Para muchas de estas mujeres —dijo en voz baja Nella—, es posible que este sea el único lugar donde conste su nombre. El único lugar donde podrán ser recordadas. Es una promesa que le hice a mi madre, preservar la existencia de mujeres cuyo nombre, de no ser por esto, quedaría borrado de la historia. El mundo no es amable con nosotras… La mujer dispone de muy pocos lugares donde dejar una huella indeleble. —Acabé de repasar una entrada y pasé a la siguiente—. Pero este registro sirve para preservar su existencia: su nombre, su recuerdo, su valía.

Repasar y oscurecer las letras resultó ser una tarea más complicada de lo que me imaginaba. Copiar palabras no era lo mismo que escribir palabras; me exigía seguir muy despacio las curvas trazadas por otra mano y no me estaba sintiendo tan orgullosa de mi trabajo como cabía esperar. Pero viendo que a Nella no parecía importarle, relajé un poco los hombros y, gracias a ello, empecé a trabajar más rápido.

Nella pasó a una página de entradas más recientes, escritas hacía tan solo unos meses. Por alguna razón, las hojas se habían quedado pegadas y se habían estropeado varias líneas de texto. Empecé a repasar la primera, leyéndola a medida que avanzaba.

7 de diciembre de 1790, señor Bechem, eléboro negro, 12 gramos, por encargo de su hermana, la señorita Allie Bechem.

Contuve un grito y señalé la palabra «hermana».

—Esa la recuerdo bien —dijo Nella mientras yo seguía oscureciendo letras—. El hermano de la señorita Bechem era un hombre avaricioso. Ella descubrió una carta…, pretendía matar a su padre en una semana para heredar una gran fortuna.

—¿Mató a su hermano para que este no matara a su padre?

—Exactamente. Debes entender, Eliza, que la avaricia no trae nada bueno. Y, evidentemente, nada bueno salió de eso… La señorita Bechem sabía que alguien acabaría muerto. La pregunta era, por lo tanto, ¿quién?

Repasé el nombre de pila de la señorita Bechem, «Allie», con un trazo largo. La pluma se movía con facilidad por el basto pergamino, como si el instrumento conociese la importancia de aquella iniciativa, la importancia de conservar el nombre de la señorita Allie Bechem y de lo que había hecho.

Y entonces, capté de nuevo con la vista aquel nombre, repetido. Había vuelto a la tienda pocos días después, el 11 de diciembre.

—Esta vez, le vendí a la señorita Bechem extracto de zapatilla de dama para su madre —dijo Nella—. La pobre mujer acababa de perder a su hijo, e inesperadamente. La zapatilla de dama es benigna, no hace ningún daño. Se administra para la histeria.

—Pobre mujer. Espero que funcionase.

Nella señaló la libreta y me instó a terminar con aquella página.

—La zapatilla de dama es bastante efectiva —dijo—, aunque conocer la verdad sobre su hijo y los planes que estaba urdiendo habría sido el mejor remedio. Pero, por desgracia, no sé si la hija se lo acabó revelando. Sea como sea, su secreto está a salvo aquí.

Acarició con el dedo el borde del cuaderno y hojeó sus páginas.

Empezaba a comprender por qué Nella vendía remedios además de venenos. Porque la gente como la señorita Bechem necesitaba ambas cosas.

Aunque lo que no sabía aún era por qué Nella vendía venenos. Durante mi primera visita a la tienda, me había comentado que la habitación escondida no existía cuando de pequeña trabajaba en la tienda con su madre. ¿Por qué construiría Nella la habitación secreta y empezaría a preparar venenos mortales allí dentro? Decidí que pronto debía armarme de valor para preguntárselo.

Cuando terminé aquella entrada, Nella cogió el cuaderno y volvió a pasar varias hojas, hasta 1789. Aquel año destacaba en mi memoria; era el año en que mi madre me dejó en Londres y empecé a trabajar para la familia Amwell. Las entradas de aquel año, sin embargo, estaban aparentemente en buen estado y no vi que requirieran mi trabajo.

—Esta página está bien. Y es casualmente del año en que llegué a Londres —comenté.

—He pensado que te gustaría ver esta página —dijo Nella—. Contiene el nombre de una persona que reconocerás.

Y enseguida, aquello se convirtió en un juego para mí. Repasé con la mirada las entradas, esforzándome por ignorar fechas e ingredientes y buscar un nombre reconocible. ¿Mi propia madre, quizá?

Y entonces lo vi: *Señora Amwell*.

—¡Oh! —exclamé—. ¡Mi señora! —Leí rápidamente el resto de la entrada. ¿Habría envenenado mi señora antes a alguien?— ¿Cáñamo indio? —le pregunté a Nella señalando la entrada del registro.

—Uno de los fármacos más potentes de mi establecimiento —respondió—, pero, igual que sucede con la zapatilla de dama, no es nocivo. El cáñamo indio se utiliza especialmente para remediar temblores y espasmos. —Me miró, expectante. Al ver que no decía nada, se explicó un poco más—: Mira, Eliza, tu señora acudió a mi tienda cuando empezó a tener esos temblores en las manos. Había olvidado por completo su visita hasta que me has mencionado que te dedicas a escribirle la correspondencia. —Con la mirada perdida, recorrió con el dedo la entrada—. Los médicos para caballeros no habían podido hacer nada por ella. Había visitado ya a una docena. Acudió a mí cuando creyó que ya no le quedaban más opciones. —Nella posó brevemente su mano sobre la mía—. Tu señora no había estado nunca antes aquí. Sabía de mí a través de una amiga.

Se apoderó de mí una sensación abrumadora de tristeza. Nunca se me había pasado por la cabeza que la señora Amwell hubiese buscado ayuda en tantos médicos. Nunca se me había ocurrido pensar cómo se sentía por culpa de su enfermedad.

—¿Y le fue bien el cáñamo indio? —pregunté, mirando de nuevo la entrada para asegurarme de que repetía correctamente las palabras.

Nella bajó la vista hacia sus manos, como si se sintiera avergonzada.

—Recuerda lo que te dije, Eliza —dijo finalmente—. Esto no es una tienda de magia. Los dones de la tierra, aun siendo valiosos, no son infalibles. —Levantó la cabeza y la sacudió, como si quisiera salir de aquel estado de ensoñación en el que parecía encontrarse—. Así que ya ves. Porque si el cáñamo indio hubiese funcionado muy bien, tu señora no necesitaría tu ayuda para escribir sus cartas. Y tú no estarías ahora sentada aquí, ayudándome con el registro. Y recuerdas lo que te he dicho sobre la importancia de este registro, ¿verdad?

Con intención de impresionarla, recité lo que me había explicado hacía apenas unos minutos.

—Este cuaderno de registro es importante porque, de no existir, los nombres de todas estas mujeres podrían caer en el olvido. Y aquí están conservados, en estas páginas, y en ningún sitio más.

—Muy bien —dijo Nella—. Y ahora, hagamos un poco más. El sol se está poniendo rápido.

¿Y cómo lo sabía? Sin ventanas y sin mirar un reloj, yo sería incapaz de saber que el sol se estaba poniendo rápido. Pero no pude preguntárselo, puesto que Nella ya había vuelto la página y me estaba indicando una entrada que exigía mi atención.

Volví al trabajo, ansiosa por complacer a mi nueva tutora.

Cuando oscureció, cogí el abrigo y los guantes, que nunca jamás habían rebuscado entre arbustos o tierra o lo que quiera que fuera el hogar de los escarabajos, y me los puse con prisa.

Tenía las manos doloridas —escribir con tanto cuidado me las había dejado rígidas—, pero estaba impaciente por iniciar mi nueva aventura.

Viendo el brillo de mis ojos, Nella levantó las cejas.

—No esperes que tus guantes estén así de limpios cuando acabemos —dijo—. Es un trabajo sucio, niña.

Caminamos durante más de una hora y llegamos finalmente a un campo grande y tranquilo separado del camino por arbustos más altos que yo. Cuando la oscuridad se extendió por el cielo, el aire se volvió insoportablemente frío y no pude evitar pensar que si fuese escarabajo, habría viajado hacia el sur, en busca del aire cálido y húmedo de un pueblo a orillas del mar. Pero Nella me aseguró que a aquellos escarabajos les gustaba el frío, que preferían raíces con fécula, como la remolacha, para instalarse en ellas, cenar azúcar y luego echarse a dormir.

La única iluminación que había era una luna menguante. Nella y yo íbamos cargadas con sacos de lino. La observé ponerse a cuatro patas en la oscuridad, localizar un matojo de hierbas verdes y venosas, y apartar una fina capa de heno hasta alcanzar el bulbo de remolacha que se escondía debajo.

—Aquí tenemos el fruto —dijo, y siguió cavando—. Prefieren comer las hojas, pero a estas horas de la noche, se entierran en el suelo. —Y entonces, como salido de la nada, extrajo un bichillo brillante, del tamaño de su uña—. Y ahora presta atención, esto es muy importante —dijo, dejando caer el escarabajo en la bolsa—. Ni los presiones, ni los aplastes.

Moví con nerviosismo los dedos en el interior de los zapatos, sin apenas sentirlos aun llevando en el campo tan solo unos minutos.

—¿Y cómo voy a sacarlo del suelo sin presionarlo? —pregunté, perdiendo de repente todo el interés que pudiera haber sentido por aquella actividad—. Cuando encuentre uno, tendré que cogerlo antes de que se me escape, y me será imposible hacerlo si no es presionándolo un poco.

—Ven, el próximo que encontremos lo sacaremos juntas —dijo Nella, palpando el suelo. Parecía que sus dolores y su malestar habían menguado; tal vez el frío la hubiera entumecido—. Mira justo aquí, donde acabo de poner la mano. Estoy segura de que he notado unas patitas.

Me estremecí. Imaginaba que utilizaríamos algún tipo de herramienta —una red o una pala—, no que íbamos a desenterrar escarabajos con las manos simplemente protegidas con guantes. Pero hice lo que Nella me decía, agradeciendo que el cielo oscuro le impidiese ver mi cara de asco. Moví la mano alrededor del bulbo duro y suave de la remolacha y entonces lo noté, una cosa reptando entre mis dedos, una cosa muy viva. Me armé de valor, moví la mano en la tierra y cerré los dedos alrededor de la cosa. Saqué un montoncito de tierra para mostrárselo a Nella y entonces, efectivamente, de entre la tierra salió un escarabajo verde a saludarnos.

—Muy bien —dijo Nella—. Tu primera captura. Suéltalo en la bolsa y ciérrala, de lo contrario se escapará rápidamente para volver a su remolacha. Yo empezaré por allí, en la siguiente hilera. Necesitamos un centenar de escarabajos. Tú ve contando los tuyos.

—¿Un centenar? —Miré mi único escarabajo, que se removía en el interior de la bolsa—. Dios mío, estaremos aquí toda la noche.

Nella ladeó la cabeza y me miró, muy seria. La luz de la luna se reflejaba en su ojo izquierdo, dándole la extraña apariencia de un ser con doble cara.

—Me resulta curioso, niña, que te quejes por el esfuerzo de pasarse una noche capturando escarabajos, que no son más que bichos, y que no te lo pienses dos veces antes de matar un hombre.

Me estremecí, y deseé que no me hubiera hecho pensar de nuevo en el fantasma del señor Amwell, que seguía presionándome por dentro, llevándome a expulsar sangre.

—Es un trabajo duro —continuó Nella—, y sobre todo duro para mí, a estas horas. Vamos, pongámonos manos a la obra.

* * *

146

Pasó la noche, aunque era imposible saber cuánta noche. La luna recorrió una cuarta parte del cielo, pero yo no era lo bastante inteligente como para utilizar su movimiento a modo de reloj.

—Setenta y cuatro —oí que decía Nella a mis espaldas, con el crujido del heno bajo sus pies acompañando nuestros pasos—. ¿Y tú?

—Veintiocho —respondí.

Los había contado con diligencia, repitiendo el número en mi cabeza, para no olvidarme y verme obligada a meter la mano en la bolsa y contar aquellos bichos crujientes.

—¡Ah! Entonces ya hemos acabado, y nos sobran incluso dos.

Me ayudó a incorporarme. Tenía las rodillas doloridas y las manos en carne viva.

Empezamos a andar hacia el camino cuando, con la inquietud calentándome en un instante, la agarré por el brazo.

—A estas horas no habrá carruajes —dije, casi gritando—. No estará pensando en volver andando, ¿verdad? Yo no podría, por nada en el mundo.

—¿Acaso no tienes dos piernas perfectamente sanas? —replicó Nella, pero al ver mi expresión apenada, esbozó una sonrisa—. Oh, no desesperes. Descansaremos aquí, en ese cobertizo. Dentro se está bastante caliente, y es muy silencioso. Cogeremos el primer carruaje de la mañana.

Violar una propiedad privada me parecía un delito mayor que recoger escarabajos mortales, pero seguí voluntariamente a Nella, emocionada incluso, ya que deseaba desesperadamente poder descansar. Abrimos la puerta sin llave que daba acceso al cobertizo de madera que era, como me había prometido, un espacio caliente, oscuro y tranquilo. Me recordó enseguida el granero que teníamos en casa, en el campo, y me encogí solo de pensar en qué me diría mi madre si me viera en esos momentos, en plena noche y con una bolsa llena de escarabajos mortales.

Tardé unos instantes en acostumbrarme a la penumbra, pero al final vislumbré una carretilla al fondo y, más cerca de nosotras, diversas herramientas para trabajar el campo. Junto a la pared, a nuestra derecha, había varios montones de heno perfectamente apilados. Nella se dirigió hacia allí y se acomodó junto a uno de los montones.

—Aquí se está más caliente —dijo—, y si apilas un poco de heno en el suelo, construirás una cama perfectamente decente. Pero cuidado con las ratas. Les gusta estar aquí tanto como a nosotras.

Miré hacia la puerta, temerosa de que el propietario de aquel terreno viniera enojado a por nosotras, pero acabé siguiendo a Nella a regañadientes para prepararme un lugar donde poder descansar. Nella se sentó delante de mí, con nuestros pies casi tocándose, y entonces sacó un paquetito de debajo del abrigo y apareció una barra de pan, un poco de queso y una cantimplora de cuero que imaginé que contendría agua. Y cuando me la pasó, caí en la cuenta de que estaba sedienta. Bebí, sin dejar de percibir en ningún momento el movimiento de los escarabajos en el interior de la bolsa que había dejado a mi lado.

—Bebe toda la que quieras —dijo—. Detrás del cobertizo hay un barril lleno de agua de lluvia.

Comprendí entonces que Nella no solo había utilizado ya el cobertizo como refugio, sino que además había explorado la zona en busca de otros recursos.

Me aparté finalmente la cantimplora de la boca y me sequé con la punta de la falda.

—¿Suele ir a menudo a los campos de cultivo de otros para conseguir el material que necesita? —dije, pensando no solo en el cobertizo, que no era nuestro, sino en el campo en el que acabábamos de pasar casi toda la noche.

Nella hizo un gesto de negación.

—Casi nunca. La tierra en estado natural, sin cultivar, me proporciona prácticamente todo lo que necesito. La tierra camufla bien sus venenos. ¿Has visto alguna vez una flor de belladona? Se abre como un capullo. Seduce, casi. Puede parecer raro y excepcional, pero la verdad es que puedes encontrar cosas así por todas partes. La tierra conoce bien los secretos del camuflaje y mucha gente no se lo creería si supiese que los campos que cultivan, o las plantas emparradas bajo las que se besan, contienen veneno en sus tallos. Solo hay que saber dónde buscar.

Miré de reojo las balas de heno en las que estábamos recostadas y me pregunté si Nella tendría algún truco para extraer veneno de algo tan inocente como la hierba seca.

—¿Y todo eso lo aprendió de los libros?

En la tienda había visto docenas de libros, algunos con aspecto gastado de tanto ser consultados, y empecé a sentirme como una tonta por haber abordado la idea de realizar un breve aprendizaje. A Nella debía de haberle llevado años aprender todo lo que sabía.

Nella se llevó a la boca un trozo de queso y lo masticó despacio.

—No. De mi madre.

Su respuesta sonó cortante y poco halagüeña, lo cual solo sirvió para picar aún más mi curiosidad.

—Su madre, que no tenía ni esa pared ni los venenos.

—Eso es. Como te he dicho, ninguna mujer tiene necesidad de esconderse detrás de una pared si no posee secretos ni hace nada malo.

Pensé en mi señora y en mí, que pasamos horas sentadas en la sala de estar detrás de una puerta cerrada, fingiendo estar escribiendo cartas mientras el señor Amwell sufría en la planta de arriba.

—Mi madre era una buena mujer —añadió Nella, exhalando un tembloroso suspiro—. No dispensó ni un solo veneno en toda su vida. Te habrás dado cuenta de ello viendo las entradas más antiguas de mi cuaderno de registro. Los remedios de entonces son útiles, curativos. Todos ellos.

Me enderecé un poco y me pregunté si por fin Nella se disponía a compartir conmigo su historia. Con valentía, me aventuré a interpelarla al respecto.

—Si no dispensaba venenos, ¿cómo es que le enseñó sobre ellos?

Nella me miró fijamente.

—Muchos remedios buenos resultan venenosos si se administran en grandes cantidades o si se preparan de determinada manera. Mi madre me enseñó esas cantidades y preparados pensando en mi propia seguridad, y también en la seguridad de nuestras clientas. Además, el hecho de que mi madre no utilizara venenos contra nadie no significa que no conociera su funcionamiento. —Se acomodó mejor en la bala de heno—. Y supongo que eso la hace aún más admirable. Igual que sucede con el perro con dentadura afilada que nunca ataca, los conocimientos de mi madre eran un arma que nunca utilizó.

—Pero usted…

Las palabras me salieron solas y cerré de golpe la boca antes de terminar la frase. Era evidente que Nella sí había decidido utilizar como arma sus conocimientos. ¿Por qué?

—Sí, yo. —Unió las manos sobre el regazo y me miró a los ojos—. Eliza, permíteme que te pregunte una cosa. Cuando le serviste aquel plato al señor Amwell, el plato con los huevos de tamaño mayor que sabías de sobra que acabaría con su vida aquel mismo día, ¿qué sentiste por dentro?

Pensé bien la respuesta y rememoré aquella mañana como si todo acabara de suceder: su mirada ardiente cuando entré en el comedor; la mirada cariñosa de mi señora, en silenciosa alianza conmigo, y la sensación de aquella mano aceitosa recorriéndome la rodilla y ascendiéndome por el muslo. Pensé, asimismo, en el día en que el señor Amwell, en el que siempre había confiado, me dio el coñac mientras mi señora estaba en los jardines de invierno, y en lo que podría haber pasado si el criado no le hubiese llamado para que bajara.

—Sentí que estaba protegiéndome a mí misma —respondí—. Porque él quería hacerme daño.

Nella asintió con vigor, como si estuviera guiándome por un sendero en medio del bosque y estuviera animándome a seguirla.

—¿Y de qué te estabas protegiendo?

Tragué saliva, nerviosa por tener que compartir la verdad. Nunca le había contado a Nella por qué la señora Amwell quería matar a su marido y por qué la había ayudado a hacerlo. Pero la primera en formular preguntas chismosas había sido yo y, por lo tanto, le debía también mi historia.

—Había empezado a tocarme de un modo que no me gustaba nada.

Un nuevo gesto de asentimiento.

—Sí, pero piensa con más profundidad. Su contacto poco grato, por mucho que te repugnara…, ¿por qué era distinto al de, pongamos por ejemplo, un desconocido de la calle? Imagino que no recurrirías a un asesinato si a un desconocido se le fuera la mano, ¿verdad?

—No confío en los desconocidos de la calle —dije—. Pero en el señor Amwell sí que confiaba. Hasta hace poco, nunca me había dado motivos para no hacerlo. —Hice una pausa, intenté calmar mi respiración y pensé en Johanna—. Me enteré de que en la casa había secretos. Sobre cosas que había destruido, sobre cosas que se habían mantenido escondidas. Y temía pasar a ser una más de ellas.

Satisfecha con mi respuesta, Nella se inclinó hacia delante y me dio unos golpecitos tranquilizadores en el pie.

—Primero hubo confianza. Después hubo traición. No se puede tener la una sin la otra. No puedes ser traicionada por alguien en quien no has confiado antes. —Asentí, y volvió a echarse hacia atrás—. Eliza, lo que acabas de describirme es el mismo viaje desgarrador que han vivido todas y cada una de las mujeres a las que les he vendido veneno. Y es, de hecho, el mismo camino que yo recorrí.

Frunció el ceño, como si estuviera pensando en un recuerdo muy antiguo.

—Nunca me propuse elaborar venenos. No salí del vientre de mi madre siendo una asesina nata. Pero me pasó una cosa, hace mucho tiempo. Me enamoré, ¿sabes? Se llamaba Frederick. —Y de pronto se calló, aun sin quererlo, y pensé que ahí se acabaría el relato. Pero carraspeó un poco y continuó—. Esperaba una propuesta de matrimonio. Me lo había prometido. Pero resultó ser un actor fantástico y un mentiroso, y acabé enterándome de que no era la única receptora de sus afectos.

Contuve un grito tapándome la boca con la mano.

—¿Y cómo se enteró? —pregunté, comprendiendo que el tipo de escándalo y los secretos que estaba compartiendo Nella conmigo solían reservarse a chicas mucho mayores que yo.

—Es una historia triste, Eliza —dijo. Me dio un golpecito en el pie con su pie—. Y quiero que escuches con mucha atención lo que voy a decirte. En cuanto hayamos acabado de preparar el polvo de escarabajo por la mañana, no quiero volver a verte nunca más por mi tienda. Embotellar y dispensar estas cosas es mi trabajo, es mi pena.

La decepción y el embeleso se apoderaron de mí a partes iguales, pero asentí para que continuara.

Y así fue como empezó a contarme su historia, y a pesar de que sus palabras emergían a la superficie dolorosamente, como cuando una olla rompe a hervir, intuí también que aquello estaba siendo para ella como una liberación. Tal vez yo tuviera solo doce años, pero allí sentadas, entre las balas de heno, tuve la impresión de que Nella me consideraba una amiga.

—Mi madre murió siendo yo joven —me explicó—. Hace ya dos décadas, aunque el recuerdo sigue siendo aún doloroso, como un moratón. ¿Has perdido alguna vez a un ser querido?

Negué con la cabeza. Excepto el señor Amwell, nunca había conocido a nadie que hubiera muerto.

Nella respiró hondo para sosegarse.

—Es una sensación terrible, agotadora, de soledad. Entonces, un día, cuando estaba rendida al dolor, llegó un joven llamado Frederick a la tienda, que por aquel entonces no estaba todavía especializada en venenos. Dijo que quería algo para su hermana Rissa, para inducir el sangrado, puesto que sus dolores de vientre eran insoportables y llevaba medio año sin su periodo mensual.

Fruncí el ceño. No sabía muy bien qué quería decir aquello de «periodo mensual», pero independientemente del papel que Rissa fuera a jugar en la historia, sentí empatía por sus dolores de vientre.

—Era el primer hombre que ponía los pies en mi tienda —continuó Nella—, pero estaba desesperado. Y si Rissa no tenía una hermana o una madre que enviarme, ¿cómo iba yo a negarme a su petición? De modo que le vendí un brebaje de cola de león, un emenagogo.

—Cola de león —repetí—. ¿Es para madres?

Nella sonrió y me explicó que, más de un siglo atrás, Culpeper —el gran sanador— creía que aquella hierba proporcionaba alegría a las madres que acababan de dar a luz y eliminaba esa melancolía tan común en los días posteriores al parto.

—Pero resulta —dijo— que la cola de león también ayuda a asentar la matriz y estimula el vientre a albergar lo que tenga dentro. Por ello debe administrarse con mucho cuidado y solo a aquellas mujeres que saben seguro que no esperan un hijo.

Tiró de una brizna de heno de la bala y la enlazó en su dedo, como un anillo.

—Frederick regresó a la semana siguiente, animado y caballeroso, para darme las gracias por haberle devuelto a su hermana la salud y el buen ánimo. Por razones que en su momento no comprendí, me sentí intensamente atraída hacia él. Entonces creí que era amor, pero ahora me pregunto si no fue simplemente por el vacío del duelo, por buscar algo que acabara con aquella sensación de esterilidad.

Soltó el aire.

—Frederick parecía también sentirse atraído hacia mí y a lo largo de las semanas siguientes me prometió su mano. Y a cada día que pasaba, con cada nueva promesa, mi corazón fue volviendo a la vida. Me prometió una casa llena de niños y una tienda bonita, con cristales de color rosa, para que pudiese continuar con el legado de mi madre. Imagínate cómo me hacía sentir todo eso... ¿Cómo llamarlo sino amor?

Bajó la vista hacia su mano, donde la brizna de heno había envuelto su dedo en un círculo perfecto. La soltó, y cayó en su regazo.

—Pronto me quedé embarazada. Cabría pensar que habría sabido cómo evitarlo, pero no fue eso lo que pasó. A pesar de mi dolor, la nueva vida que crecía en mi interior me llenó de esperanza. No todo en el mundo había dado su último suspiro, como mi madre. Y cuando aquella mañana de principios de invierno le conté a Frederick lo de nuestro bebé, dio la impresión de estar muy contento. Dijo que nos casaríamos en quince días, pasado San Martín, antes de que el embarazo fuera visible. Tal vez seas muy joven, Eliza, pero sabes lo suficiente como para ver que el sol no brilla con tanta luz para el hijo nacido fuera del matrimonio.

Empecé a preocuparme. Nella no me había mencionado en ningún momento que tuviera un hijo, mayor o pequeño. ¿Dónde estaría ahora la criatura?

—Pues bien, como estarás sospechando, no estuve embarazada mucho tiempo. Sucede a menudo, pequeña Eliza, pero eso no hace que sea menos horrible. Espero que nunca tengas que pasar por esa experiencia. —Acercó las piernas a su cuerpo y cruzó los brazos por encima de ellas, como si quisiera protegerse de lo que iba a decir a continuación—. Fue a altas horas de la noche. Frederick dijo que tenía que ausentarse de la ciudad una semana para ir a visitar a su familia y pasamos toda la tarde juntos. Él preparó la cena, me ayudó a reparar unas estanterías, me leyó un poema que había escrito..., la velada perfecta, o eso me imaginaba yo. Se despidió con un beso apasionado y me prometió que volvería a la semana siguiente. —Nella se estremeció y se quedó unos instantes en silencio—. Los dolores empezaron unas horas más tarde, y perdí el bebé. No hay palabras para describir esa agonía. Después de aquello, lo único que deseaba era el consuelo de los brazos de Frederick.

Postrada en la cama, esperé a que pasara la semana, aguantando el dolor y la tristeza hasta que él regresara y pudiera ayudarme con la carga de la pérdida. Pero no apareció, ni a la segunda semana, tampoco a la tercera. Empecé a sospechar algo espantoso y a parecerme muy extraño que la noche que caí enferma, la noche que perdí a nuestra hija, fuera la última noche que él había dado la cara.

»Frederick conocía bien las estanterías y los cajones de la botica. Como te he comentado antes, incluso los remedios más benignos pueden llegar a ser mortales si se administran en cantidades erróneas. Un día, me senté a contrastar los contenidos de diversos frascos con lo que tenía anotado en mi registro y, horrorizada, vi que el nivel de cola de león no coincidía con el que estaba registrado. Frederick conocía las propiedades de aquella hierba, puesto que se la había dispensado a su hermana, Rissa. Y entonces comprendí que había utilizado mi propio brebaje contra mí. Contra nuestra hija. Habíamos pasado mucho tiempo juntos y no podía descartar la posibilidad de que hubiera camuflado la cola de león de algún modo y me hubiera engañado para que la consumiera durante la cena. A medida que fueron transcurriendo los días, estuve cada vez más segura de que la cola de león, pensada para eliminar la melancolía y aportar alegría al alma de la madre reciente, se había llevado a la criatura que crecía en mi vientre.

Mientras Nella hablaba, empezó a arderme la garganta, a cerrárseme. Quería preguntarle cómo había hecho Frederick para engañarla, cómo era posible que hubiera trajinado con sus cosas, que hubiera vertido ni que fuera una sola gota de brebaje en su comida o su bebida sin que ella se diera cuenta, pero no quería poner la situación contra Nella, que se sintiera peor de lo que ya debía de sentirse.

—Pues sí, pequeña Eliza, al final alguien llamó a mi puerta. ¿Y quién crees que venía a verme?

—Frederick —dije, inclinándome hacia delante.

—No. Su hermana, Rissa, aunque resultó que... que no era su hermana. Sin dudarlo un instante, me dijo que era su esposa.

Meneé la cabeza, como si aquel recuerdo de Nella estuviera sucediendo ahora mismo, delante de mis propios ojos.

—¿Y có-cómo supo dónde encontrarla? —pregunté tartamudeando.

—Conocía la botica de mi madre, especializada en enfermedades de la mujer. Recuerda que fue ella quien en primera instancia envió allí a Frederick, cuando necesitaba la cola de león. Sabía también que él tenía cierta tendencia a «extraviarse», podríamos decir. Me pidió que compartiera la verdad con ella. Habían pasado apenas cuatro semanas desde la pérdida del bebé. Seguía sangrando, tenía aún el corazón destrozado, y se lo conté todo. Después me dijo que yo no era su primera amante, y entonces empezó a preguntarme cosas sobre las botellas y los preparados que tenía en las estanterías. Le expliqué lo que te he explicado a ti, que en grandes cantidades, prácticamente cualquier cosa puede acabar siendo mortal, y para mi sorpresa, Rissa me pidió nuez vómica, que puede utilizarse en muy pequeñas dosis para tratar la fiebre, incluso la peste. Pero que es, claro está, un matarratas. Lo mismo que mató a tu señor.

Nella abrió las manos.

—Cuando me lo pidió, dudé unos instantes, pero luego le dispensé una cantidad letal, gratis, y le aconsejé cómo hacer para camuflar el sabor. Y del mismo modo que Frederick me había administrado un veneno, le expliqué a Rissa cómo hacerlo también. Y así, niña, es como empezó todo. Con Rissa. Con Frederick. Cuando Rissa se marchó, me sentí liberada. La venganza es una medicina. —Tosió un poco—. Al día siguiente, Frederick estaba muerto. Lo leí aquella semana, en la prensa. Los médicos sentenciaron que había sido un fallo cardíaco.

La tos de Nella fue en aumento hasta transformarse en un auténtico ataque. Se llevó la mano al vientre y respiró con dificultad durante varios minutos. Al final, se inclinó hacia delante, boqueando.

—Mi madre, mi hija, mi amante. Y así siguió, como un goteo, lento y discreto al principio, pero se corrió la voz por la ciudad. No sé a quién se lo contó Rissa en primer lugar, ni a quién se lo contó esa persona a continuación, pero el caso es que la red de murmullos fue extendiéndose. En un determinado momento, empezaron a dejarme cartas, y fue entonces cuando me vi obligada a construir la pared en la tienda para quedar oculta. Nunca tuve el valor suficiente como para cerrar el lugar que había sido el legado de mi madre, por mucho que yo lo hubiese mancillado.

Palmeó la bala de heno que tenía a su lado.

—Sé lo que es expulsar a mi hija de mi cuerpo por culpa de un hombre. Y a pesar de que mi historia es espantosa, todas las mujeres se han enfrentado, en mayor o menos medida, a la maldad de algún hombre. Incluso tú. —Apoyó una mano en el suelo para mantener el equilibrio, pues había empezado a caerse hacia un lado—. Soy boticaria, y mi deber es dispensar remedios a las mujeres. Y así es como, a lo largo de los años, las mujeres han acudido a mí y yo les he vendido lo que me han pedido. He protegido siempre sus secretos. He cargado con lo peor de sus desdichas. Tal vez si hubiera vuelto a sangrar después de la pérdida de mi criatura, si mi vientre no hubiera quedado maltrecho, habría acabado con esto hace mucho tiempo. Pero la ausencia de sangrado ha sido un recordatorio constante de la traición de Frederick y de lo que me robó.

Fruncí el ceño, confusa. ¿«Ausencia de sangrado»? Imaginé que, con lo fatigada que estaba, Nella debía de haberse expresado mal.

Lentamente, Nella se tumbó de lado y bostezó. Comprendí que ya casi había acabado con su historia, pero, aunque ella estaba muy cansada, yo estaba completamente despierta.

—Esto no puede prolongarse eternamente, por supuesto —susurró—. Fallo a menudo. Y a pesar de que hace mucho tiempo pensaba que provocar dolor serviría para apaciguar el mío, no es así. Solo ha ido a peor, y los huesos se me inflaman y me duelen más a cada semana que pasa. Estoy segura de que dispensar estos venenos me está matando por dentro. ¿Pero cómo destruir ahora todo lo que he construido? Ya oíste a *lady* Clarence…, el aura que me envuelve es conocida por muchas mujeres.

Carraspeó de nuevo y se pasó la lengua por los labios.

—Es un rompecabezas extraño —dijo, llegando a la conclusión de su discurso—. Por mucho que haya trabajado para solventar las enfermedades de muchas mujeres, soy incapaz de curarme a mí misma. Mi dolor nunca ha llegado a desaparecer, ni siquiera en veinte años. —Hablaba tan bajito que apenas se la oía y me pregunté si no estaría ya hablando en sueños—. Para este tipo de dolor, no existe ningún brebaje.

16

CAROLINE

Presente, martes

Cuando accedí al vestíbulo del La Grande, el miedo me formó una bola pesada en el pecho. A pesar de que había pasado el trayecto en metro hasta el hotel reflexionando sobre la boticaria, ahora, la preocupación más urgente —la inminente llegada de mi marido— alejó cualquier pensamiento relacionado con Bear Alley, el vial y los documentos de la biblioteca.

Teniendo en cuenta el tiempo necesario para pasar la aduana y encontrar un taxi, parecía matemáticamente imposible que James estuviera ya en el hotel. Aun así, dudé delante de la puerta de mi habitación, preguntándome si haría bien llamando antes. Por si acaso.

No. Aquella era mi habitación, mi viaje. El intruso era él. Pasé la tarjeta por la puerta y entré.

Por suerte, la habitación estaba vacía y todo lo que había dentro era mío, aunque se encontraba en mejores condiciones de como lo había dejado. Las sábanas blancas y almidonadas estaban perfectamente alisadas sobre el colchón, la pequeña cocina había sido reabastecida con tazas limpias y… mierda. En la mesita que había junto a la puerta había un jarrón con preciosas hortensias de color azul celeste.

Cogí el sobrecito que coronaba el ramo de flores y lo abrí, confiando en que no fuera más que una inconsciente felicitación por parte de alguno de nuestros padres.

Pero no lo era. El texto era corto, pero supe de inmediato quién lo enviaba. *Lo siento* —empezaba diciendo la nota—, *tengo mucho que compensarte, mucho que explicarte. Te amaré siempre. Nos vemos pronto. J.*

Me exasperé. James era un tipo inteligente; su intención era tener la situación lo más controlada posible de antemano, mover todos los hilos necesarios para asegurarse de que al menos le abría la puerta de la habitación del hotel. Pero si pensaba que con una sola mañana nos bastaba para hablar del tema y que luego pasaríamos a compartir unos cócteles de naranja y proseguiríamos con nuestro itinerario como un par de tortolitos, tal y como teníamos planeado, estaba tremendamente equivocado.

No me permití sentirme culpable. Por mucho que tal vez no fuera completamente feliz con la vida que llevábamos, no era yo la que lo había echado todo por la borda.

Poco después, y mientras estaba tumbada en la cama bebiendo una botella de agua helada, llamaron a la puerta y supe por instinto que era él. Lo percibí, igual que percibí la excitación de su cuerpo cuando el día de la boda me situé a su lado frente al altar.

Respiré hondo una sola vez y abrí la puerta. Aspiré involuntariamente su olor, aquel aroma tan familiar a pino y limón, un vestigio sutil del jabón artesanal que tanto le gustaba. Lo habíamos comprado juntos en un mercado ambulante hacía unos meses, en la época en que consagraba mi tiempo libre a buscar en Pinterest trucos para aumentar la fertilidad. Por aquel entonces, todo parecía mucho más fácil.

James se plantó delante de mí con una maleta de color grafito apoyada contra la pierna. No sonreía, tampoco yo, y si un desafortunado desconocido hubiera pasado por nuestro lado justo en aquel momento, habría catalogado el reencuentro como el más incómodo y desagradable que había visto en su vida. Y mientras nos mirábamos sin decir palabra, caí en la cuenta de que, hasta hacía tan solo un momento, una parte de mí no creía que finalmente James fuera a presentarse en Londres.

—Hola —musitó con tristeza, sin cruzar todavía el umbral. Aunque estaba a escasa distancia de mí, parecía que nos separara un océano.

Abrí más la puerta y le indiqué con un gesto que entrara, como si fuese el botones que me subía el equipaje. Y cuando entró con su maleta de ruedecillas, me alejé de su lado para rellenar mi vaso de agua.

—Veo que has encontrado mi habitación —dije, hablando por encima del hombro.

James miró de reojo el jarrón con las flores sobre la mesa.

—En la reserva también consta mi nombre, Caroline.

Dejó en la mesa, al lado de las flores, sus documentos de viaje: el pasaporte y un par de facturas. Tenía los hombros combados y arrugas marcadas en las comisuras de los ojos. Nunca lo había visto con un aspecto tan cansado.

—Se te ve agotado —dije con voz ronca. Se me había quedado la boca seca.

—Llevo tres días sin dormir. Agotado es decir poco. —Tocó una de las flores y acarició el borde de un pétalo sedoso de color azul celeste—. Gracias por no cerrarme la puerta en las narices —añadió mirándome con ojos lagrimosos.

Solo lo había visto llorar dos veces: una, en nuestro banquete de bodas, cuando levantó una copa de champán rosado hacia mí, su flamante esposa, y otra después del funeral de su tío, cuando nos alejamos del agujero en la tierra que pronto volvería a ser rellenado.

Pero sus lágrimas no despertaron en mí ninguna compasión. No quería estar con él, ni siquiera mirarlo. Señalé el sofá que había debajo de la ventana, con brazos redondeados y tapizado capitoné. No estaba pensado para dormir en él, sino para holgazanear en él, para mantener una conversación fácil y lujuriosa, para hacer el amor por la noche…, para todas esas cosas que James y yo no haríamos allí.

—Tendrías que descansar. En el armario hay más mantas. Y el servicio de habitaciones funciona muy bien, por si tienes hambre.

Se quedó mirándome, confuso.

—¿Te vas a algún lado?

El sol de última hora de la mañana iluminaba la habitación dibujando franjas de color amarillo en el suelo.

—Salgo a comer —dije mientras me cambiaba las zapatillas deportivas por unos zapatos planos.

En la habitación del hotel había encontrado una carpeta con algunas sugerencias; había un restaurante italiano a pocas manzanas de distancia. Necesitaba comida reconfortante y casera, y tal vez también una copa de *chianti*. Además, era probable que un restaurante italiano tuviera una iluminación tenue. Perfecta para alguien como yo que necesitaba un lugar discreto donde poder pensar, tal vez llorar. En cuanto había visto a James en carne y hueso se me había formado un nudo en la garganta. Deseaba tanto abrazarlo como zarandearlo, forzarlo a explicarme por qué había mandado todo lo nuestro a paseo.

—¿Puedo ir contigo? —dijo James pasándose la mano por la mandíbula, escondida detrás de una barba de por lo menos tres días.

Sabía lo mal que se pasaba con la combinación de *jet lag* y mal de amores y, aun sin quererlo, sentí lástima por él. ¿Pero no acababa de decidir que debía ignorar el desasosiego e intentar mirar las cosas más en profundidad? Podía empezar ahora mismo, soltando lo que pensaba y confiando en que fuera capaz de mantener las lágrimas a raya.

—Claro —murmuré.

Cogí el bolso y fui hacia la puerta.

El restaurante Sal Fiume estaba a solo una manzana del Támesis. La camarera que nos recibió nos acompañó hasta una mesita situada en un rincón del establecimiento, alejada de los demás clientes; seguramente, al ver la distancia que manteníamos el uno del otro, debió de imaginar que era nuestra primera cita. Como si fuera última hora de la tarde, varias lámparas de estilo *vintage* iluminaban el comedor y cortinas de color granate envolvían la estancia como un capullo protector. Me habría parecido íntimo en otras circunstancias, pero en aquel momento el ambiente me resultaba sofocante. A lo mejor mi elección había sido excesivamente discreta, pero los dos estábamos hambrientos y cansados y exhalamos un suspiro conjunto en cuanto tomamos asiento en las sillas de cuero con brazos a ambos lados de la mesa.

La extensa carta nos ofreció una distracción que agradecimos y nos permitió estar un rato sin hablar, excepto para dirigirnos a la camarera que nos trajo agua y, poco después, dos copas de *chianti*. Pero en cuanto la camarera dejó la copa delante de mí, me acordé: la regla. Seguía con retraso. Alcohol. Embarazo.

Recorrí con el dedo la base de la copa planteándome qué hacer, si acaso tenía que hacer algo. No podía devolver el vino —James sospecharía algo—, pero tampoco estaba dispuesta a compartir con James lo que me pasaba. Y menos allí, en aquel salón rojo que amenazaba con asfixiarnos a los dos.

Pensé en Rose. ¿Habría consumido alcohol en las primeras semanas de embarazo, antes de hacerse la prueba? Su médico no había dado muestras de preocupación con relación a aquella temprana fase.

Ya basta, me dije. Bebí un trago de vino y examiné la carta, viéndola pero sin leerla.

Minutos más tarde, la camarera nos tomó nota, se marchó con las cartas y al instante eché de menos la barrera protectora entre James y yo; ya no nos quedaba nada que nos distrajese, solo podíamos mirarnos mutuamente. Estábamos tan cerca el uno del otro, que casi le oía respirar.

Miré entonces a mi marido a los ojos y vi que su rostro, bajo aquella luz, parecía incluso más hundido que antes. Intenté no pensar en cuándo habría comido por última vez, pues daba la impresión de que había perdido peso. Bebí otro trago de vino para armarme de valor y empecé.

—Estoy muy enfadada…

—Escúchame bien, Caroline —dijo interrumpiéndome, entrelazando los dedos como le había visto hacer cuando hablaba por teléfono con clientes decepcionados—. Está hecho. La hemos transferido a otro departamento y le he hecho saber que si vuelve a ponerse en contacto conmigo con esta intención, informaré de ello a Recursos Humanos.

—¿Así que la culpa es de ella? ¿Es su problema? El que está a las puertas de ser socio de la empresa eres tú, James. Me da la impresión de que los de Recursos Humanos estarán más interesados en tu implicación en el caso que en la que pueda tener ella. —Moví la cabeza con un gesto de frustración—. ¿Y qué tiene esto que ver con tu trabajo? ¿Qué pasa con nuestro matrimonio?

James suspiró y se inclinó hacia delante.

—Es una desgracia que todo saliera a la luz de esta manera. —Una elección interesante de palabras; pretendía repartir responsabilidades—. Aunque a lo mejor al final resulta que no es tan malo —añadió—. A lo mejor, al final acabamos sacando algo bueno de todo ello, para nosotros y nuestra relación.

—Sacando algo bueno de todo ello —repetí, pasmada—. ¿Qué bueno podría salir de esto?

Reapareció la camarera con cucharas para la pasta y las dejó delicadamente delante de nosotros. El silencio entre los tres se volvió incómodo. La camarera se marchó enseguida.

—Estoy intentando sincerarme contigo, Caroline. Estoy aquí, ahora, para decirte que iré a terapia, que haré examen de conciencia, que haré lo que sea.

Supuestamente, mi viaje sola a Londres tenía que ser para mí como una terapia, hasta que, claro está, James se había plantado en la puerta de la habitación del hotel. Sus modales frívolos me exasperaron más si cabe.

—Pues empecemos tu examen de conciencia ahora mismo —repliqué—. ¿Por qué lo hiciste? ¿Por qué permitiste que el rollo continuara después de la famosa fiesta? —Me di cuenta de que a pesar de mi deseo de querer conocer el repugnante «qué» y «cómo», lo que más quería saber en aquel momento era el «porqué». Y de pronto me vino a la cabeza una pregunta, algo que no me había planteado hasta entonces—. ¿Te da miedo lo de intentar tener un bebé? ¿Es ese el porqué?

James bajó la vista y negó con la cabeza.

—En absoluto. Quiero tener un bebé tanto como tú.

Me quité un pequeño peso de encima, aunque la parte de mí que deseaba solucionar el problema cuanto antes habría deseado que hubiera respondido que sí; entonces, habríamos podido sujetar la verdad como un diamante, acercarlo a la luz y abordar el verdadero conflicto.

—Entonces… ¿por qué? —insistí.

Me resistí a la urgencia de servirle en bandeja más posibilidades y me acerqué el borde de la copa a los labios.

—Supongo que no soy del todo feliz —dijo con cansancio, como si solo pronunciar aquellas palabras lo dejara agotado—. Mi vida ha sido siempre tan segura, tan jodidamente predecible…

—Nuestra vida —dije, corrigiéndolo.

Asintió, reconociendo que yo tenía razón.

—Nuestra vida, sí. Pero sé que quieres seguridad. Que quieres predictibilidad, y que un bebé también necesita eso, y…

—¿Que yo quiero predictibilidad? ¿Que quiero seguridad? —Moví la cabeza con incredulidad—. No, te equivocas por completo. No me apoyaste cuando quise matricularme en Cambridge porque estaba muy lejos. No…

—No fui yo quien rompió la solicitud —replicó James con voz gélida.

Continué, decidida.

165

—No quisiste tener hijos antes porque serían una carga si tenías que trabajar muchas horas. Me suplicaste que aceptase el puesto en la granja porque era seguro, cómodo.

James tamborileó con los dedos en el mantel blanco.

—Fuiste tú la que aceptaste ese puesto, no yo, Caroline.

Nos quedamos en silencio cuando la camarera llegó con dos platos de pasta que dejó frente a nosotros. Me quedé mirándola cuando se marchó, y tomé detallada nota de su trasero respingón y de forma perfecta, pero los ojos de James permanecieron sólidamente fijos en mí.

—Nunca podrás borrar lo que me hiciste —dije apartando el plato sin siquiera tocarlo—. ¿Te das cuenta? Jamás lo olvidaré. Será una cicatriz permanente en nosotros, si es que algún día llegamos a superarlo. ¿Cuánto tiempo nos llevará volver a ser felices?

Cogió un panecillo del centro de la mesa y se lo llevó a la boca.

—Eso depende de ti. Ya te lo he dicho, se ha acabado. Fue una cagada por mi parte, una cagada que intento solucionar contigo, con mi esposa.

Me imaginé de aquí a cinco o diez años. Si James seguía siéndome fiel, era posible que aquella mujer llegara, con el tiempo, a quedar reducida a un viejo error. Al fin y al cabo, había oído decir que prácticamente la mitad de los matrimonios se enfrentan a la infidelidad en algún momento. Pero a lo largo de estos últimos días me había dado cuenta de que aquella mujer no era el único origen de la infelicidad que reinaba en mi vida. Sentados a la mesa, el uno delante del otro, pensé en compartir mis sentimientos con él, pero no lo veía como un aliado en quien poder confiar. Seguía siendo un adversario y yo quería proteger las verdades que había empezado a descubrir con este viaje.

—He venido a Londres a pedirte perdón —dijo James—. Me da igual el resto del viaje. A la mierda los planes originales. Por mí, como si nos quedamos todos los días ganduleando en la habitación comiendo comida china y…

Levanté una mano para hacerlo callar.

—No, James. —Por mal que él se sintiera, sus sentimientos eran la menor de mis preocupaciones. Los míos estaban aún terriblemente doloridos—. No me ha gustado nada que te hayas presentado en Londres sin habérmelo consultado. Vine aquí para procesar lo que me has hecho y tengo la sensación de que me estás persiguiendo. Como si no me permitieras la posibilidad de huir de todo.

Se quedó mirándome, perplejo.

—¿Que te estoy persiguiendo? No soy ningún depredador, Caroline. —Apartó los ojos de los míos y, acalorado, cogió el tenedor. Pinchó un bocado y se llevó la comida a la boca, masticó con rapidez y pinchó otro trozo—. Eres mi mujer y has estado en un país extranjero, sola, por primera vez en tu vida. ¿Sabes el pánico que he sentido? Solo de pensar en los ladrones o en cualquier tipo raro que se hubiera dado cuenta de que estabas aquí sola…

—Por Dios, James, confía un poco en mí. Creo que tengo algo de sentido común. —Tenía la copa vacía e hice señas a la camarera para que volviera a llenármela—. He estado muy bien, la verdad. Sin problemas de ningún tipo.

—Pues estupendo, mejor —dijo, cediendo y suavizando el tono. Se limpió las comisuras de la boca con la servilleta—. Tienes razón. Debería haberte preguntado si te parecía bien que viniese. Te pido perdón por no haberlo hecho. Pero ahora estoy aquí, y el billete comprado en el último momento me ha costado tres mil dólares. Conseguir ahora otro para volver a casa no creo que me saliera tampoco muy barato.

¿Tres mil dólares?

—Entendido —dije entre dientes, más cabreada si cabe al enterarme de que se había gastado tantísimo dinero en un billete de avión que jamás debería haber adquirido—. ¿Podemos, como mínimo, acordar que durante los próximos días podré disfrutar de mi propio tiempo y espacio? Tengo aún muchas cosas que procesar.

«Aunque ya he procesado lo suficiente como para entender que mi antiguo yo se había quedado enterrado», pensé con tristeza.

Abrió la boca y resopló.

—Creo, de todos modos, que las preguntas duras deberíamos tratar de responderlas juntos, ¿no te parece?

Negué con la cabeza.

—No. Quiero estar sola. Puedes dormir en el sofá de la habitación, pero de ahí no pasarás. Si al final decidí viajar sola hasta aquí fue por algo.

James cerró los ojos y su expresión fue de patente decepción.

—Entendido —dijo por fin, apartando el plato sin acabar—. Vuelvo al hotel. Estoy agotado.

Sacó de la cartera un billete de veinte libras, lo dejó sobre la mesa y se levantó.

—Descansa un poco —dije con la mirada fija en la silla vacía.

Antes de marcharse, me estampó un beso en la frente y me quedé muy rígida.

—Lo intentaré —dijo.

No me volví para verlo irse, sino que acabé la pasta y mi segunda copa de *chianti*. Pasados unos minutos, vi que la pantalla del móvil, que había dejado sobre la mesa, se iluminaba. Puse mala cara al ver que era un mensaje de texto de un número desconocido.

¡Caroline! He estado indagando un poco más cuando te has ido y he encontrado algo interesante en la base de datos de manuscritos. He pedido unos cuantos, aunque tardarán un par de días. ¿Cuánto tiempo estarás en la ciudad? Un beso, Gaynor

Enderecé la espalda y le respondí de inmediato.

¡Hola! Muchas gracias. ¡Estaré por aquí una semana más! ¿Qué tipo de documentos? ¿Parecen prometedores?

Apoyé los codos sobre la mesa a la espera de la respuesta de Gaynor. Cuando habíamos estado juntas en la biblioteca investigando me había explicado que los manuscritos podían ser tanto documentos escritos a mano como material impreso. ¿Sería posible que hubiera localizado otra carta sobre la boticaria, otra «confesión en el lecho de muerte»? Miré la respuesta en el instante en que entró.

Las dos cosas que he encontrado son boletines, un tipo de periódico, fechados en 1791. No forman parte de nuestra colección digitalizada de prensa por ser anteriores a 1800, por eso no aparecieron antes. Según los metadatos, uno de los boletines contiene imágenes. ¿Quién sabe? ¡Te mantendré informada!

Cerré el teléfono. Noticias intrigantes, sí, pero cuando volví a mirar el plato que James había dejado a medias y su servilleta sucia sobre la mesa, otros problemas más importantes reclamaron mi atención. La camarera me ofreció otra copa de vino, que decliné; dos copas con la comida eran más que suficiente. Necesitaba quedarme allí sentada para pensar unos minutos, con el ruido de fondo de las conversaciones de los demás.

Según James, su infidelidad tenía origen en el carácter predecible y seguro de nuestras vidas. ¿Era posible que los dos estuviéramos insatisfechos con la forma estancada de vida que llevábamos y que al final la situación hubiera dado un vuelco abrupto? Y, de ser así, ¿qué significaba eso para nuestro deseo de ser padres en un futuro inmediato? No tenía muy claro que un niño nos quisiera tener como padres en este momento.

Pero un niño necesitaba también un hogar estable, un buen sistema escolar y, como mínimo, que uno de sus dos progenitores llevara dinero a casa. No me cabía la menor duda de que nuestra vida encarnaba a la perfección todo eso, pero James y yo acabábamos de compartir la insatisfacción que sentíamos por los caminos que habíamos elegido. ¿En qué lugar de la lista estaba nuestra plenitud, nuestra alegría? ¿Era egoísta anteponer nuestra felicidad a las necesidades de otro ser humano, de un ser humano que ni siquiera existía aún?

Rodeada por los desgastados edificios de ladrillo de Londres, por objetos misteriosos y mapas obsoletos, había recordado por qué, tantísimo tiempo atrás, me había enamorado de la literatura británica y de los puntos oscuros de la historia. La estudiante joven y aventurera que vivía dentro de mí había empezado a emerger a la superficie. Igual que había sucedido con el vial que había sacado del fango, había empezado a desenterrar algo que dormitaba en mi interior. Y por mucho que quisiera hacer a James responsable de haberme quedado en los Estados Unidos, en la granja, él no era el único culpable; al fin y al cabo, como bien había dicho, fui yo la que rompió la solicitud para matricularme en el programa de estudios de Historia de Cambridge. Fui yo la que acepté la oferta de trabajo de mis padres.

Si pretendía ser sincera conmigo misma, estaba obligada a preguntarme si buscar un bebé había sido una forma subconsciente de camuflar la verdad: que no todo en mi vida era como había imaginado que sería y que no había desarrollado todo mi potencial. Y, lo peor de todo, que había tenido tanto miedo que ni siquiera lo había intentado.

Mientras anhelaba la maternidad y volcaba la atención por completo en mi «algún día», ¿qué otros sueños había ido enterrando y perdiendo? ¿Y por qué había necesitado una crisis vital para formularme por fin la pregunta?

17

ELIZA

9 de febrero de 1791

Tal y como Nella me había prometido, los carruajes empezaron a transitar al amanecer. Cogimos el primero que pasó en dirección a Londres, vacío salvo por nosotras dos, pasajeras sucias y desaliñadas cargadas con mugrientos sacos de lino llenos de escarabajos, muchos de los cuales seguían con vida aunque próximos a la asfixia, encerrados como estaban.

Ninguna de las dos habló mucho durante el trayecto. En mi caso era debido a la fatiga —apenas había dormido un minuto seguido—; sin embargo, Nella había dormido bien porque había roncado casi toda la noche. Tal vez permaneciera callada porque se sentía incómoda por todo lo que me había revelado: su amor por Frederick, el bebé concebido fuera del matrimonio, su terrible pérdida. ¿Se sentiría avergonzada por haber compartido tantas cosas conmigo y por eso quería despacharme y no volver a verme nunca más?

El carruaje nos dejó en Fleet Street y desde allí nos dirigimos a la botica de Nella; recorrimos la calle enfangada y pasamos por delante de una librería, una imprenta y una corsetería. Leí en un escaparate un anuncio sobre extracción de dientes: tres chelines, trago de *whisky* incluido. Me estremecí y aparté la vista en dirección a una pareja de chicas con vestidos vaporosos en tonos pastel y la cara exageradamente maquillada. Capté de refilón la conversación —algo relacionado con el adorno de encaje de un par de zapatos nuevos— y me fijé en que una de las chicas llevaba en la mano una bolsa de la compra.

Miré entonces mi bolsa, llena de criaturas rastreras. La importancia de la tarea que teníamos por delante me llenó de terror. Adquirir los huevos para el señor Amwell no me había dado tanto miedo; ningún alguacil perdería el tiempo interrogando a una niña con huevos. Pero ahora, cualquiera que echase un vistazo a nuestras bolsas de lino vería que allí había algo raro y empezaría a interrogarnos. Para empezar, no tenía ninguna explicación preparada y me resistí a la tentación de mirar hacia atrás por si acaso alguien nos estaba pisando los talones. La probabilidad de verse sorprendida debía de ser una carga terrible. ¿Cómo haría Nella para soportar a diario aquel peso?

Seguimos caminando rápido, esquivando caballos atados y gallinas corredoras, obligando a mis pies a continuar moviéndose sin poca cosa más en que pensar que no fuera el miedo a un arresto inminente.

Llegamos por fin a la botica, y jamás en la vida me había sentido más agradecida de adentrarme en un callejón vacío, salvo por la presencia de ratas y sombras. Entramos en el almacén, cruzamos la puerta escondida y Nella puso de inmediato un fuego en marcha. *Lady* Clarence tenía previsto llegar a la una y media y no teníamos ni un momento que perder.

La estancia se caldeó en cuestión de minutos. Exhalé un suspiro, agradecida por sentir calor en la cara. Nella sacó del armario nabos, manzanas y vino y lo dejó todo en la mesa.

—Come —dijo.

Y mientras yo engullía con ansia, ella siguió trajinando, y se dispuso a sacar morteros, bandejas y cubos.

Comí a tanta velocidad que el dolor de estómago se extendió rápidamente por toda mi barriga. Me incliné hacia delante con la esperanza de ocultarle a Nella los rugidos y gruñidos procedentes de mi interior, y me pregunté por un momento si quizá me habría envenenado. Al fin y al cabo, sería una manera conveniente de librarse de mí. El pánico me ascendió por el pecho mientras la presión interior iba en aumento, pero la sensación se liberó con un eructo.

Nella echó la cabeza hacia atrás y soltó una carcajada, la primera vez que veía alegría reflejada en sus ojos.

—¿Te sientes mejor? —preguntó.

Moví la cabeza en sentido afirmativo y contuve la risa.

—¿Qué hace? —pregunté, limpiándome un trozo de manzana que se me había quedado pegado al labio.

Vi que acababa de coger una de las bolsas de escarabajos y la estaba sacudiendo con fuerza.

—Estoy atontándolos —respondió—, o atontando a los que siguen vivos, mejor dicho. Primero los meteremos en este cubo, no es fácil dominarlos si tenemos un centenar de escarabajos rabiosos intentando salir.

Cogí la otra bolsa, e imitando lo que ella estaba haciendo, la sacudí con todas mis fuerzas. Oí a los insectos rebotar contra contra la tela de la bolsa y, la verdad, me dieron un poco de lástima.

—Ahora échalos aquí.

Empujó el cubo hacia mí con el pie. Con mucho cuidado, desaté los cordones que cerraban la bolsa, apreté los dientes y la abrí. No había mirado en ningún momento el contenido y temía lo que pudiera encontrarme.

Calculé que la mitad de los escarabajos ya estaban muertos —estaban quietos como piedrecitas, pero con ojos y patas minúsculas— y la otra mitad mostró escasa resistencia cuando vertí sus cuerpos negro verdoso en el cubo de hojalata. Nella derramó a continuación el contenido de su bolsa, luego cogió el cubo, lo acercó al hogar y lo instaló sobre la rejilla, encima del fuego.

—¿Y ahora los asa? ¿Es tan simple como eso? —pregunté.

Nella hizo un gesto negativo.

—Todavía no. El calor del fuego matará a los que queden vivos, pero no podemos asarlos en este cubo pues, de hacerlo, obtendríamos poco más que un estofado de escarabajos.

Ladeé la cabeza, perpleja.

—Sus cuerpos tienen agua en su interior, igual que el tuyo y el mío. Has trabajado en una cocina, Eliza. Dime, entonces, qué pasaría si pusiera una docena de pescados en una sartén al fuego. ¿Crees que los del fondo saldrían crujientes, como a tu señor le habría gustado?

Negué con la cabeza y comprendí por fin a dónde quería llegar.

—No, quedarían pastosos y húmedos.

—¿Y te imaginas lo complicado que sería convertir en polvo un pescado pastoso y húmedo? —Al ver mi cara de asco, continuó—: Pues lo mismo sucede con los escarabajos. Si los echáramos todos a la vez, soltarían vapor. Por eso los asaremos en una sartén mucho más grande, a puñaditos, para asegurarnos de que queden secos y crujientes.

«A puñaditos», me repetí. Y había más de un centenar de escarabajos. El proceso sería tan largo, si no más, que el de capturar esos bichos tontos.

—¿Y cuando ya estén crujientes?

—Entonces, uno a uno, los machacaremos en el mortero, hasta que quede un polvo tan fino que no se distinga ni siquiera del agua.

—Uno a uno —repetí.

—Uno a uno. Por eso más vale que *lady* Clarence no aparezca con antelación, porque para acabar nuestra tarea necesitaremos hasta el último segundo del que dispongamos.

Recordé el momento en que Nella arrojó al fuego el polvo de escarabajo que había preparado, provocando una erupción de llamas verdes. Qué coraje debía de haber tenido para echar a las llamas el trabajo de más de un día. Hasta ahora, no había tenido claro hasta qué punto era contraria Nella a asesinar a la amante de un *lord*, lo mucho que se había resistido a colaborar en la muerte de una mujer.

Imaginé el tedio de la jornada que tenía por delante y me obligué a estar contenta. Nella me había dicho que no me quería ver en la botica cuando hubiéramos terminado con ese trabajo. Pero a lo mejor, si lo hacía bien, cambiaba de idea y me permitía quedarme. Pensarlo me infundió energía, porque el sangrado caliente y encarnado de mi vientre había cesado por fin y había dejado apenas una sombra de color rosa, lo cual solo podía significar una cosa: que el espíritu del señor Amwell había decidido salir de mi cuerpo para esperarme en otro lado. ¿Pero dónde? Solo había un lugar evidente, el lugar al que sabía que pronto tendría que volver: la solitaria mansión de los Amwell, en Warwick Lane.

Cómo me habría gustado quedarme allí y asar mil escarabajos antes que volver a pisar la morada de mi señor fallecido. A saber qué forma desagradable adaptaría la próxima vez.

Cuando faltaban doce minutos para que llegara *lady* Clarence, se desató en el exterior una tormenta espantosa. Pero apenas si la notamos, puesto que las dos seguíamos inclinadas sobre nuestros morteros, machacando escarabajos hasta dejarlos completamente pulverizados.

Si Nella pretendía despacharme antes de que apareciera de nuevo *lady* Clarence, debía de haberlo descartado, puesto que terminar el encargo sin mi ayuda le resultaría imposible. Cuando faltaban seis minutos, Nella me pidió que eligiera un recipiente; cualquier frasco del tamaño adecuado serviría, me dijo. Y ella siguió con la cabeza gacha, con la concentración plasmada en los ojos y los antebrazos cubiertos de sudor, machacando en el mortero con el mazo.

Lady Clarence llegó a la una y media en punto. No hubo el rutinario intercambio de saludos. En cuanto entró en el cuarto, sus labios formaron una línea tensa y sus hombros se llenaron de rigidez.

—¿Lo tiene preparado? —preguntó. Las gotas de lluvia manchaban su cara como lágrimas.

Nella estaba barriendo debajo de la mesa mientras yo vertía con cuidado el polvo en un frasco de cerámica de color arena que había encontrado en un armario bajo. Acababa de ponerle el tapón y el corcho estaba aún caliente del contacto con mis dedos cuando Nella le respondió.

—Sí —dijo mientras yo, con delicadeza, con tremenda delicadeza, le hacía entrega del frasco a *lady* Clarence.

La mujer se lo acercó al pecho al instante y lo ocultó bajo el abrigo. Independientemente de quién fuera a ingerir el veneno —ya que mis lealtades no eran tan rígidas como las de Nella—, no pude evitar sentirme orgullosa por las muchas horas que había dedicado a su preparación. No recordaba haberme sentido tan orgullosa de un trabajo en toda mi vida, ni siquiera después de escribir larguísimas cartas para la señora Amwell.

Lady Clarence entregó un billete a Nella. No vi de cuánto, y tampoco es que me importara especialmente. Y cuando se volvió para marcharse, Nella carraspeó y tomó la palabra.

—¿Sigue estando en pie la fiesta de esta noche? —preguntó.

En su voz había un destello de esperanza y sospeché que habría rezado para que el evento se cancelase por el mal tiempo.

—¿Habría venido hasta aquí, con esta lluvia, si no fuera a celebrarse? —replicó *lady* Clarence—. No sea tan desagradable —añadió viendo la expresión de Nella—. La que lo mezclará en el licor de la señorita Berkwell no va a ser usted. —Hizo un mohín—. Solo rezo para que se lo beba rápidamente y acabemos con esto de una vez por todas.

Nella cerró los ojos, como si aquellas palabras le hubieran provocado náuseas.

Cuando *lady* Clarence se marchó, Nella se acercó despacio a la mesa a la que yo estaba sentada, tomó asiento y cogió su cuaderno. Sumergió la pluma en la tinta con una lentitud que no le había visto hasta el momento, como si la carga de las últimas horas hubiera podido finalmente con ella. Era increíble pensar que con la infinidad de remedios venenosos que había dispensado, fuera justo aquel el que más le doliera en el corazón. Resultaba incomprensible.

—Nella —dije—, no se sienta tan mal. Esa mujer habría significado su ruina si no le hubiéramos preparado los escarabajos.

Bajo mi punto de vista, Nella no había hecho nada malo. En realidad, acababa de salvar infinitas vidas, incluida la mía. ¿Cómo era posible que no lo viera así?

Nella se detuvo, pluma en mano, al escuchar mis palabras. Pero sin replicar, acercó la punta al pergamino y empezó a escribir.

Señorita Berkwell. Amante y prima de lord *Clarence. Cantaridina. 9 de febrero de 1791. Por encargo de su esposa,* lady *Clarence.*

Después de escribir el último punto, sostuvo la pluma sobre el papel y soltó el aire. Estaba segura de que iba a romper a llorar. Pero al final, dejó la pluma en la mesa en el mismo momento en que se oía el retumbo de un trueno. Se volvió hacia mí, con una mirada tremendamente oscura.

—Querida niña, lo que pasa… —Dudó, eligiendo sus palabras—. Lo que pasa es que nunca antes había tenido este presentimiento.

Me puse a temblar, como si de pronto hubiera empezado a hacer mucho frío.

—¿Qué presentimiento?

—El presentimiento de que algo va a ir mal, terriblemente mal.

En los instantes de silencio que siguieron —porque yo no sabía cómo replicar a una afirmación tan espantosa como aquella—, quedé convencida de que un diablo anónimo e invisible había decidido acosarnos. ¿Sería posible que el espíritu del señor Amwell la estuviera persiguiendo también a ella? Mi mirada descansó en el ajado libro de color bermellón que seguía sobre la mesa. El libro de magia. Nella había dicho que el libro era para parteras y sanadoras, pero la inscripción de la contracubierta mencionaba la dirección de la librería de donde había salido, un lugar donde podría encontrar más libros sobre el tema.

Si el miedo que me inspiraba el espíritu del señor Amwell era motivo suficiente para visitar aquel establecimiento, el presentimiento de Nella de que pronto iba a suceder una desgracia terrible era motivo suficiente para que la visita se realizase lo antes posible.

El sonido amortiguado de la lluvia persistía; la tormenta no había acabado aún. Si Nella decidía echarme, pasaría una larga noche empapándome por las resbaladizas calles de Londres. No quería regresar a casa de los Amwell, todavía no, y dudaba de que fuera tan valiente como para colarme en el cobertizo de un desconocido, como le gustaba hacer a Nella.

—Mañana por la mañana visitaré esa librería, cuando deje de llover —dije señalando el libro de magia.

Nella me miró enarcando las cejas, una expresión de escepticismo que ya empezaba a conocer.

—¿Pretendes aún encontrar un remedio para eliminar los espíritus de la casa?

Hice un gesto afirmativo y Nella emitió un gruñido para, acto seguido, taparse la boca para disimular un bostezo.

—Pequeña Eliza, es hora de irse. —Se acercó más y me miró con lástima—. Tienes que volver a casa de los Amwell. Sé que lo temes, pero te aseguro que tus miedos no tienen sentido. Tal vez cuando cruces la puerta y declares que has regresado, cualquier vestigio del espíritu del señor Amwell, sea real o imaginario, quede liberado y con él, el peso de tu corazón.

Me quedé mirándola, sin habla. Durante todo aquel tiempo había sabido que era posible que me despidiera, pero ahora que lo había manifestado, me costaba creer que tuviera agallas para despacharme tan fácilmente, y con la lluvia que caía, además. Había triturado más escarabajos que ella, no podría haberlo conseguido sin mí.

Me levanté de la silla con la sensación de que el pecho me ardía y el corazón me retumbaba, y noté ese picor infantil de las lágrimas cuando empiezan a acumularse.

—No-no quiere volver a verme —dije tartamudeando, permitiéndome emitir un sollozo; de pronto me di cuenta de que no estaba tan triste por ser expulsada de aquel lugar como por el hecho de no volver a ver nunca más a mi nueva amiga.

Al menos sabía que no estaba hecha de piedra, puesto que Nella se levantó de su silla, se acercó y me envolvió en un abrazo.

—No te deseo una vida llena de despedidas como la que yo he vivido. —Me apartó un mechón de pelo de la cara con el dorso de la mano—. Eres todavía pura, mi niña, y yo no soy el tipo de compañía que deberías frecuentar. Y ahora márchate, por favor.

Cogió el libro de magia de la mesa y lo depositó en mis manos. Entonces, de pronto, se apartó de mí, se acercó al hogar y ya no volvió a mirarme.

Pero cuando crucé la puerta escondida para alejarme para siempre de ella, no pude evitar volver la vista atrás una vez más. El cuerpo de Nella estaba inclinado hacia el calor del fuego, como si se dispusiera a arrojarse a él, y entre su respiración entrecortada, estoy segura de que también la oí llorar.

18

CAROLINE

Presente, martes

Por la tarde, a última hora, cuando oscureció, salí de la habitación del hotel lo más silenciosamente posible para no despertar a James, que dormía profundamente en el sofá. Le había dejado una breve nota al lado del televisor —*He salido a cenar, C.*— y confiaba en que no se despertara pronto y la encontrara.

Cerré la puerta con cuidado, esperé con impaciencia el ascensor y crucé corriendo el vestíbulo. Bajo mis pies, los suelos de mármol brillaban como un espejo, pulido y reluciente. Capté mi imagen reflejada, mi rostro iluminado con una emoción y un atrevimiento que hacía años que no sentía. Cogí una manzana y una botella de agua de una mesa del vestíbulo y las guardé en mi bandolera. No me tomé la molestia de sacar ni el teléfono ni un mapa; ya había recorrido aquel camino en otra ocasión.

Era tarde y las calles no estaban ni mucho menos tan concurridas como el día anterior; había pocos coches y muchos menos peatones. Llegué rápidamente a Bear Alley. El aire del atardecer era suave y fresco. Pasé por delante de los mismos cubos de basura y de los mismos envoltorios de comida rápida que había visto allí por la mañana, objetos congelados en el tiempo que ni siquiera la brisa había alterado desde mi última visita.

Sin levantar la cabeza, caminé hasta el fondo del pasaje y casi me sorprendí al volver a verla: la verja de hierro flanqueada por pilares de piedra, el solar lleno de malas hierbas y —estiré el cuello para poder ver por encima de la verja—, sí, la puerta. Había adquirido una nueva importancia después del rato que había pasado estudiando mapas antiguos con Gaynor en la Biblioteca Británica. Tenía la sensación de conocer los secretos de aquella zona, que en su día, muy cerca de allí, había existido un minúsculo pasadizo llamado Back Alley; que justo un poco más allá había un lugar llamado Fleet Prison, y que incluso Farringdon Street, la avenida principal que se desplegaba a escasos pasos de mí, se llamaba de otra manera. ¿Se reinventarían todas las cosas con el tiempo? Empezaba a tener la sensación de que todas las personas y todos los lugares llevaban consigo una historia jamás contada y cargada de verdades enterradas justo bajo la superficie.

Por la mañana, había agradecido la existencia de las ventanas de los edificios que envolvían Bear Alley, por si acaso el fontanero decidía acercarse más de la cuenta. Pero ahora no deseaba ser vista, razón por la cual había abandonado el hotel al anochecer. El cielo había adquirido un tono grisáceo y los últimos rayos de sol lo iluminaban por el oeste. Quedaban algunas ventanas con luz, y en el interior de uno de los edificios conseguí ver mesas, ordenadores y una cinta de cotizaciones bursátiles con letras rojas parpadeando en una pantalla. Por suerte, no se veía a nadie que se hubiera quedado a trabajar hasta tarde.

Bajé la vista. En la base de la verja había un pequeño cartel en rojo y blanco que había pasado por alto por la mañana: *PROHIBI-DO EL PASO. ORD. 739-B.* Empecé a notar un picor nervioso en la nuca.

Dejé pasar un minuto; no detecté ningún sonido ni ningún movimiento, excepto por un par de gorriones que revoloteaban en los alrededores. Me ajusté la correa de la bandolera, puse el pie en la piedra suelta de la base del pilar, me encaramé y, una vez arriba, me balanceé precariamente. Si había un momento para cambiar de idea, era aquel. Incluso ahora, podía encontrar aún una excusa o una explicación. Pero en cuanto pasara las piernas y saltara al otro lado, ya podía olvidarme. Invadir una propiedad privada era invadir una propiedad privada.

Mientras intentaba mantener mi centro de gravedad bajo para no resbalar, giré con torpeza el torso para que las piernas me quedaran colgando hacia el otro lado. Y entonces, después de echar un vistazo final a mis espaldas, salté.

Fue un aterrizaje limpio, silencioso y, de haber cerrado los ojos, podría haberme convencido a mí misma de que nada había cambiado excepto, claro está, que había infringido la ley. Había tomado esa decisión.

A pesar de que estaba oscuro, me agaché unos centímetros y cubrí la distancia del solar dando pasos largos en dirección al matorral que crecía justo delante de la puerta. Las ramas, carentes de flores y de capullos, estaban cubiertas con hojas duras de color marrón verdoso y espinas de dos centímetros de largo. Maldije para mis adentros, saqué el teléfono de la bandolera y encendí la linterna. Me arrodillé en el suelo y con una mano fui apartando las ramas con pinchos.

Noté un pinchazo en la palma y la retiré rápidamente: una espina me había hecho sangre y me acerqué la piel a los labios para calmar el picor mientras con la linterna examinaba qué había detrás del matorral. Los ladrillos rojizos de la fachada del edificio estaban erosionados y una pelusilla verde y moteada se había instalado por todas partes, pero justo detrás del arbusto estaba la puerta de madera que había visto por la mañana.

Noté la subida de la adrenalina. Desde que había salido del hotel y durante todo el recorrido hasta aquí, protegida por la oscuridad, una parte de mí había pensado que este momento nunca llegaría. Que tal vez Bear Alley estuviera cerrado por obras o que estuviera demasiado oscuro para ver la puerta, o que simplemente los nervios pudieran conmigo y acabara dando media vuelta. Pero me había adentrado en el solar, no sé si empujada por mi valentía o por mi estupidez, y la puerta estaba a escasos centímetros de mí. No se veía ninguna cerradura y sí una única bisagra en pésimo estado en el lateral izquierdo. Daba la impresión de que un buen empujón bastaría para abrirla.

El ritmo de mi respiración se aceleró. A decir verdad, estaba asustada. A saber qué habría detrás de la puerta. Y como la protagonista de una película de terror al principio de la historia, estaba segura de que lo más inteligente sería marcharme corriendo. Pero estaba harta de hacer lo que supuestamente debía hacer, harta de seguir siempre la ruta más práctica y menos arriesgada.

Era, por lo tanto, el momento de hacer lo que quería hacer.

Seguía aferrándome a la fantasía de que estaba en vías de resolver el misterio de la boticaria. Después de haber discutido con James durante la comida sobre mi trabajo —y sobre nuestro inestable futuro—, no pude evitar imaginarme la oportunidad que se me presentaría si descubría algo interesante al otro lado de esta pared. Me motivaba algo más que el simple hecho de abrir la puerta de aquel edificio; tal vez estuviera abriendo también la puerta a una nueva carrera profesional, a la carrera con la que había soñado mucho tiempo atrás.

Meneé la cabeza para apartar aquella idea. Además, el fontanero había dicho que lo más probable era que la puerta diera simplemente a una vieja bodega. Había enormes probabilidades de que el descubrimiento fuera decepcionante y de que, por lo tanto, en menos de veinte minutos estuviera comiéndome un trozo de *pizza*. Miré hacia la verja, confiando en que fuera fácil encaramarme desde este lado.

Decidí que lo mejor sería utilizar la espalda y los hombros, en vez de las manos, para apartar las ramas repletas de espinas. Con cuidado, conseguí pasar al otro lado del arbusto sin apenas sufrir daños y, una vez allí, apoyé las manos en la fría madera de la puerta y me detuve un momento. Ralenticé la respiración, me armé de valor ante lo que pudiera encontrarme al otro lado y le di un fuerte empujón a la puerta.

Se movió un poco, lo suficiente como para descubrir que no estaba cerrada con llave. Le di un segundo empujón, luego un tercero, y después apoyé el pie en la puerta y, con la pierna derecha, ejercí toda la presión que me fue posible. La puerta cedió por fin, emitiendo un crujido chirriante, y me encogí de miedo cuando caí en la cuenta, demasiado tarde, de que sería imposible devolverla a la posición original cuando hubiera terminado.

Cuando la puerta se abrió, me envolvió una ráfaga de aire seco y asilvestrado y unos cuantos insectos, con el sueño interrumpido, revolotearon a mi alrededor y se marcharon. Saqué el teléfono para examinar rápidamente la oscura abertura y emití un suspiro de alivio: no había ratas, ni serpientes, ni cadáveres de ningún tipo.

Di un paso vacilante hacia delante y me regañé por no haber tenido la idea de traer una linterna como Dios manda. Aunque, la verdad, tampoco me había imaginado que llegaría tan lejos. Comprobé la linterna del teléfono para ver si había alguna manera de aumentar la intensidad de la luz, y maldije para mis adentros cuando me fijé en la esquina superior derecha de la pantalla: la batería, que estaba a tope al salir del hotel, había bajado ya al cincuenta y cinco por ciento. Por lo visto, la linterna consumía mucho.

Dirigí la luz hacia la abertura negra y entrecerré los ojos al vislumbrar una sala que se extendía frente a mí. Podía tratarse tanto de un corredor como de una bodega, como había dicho el fontanero. El espacio tenía poco más de un metro de ancho, pero, como el haz de luz no era muy potente, era imposible determinar hasta dónde llegaba.

Miré de reojo la puerta abierta para asegurarme de que no se cerrara y me adentré unos pasos, dejando que la luz se extendiera por delante de mí.

Al principio, no pude evitar el sentimiento de decepción que se apoderó de mí porque la verdad es que había poco que ver. El suelo era mayoritariamente de tierra, salvo por algunas piedras, y el espacio no albergaba ningún tipo de maquinaria, herramientas o cualquier cosa que los propietarios del edificio hubieran encontrado necesario guardar allí. Pero entonces pensé en los mapas que Gaynor me había enseñado por la mañana y recordé que el antiguo Back Alley seguía un recorrido irregular a partir de Bear Alley, y trazaba varios ángulos de noventa grados, casi como peldaños de una escalera. Por delante de mí, vi que el camino débilmente iluminado tenía curvas y, a pesar de que no me apetecía aventurarme hasta el fondo, el corazón me retumbó con fuerza en el pecho.

No me cabía la menor duda de que aquello era Back Alley... o lo que quedara de él.

Sonreí, satisfecha conmigo misma, y me imaginé lo que diría Alf el Solterón si estuviera ahora a mi lado. Lo más probable es que hubiera seguido adelante, en busca de artefactos antiguos.

La percibí antes de verla —en forma de ráfaga de aire soplando contra mí— y levanté la luz en dirección al lugar de donde procedía. Justo delante había otra puerta, entreabierta, y el aire de la habitación estaba siendo absorbido, presumiblemente, por el vacío que yo acababa de crear al abrir la puerta de entrada. Se me puso la carne de gallina y di un brinco al notar el cosquilleo repentino de un pelo suelto sobre la nuca. Los músculos de mi cuerpo se tensaron, preparados para salir corriendo, para gritar... o para seguir avanzando.

Hasta aquel momento, mi allanamiento de morada me había conducido a un viaje bastante predecible. Sabía que la puerta exterior existía y sospechaba que conducía a un pasaje revirado —una calle sobre la que se había construido un pasadizo, según Gaynor— y pensaba, además, que había bastantes probabilidades de que el espacio no fuese en absoluto interesante una vez que estuviera dentro.

Hasta entonces todo habían sido certezas. Pero ¿y aquella puerta? La puerta no salía en el mapa.

Me moría de ganas por mirar qué había dentro y eso era lo que iba a hacer. La puerta ya estaba entornada —lo que implicaba que no tendría necesidad de darle una patada o empujarla—, de modo que decidí enfocar la linterna hacia el interior, echar un vistazo rápido y marcharme. Por otro lado —miré el indicador de la batería del móvil, que estaba ahora al treinta y dos por ciento—, no disponía de mucho tiempo para seguir rondando por allí, a menos que quisiera quedarme a oscuras.

—Dios —murmuré mientras echaba a andar hacia la puerta, segura de que me había vuelto clínicamente loca.

¿La gente normal hacía de verdad estas cosas? Ni siquiera sabía con seguridad si todo aquello estaba relacionado con la boticaria. ¿Estaría todavía intentando averiguar su historia o acaso era yo, en el fondo, una de esas personas que después de sufrir una pérdida se lanzan a vivir aventuras descabelladas para subir la adrenalina?

Si me sucedía cualquier cosa —si me resbalaba y caía, si me mordía una alimaña o si tropezaba con alguna tabla suelta del suelo—, nadie se enteraría. Me quedaría allí muerta sin que nadie descubriera mi cadáver vete a saber en cuánto tiempo, y James pensaría que lo había abandonado para siempre. Pensar en todo aquello, sumado al estado moribundo de mi teléfono, sirvió para que me resultara imposible estabilizar el latido de mi corazón. Decidí mirar qué había dentro y luego largarme corriendo de allí.

Abrí por completo la segunda puerta. Rotó sin problemas sobre la bisagra, que no estaba abollada y oxidada como la de la puerta exterior, sino que se había mantenido seca e intacta. Me situé en el umbral y moví el teléfono trazando un arco delante de mi cuerpo para poder ver mejor qué había allí dentro. Era una estancia pequeña, de tres por cuatro metros, aproximadamente, y el suelo era de tierra compactada, igual que el resto. No había cajas, ni herramientas, ni nada perteneciente al antiguo edificio. Nada de nada.

Pero la pared del fondo…, allí había algo distinto. Mientras que las paredes de ambos lados de la habitación eran de ladrillo, similares a las del exterior del edificio, la pared del fondo estaba construida en madera. Se veían unas estanterías, como si en su día la pared hubiera sido una librería o un armario empotrado. Me acerqué unos pasos, curiosa por averiguar si en las estanterías había alguna cosa: libros viejos u objetos, algún resto del pasado que hubiera quedado allí olvidado. Pero no había nada interesante. La mayoría de los estantes estaban combados y astillados, algunos incluso se habían caído por completo y estaban en el suelo, en medio de la estancia.

Pero la disposición era rara. No identificaba por qué, de modo que decidí retroceder un poco y observar la pared de estanterías en su conjunto. Recordé las curiosas palabras de Alf el Solterón durante la sesión de *mudlarking*: «No se trata tanto de buscar un objeto como de buscar una inconsistencia, o una ausencia». Fruncí el ceño, segura de que había algo extraño en lo que tenía antes mis ojos, pero ¿el qué?

Observé, sorprendida, que la mayoría de los estantes caídos correspondía a una sección de la pared, el extremo izquierdo. En aquel lugar, en vez de permanecer sujetos a la pared, muchos estantes se habían combado y habían caído al suelo. Me aproximé y me serví de la luz para examinar el panel. En el lado izquierdo de la pared solo quedaba un estante en su sitio. Acerqué la mano y lo zarandeé un poco; el estante se movió con facilidad, y estaba tan suelto que imaginé que, de quererlo, podría arrancarlo sin problema. ¿Por qué demonios habría perdido los estantes el lado izquierdo de la pared? Era como si aquellas estanterías no estuvieran bien instaladas, o como si la estructura sobre la que se sostenían no fuera adecuada…

Contuve un grito al comprenderlo y me tapé la boca con la mano. El espacio donde los estantes estaban caídos era más o menos de mi altura y solo un poco más ancho que mi cuerpo. Por instinto, di un paso atrás.

—No —dije sin poder evitarlo, y la palabra resonó en la minúscula estancia vacía—. No, no, no. No puede ser.

Pero al mismo tiempo que pronunciaba aquellas palabras, comprendí que había dado con algo. Con una puerta oculta.

«Para los hombres, un laberinto». Me vino precipitadamente a la memoria la primera frase de la nota del hospital y comprendí al instante cuál podía ser su significado: aquella puerta, si llevaba a algún lado, estaba concebida para quedar escondida en el interior de una estructura parecida a un armario. Si hoy en día alguien se hubiera encontrado por algún motivo en aquella habitación —un inspector de obras, por ejemplo—, seguro que se habría percatado de aquella rareza, como había hecho yo. Pero al ver todos aquellos estantes caídos por el suelo, era evidente que hacía muchos años que nadie ponía un pie allí. Y que nadie había descubierto, y mucho menos abierto, la puerta insertada en el conjunto de estanterías.

Me acuclillé para buscar un pomo, pero no vi ninguno. Descansé la mano derecha en la pared y me asusté al notar la sensación sedosa y pegajosa de una telaraña entre los dedos. Refunfuñé, me limpié la mano en el pantalón y con la linterna del teléfono iluminé el único estante que permanecía intacto. Y entonces lo vi: debajo del estante había una palanca minúscula, visible tan solo porque faltaban otros estantes en la zona. La moví y empujé un poco la pared.

Sin apenas un graznido o chirrido, como si se sintiera agradecida de ser por fin descubierta, la puerta escondida se abrió.

Apoyé una mano temblorosa en la pared, aferré mi moribundo teléfono con la otra y lo levanté un poco. El haz de luz perforó la oscuridad. Y entonces, sumida en un silencio jadeante e incrédulo, asimilé lo que tenía delante: todo lo que llevaba perdido y enterrado desde hacía tanto tiempo.

19

ELIZA

10 de febrero de 1791

La mañana era seca y estaba despejada, y me desperté con el sonido de un carruaje que pasaba por mi lado, con el rechinar de las ruedas metálicas sobre los adoquines. Había dormido a una calle de distancia de la tienda de Nella, protegida en una grieta entre dos edificios de Bartlett's Passage. Era más húmedo y menos confortable que el cobertizo en el que había descansado hacía dos noches, pero siempre mejor que mi cálido camastro en la mansión encantada de los Amwell.

En cuanto me desperté, apreté los dientes, a la espera de ver si los sangrientos dolores de vientre habían reaparecido, si el espíritu del señor Amwell había descubierto el engaño y había vuelto a por mí. Pero no fue el caso. Llevaba ya un día entero sin dolores y el hilillo de sangre había quedado reducido a la mínima expresión. Y a pesar de sentirme agradecida por ello, sabía que era porque el señor Amwell estaba esperándome en algún lado. Pensarlo me enfureció; por mucho que en el pasado hubiera sido mi amo, ahora ya no lo era. Y yo no era su juguete, su entretenimiento después de muerto.

Pensé también en la fiesta de *lady* Clarence, que debía de haber tenido lugar la noche anterior. Si todo había ido según lo planeado, la señorita Berkwell debía de estar ya muerta a estas horas. Era una idea espeluznante, pero entonces recordé lo que Nella me había contado sobre la traición y la venganza como medicina. Tal vez ahora, sin la poco oportuna presencia de la señorita Berkwell, *lady* Clarence podría encontrar la manera de cuidar su matrimonio y hacer un bebé.

Con piernas temblorosas, me levanté del suelo e intenté alisarme un poco la falda, que estaba mugrienta y necesitaba un lavado. Mi mano rozó la cubierta del libro, protegido en el interior del bolsillo del vestido, el libro de magia. Localizar la dirección escrita en la contraportada era mi tarea más apremiante, pues poco más tenía en lo que poder depositar mis esperanzas de liberar de fantasmas la casa de los Amwell.

Puse rumbo a la librería de Basing Lane. Después de haber dormido tan mal, me sentía en estado salvaje, como un animal. Me temblaban las manos, el dolor de cabeza me acechaba detrás de los ojos y la gente a mi alrededor se movía como si estuviera inmersa en una neblina acuosa. Los chicos de los recados iban de un lado a otro con sus carretillas, los pescadores ahuyentaban a las gaviotas y un anciano atizaba el trasero de su cabra con un endeble trozo de junco. Y cuando noté la presión en los dedos de los pies, incómodos, dentro mis apretados zapatos, me resultó imposible ignorar la tentación de volver a casa, o incluso a la Oficina de Registro de Servidumbre, donde me había encontrado en su día la señora Amwell. Ahora era cien veces más deseable que entonces. Para empezar, estaba alfabetizada; sabía leer y escribir y había estado al servicio de una familia rica. A buen seguro, mis habilidades serían valoradas en cualquier lado, en una casa que no estuviera llena a rebosar de espíritus inquietos.

Pensé en todo esto mientras caminaba hacia la librería mágica, pero la idea perdió rápidamente atractivo cuando consideré los muchos motivos por los que no soportaría huir de allí, sin que el menor de ellos fuera la devoción que sentía por la señora Amwell. En pocas semanas volvería de Norwich y esperaba, por entonces, haber liberado la casa tanto del señor Amwell como de Johanna. Además, no me imaginaba a ninguna otra chica escribiendo las cartas de mi señora. Me parecía una tarea muy especial, reservada solo para mí.

Y un espíritu también podía moverse, además; si el espíritu del señor Amwell había sido capaz de apoderarse de mí y seguirme hasta la botica de Nella, ¿qué iba a impedirle perseguirme por todo Londres? Ni siquiera lo solventaría abandonando la ciudad y regresando a Swindon, puesto que era imposible escapar de algo que podía incluso atravesar las paredes. Si huir del espíritu era imposible, debía encontrar la manera de eliminarlo.

En aquel momento había mucho en juego y acabar con el espíritu del señor Amwell era lo único que me importaba. De modo que me alegré cuando por fin localicé Basing Lane y, a partir de ahí, confié en que encontraría la librería sin problemas. Pero la felicidad no duró mucho tiempo: mi mirada fue pasando de un escaparate al siguiente —el de una mercería y de una panadería, entre otros— y no salía de mi asombro. La librería no estaba. Recorrí otra manzana, desanduve mis pasos e incluso miré establecimientos en el otro lado de la calle. Mientras buscaba, empecé a sentirme agobiada por todo tipo de malestares: las lágrimas escociéndome en los ojos, el aire gélido quemándome la garganta, una ampolla húmeda en la planta del pie.

En cuanto encaminé mis pasos de nuevo hasta el otro extremo de Basing Lane, el silbido del viento entre los edificios llamó mi atención. Un poco retirado de la calle había un pasaje tremendamente estrecho y en uno de sus lados, un edificio con un letrero de madera: *Tienda de libros y baratijas*. Sofoqué un grito; la librería, por delante de la cual había pasado varias veces, estaba escondida detrás de los demás escaparates, como si quisiera camuflarse. Si Nella estuviera aquí se habría decepcionado al ver que no había conseguido desvelar antes el misterio.

Puse la mano en el pomo y entré en la tienda. No era un establecimiento muy grande, más o menos del mismo tamaño que la sala de estar de la señora Amwell, y estaba desierto salvo por un joven instalado detrás del mostrador. Tenía la cara enterrada en el interior de un libro muy grueso, lo cual me concedió unos momentos para asimilar el entorno, que consistía en varias estanterías de minucias y bagatelas para niños, cubierto todo de polvo, en la parte delantera de la tienda, y una pequeña zona de libros situada detrás del dependiente. La tienda era húmeda y olía a moho, probablemente por la panadería de al lado. Cerré la puerta y sonó la campanilla.

El dependiente me miró por encima de las gafas y abrió mucho los ojos.

—¿En qué puedo ayudarte?

Su voz se quebró al pronunciar la última palabra. Era un muchacho, solo unos años mayor que yo.

—Estos libros —dije señalando las estanterías—. ¿Puedo hojearlos?

El dependiente asintió y volvió a volcar la atención en su libro. Crucé el espacio en solo cuatro o cinco pasos. Y cuando estuve más cerca de los estantes, vi que cada uno de ellos tenía un cartelito que identificaba el tema. Los leí con impaciencia: Historia, Artes Médicas y Filosofía. Los examiné rápidamente, preguntándome si el libro sobre la magia de las parteras habría salido de la sección de Artes Médicas o si habría también un estante con libros sobre ocultismo.

Me acerqué a una segunda estantería. Me acuclillé para poder leer los cartelitos de los estantes inferiores y contuve un grito; allí, abajo de todo y en un único estante, había un cartelito que rezaba *Artes Mágicas*. Había solo una docena de libros sobre el tema y me propuse examinarlos todos. Empecé con el libro colocado más a la izquierda, lo abrí y me encogí de pavor al ver las imágenes impresas en las primeras páginas: grandes aves de color negro con unas espadas impresionantes atravesándoles el corazón, triángulos y círculos colocados en disposiciones extrañas y un largo párrafo escrito en un idioma incomprensible. Lo devolví con cuidado a la estantería, confiando en tener más suerte con el siguiente.

El libro que hojeé a continuación era la mitad del anterior, tanto en altura como en grosor, con tapas blandas de color arena.

Pasé varias páginas hasta que di con el título, impreso en una fuente pequeña y regular: *Hechizos para la casa moderna*. Descubrí con agrado que estaba escrito totalmente en inglés —sin símbolos raros— y que las primeras páginas revelaban un amplio surtido de «recetas» diarias que no tenían nada que ver con preparar un pudin o un guiso.

Elixir para extraerle al niño su tendencia a la mentira.
Preparado para asignarle género al bebé en el útero.
Tintura para crear riqueza abundante en quince días.
Preparado para disminuir la edad en el cuerpo de la mujer.

Y así seguían, cada receta más inverosímil que la anterior, y pensé que era muy posible que en aquel libro acabara encontrando algo de utilidad. Busqué una posición más cómoda y me senté en el suelo con las piernas recogidas debajo de mí. Seguí leyendo el encabezado de todas y cada una de las recetas, con cuidado de no saltarme ni una, buscando especialmente cualquier cosa que tuviera que ver con espíritus y fantasmas.

Brebaje para borrar la memoria, específica o general.
Filtro para instilar afecto en el objeto de deseo, incluso en caso de objetos inanimados.
Elixir para restaurar la respiración en los pulmones del recién nacido fallecido.

Hice una pausa. Y se me puso la carne de gallina al notar la calidez de un aliento en la nuca.

—Mi madre utilizó ese hechizo —dijo una voz joven a escasos centímetros de mí.

Avergonzada por el libro que tenía en las manos, lo cerré de golpe.

—Perdón —continuó la voz alejándose un poco—. No era mi intención asustarte.

Era el chico de la tienda. Me volví para mirarlo y vislumbré con más claridad el hoyuelo de su barbilla y la redondez de sus ojos.

—No pasa nada —murmuré con el libro reposando en mi falda.

—Entonces ¿eres bruja? —preguntó el chico esbozando un amago de sonrisa.

Negué con la cabeza, turbada.

—No, es simple curiosidad, nada más.

Satisfecho con la respuesta, el chico hizo un gesto de asentimiento.

—Me llamo Tom Pepper. Y es un placer recibirte en la tienda.

—Gra-gracias —murmuré—. Yo soy Eliza Fanning.

Y aunque me moría de ganas de volver a abrir el libro que descansaba en mi regazo y proseguir mi búsqueda, descubrí que Tom, visto de cerca, no era en absoluto desagradable a la vista.

Tom dirigió la mirada hacia el libro.

—No te he mentido, ¿eh? Ese libro era de mi madre.

—¿Así que tu madre es bruja?

Lo dije en tono de broma, pero el chico no rio, como cabía esperar.

—No era bruja, no. Pero perdió a sus bebés, uno detrás del otro, nueve en total antes de mí, y, desesperada como estaba, utilizó el elixir mencionado en la página que acabas de cerrar. ¿Me permites? —Me indicó el libro con un gesto, aguardó a que yo asintiera y entonces lo cogió con delicadeza. Buscó la página en la que me había quedado antes de cerrarlo y señaló la receta—. «Elixir para restaurar la respiración en los pulmones del recién nacido fallecido» —leyó en voz alta. Y entonces, mirándome, añadió—: Según mi madre, nací muerto, como todos los demás. Y este hechizo me devolvió a la vida. —Se puso tenso, como si le doliese compartir aquella revelación—. Si mi madre siguiese con vida, podría contártelo personalmente.

—Lo siento —musité, notando su cara muy cerca de la mía.

Tom se mordisqueó los labios y miró hacia el escaparate de la tienda.

—La tienda es de mi padre. La abrió después de que mi madre falleciera. La parte delantera… todos esos cachivaches eran de ella. Cosas que fue coleccionando para sus bebés a lo largo de los años. Trastos que no han sido tocados ni utilizados.

No pude evitar formularle la pregunta.

—¿Y cuándo falleció tu madre?

—Poco después de que naciera yo. A finales de la misma semana, de hecho.

Me tapé la boca con la mano.

—Así que fuiste el primer bebé que vivió, pero ella no…

Tom se limpió una uña, un gesto puramente nervioso.

—Hay quien dice que este es el maleficio de la magia. Y que por eso, libros como este que has estado hojeando deberían ser quemados. Fruncí el ceño sin entender muy bien qué me estaba diciendo, pero Tom continuó—: Según ellos, el maleficio de la magia consiste en que para obtener cualquier recompensa hay siempre una gran pérdida. Que por cada hechizo que sale bien, hay siempre alguna cosa, en el mundo real y natural, que sale muy mal.

Miré el libro que ahora tenía Tom en las manos. Leer todos los hechizos que contenía me iba a llevar mucho rato, un par de horas como mínimo. ¿Y quién me decía mí que acabaría encontrando en sus páginas alguna cosa que me resultara útil?

—¿Y tú crees en eso del maleficio de la magia? —le pregunté.

Tom dudó unos instantes.

—No sé qué creer. Lo único que sé es que este es un libro muy especial para mí. Que sin él, yo no estaría aquí. —Volvió a depositar el libro en mi regazo—. Me gustaría que lo tuvieras. Puedes llevártelo gratis, si quieres.

—Oh, no, puedo pagar lo que cueste, claro…

Introduje una mano sudorosa en el bolsillo en busca de una moneda. Y él extendió una mano, pero no me tocó.

—Preferiría que fuera a parar a alguien de mi agrado que a un completo desconocido.

De pronto, sentí un calor espantoso, como si estuviera enferma, y el estómago me empezó a dar vueltas.

—Gracias —dije, abrazando el libro contra mi pecho.

—Solo te pido una cosa —dijo Tom—. Como seguro que si encuentras un hechizo que funciona será un éxito rotundo, prométeme que te pasarás por aquí a contármelo.

—Te lo prometo —dije extendiendo las piernas, que se me habían dormido, para incorporarme. Y a pesar de que no quería marcharme, tampoco tenía motivos para seguir allí. Me encaminé hacia la puerta y me volví una última vez—. ¿Y si intento un hechizo y no funciona?

Mi pregunta le pilló por sorpresa.

—Si el hechizo no funciona…, querrá decir que el libro no es de fiar y tendrás que volver para cambiarlo por otro —dijo, y sus ojos brillaron con picardía.

—En ese caso, sea como sea…

—Volveremos a vernos. Qué tengas un buen día, Eliza.

Salí envuelta en una neblina mareante, con una sensación extraña y nueva que no había experimentado jamás en mis doce años de vida. Una sensación rara y cuyo nombre desconocía, pero que a buen seguro no era ni hambre ni cansancio, pues ninguna de esas dos cosas me había llevado nunca a sentirme tan ligera ni tan acalorada a la vez. Eché a correr en dirección oeste y acabé encontrándome en la parte sur del cementerio de la catedral de San Pablo, donde localicé un banco delante de la tranquila fachada sur de la iglesia. Un lugar donde poder leer todos los hechizos y, tal vez, encontrar uno que poder practicar hoy mismo en casa de los Amwell.

Deseé con todas mis fuerzas encontrar el conjuro perfecto en el interior de aquel libro de supuesta magia. Algo que no solo sirviera para eliminar espíritus y recomponer todo lo que se había roto, sino que además me permitiera compartir la buena noticia con Tom Pepper lo antes posible.

20

NELLA

10 de febrero de 1791

El demonio que hace ya tiempo decidió reptar por el interior de mi cuerpo —para triturarme y combarme los huesos, para endurecerme los nudillos, para envolver con sus dedos mis muñecas y mis caderas—, había empezado, finalmente, a penetrar en mi cráneo. ¿Y por qué no iba a hacerlo? El cráneo está hecho de huesos, similares a los que debe de haber encontrado en la mano o en el pecho. Es tan susceptible como todo lo demás.

Pero mientras que este demonio me provoca tensión y calor en los dedos y las muñecas, en el cráneo adopta otra forma: una agitación, un temblor, un «tap, tap, tap» persistente dentro de mí.

Algo estaba a punto de suceder, estaba segura de ello.

¿Vendría de dentro de mí? ¿Se fundirían mis huesos hasta formar una masa única y endurecida y me quedaría inmovilizada en el suelo de mi botica? ¿O vendría de fuera, colgando delante de mí en forma de soga?

Eché de menos a Eliza desde el mismo instante en que la despedí y ahora, separando hojas de romero del tallo, la ausencia de su compañía me resultaba tan pegajosa y virulenta como el residuo que impregnaba mis dedos. ¿Habría sido cruel por mi parte obligarla a marcharse, por muy insignificantes que considerara sus

197

temores? La verdad es que no creía que la mansión de los Amwell estuviera repleta de fantasmas, como Eliza parecía pensar, pero ¿tenía alguna importancia lo que yo creyera si no era yo la que dormía allí?

Me pregunté cómo se sentiría al volver a casa de los Amwell con el vestido sucio después de todo nuestro trabajo, los guantes destrozados y un libro tonto de magia que a buen seguro no conseguiría eliminar unos fantasmas que solo existían en su colorida imaginación. Confiaba en que, con el tiempo, aprendiera a sustituir aquellas ideas fantasiosas por asuntos verídicos del corazón: un esposo al que amar, unos hijos a los que alimentar, todas esas cosas que yo nunca tendría. Y recé para que Eliza se hubiese despertado esta mañana partiendo de cero y para que nunca más volviera a pensar en mí. Porque por mucho que echara de menos su agradable conversación, la añoranza era algo a lo que estaba más que acostumbrada. En ese sentido, yo lo llevaría bien.

Llevaba ya cuatro tallos de romero cuando de pronto oí barullo en el almacén: un llanto de pánico y los golpes incesantes de un puño contra la pared oculta con estanterías. Miré por la rendija y vi que era *lady* Clarence con los ojos abiertos como platos. Teniendo en cuenta el sentimiento de mal presagio que había experimentado durante todo el día anterior, no puedo decir que su llegada inesperada me sorprendiera mucho. Pero aun así, su conducta me alarmó.

—¡Nella! —gritó agitando las manos—. ¿Está ahí dentro?

Abrí rápidamente la puerta y la invité a pasar; ya no me cogieron desprevenida las hebillas plateadas de sus zapatos ni el remate festoneado de su vestido de tafetán. Pero cuando la miré bien, me percaté de que llevaba el borde de la falda manchado, como si hubiese realizado parte del recorrido a pie.

—¡No dispongo ni siquiera de diez minutos! —dijo gritando, derrumbándose casi entre mis brazos—, y cuando me he ido de casa, ha sido con una excusa, alegando un tema relacionado con la finca.

La miré frunciendo el ceño ante lo ininteligible de sus palabras, con expresión de evidente confusión.

—Algo ha ido terriblemente mal —dijo—. Dios mío, ahora, ya nunca podré…

Mientras se secaba los ojos, asfixiada por sus propias palabras, mi cabeza empezó a elaborar rápidamente una lista con las distintas posibilidades. ¿Habría eliminado sin querer el polvo? ¿Le habría rozado el polvo sin querer los ojos o los labios? Le examiné la cara en busca de ampollas, de granos de pus, pero no vi nada.

—Tranquila —dije—. ¿Qué ha pasado?

—Los escarabajos… —dijo, y eructó, como si acabara de engullir algo amargo—. Los escarabajos. Todo salió mal.

No podía creer lo que estaba oyendo. ¿No habían funcionado los escarabajos? Estaba segura de que Eliza y yo habíamos ido al campo correcto y capturado los escarabajos correctos, no sus primos hermanos, el escarabajo común, que tenía una tonalidad más azulada. Aunque, a decir verdad, estaba muy oscuro… ¿Podía estar totalmente segura? Debería haber probado unos cuantos antes, comprobar si provocaban el conocido escozor en la piel antes de asarlos.

—¿Sigue la señorita con vida? —pregunté llevándome una mano al cuello—. Le garantizo que tenían que resultar letales.

—Oh. —Soltó una risotada y su rostro esbozó una mueca torcida mientras las lágrimas comenzaban a rodar por sus mejillas. Yo no entendía nada—. Está viva y coleando.

Mi corazón se alborozó por un instante. Junto con la consternación de saber que mi veneno había fallado, me sentí también tremendamente aliviada al saber que una mujer no había muerto por mi culpa. Tal vez tuviera ante mí otra oportunidad para hacer cambiar de idea a *lady* Clarence. Pero a la vez que pensaba en eso, se me formó un nudo en el estómago. ¿Y si *lady* Clarence pensaba que le había vendido un falso veneno? ¿Y si pretendía delatar mi botica a las autoridades, tal y como había amenazado que haría?

Retrocedí un paso, instintivamente, en dirección al lugar donde había dejado mi cuaderno de registro, pero *lady* Clarence siguió hablando.

—Es él. Mi esposo. —Gimió y se tapó la cara—. Está muerto. *Lord* Clarence está muerto.

Me quedé boquiabierta.

—¿Có-cómo? —pregunté, tartamudeando—. ¿No vio usted cómo su criada se lo daba a la amante?

—No me eche a mí la culpa, mujer —me espetó *lady* Clarence—. Mi criada puso el veneno en el licor de higos del postre, tal y como estaba planeado.

Lady Clarence se dejó caer en la silla y respiró hondo para tranquilizarse un poco antes de desvelarme toda la historia.

—Fue después de cenar. La señorita Berkwell se sentó muy lejos de mí y de mi esposo, *lord* Clarence, que estaba a mi derecha. Desde donde yo estaba vi cómo la señorita Berkwell bebía un trago, un solo trago, del licor de higos que se le había servido en una preciosa copa de cristal. En cuestión de segundos, se llevó la mano a la garganta y esbozó una sonrisa lasciva. Empezó a cruzar y descruzar las piernas... ¡lo vi todo, Nella! Vi con claridad lo que le estaba pasando..., pero empecé a temer que alguien pudiera sorprenderme observándola, así que me volví hacia la izquierda y me puse a hablar con mi querida amiga Mariel, que me contó detalles sobre su reciente visita a Lyon y siguió hablando sin parar, hasta que al cabo de poco rato me atreví a mirar de nuevo en dirección a la señorita Berkwell.

Lady Clarence inspiró muy hondo y su garganta emitió un carraspeo.

—Pero ya no estaba, y mi esposo tampoco, y la copa de cristal con el licor también había desaparecido. Me pareció increíble habérmelo perdido, que se hubiera marchado con ella durante aquel breve espacio de tiempo y yo no lo hubiera visto. En aquel momento estaba segura de que nunca jamás volvería a verle la cara a esa mujer, y me los imaginé a los dos corriendo a esconderse en la biblioteca o en la cochera, para vivir sus últimos momentos. Me consolé con eso, no sé si me explico.

Mientras me contaba su historia, permanecí inmóvil, visualizándolo todo: la mesa del banquete, los pudines y los vestidos de noche, el licor de higos, el fino polvo verde ocultándose en sus viscosas sombras.

—Entonces empecé a ponerme ansiosa —prosiguió *lady* Clarence—, y pensé que quizá todo estaba sucediendo demasiado rápido y que, sumida en aquel estado de lujuria, la amante de mi esposo pudiera olvidarse del licor y no acabara bebiéndose la cantidad necesaria. —Hizo una pausa y miró a su alrededor—. ¿Podría tomar un poco de vino para calmar los nervios, por favor?

Abrí el armario, le serví una copa y se la puse delante.

—Caí presa del pánico, Nella, y me planteé ir a buscarlos, plantarles cara, pedirle a ella que me acompañara a la sala con las demás señoras. Pero continué paralizada en mi asiento mientras Mariel seguía charlando sobre Lyon. Recé para que mi esposo entrara en el salón en cualquier momento y me anunciara que a su querida prima le había sucedido algo espantoso.

Lady Clarence bajó la vista hacia el suelo y de pronto se envolvió con sus propios brazos, temblando.

—Y entonces vi un fantasma acercándose por el pasillo. El fantasma de la señorita Berkwell. ¡A punto estuve de soltar un grito! Pero me contuve, gracias a Dios, porque a los invitados les habría parecido de lo más extraño verme gritar. Sin embargo, enseguida me di cuenta de que no era un fantasma, sino que era ella de verdad, en carne y hueso. Lo supe por el moratón que llevaba en el cuello, rojo e inflamado, como si los labios de mi esposo acabaran de estar posados allí.

Emitió un leve gemido.

—Se la veía asustadísima. Es muy joven, y tan poca cosa. Se derrumbó prácticamente en los brazos de la primera persona que encontró, el hermano de *lord* Clarence, que es médico y que, de inmediato, echó a correr por el pasillo por el que ella acababa de aparecer. Había gente por todas partes, corriendo de un lado a otro, un auténtico tumulto. En el otro extremo del pasillo, cerca de la biblioteca, se oían gritos y lamentos, alguien que decía que su corazón se había parado. Corrí a verlo. Estaba todavía vestido, gracias a Dios. Y como sospechaba, en una mesita al lado del sillón estaba la copa de cristal vacía. Debió de bebérsela entera. ¡Oh, Nella, no sabía que todo sería tan rápido!

—Ya le dije que medio frasco lo mataría en una hora. ¿Cuánto había en la copa?

La mirada de angustia desapareció de la cara de *lady* Clarence y se transformó en algo similar a la culpabilidad.

—Creo que mi criada utilizó todo el contenido del frasco.

Soltó un grito y se derrumbó hacia delante en la silla mientras yo me quedaba boquiabierta de pura incredulidad; no me extrañaba que hubiera muerto casi al instante.

Pero *lady* Clarence parecía tan consternada por la conducta de la señorita Berkwell después de los hechos como por la muerte de su esposo.

—¿Me creería si le dijese que mientras estaba yo allí, contemplando el cuerpo sin vida de mi esposo, la señorita Berkwell se acercó a mí, me abrazó y rompió a llorar? «¡Oh, *lady* Clarence», gimoteó la chica, enviándome su aliento con olor a higos, «era como un padre para mí!». ¡Me pareció un comentario enfermizo y estuve a punto de preguntarle si también le gustaba sobarse con su propio padre!

Lady Clarence soltó una carcajada final espantosa. Tenía los ojos hundidos, como si contar su historia la hubiese dejado agotada.

—Y ahora soy la viuda de un hombre rico y nunca desearé nada más, excepto lo que más deseo en este mundo: un hijo. ¡Qué amargura me produce en la lengua incluso expresarlo en voz alta! ¡Nunca tendré un hijo, Nella, nunca!

Una afirmación que yo conocía muy bien, sí. Pero había un detalle de su historia que empezaba a tensarme, a preocuparme.

—¿Ha dicho que su hermano, médico, fue el primero en atenderle?

Lady Clarence asintió.

—Sí, un buen hombre. Declaró a mi esposo fallecido ni cinco minutos después de que la señorita Berkwell irrumpiera como una histérica en el comedor.

—¿Y no dijo nada al ver la copa vacía al lado del sillón?

Lady Clarence movió la cabeza en sentido negativo, muy segura de sí misma.

—Preguntó al respecto, sí, pero la señorita Berkwell declaró de inmediato que la copa era de ella. Dijo que habían estado en la biblioteca porque mi esposo quería mostrarle un tapiz que acababa de adquirir, puesto que al parecer ahora a ella le interesan las artes textiles. Y no podía revelar que habían compartido la copa, ¿no le parece? Porque, de hacerlo, quedaría patente que estaban disfrutando de algo más que del arte.

—¿Y el frasco? —pregunté—. ¿Lo escondió en alguna parte? ¿Lo destruyó?

—Oh, sí. La criada lo guardó en un estante al fondo de la bodega. Solo la cocinera podría tener algún motivo para ir a buscar algo allá abajo. Lo eliminaré en cuanto pueda escabullirme hasta allí. Esta noche, quizá.

Exhalé un pequeño suspiro de alivio, agradecida de que el frasco estuviera escondido. Pero aun en el caso de que lo encontraran, no todo estaría perdido; esta era justo la razón por la cual los frascos y los viales de mi tienda no tenían ningún ornamento, excepto el pequeño grabado del oso.

—Pese a no ser identificable —dije—, mejor librarse de él de inmediato.

—Por supuesto —dijo, reconvenida—. De todos modos, me pareció curioso que tuviese grabados en el frasco.

Se secó con delicadeza la nariz, serenándose. Una vida entera sometida a los modales más rígidos no se olvidaba fácilmente.

—Solo un osito —dije señalando un botecito que había en uno de los estantes—. Como ese. Todos los frascos del mercado tienen un aspecto muy similar. Imagínese que alguien fuera a administrar una gota de la botella equivocada a la persona equivocada…

Me interrumpí, avergonzada de lo que casi se me escapa, teniendo presente la historia que *lady* Clarence acababa de contarme.

Pero no me dio la impresión de que se diera cuenta, pues vi que se acercaba a la estantería. Meneó la cabeza.

—Sí, mi frasco tenía esta imagen, pero había algo más. —Cogió el frasco y le dio la vuelta—. No, no son iguales. Mi frasco tenía algo en el otro lado. Unas palabras, seguro.

Un débil rugido despertó mi estómago y solté una carcajada nerviosa.

—No, debe de estar equivocada. ¿Qué palabras me atrevería yo a poner en un frasco de veneno?

—Se lo aseguro —insistió *lady* Clarence—. Había algo escrito. Unas letras muy angulosas, como si hubiesen sido grabadas a mano en el barro.

—¿Un arañazo, tal vez? O suciedad, simplemente porquería —sugerí, notando que la presión que sentía en el estómago empezaba a ascender por el pecho.

—No —insistió *lady* Clarence, con el enojo claramente reflejado en el tono de voz—. Conozco las palabras si las veo. —Y me lanzó una mirada exasperada antes de devolver el frasco a la estantería.

Y aunque yo la estaba escuchando, no la estaba oyendo del todo; el «tap, tap, tap» era demasiado fuerte, y la historia que *lady* Clarence acababa de confiarme ya no me parecía únicamente una crisis suya. Y como si acabase yo misma de darle un sorbo a la copa de cristal con cantaridina, pronuncié su nombre:

—Eliza.

De pronto, empezó a tomar forma un recuerdo. El día anterior por la tarde, justo antes de que llegara *lady* Clarence a recoger el veneno, Eliza había elegido el frasco que contendría el polvo. Yo no había prestado atención al recipiente que había elegido, porque cualquiera que estuviera a la vista llevaba grabado el oso y nada más. Solo los que estaban al fondo del armario de mi madre estaban marcados de otra manera.

—Eliza, sí, ¿dónde está hoy? —preguntó *lady* Clarence, sin ser consciente de la tormenta que empezaba a formarse en mi interior.

—Debo encontrarla de inmediato —dije con la voz entrecortada—. El armario... —Pero no pude pronunciar ni una palabra más, y mucho menos explicarme ante *lady* Clarence, ya que no podía pensar en otra cosa que no fuera salir corriendo hacia Warwick Lane, donde estaba la mansión de los Amwell. ¡Cuánto recé para que Eliza estuviera allí! —Y usted... —le dije a *lady* Clarence—, ¡márchese ya! Busque rápidamente el frasco y llévelo a...

—¡Sus ojos parecen los de un animal! —exclamó—. ¿Qué sucede?

Pero yo ya había echado a correr hacia la puerta y *lady* Clarence me siguió. Cuando salí, ni siquiera noté el frío en la piel o la tensión de los zapatos en mis tobillos hinchados. Delante de mí, una bandada de mirlos levantó el vuelo; incluso ellos tenían miedo de mí.

En algún momento, *lady* Clarence decidió seguir su propio camino... y recé para que fuera directa a buscar el frasco. Yo seguí corriendo y enfilé Ludgate Street. La catedral se elevaba por delante de mí. La mansión de los Amwell estaba ya muy cerca, a solo un par de manzanas.

Cuando me acercaba al cruce con Warwick Lane, vi una pequeña figura encorvada en un banco, cerca del cementerio. ¿Estarían mis ojos jugándome una mala pasada? El corazón se me aceleró cuando observé el estilo ligero y despreocupado con el que la misteriosa figura iba pasando las páginas del libro que tenía en la falda. Estaba ya cerca de la mansión de los Amwell; no quedaba excluido, ni mucho menos, que pudiera encontrarme a Eliza en cualquier momento.

Mis esperanzas quedaron rápidamente confirmadas: era ella, sin duda. Hacía menos de una hora, temía que la niña estuviera consumida por el miedo, taciturna, pero no parecía en absoluto el caso. Puesto que, a medida que fui acercándome, vi que la niña que estaba hojeando el libro lucía una sonrisa de oreja a oreja, tan fresca y luminosa como una flor.

—¡Eliza! —grité cuando estuve a solo unos metros de ella.

Levantó enseguida la cabeza hacia mí. La sonrisa se esfumó y abrazó el libro contra su pecho..., pero no era el libro que yo le había regalado. Este era más pequeño y la cubierta tenía un color más claro.

—Eliza, oh, escúchame bien, porque lo que voy a decirte es de máxima urgencia.

Dubitativa, la estreché en un abrazo, pero la niña se quedó rígida. Noté algo extraño; no estaba contenta de verme. Esta misma mañana había deseado convertirme en un recuerdo lejano para ella, pero ahora me sentí ofendida. ¿Y la sonrisa que había visto en su cara hacía unos instantes? ¿Qué le había pasado hacía muy poco que la había llevado a aquel estado previo tan jubiloso?

—Tienes que volver a la tienda conmigo, niña, porque necesito enseñarte una cosa.

De hecho, necesitaba que fuera ella la que me enseñara exactamente de qué armario había retirado el frasco.

Su mirada era plana, ilegible, pero no sus palabras.

—Usted me despachó, ¿lo recuerda?

—Lo recuerdo, pero recuerdo también que te dije que temía que algo terrible estuviera a punto de suceder, y ha sucedido. Quiero contártelo, pero... —Miré de reojo a un hombre que pasaba andando por nuestro lado y bajé la voz—. No puedo hacerlo aquí. Acompáñame, necesito tu ayuda.

Aferró el libro contra su pecho.

—Sí, de acuerdo —murmuró mirando los nubarrones que empezaban a acumularse por encima de su cabeza.

Volvimos a la tienda. Eliza caminaba en silencio a mi lado, e intuí que no solo estaba confusa por habérmela llevado conmigo, sino también enfadada por haberla obligado a desviar su atención de lo que quiera que estuviese ocupándola hacía unos momentos. Confiaba en encontrar a *lady* Clarence ya en la botica, esperaba que hubiese vuelto con el frasco maldito, y si aquella era la escena con la que nos encontrábamos, la pregunta que tenía que hacerle a Eliza sería innecesaria. Pero, de todos modos, ¿podía despedirla de nuevo tan pronto?

Pero eso carecía de importancia, puesto que la tienda estaba vacía y *lady* Clarence no había vuelto aún. Me senté a la mesa, fingiendo mantener la calma, y no perdí ni un instante.

—¿Te acuerdas de cuando pusiste en el bote el polvo de *lady* Clarence?

—Sí, señora —respondió con rapidez Eliza, con las manos pulcramente unidas sobre el regazo, como si fuéramos dos desconocidas—. Tal y como me dijo, cogí del armario un frasco del tamaño adecuado.

—Enséñame de dónde —dije con un leve temblor en la voz.

Di dos o tres pasos para cruzar la estancia siguiendo a Eliza, que se puso de rodillas en el suelo, abrió uno de los armarios de abajo e inclinó hacia allí su cuerpecillo. Estiró el brazo hasta el fondo y yo me llevé la mano al estómago, temiendo que fuera a vomitar.

—De allí al fondo —dijo, y su voz sonó distorsionada por el eco que se produjo en el interior del armario de madera—. Creo que había otro igual…

Cerré los ojos y el terror se apoderó finalmente de mí y me abrasó la garganta, la lengua. Porque aquel armario, el armario en el que ahora Eliza tenía metida la mano, contenía las cosas de mi madre, incluyendo tesoros de los que nunca soportaría separarme, viejos remedios para los cuales yo no tenía ninguna necesidad, y sí, un terrible y estremecedor «sí», varios de sus antiguos frascos estaban grabados con la dirección de la que en su día fuera una botica de excelente reputación.

La dirección de esta tienda, que ya no tenía ninguna buena reputación.

El minúsculo cuerpo de Eliza salió del armario. Tenía en la mano un frasco de color beis de unos diez centímetros de altura, uno de los dos frascos idénticos que conformaban una pareja, con la inscripción *3 Back Alley* grabada a mano en el lateral. Sin que Eliza me dijese nada, supe que su gemelo estaba en la bodega de la mansión de *lady* Clarence. Una sensación de ardor me abrasó la garganta y tuve que apoyarme en el armario para mantener el equilibrio.

—Era como este —dijo Eliza en un susurro y sin levantar la vista—. El que contenía el polvo era igual que este. —Y entonces, despacio y con valentía, me miró a los ojos—. ¿He hecho algo mal, Nella?

Aunque mis manos ansiaban estrangularla, ¿qué sabía la pobre niña? Había sido un malentendido fatal: el cuarto estaba lleno de estanterías y solo yo tenía la culpa de haberle pedido que eligiera un bote. ¿Y acaso no era yo también la culpable de haber aceptado, de entrada, a la niña en mi tienda de venenos? Así que contuve las ganas de cruzarle la cara de un bofetón y la rodeé, en cambio, con el brazo.

—¿No leíste lo que ponía en el frasco, niña? ¿No viste que había algo escrito?

Eliza rompió a llorar y sorbió mocos y lágrimas.

—Apenas se notaba que eso fuesen palabras —dijo entre hipo e hipo—. ¿Lo ve aquí? Se ven solo como unas rayitas. Ni siquiera se puede leer lo que pone.

Y aunque tenía razón —el grabado era viejo y prácticamente ilegible— seguía siendo una negligencia terrible por su parte.

—Pero sabes distinguir las palabras de una imagen, ¿no? —dije.

Hizo un mínimo gesto de asentimiento.

—¡Oh, lo siento muchísimo, Nella! ¿Y qué pone?

Entrecerró los ojos para intentar leer las palabras del frasco. Y yo recorrí muy despacio la leve línea de las palabras, repasando con el dedo las curvas del «3» y la letra «B».

—Tres B… —Se detuvo a pensar—. Tres, Back Alley. —Dejó el frasco y se derrumbó entre mis brazos—. Oh, ¿podrá perdonarme algún día, Nella? —Sus hombros se sacudieron cuando siguió llorando incontrolablemente, sus lagrimones cayeron al suelo—. ¡Si la arrestan, será por mi culpa! —dijo sin parar de hipar.

—Tranquila —susurré—, tranquila. —Y mientras la acunaba hacia delante y hacia atrás, hacia delante y hacia atrás, me acordé de la pequeña Beatrice. Cerré los ojos y descansé la barbilla sobre la cabeza de Eliza; pensé en cómo mi madre hizo lo mismo conmigo cuando se puso muy enferma, en cómo me consoló cuando comprendí que su final estaba muy cerca. Recordé todo lo que lloré con la cara enterrada en su cuello—. No me arrestarán —le susurré a Eliza, aun sin creerlo del todo. *Lord* Clarence estaba muerto y el arma del delito, con mi dirección escrita, seguía en su bodega.

El «tap, tap, tap» no me había abandonado y el demonio que vivía en mi cráneo no me daba tregua. Seguí acunando a Eliza, acallándola para que dejara de llorar, pensando en las mentiras que mi madre me había contado sobre su enfermedad y la gravedad de su estado. Me había jurado que viviría muchos años más.

Pero había muerto en solo seis días. Y como resultado de ello, yo llevaba toda la vida luchando contra la brusquedad de aquella pérdida, contra su inconclusión. ¿Por qué mi madre no me dijo la verdad?, ¿por qué no utilizó sus últimos días para prepararme para toda una vida de soledad?

Las lágrimas de Eliza empezaron a secarse. Hipó una vez, dos, y entonces, mientras yo seguía acunándola, el ritmo de su respiración se ralentizó.

—Todo irá bien —murmuré tan bajito que apenas podía oírme yo misma—. Todo irá bien.

Dos décadas después de la muerte de mi madre, estaba consolando a una niña igual que mi madre me había consolado a mí. ¿Pero con qué finalidad? ¿Por qué nos esforzábamos tanto en proteger la mente frágil de los niños? Lo único que hacíamos con ello era robarles la verdad, y la oportunidad de volverlos insensibles a ella antes de que llamara con fuerza a su puerta.

21

CAROLINE

Presente, miércoles

En los recovecos de Back Alley, en el sótano secundario de un viejo edificio, la puerta escondida se abrió y reveló la existencia de un espacio minúsculo detrás de la pared de estantes caídos. Levanté el teléfono para iluminar con la linterna y, carente de pronto de equilibrio, me vi obligada a apoyar la otra mano en la pared. Aquella habitación dentro de una habitación era muy oscura, era el lugar más oscuro en el que había estado en mi vida.

El único haz de luz iluminó los detalles de mi entorno: diversos estantes montados en la pared se combaban bajo el peso de frascos de cristal opacos y lechosos; una mesa de madera con una pata quebrada trazaba una pendiente en el centro de la estancia, y, justo a mi derecha, había una encimera con una balanza y lo que parecían cajas o libros repartidos sobre la superficie de trabajo. La habitación era como una farmacia antigua, justo el tipo de lugar donde tendría instalado su establecimiento una boticaria.

El teléfono emitió un pitido. Miré la pantalla. Mierda. Me quedaba solo el catorce por ciento de batería. Estaba temblando, aterrada, eufórica, y era incapaz de pensar con claridad, pero lo que tenía claro era que no estaba dispuesta a quedarme en aquel lugar sin una luz que me guiara hacia el exterior.

Decidí actuar rápido.

Con manos temblorosas apagué la linterna y abrí la aplicación de la cámara, encendí el *flash* y empecé a disparar fotos. Era lo único lógico que se me ocurrió en aquel momento, puesto que acababa de encontrar algo que, realmente, podía llegar a ser noticia a nivel internacional. «Turista resuelve en Londres el misterio de un asesinato acontecido hace doscientos años», rezaría el titular. «Luego vuelve a casa para iniciar terapia matrimonial y empezar una nueva carrera profesional». Negué con la cabeza; si alguna vez en mi vida había existido un momento en el que ser racional, era este. Y, además, aún no había resuelto nada.

Hice todas las fotos que pude y cada vez que disparaba, la estancia cobraba vida bajo el destello blanco del *flash*. Con las primeras fotos, el resplandor del *flash* me proporcionó una visión veloz, de una fracción de segundo, de la habitación: había una chimenea en un rincón, me pareció, y debajo de la mesa, había una taza. Pero después de los primeros disparos, el *flash* empezó a dejar puntitos flotando ante mis ojos y el efecto me desorientó de tal modo que apenas podía tenerme en pie.

Nueve por ciento. Jurándome a mí misma salir pitando de allí en cuanto la señal llegase al tres por ciento, me planteé cómo sacarle el mejor provecho a la poca vida que le quedaba a la batería. Miré de nuevo a mi derecha e hice una foto de la encimera —el *flash* me ayudó a confirmar que lo que había visto hacía unos instantes eran libros, no cajas— y a continuación abrí el libro más grande que había sobre la superficie de trabajo. Se veían palabras aparentemente escritas a mano, aunque era imposible estar segura del todo. Sumida en una oscuridad total, abrí el libro por una docena de páginas al azar y fui tomando fotos de cada una de ellas. Era como si estuviese con los ojos vendados, pues no tenía ni idea de a qué estaba disparándole. ¿Estaría todo aquello escrito en inglés?

Las páginas de pergamino del libro eran finas como gasa y las manejé con toda la delicadeza posible. Maldije en voz alta cuando noté que la esquina de una hoja se desprendía por completo. Pasé a la parte final del libro e hice más fotos, lo cerré, lo dejé a un lado y cogí otro libro. Abrí la cubierta, presioné de nuevo el botón de la cámara del teléfono y… mierda. Tres por ciento.

Gruñí, terriblemente frustrada por aquel descubrimiento increíble y la escasa cantidad de tiempo que había tenido para explorarlo. Pero al pensar en la velocidad con la que el *flash* y la cámara habían consumido la batería, sabía que disponía de sesenta segundos para salir de allí, tal vez menos. Encendí de nuevo la linterna, abandoné la habitación y cerré la puerta escondida lo mejor que pude. Desanduve mis pasos, cruzando a toda velocidad la primera dependencia y saliendo de nuevo al pasadizo. Por delante de mí, el sutil resplandor de la luna se filtraba por la tercera y última puerta.

Como era de esperar, mi teléfono murió a los pocos segundos de emerger al exterior. Escondida aún detrás del arbusto espinoso, hice lo que pude para devolver la puerta a su posición inicial, aunque no creo que tuviera mucho éxito. Recogí con las manos un poco de tierra y de hojas y las dejé caer junto a la base de la puerta para que nadie se diera cuenta de que alguien la había tocado. A continuación, me abrí paso a través del arbusto y me volví para admirar mi trabajo: la puerta no se veía tan bien ajustada como cuando la había descubierto, pero seguía sin resultar llamativa. Confiaba en que nadie hubiera prestado últimamente tanta atención como yo a aquel solar abandonado.

Fui corriendo hasta la verja y, con mucho esfuerzo y respirando con dificultad, me encaramé a uno de los pilares. Pasé las piernas por encima y salté al otro lado. Me limpié las manos en el pantalón y miré hacia las ventanas que se abrían por encima de mí. Seguía sin haber movimiento; a mi entender, nadie sabía que yo estaba allí y, mucho menos, lo que acababa de hacer.

No me extrañaba que la boticaria hubiera seguido siendo un misterio; su puerta estaba perfectamente escondida por un muro de estanterías, y solo el paso de dos siglos lo había deteriorado todo lo suficiente como para que yo pudiera encontrarlo. Eso, y un poco de

213

atrevimiento y quebranto de la ley por mi parte. Pero si antes había alguna duda sobre su existencia, había desaparecido por completo.

Salí de Bear Alley consciente de que había cometido un delito por primera vez en la vida. Tenía tierra bajo las uñas y un teléfono móvil descargado lleno de fotos incriminatorias para demostrarlo. Pero no me sentía culpable. Sino que estaba tan ansiosa por conectar el móvil a un cargador y repasar las fotos que tuve que resistir la tentación de volver corriendo al hotel.

Pero James… Cuando entré sin hacer ruido en la habitación, con la esperanza de no despertarlo, el corazón me dio un vuelco. Estaba levantado, sentado en el sofá leyendo un libro.

No nos dirigimos la palabra hasta que me dejé caer en la cama y conecté el teléfono. Bostecé. La adrenalina había dado paso a un cansancio doloroso. Miré a James de reojo. Parecía concentrado en el libro, tan despierto como yo el día anterior a la hora de acostarme.

La maldición del *jet lag*.

Frustrada, me tumbé dándole la espalda. Las fotografías tendrían que esperar hasta la mañana siguiente.

Me desperté con el sonido de la ducha y el resplandor de una estrecha franja de luz diurna que se abría paso entre las cortinas. La puerta del cuarto de baño estaba entreabierta, dejando escapar el vapor, y en el sofá, James había doblado la manta y la había dejado perfectamente colocada al lado de la almohada adicional.

Cogí el teléfono, que ya estaba cargado del todo, y resistí la tentación de sumergirme de inmediato en las fotos. Enterré la cara en la almohada, intenté ignorar la llamada de mi vejiga llena y conté los minutos que faltaban para que James se marchase del hotel y yo pudiera empezar mi jornada en paz.

Salió por fin del baño cubierto únicamente por con una toalla de color beis atada a la cintura. Ver a mi marido medio desnudo era de lo más normal, pero algo en mi interior se puso tenso. No estaba preparada, ni ahora ni en los próximos días, para lo «normal». Volví la cabeza hacia el otro lado.

—Llegaste tarde de cenar —dijo James desde el otro lado de la habitación—. ¿Estuvo bien?

Hice un gesto negativo.

—Me limité a comprarme un bocadillo y después di un paseo.

No era muy propio de mí contar mentirijillas, pero no pensaba comentarle, ni a James ni a nadie, lo que había hecho anoche. Además, él me había mentido durante meses sobre algo mucho peor.

Detrás de mí, James empezó a toser. Se acercó al sofá, se agachó y recogió del suelo una caja de pañuelos de papel. No los había visto antes, pero debían de haber estado allí toda la noche.

—No estoy al cien por cien —dijo, llevándose un pañuelo a la boca y volviendo a toser—. Y me duele la garganta. Supongo que es por el aire acondicionado del avión.

Abrió la maleta, sacó una camiseta y un pantalón vaquero, dejó caer la toalla al suelo y empezó a vestirse.

Mantuve la mirada alejada de su cuerpo desnudo, entreteniéndome en contemplar el jarrón con flores de la mesa de al lado de la puerta, algunas de las cuales habían empezado ya a marchitarse. Con las manos sobre la colcha, vi que aún tenía las uñas sucias de tierra y las escondí debajo.

—¿Qué plan tienes para hoy?

Rogué en silencio que tuviera pensado explorar la ciudad o visitar un museo o, simplemente… largarse. No había nada que deseara más en el mundo que quedarme a solas con mi teléfono después de colgar en la puerta el cartel de «No molestar».

—La Torre de Londres —respondió poniéndose el cinturón.

La Torre de Londres. El antiguo castillo era uno de los lugares que más había deseado visitar —albergaba las joyas de la Corona—, pero ahora me parecía un simple museo para niños en comparación con lo que había descubierto la noche anterior escondido detrás de Bear Alley.

James volvió a toser y se golpeó el pecho con la palma de la mano.

—¿Tienes por casualidad algún antigripal? —preguntó.

En mi neceser guardaba productos de maquillaje, hilo dental, desodorante y algunos aceites esenciales. Sabía que había también un par de paracetamoles, pero no había considerado que mereciese la pena ocupar espacio con todos los medicamentos posibles para todas las enfermedades posibles.

—Lo siento, pero no —respondí—. ¿Aceite de eucalipto? —Durante mucho tiempo había sido mi remedio inmediato cuando notaba que me acechaba un resfriado; como era uno de los ingredientes del famoso Vicks VapoRub, el eucalipto obraba maravillas con la congestión y la tos—. En la bolsa blanca de la repisa.

Cuando James entró en el cuarto de baño, un leve sonido captó mi atención: el teléfono me avisaba a buen seguro de cualquier trivialidad, un recordatorio innecesario de que el descubrimiento de anoche estaba a escasos centímetros de mi cara. El corazón empezó a retumbarme en el pecho mientras James revolvía entre mis cosas en el baño.

Esbozó una mueca al salir.

—Esto es fuerte.

Asentí dándole la razón; incluso a varios metros de mí, percibía el olor potente y medicinal.

Al ver que estaba vestido y parecía listo para marcharse, intenté evitar cualquier posibilidad de seguir con la conversación.

—Voy a intentar tumbarme otro rato —dije pateando las sábanas—. Que disfrutes haciendo el turista.

James asintió lentamente, con cara de tristeza, y dudó un momento, como si quisiera decir algo. Pero no lo hizo, y después de coger la cartera y el móvil, salió de la habitación.

Y en el instante en que oí que se cerraba la puerta, me abalancé sobre mi teléfono.

Introduje la contraseña y busqué las fotos. Allí estaban, una docena de ellas. Abrí las dos primeras. Eran imágenes de la habitación

—la mesa, la chimenea—, pero me llevé una decepción al ver que las fotos estaban borrosas. Maldije para mis adentros, temerosa de que todas hubieran salido igual. Pero en cuanto llegué a los primeros planos del libro, exhalé un suspiro de alivio; las fotos eran buenas. El ambiente en la estancia estaba cargado de polvo e imaginé que el *flash* de la cámara no había sido capaz de atravesar las minúsculas partículas para centrarse en algo que no fuese el fondo.

Entonces, di un respingo al oír un ruido justo al otro lado de la puerta de la habitación. Cerré el teléfono y me acerqué corriendo a la mirilla, justo a tiempo para ver a un empleado del hotel con un portapapeles pasando por delante. No venía a mi habitación, pero verlo me recordó que debía colgar el cartel de «No molestar».

Me tumbé otra vez en la cama, volví a abrir las fotografías y estudié la primera imagen del libro. Contuve la respiración y, con la ayuda de dos dedos, amplié la foto y me moví por la pantalla. Era increíble lo que tenía ante mí.

Las palabras del libro estaban, efectivamente, escritas a mano, con goterones de tinta repartidos manchando la página. El texto estaba perfectamente dispuesto en filas, y cada entrada estaba escrita en un formato similar, compuesta por lo que parecían ser nombres y fechas. ¿Un diario o un registro de algún tipo? Pasé a la imagen siguiente. Era similar, aunque la tinta era más oscura, más pesada, como si el texto lo hubiera escrito otra persona. Pasé a la siguiente, y a la otra, con las manos temblándome cada vez más. No estaba del todo segura de qué era aquel libro, pero sí de que su valor histórico era incalculable.

La mayoría de las fotos del libro eran claras, aunque los bordes de algunas estaban sobreexpuestos y quedaban blancos e indescifrables. Y aun así, y a pesar de la claridad de las imágenes, me enfrenté a una nueva sensación de frustración: apenas entendía el texto. No solo parecía estar en taquigrafía, sino que además la caligrafía en cursiva estaba tan inclinada —y escrita tan apresuradamente en determinados lugares— que había partes que era como si estuvieran escritas en algún idioma extranjero. En una de las fotos, solo conseguí entender una porción de una de las filas superiores:

Garr t Chadw k. Marl bone. Op io, Prep. Píldora. 17 de agosto de 1789. Por enc rgo de la Sra. Ch wick, esposa.

Mientras mi cerebro se esforzaba por buscar las letras que faltaban y darle sentido al texto, tuve la sensación de estar jugando al juego de la letra desaparecida. Pero al cabo de pocos minutos, caí en la cuenta de que las «c», las «s» y las «d» —que al principio me resultaban indescifrables— estaban trazadas de una determinada manera, de modo que mi cerebro empezó a reconocerlas, con lo que fui capaz de comprender mejor las páginas siguientes.

Sr. Frere. S uthwark. Hoj s tabaco, prep. aceite. 3 de mayo de 1790. Por encargo de la Sra. Am er, hermana, amiga de la Sra. M nsfield.

Sra. B. Bell, hoj s de frambu sa, apósito tritu ado. 12 de mayo de 1790.

Charlie Turner, aire de mayo, brebaje de NV. 6 de junio de 1790. Por encar o de la Sra. Appel, criada-cocinera.

Descansé la mano en la barbilla y, cada vez más insatisfecha, volví a leer las entradas. ¿Hojas de frambuesa? ¿Tabaco? Aquellas cosas no eran en absoluto peligrosas, por mucho que recordaba que en una ocasión oí decir que la nicotina, en grandes cantidades, podía resultar toxica. ¿Tal vez fuera la cantidad de un elemento no venenoso lo que resultaba mortal? Y en lo referente a algunas referencias del libro —como lo del «brebaje de NV»—, no tenía ni idea de su significado.

Intenté descifrar también cómo estaban dispuestas las entradas. Todas empezaban con un nombre y luego mencionaban un ingrediente —peligroso o no—, seguido por una fecha. Algunas entradas incluían un segundo nombre al final, junto con la frase «por encargo de». Supuse que esto significaba que el primer nombre era el del receptor del ingrediente y el segundo nombre el de la persona que lo adquiría. De modo que Charlie Turner, por ejemplo, debió de ingerir un «brebaje de NV» —fuera lo que fuese— que había adquirido la señora Apple.

Cogí un bolígrafo y mi libreta de la mesita de noche y anoté unas cuantas cosas para investigar más tarde:

Cantidades de productos no venenosos necesarias para matar.
Opio, ¿píldoras?
Tabaco, ¿aceite?
Brebaje de NV, ¿qué es NV?

Me pasé el cuarto de hora siguiente sentada en la cama con las piernas cruzadas, escribiendo con pasión preguntas y palabras, algunas conocidas y otras no. *Belladona.* ¿No era eso una planta? *Manzana espinosa.* Eso no lo había oído nunca. *Matalobos.* Ni idea. *Dracma. Bolo. Cerato. Tejo. Elix.* Tomé nota de todo.

Pasé a otra foto y me quedé boquiabierta cuando mi mirada se posó en la palabra de un ingrediente que sabía, sin la menor duda, que era mortal: arsénico. La anoté en el cuaderno, con un asterisco al lado. Estaba ampliando más la fotografía, con la esperanza de descifrar el resto de las palabras de la fila, cuando oí otro sonido fuera.

Me quedé paralizada. Daba la impresión de que alguien acababa de pararse justo delante de la puerta. Maldije en silencio a quienquiera que fuese. ¿Es que no habían visto el cartel de «No molestar»? Pero entonces oí la tarjeta deslizarse en la puerta. ¿Estaba ya de regreso James? Escondí el teléfono bajo la almohada.

James entró instantes después y supe de inmediato que algo iba mal, muy mal. Estaba pálido y sudoroso, con la frente empapada y le temblaban mucho las manos.

Por instinto, me levanté de la cama y corrí hacia él.

—Dios mío —dije. Olía a sudor y a algo más, algo dulce y ácido a la vez—. ¿Qué pasa?

—Estoy bien —dijo corriendo hacia el cuarto de baño. Se inclinó sobre el lavabo y respiró hondo repetidas veces—. Ha debido de ser la comida italiana de ayer. —Levantó la vista hacia el espejo y estableció contacto visual conmigo aun estando yo detrás de él—. Estoy hecho una mierda, Caroline. Primero tú, y ahora esto. He vomitado fuera, en la acera —dijo—. Creo que lo único que necesito es echarlo todo. Estaré bien si… —Hizo una pausa y tragó saliva—. ¿Puedo tener el baño para mí hasta que consiga expulsar todo esto de mi organismo?

No dudé ni un segundo.

—Por supuesto, sí. —Hacía años que sabía que a James no le gustaba nada vomitar delante de la gente. Y la verdad es que yo también quería privacidad—. ¿Pero seguro que estás bien? ¿Necesitas un zumo o algo?

James hizo un gesto negativo y se dispuso a cerrar la puerta del baño.

—No pasa nada, te lo prometo. Concédeme, simplemente, un rato.

Asentí, me calcé, cogí el bolso y guardé el cuaderno dentro. Dejé una botella de agua justo al lado de la puerta del cuarto de baño y le dije a James que volvería en un rato para ver cómo estaba.

Recordé que a una manzana del hotel había una cafetería y me encaminé hacia allí con la intención de acabar de mirar las fotos. Pero en cuanto salí, el teléfono empezó a sonar. No reconocí el número, y pensando que pudiera ser James llamándome desde el hotel, respondí rápidamente.

—¿Sí?

—Caroline, ¡soy Gaynor!

—Oh, Dios mío, sí, hola Gaynor. —Me detuve en medio de la acera y un peatón me lanzó una mirada furiosa.

—Siento llamarte tan temprano, pero me han llegado los manuscritos sobre los que te mandé un mensaje anoche. ¿Te iría bien vernos en la biblioteca, digamos a las… lo antes posible? En teoría, hoy no trabajo, pero me he pasado por allí hace unos minutos para ver los documentos. No te lo vas a creer.

Cerré los ojos con fuerza e intenté recordar qué me había dicho Gaynor el día anterior sobre los documentos. En las últimas veinticuatro horas habían pasado muchísimas cosas y sus mensajes de texto habían quedado relegados, lo reconozco, a un rincón de mi cerebro, superados por la aventura que había vivido por la noche y, ahora, por la enfermedad de James.

—Lo siento mucho, Gaynor. Ahora no puedo ir. Tengo que quedarme por esta parte de la ciudad por si… —Me interrumpí. A pesar de la larga sesión de investigación que habíamos compartido, no conocía a Gaynor lo suficiente como para hablarle de mi marido Inflel, que estaba en estos momentos vomitando en la habitación del hotel. De hecho, ni siquiera le había comentado que tuviera marido; no habíamos hablado en absoluto sobre nuestra vida privada—. No puedo acercarme en este momento. Pero justo iba a buscar un café, ¿quieres acompañarme? ¿Podrías traer contigo los documentos?

La oí reír al otro lado de la línea.

—Sacarlos del edificio sería una forma estupenda de perder mi trabajo, pero puedo hacer fotocopias. Además, un café me iría bien.

Acordamos vernos en media hora en la cafetería cercana al hotel, y pasé el tiempo de espera en una mesita ubicada en un rincón del establecimiento, comiendo un cruasán de frambuesas mientras analizaba las fotos del libro de la boticaria.

Cuando Gaynor cruzó la puerta acristalada de acceso a la cafetería, apagué el teléfono, cerré el cuaderno y lo guardé todo en el bolso. Me recordé que debía mantener la calma y no permitir que se me escapara que estaba al tanto de más cosas sobre la boticaria de las que sabía ayer en la biblioteca. Apenas conocía a Gaynor, y compartir esa información revelaría no solo que había quebrantado la ley, sino que además había irrumpido en lo que podía ser un valioso sitio histórico. Como empleada de la Biblioteca Británica, era posible que Gaynor estuviera obligada, por compromiso profesional, a informar sobre lo que yo había hecho.

Acabé el cruasán pensando en lo irónico de la situación: había viajado a Londres porque los secretos de James me habían herido, pero ahora era yo la que estaba ocultando información.

Gaynor tomó asiento a mi lado y se inclinó sobre la mesa, excitada.

—Es… es increíble —empezó diciendo. Extrajo del bolso una carpeta, y de su interior sacó dos hojas de papel, fotocopias en blanco y negro de lo que parecían artículos de un periódico antiguo, divididos en varias columnas y con un encabezamiento—. Los boletines están fechados con solo un par de días de diferencia. —Señaló la parte superior de una de las páginas—. El primero es del 10 de febrero de 1791 y el segundo del 12 de febrero de 1791.

Dejó encima el primer boletín, el del 10 de febrero, se recostó en la silla y se quedó mirándome.

Observé con atención el boletín y casi se me escapa un grito.

—¿Recuerdas ayer —dijo Gaynor—, cuando te envié un mensaje de texto diciéndote que uno de los documentos contenía una imagen? Pues esta es la imagen.

Señaló hacia la parte central de la hoja, aunque no era necesario; mis ojos se habían quedado clavados en ella. Era el dibujo de un animal, tan rudimentario que parecía el dibujo de un niño en la arena, pero estaba completamente segura de haber visto ya esa imagen.

Era la imagen de un oso, idéntico a aquel oso minúsculo grabado en el vial de cristal azul que yo había desenterrado del fango del Támesis.

22

ELIZA

10 de febrero de 1791

Eran más de las ocho de la tarde, y aunque Nella había trabajado sin parar durante las últimas horas, no me permitió que la ayudara. Se agotó con el esfuerzo de tapar herméticamente todas sus botellas con corchos, de apiñar las cajas vacías lo más apretadas posible y de fregar todos sus albarelos hasta dejarlos relucientes. Limpió y organizó como si pretendiera irse de allí —si no para siempre, al menos por una temporada larga—, y todo por culpa de mi negligente error.

De todos los deslices, grandes y pequeños, que había cometido en mis doce años de vida, comprendí que coger el frasco del armario de abajo había sido mi mayor pecado. ¿Cómo era posible que hubiese pasado por alto que ese frasco llevaba grabada la dirección de la botica? Jamás antes había provocado un caos como aquel, jamás en la vida.

Cuánto me gustaría poder retroceder todas aquellas horas. Y pensar que en un principio le había resultado inútil a Nella. En aquel momento, todo me parecía un sueño; por culpa de mi error podía haberla condenado a ella y a todas las que constábamos en las páginas de su libro. Pensé en los muchos nombres que había repasado con tinta en el registro hacía solo un par de días. Había oscurecido los trazos para conservar y proteger los nombres de las mujeres, para darles un lugar en la historia, tal y como Nella me había explicado. Pero ahora temía no haber conservado ni protegido

223

nada. Más bien al contrario: mi desatino con aquel frasco podía sacar a la luz los nombres de todas las mujeres inscritas en el libro. Destrozarles la vida.

Pensé en formas prácticas de reparar mi ofensa, pero no se me ocurrió ninguna. Solo podría arreglarlo si fuese capaz de retroceder en el tiempo, pero pedir aquello era imposible, incluso con la intervención de la magia.

Pero Nella no me había despedido. ¿Tendría intención de matarme? ¿De obligarme a pagar por mi error? El ambiente en el cuarto, donde seguíamos sentadas sin dirigirnos la palabra, bullía de frustración. Me había propuesto permanecer lo más callada posible para no contrariarla más, y me encogí de vergüenza al lado del condenado armario, replegada sobre mí misma, con solo tres cosas delante de mí: el libro de magia para la casa que me había dado Tom Pepper y que tenía abierto en el regazo, el libro de magia para parteras de Nella que tenía a un lado y una vela prácticamente consumida. No había tenido valor para pedirle a Nella otra vela y pronto me vería obligada a cerrar los libros, y entonces, ¿qué? ¿Intentar dormir con la cabeza pegada a aquella pared de piedra? ¿Esperar a que Nella impartiera su castigo?

Levanté la vela moribunda por encima de la página que tenía abierta ante mí. En la penumbra, las letras impresas en el libro de magia de Tom Pepper parecían bailar y moverse en la hoja, y necesité hacer un gran esfuerzo para concentrarme en una sola línea de texto, lo cual me frustró sobremanera. Si había un momento en el que confiar en la magia, que había sido incluso capaz de dar aliento al pequeño Tom después de nacer muerto, era ahora. Necesitaba encontrar un hechizo que lo solucionase todo, y tenía que ser pronto. Por la tarde había estado buscando una poción que me liberara del espíritu de un hombre, pero ahora lo que quería era eliminar la carga que sin querer había impuesto sobre Nella, sobre mí misma y sobre muchas mujeres más: la amenaza del arresto, la condena e, incluso, de la ejecución.

Con el dedo, fui recorriendo todas y cada una de las frases y repasando la lista de hechizos que contenía el libro de Tom:

Aceite de transparencia, juego de cartas cara a cara.
Efervescente para incrementar la cosecha de primavera.
Brebaje para revocar la mala suerte.

Con el ruido de fondo de Nella claveteando una caja de madera para cerrarla, abrí los ojos de par en par. «Brebaje para revocar la mala suerte». Era evidente que la buena suerte no me había visitado en los últimos días. Me temblaron las manos, y la llama de la vela con ellas, cuando empecé a leer el hechizo, que afirmaba ser más poderoso que «cualquier arma, cualquier corte, cualquier rey». Estudié los ingredientes requeridos —veneno y agua de rosas, pluma pulverizada y raíz de helecho, entre otros— y tragué saliva, sintiéndome cada vez más febril. Había ingredientes raros, sí, pero la botica de Nella estaba repleta de ingredientes raros. Y sabía que al menos dos de ellos, el agua de rosas y la raíz de helecho, estaban en sus estantes.

Pero ¿y los demás? Era imposible salir de la tienda sin que Nella se enterara. ¿Cómo conseguir los ingredientes que necesitaba y luego prepararlos tal y como indicaba el libro? No me quedaría más remedio que revelarle mis planes a Nella, puesto que no había otra manera de…

Se oyó de pronto otro ruido fuerte. Pensé de entrada que era el martillo de Nella, pero vi que lo había soltado. Cuando comprendí qué pasaba, casi se me cae la vela al suelo: había alguien en la puerta.

Nella, que seguía ocupada junto a la chimenea, miró hacia allí, manteniendo la calma. No me dio la impresión de que tuviera miedo, de que estuviera nerviosa. ¿Desearía que fueran las autoridades? Tal vez, que todo este asunto tocara a su fin, podría ser un alivio. Pero en mi caso, el terror me paralizó. Si era un alguacil que venía a arrestar a Nella, ¿qué sería de mí? ¿Revelaría Nella lo que yo le había hecho al señor Amwell? Si lo hiciera, jamás volvería a ver ni a mi madre ni a mi señora, jamás tendría la oportunidad de contarle a Tom Pepper lo del hechizo que quería intentar...

¿Y si el recién llegado era incluso alguien peor? Solo de pensar en la mirada vacía del señor Amwell y en su fantasma, lechoso y etéreo, se me encogió el corazón. A lo mejor se había cansado de esperar y había decidido regresar a por mí.

—¡Nella, espere! —grité.

No me hizo ni caso. Con paso seguro, Nella se encaminó hacia la puerta y la abrió. Tensa, dejé a un lado el libro de magia de Tom Pepper y me incliné hacia delante para ver quién era. Distinguí entre las sombras a una única persona. Suspiré aliviada, pues estaba segura de que si fuera un alguacil vendría en pareja.

La visita, envuelta en tela de color negro, ocultaba el rostro con una capucha. Tenía los zapatos sucios de barro —el hedor me alcanzó de inmediato: orines de caballo y tierra removida— y desde donde yo estaba seguí sin poder ver más que una sombra tapada y temblorosa.

Vi entonces aparecer dos manos cubiertas con guantes negros que sostenían un frasco: el frasco que el día anterior yo había llenado con el polvo mortal de escarabajo. Tardé un instante en asimilar lo que estaba sucediendo delante de mí. ¡El frasco! ¡La sentencia de muerte de Nella ya no pendía sobre ella!

La visita retiró la tela negra que le cubría la cara y contuve un grito al reconocerla. Era *lady* Clarence. Oh, jamás en la vida me había sentido tan aliviada al ver a alguien.

Nella apoyó una mano en la pared para mantener el equilibrio.

—Ha traído el frasco —dijo con una voz que apenas llegaba al susurro—. Cuánto temía que no fuera a ser así...

Se inclinó hacia delante, se llevó la mano libre al pecho y me dio miedo que fuera a caer de rodillas. Me levanté enseguida y corrí hacia ella.

—He venido todo lo rápido que he podido —dijo *lady* Clarence. Tenía un pasador colgando de su cabello, a punto de desprenderse—. Debe comprender el vendaval de actividad que hay en la casa. Nunca había visto tanta gente en un mismo lugar. Es como si se fuese a celebrar otra fiesta, aunque más sombría, claro está. ¡Y la de preguntas que no paran de formular! Lo peor de todo, los abogados. La actividad ha sido tanta que incluso me ha dejado mi doncella. Esta mañana, antes del amanecer, se ha marchado sin decir palabra. Solo le ha comentado al cochero que presentaba su dimisión y que tenía pensado abandonar la ciudad. Supongo que no puedo culparla de nada, si tenemos en cuenta los sucesos recientes. Jugó su papel en el asunto, pues fue ella quien se encargó de echar el polvo a la copa de la señorita Berkwell. Pero que se haya marchado me resulta inconveniente a más no poder.

—Cielos —dijo Nella, pero capté apatía en su voz; le importaba un comino que *lady* Clarence tuviera o no tuviera doncella. Cogió el frasco, lo hizo girar en sus manos y exhaló un suspiro—. Es este, sí. Exactamente este. Me ha salvado usted de la ruina, *lady* Clarence.

—Sí, sí, bien, ya le dije que lo eliminaría, y venir hasta aquí a devolvérselo ha sido complicado, pero la mirada que le vi esta tarde me asustó tremendamente. Confío en que ahora todo esté arreglado, por lo cual, no veo motivo alguno por el que deba prolongar mi estancia en este lugar ni un segundo más de lo necesario. Se está haciendo tarde y no he tenido ni un momento para poder llorar a mi marido como es debido.

Nella le ofreció una infusión antes de marcharse, pero *lady* Clarence la rechazó.

—Y una cosa más —dijo, me miró brevemente y recorrió con la vista la minúscula habitación, carente de los lujos a los que debía de estar acostumbrada—. No estoy del todo segura de qué tipo de acuerdo tiene con la niña, pero en el caso de que se lo planteara, tenga por favor en cuenta que estoy buscando una nueva doncella.

—Me señaló, como si yo fuera un mueble más—. Es más joven de lo que me gustaría, aunque tampoco mucho, y se la ve obediente, el tipo de chica que sabe mantener la boca cerrada, ¿verdad? Me gustaría tener la vacante ocupada a finales de semana. Hágamelo saber lo antes posible. Como le he dicho, estaré en Carter Lane.

Nella respondió tartamudeando.

—Gra-gracias por la información —dijo—. Eliza y yo lo hablaremos. Un cambio de este tipo podría ser buena idea.

Lady Clarence respondió con un gesto de asentimiento y se fue, dejándonos de nuevo a solas a Nella y a mí.

Nella depositó el frasco sobre la mesa y se derrumbó en una silla. La necesidad de organizar y empacar sus cosas había desaparecido. Miré de reojo el libro de magia de Tom, que seguía en el suelo. La vela se había apagado por fin.

—Bien —empezó a decir Nella—, la crisis que se avecinaba ya no nos acosa. Gracias a este hecho tan afortunado, puedes quedarte aquí a pasar la noche. Por la mañana, te sugiero que consideres la idea de ir a visitar a *lady* Clarence. Podría ser un buen puesto para ti, si sigues teniéndole miedo a la mansión de los Amwell.

La mansión de los Amwell. Aquellas palabras sirvieron para recordarme que no todos los maleficios que pesaban sobre mí habían desaparecido con la recuperación del frasco. Por mucho que el error que había cometido, y que había puesto a Nella en peligro, ya no existiera, yo seguía igual que antes. Y un puesto al servicio de *lady* Clarence no me apetecía en absoluto; aquella mujer no me inspiraba confianza y era muy fría. Lo único que yo quería era seguir sirviendo a mi señora. Lo cual significaba volver a casa de los Amwell, por lo que la importancia del «Brebaje para revocar la mala suerte» seguía siendo grande. De los centenares de hechizos que había leído en el libro, ese era el único que, con un poco de imaginación, podía ser capaz de vencer al espíritu insistente del señor Amwell.

Agradecida por tener un lugar donde poder descansar, mi corazón empezó a latir con fuerza e impaciencia al pensar en el brebaje. Pero si quería intentar llevar a cabo el hechizo, o bien debía revelarle mis planes a Nella con la esperanza de que me autorizara a utilizar sus viales, o bien debía pensar en la manera de reunir los ingredientes sin que ella se enterara…, tal y como hizo Frederick, mucho tiempo atrás.

Pero aun en el caso de que me decantara por la primera opción, no me pareció que este momento fuera el más oportuno. Estábamos las dos cansadas; Nella hasta tal punto que tenía incluso los ojos enrojecidos. Por el momento, lo que las dos necesitábamos eran unas cuantas horas de sueño.

Pronto sería por la mañana, y entonces buscaría la manera de probar qué tal se me daba eso que llamaban «magia». Coloqué el libro debajo de mi cabeza y lo utilicé como almohada. Y cuando me quedé dormida, no pude evitar dejarme arrastrar por un sueño agradable con el chico que me lo había regalado.

23

NELLA

11 de febrero de 1791

Si los venenos que había dispensado y las muertes que dichos venenos habían causado me estaban realmente pudriendo por dentro, estaba segura de que la muerte de *lord* Clarence había acelerado el proceso. ¿Sería posible que las consecuencias sobre mí aumentaran con el renombre de la víctima?

Que *lady* Clarence hubiera regresado con el condenado frasco tenía una importancia somera, ya que con ello había evitado la crisis inmediata del patíbulo, pero la pudrición lenta de mi interior no se detenía. Llevaba un día escupiendo sangre, y por mucho que me gustaría poder achacarlo a las noches que había pasado en el campo capturando escarabajos, me temía algo peor: que el mal que acosaba mis huesos y mi cabeza hubiera pasado también a los pulmones.

¡Cuánto maldecía el día en que *lady* Clarence dejó su carta con aroma a rosas en el barril de la cebada! Y qué desgracia que ninguno de mis preparados fuera capaz de solucionar esto. Desconocía el nombre de la enfermedad y, por supuesto, el remedio para curarla.

No podía quedarme encerrada por más tiempo en la tienda, paralizada, y, además, necesitaba comprar sebo. Aunque no tuve el valor suficiente para volver a despachar a Eliza después de la visita de *lady* Clarence, a la mañana siguiente no me quedó otra elección. De modo que mientras me preparaba para ir al mercado, le anuncié a Eliza que, de una vez por todas, tenía que irse.

Me preguntó cuánto tiempo estaría fuera. «No más de una hora», le dije, y me suplicó que la dejara quedarse descansando media hora más, alegando que le dolía mucho la cabeza por la ansiedad del día anterior. Debo reconocer que a mí también me dolía, así que le di un poco de aceite de consuelda para que se diese un masaje en las sienes y le dije que podía quedarse unos minutos más descansando. Nos despedimos, y me aseguró que cuando yo regresara, ya se habría marchado.

Hice acopio de la poca fuerza que me quedaba y puse rumbo a Fleet Street. Caminé sin levantar la cabeza, temerosa, como siempre, de que alguien me mirara a los ojos y averiguara los secretos que guardaba en mi interior, que todos los asesinatos aparecieran transparentes, como la copa de cristal de la que había bebido *lord* Clarence provocándole la muerte. Pero nadie me prestó atención. En la avenida, una buhonera ofrecía dulces de limón y un artista dibujaba frívolas caricaturas. El sol empezó a asomar por detrás de una nube y su calor envolvió mi cuello, cansado y dolorido, mientras a mi alrededor flotaba el murmullo seguro y relajado de las conversaciones de los demás. Nadie parecía interesado en mí; nadie, ni tan siquiera, se daba cuenta de mi presencia. No pude evitar, por lo tanto, pensar que se abría ante mí un día bueno o, como mínimo, mejor que el anterior.

Cuando pasaba por delante de un quiosco de prensa, me tropecé con un niño y su madre. La mujer acababa de comprar un periódico y estaba intentando ponerle el abrigo al niño, que se lo tomaba como un juego y corría en círculos alrededor de la mujer. Como yo iba andando con la cabeza gacha y, en consecuencia, mi campo de visión era reducido, no pude evitar meterme de lleno en la trayectoria del pequeño.

—¡Oh! —exclamé.

Mi bolsa de la compra salió disparada hacia delante y golpeó al niño en la cabeza. Detrás de él, su madre levantó el periódico y le atizó con rotundidad en el trasero.

231

Al verse sometido al ataque de dos mujeres, una de ellas desconocida, el niño claudicó.

—De acuerdo, mamá —dijo.

Extendió el brazo, como un pájaro sin plumas, a la espera de que su madre le pusiera la manga del abrigo. La mujer, victoriosa, entregó el periódico a la persona que le quedaba más cerca, que resulté ser yo.

El periódico vespertino del día anterior, *The Thursday Bulletin*, cayó abierto en mis manos. Era fino, a diferencia de los voluminosos *The Chronicle* o *The Post*, y lo miré con desinterés, confiando en poder devolvérselo a la mujer en cuanto le quedara una mano libre. Pero descubrí que en el interior había un encarte, un anuncio impreso con prisas, y mi mirada captó varias palabras escritas hacia el final.

Como negras bestias de tinta, las palabras decían: *La policía en busca y captura del asesino de* lord *Clarence*.

Me quedé helada, volví a leerlo y me tapé la boca para no vomitar sobre el papel. Pensé que debían de ser los nervios, que me estaban jugando una mala pasada. *Lady* Clarence me había devuelto el frasco y todo estaba perfectamente bien; nadie sospechaba que hubiera habido un asesinato. Seguro que había leído mal el texto. Me obligué a apartar la vista de aquella página, concentrarme en algo distinto —el sombrero morado adornado con cintas que llevaba una señora que pasaba por el otro lado de la calle o el resplandor cegador del sol reflejado en el cristal con parteluz del escaparate de la corsetería— para luego volcar de nuevo mi atención en la página.

Las palabras no habían cambiado.

—Señorita —dijo una voz agradable—. Señorita.

Levanté la vista y vi a la madre; con una mano sujetaba a su hijo, que le había obedecido por fin y estaba resplandeciente envuelto en su abrigo grueso, y con la otra, tendida hacia mí, esperaba que le devolviera el periódico.

—S-sí —dije tartamudeando—. Sí, aquí lo tiene.

Le entregué el periódico con mano temblorosa. La mujer me dio las gracias y se marchó, después de lo cual, me volví de inmediato hacia el chico del quiosco.

—*The Thursday Bulletin* —dije—. ¿Tienes más ejemplares?

—Un par.

Me dio uno de los dos periódicos que le quedaban en la mesa.

Le entregué una moneda, guardé el periódico en la bolsa y me alejé apresuradamente por miedo a que el terror reflejado en mi rostro fuera a traicionarme. Pero mientras volvía a toda prisa hacia Ludgate Hill, obligando a mis pies a marchar a toda la velocidad que era capaz de extraer de mí, empecé a temer lo peor. ¿Y si las autoridades habían irrumpido ya en mi botica? ¡La pequeña Eliza estaba allí sola! Me agazapé entre dos cubos de basura que había delante de un edificio, abrí el periódico y lo leí con rapidez. Lo habían impreso hacia poco; la tinta estaba fresca.

Al principio, me pareció imposible creer lo que decía aquel artículo y me pregunté si yo no estaría formando parte del atrezo de alguna obra de teatro, si me habría convertido involuntariamente en una actriz. Y tal vez, si los detalles no hubiesen casado tan bien, me habría convencido de que todo aquello era pura ficción.

Por lo que explicaba el artículo, la doncella de la señora había renunciado a su puesto de forma repentina, tal y como *lady* Clarence me había comentado…, y comprendí que debía de haber atado cabos al ver la muerte súbita de *lord* Clarence y había ido a las autoridades con una impresión en cera del frasco de mi madre. Casi me pongo a gritar al leer aquella revelación: que el frasco hubiera regresado sano y salvo a mi botica ya no tenía importancia, puesto que la doncella había hecho una impresión. Y debía de haberla hecho antes de que *lady* Clarence bajara a la bodega y recuperara el recipiente. Quizá la criada hubiera tenido miedo de llevarse el frasco, pensando que pudieran descubrirla y tacharla de ladrona.

Según el artículo, la impresión en cera revelaba un conjunto de letras parcialmente visible —«B ley»— y un dibujo del tamaño de la huella de un pulgar, que a las autoridades les parecía que representaba un oso caminando a cuatro patas. La doncella había explicado a las autoridades que su señora, *lady* Clarence, le había dado órdenes de verter el contenido del recipiente en un licor servido durante el postre que había acabado siendo ingerido por *lord* Clarence. La doncella había pensado que se trataba de un endulzante, pero luego había comprendido que era veneno.

Seguí leyendo y me llevé la mano a la garganta. Las autoridades habían ido a casa de *lady* Clarence a última hora de la tarde —debía de haber sido poco después de que ella me devolviera el frasco, lo que explicaría la tinta tan fresca de aquel folleto, impreso apresuradamente—, pero *lady* Clarence había negado con vehemencia el relato de la doncella, insistiendo en que no sabía absolutamente nada sobre ningún veneno ni sobre ningún frasco.

Al volver la página, me enteré de que la identificación del «origen» del veneno era de suma importancia, puesto que su «expendedor» (y al leer esto no pude evitar contener otro grito) podría ayudar a resolver los relatos contradictorios de *lady* Clarence y su doncella. La policía confiaba en que, a cambio de una cantidad razonable de clemencia, el expendedor identificara quién había comprado el veneno que se había utilizado para acabar con la vida de *lord* Clarence.

¡Y qué peculiar resultaba todo! *Lord* Clarence no estaba destinado a sufrir una muerte segura y repentina. Sino que la que tenía que haber ingerido la cantaridina era la señorita Berkwell, que había emergido tan ilesa de todo el proceso que no era sospechosa de la muerte de su amante y su nombre ni siquiera aparecía mencionado en el artículo. Había temido la posibilidad de su muerte todo aquel tiempo, pero, por Dios, ¡era increíble hasta qué punto se había vuelto todo a su favor!

Al final del texto había una imagen tosca: una copia hecha a mano de la impresión en cera que había aportado la doncella. Y si el frasco era prácticamente ilegible, la verdad es que aquel dibujo de un dibujo no era mucho mejor. Eso, al menos, me dio unos instantes de tranquilidad.

Aparté los ojos de la página. Mis dedos, húmedos y ardientes, habían emborronado la tinta en diversos puntos. Tenía los antebrazos y la entrepierna mojada. Seguí allí paralizada, en la callejuela, agazapada entre dos cubos de basura, respirando hondo, inspirando el hedor a podrido.

Tenía dos posibilidades. La primera consistía en regresar a la botica, apagar todas las velas, y en el caso de que las autoridades localizaran el número 3 de Back Alley, confiar en que mi camuflaje final —la pared de las estanterías— me protegiera, tanto a mí como a los secretos que albergaba aquel lugar. Pero aun en el caso de que aquello me protegiese, ¿cuánto tiempo podría subsistir bajo el dolor implacable de mi enfermedad? Pocos días, temía. ¡Y no quería morir atrapada en el interior de la tienda de mi madre! La había mancillado ya bastante con mis asesinatos como para ahora mancharla aún más con la putrefacción de mi cuerpo.

La segunda posibilidad, por supuesto, era que la pared falsa no me protegiese. Por segura que me hubiera sentido detrás de ella durante todos estos años, la dirección de mi botica nunca había quedado expuesta de forma tan descarada. El camuflaje no era infalible; las autoridades podían trabajar con sabuesos que a buen seguro olfatearían el olor de mi miedo a través de la pared. Y si las autoridades irrumpían y me arrestaban, ¿qué legado podría preservar desde la cárcel? El rastro que quedaba de mi madre era delicado de por sí; su recuerdo acudía a mí con facilidad cuando trajinaba por la botica, pero aquellos preciosos recuerdos jamás me acompañarían a Newgate.

Y sería estúpido pensar que estaría allí sola: la policía no tardaría en localizar a la infinidad de mujeres cuyo nombre constaba en mi registro. Las mujeres a las que había intentado ayudar y consolar estarían a mi lado, entre rejas, y nuestra única compañía sería el indeseable manoseo de los carceleros.

No, de ninguna manera. Me negaba a cualquiera de las dos posibilidades, porque había una alternativa más.

La tercera y última posibilidad consistía en cerrar a cal y canto la botica, dejar el registro escondido detrás de la pared falsa y acelerar mi propia muerte: sumergirme en las gélidas aguas del Támesis y fundirme con las sombras del puente de Blackfriars. Lo había pensado muchas veces, la última cuando crucé el río con la pequeña Beatrice en brazos, mientras veía las olas romper contra los pilares de piedra y sentía la neblina filtrándose en mi nariz.

¿Me habría conducido toda mi vida hasta ese destino, hasta ese momento fatídico en el que el agua fría se trenzaría a mi alrededor para arrastrarme hacia el fondo?

Pero la niña… Eliza estaba en la botica, donde yo la había dejado, y no podía abandonarla a merced de la inquisición del alguacil que acabaría irrumpiendo en el número 3 de Back Alley. ¿Y si Eliza oyera barullo en el exterior, asomara la cabeza por la puerta y expusiera sin querer a la luz todo lo que había detrás de la pared falsa? Eliza había cometido ya un error muy grave; si cometía otro y se encontraba cara con cara con un alguacil airado, yo no podía pedirle a la pobre niña que defendiera todos mis actos.

No hacía ni quince minutos que la había dejado allí. Guardé rápidamente el periódico en la bolsa, me incorporé y me dispuse a volver a mi tienda de venenos. No podía decantarme por la opción de mi muerte. Todavía no, al menos.

Tenía que volver a por ella. Tenía que volver a por la pequeña Eliza.

La oí antes de verla, y la rabia se apoderó de mí. El estruendo que estaba montando acabaría con nosotras, si acaso el dibujo del periódico no lo había hecho ya.

—Eliza —dije entre dientes, cerrando a mis espaldas la puerta de la pared falsa—. Se te oye desde el otro extremo de la ciudad. ¿Es que no tienes...?

Pero al ver la escena que se desplegaba ante mis ojos, se me cortó la respiración: Eliza estaba sentada a la mesa que ocupaba el centro de la estancia y tenía delante de ella un montón de frascos y de hojas pulverizadas de todos los colores, separadas en cuencos distintos. Debía de haber dos docenas de recipientes en total.

Eliza, mortero en mano, levantó la vista hacia mí y la expresión de concentración le arrugó la frente. Tenía la mejilla manchada con un pigmento rojizo —recé para que no fuera más que polvo de remolacha— y los mechones de pelo que le caían sobre la cara sobresalían en todas direcciones, como si hubiese estado hirviendo agua en la chimenea. Por un momento, regresé a una escena similar que tuvo lugar treinta años atrás, aunque allí era yo la que estaba sentada a la mesa y mi madre la que me observaba con ojos pacientes, aunque algo irritada.

Pero el recuerdo duró solo un instante.

—¿Qué es todo esto? —pregunté, temiéndome que las hojas pulverizadas que inundaban mesa, suelo e instrumentos pudieran ser mortales. De ser así, la limpieza de aquel caos virulento sería una tarea espantosa.

—Estoy... estoy preparando unas infusiones —respondió, titubeando—. ¿Recuerda cuando la visité por primera vez? Me dio..., sí, creo que dijo que se llamaba valeriana. He encontrado un poco, aquí. —Atrajo hacia ella un frasco de color rojo oscuro. Guiada por mi instinto, miré de reojo la tercera estantería de la pared de atrás; el lugar donde tendría que estar la valeriana estaba vacío, efectivamente—. Y también... agua de rosas y menta —añadió, empujando hacia mí los viales.

¿Por dónde empezar con aquella criatura ignorante? ¿Es que no tenía sentido común?

—No toques nada más, Eliza. ¿Cómo demonios sabes que cualquier cosa de esas no podría matarte? —Corrí hacia la mesa y examiné con la mirada todos los frascos—. ¿Vas a decirme que has empezado a retirar cosas de mis estanterías sin tener ni idea del daño que podrían causarte? ¡Santo Cielo! Dime cuáles has probado.

Caí presa del pánico y empecé a pensar en los distintos antídotos para mis venenos más letales, en las curas que podía preparar y administrar rápidamente.

—He estado escuchándola con mucha atención todos estos días —replicó Eliza. La miré con mala cara, puesto que no creía haber tenido necesidad últimamente de cosas como el agua de rosas, el veneno o la raíz de helecho, la última de las cuales estaba depositada en el interior de una caja de madera que se balanceaba en precario equilibrio en un extremo de la mesa—. Y también he mirado un par de libros de esos que tiene ahí. —Señaló los libros, que estaban exactamente igual que yo los había dejado, lo que significaba que o bien Eliza me estaba mintiendo, o bien tenía la astucia de un ladrón experimentado—. He preparado un par de infusiones, para que las probemos. —Con valentía, empujó dos tazas hacia mí, una de ellas llena hasta el borde con un líquido de color añil intenso y la otra con un brebaje de color marrón claro que recordaba lo que puede encontrarse dentro de un orinal—. Antes de que me marche para siempre —añadió con voz temblorosa.

Sus infusiones no me interesaban en absoluto y se me pasó por la cabeza decírselo, pero entonces recordé que Eliza no había leído el artículo que me había puesto tan nerviosa. Ahora más que nunca necesitaba actuar con diligencia y discreción, y consideré que sería prudente hacer limpieza de la botica. Porque aunque no tenía intenciones de volver por aquí, no soportaba la idea de dejarla desordenada.

—Escúchame con mucha atención, niña. —Dejé la bolsa de la compra, vacía salvo por el periódico—. Tienes que irte. Ahora mismo, sin perder ni un momento más.

La mano de Eliza cayó sobre una montañita de hojas pulverizadas que había en la mesa. Derrotada y desconsolada, en aquel momento me pareció más que nunca una niña. Miró hacia el armario que en su día había guardado el frasco que *lady* Clarence nos había devuelto. Qué confusa debía de sentirse Eliza por mi contundencia y mis prisas repentinas.

Pero no quería explicarle mis motivos, no quería contarle lo que sabía. Incluso entonces, mi intención siempre fue protegerla.

Ladeé la cabeza y sentí lástima por las dos. Me habría gustado enviarla a casa de *lady* Clarence, pero que las autoridades estuvieran allí, haciendo preguntas, me hacía sentir incómoda.

—Vuelve a casa de los Amwell, por favor. Sé que lo temes, pero debes hacerlo. Estarás sana y salva, te lo prometo.

Rodeada por hojas pulverizadas y montoncitos de colores, Eliza me miró por encima de los frascos y las botellas que tenía delante, reflexionando sobre mi petición. Finalmente, movió la cabeza en un gesto de asentimiento y dijo:

—Iré.

Envolvió entonces con la mano algo que no alcancé a ver y se lo guardó en el bolsillo del vestido. No me tomé la molestia de preguntarle al respecto; que la niña se llevara lo que le viniese en gana, pensé. Tenía cosas más complicadas por las que preocuparme.

Al fin y al cabo, nuestras vidas pendían de un hilo.

24

CAROLINE

Presente, miércoles

Gaynor y yo nos sentamos a una mesa ubicada al fondo de la cafetería, con los dos artículos sobre la boticaria frente a nosotras. Habían sido publicados en un periódico que llevaba por título *The Thursday Bulletin* que, según me explicó Gaynor, no era una publicación de gran tirada y estuvo activa solo entre 1778 y 1792. Según la breve investigación que había llevado a cabo por la mañana, el periódico acabó cerrando por falta de financiación y los archivos de la biblioteca conservaban únicamente una pequeña parte de los números publicados, ninguno de los cuales había pasado por el proceso de digitalización.

—¿Y cómo has encontrado esto entonces? —pregunté, y le di un sorbo a mi café.

Gaynor sonrió.

—Partíamos de fechas equivocadas. Si la nota del hospital fue, como pensamos, una confesión en el lecho de muerte, es probable que la autora estuviese haciendo referencia a algo que sucedió en un momento bastante anterior de su vida. Así que seguí buscando manuscritos y expandí la búsqueda a finales del siglo XVIII. Añadí también la palabra «veneno», ya que me pareció que era bastante lógica para una boticaria que ayudaba a matar gente. La búsqueda produjo este artículo y, claro está, cuando lo recibí en mi mesa al instante vi la imagen del oso.

Gaynor cogió el boletín más antiguo, fechado el 10 de febrero de 1791. El titular rezaba: *La policía en busca y captura del asesino de* lord *Clarence*.

Como Gaynor ya lo había leído, se acercó a la barra para pedir un café con leche mientras yo examinaba por encima y con rapidez el artículo. Cuando Gaynor regresó, yo estaba sentada en el borde de la silla, boquiabierta.

—¡Esto es un escándalo! —dije—. *Lord* Clarence, *lady* Clarence, una criada que sirve el licor de los postres después de un banquete… ¿Estás segura de que habla de hechos reales?

—Segurísima —replicó Gaynor—. He verificado lo que consta de *lord* Clarence en los archivos parroquiales. Y, efectivamente, la fecha de su fallecimiento fue el 9 de febrero de 1791.

Señalé de nuevo la imagen que aparecía en el artículo.

—Así que, según esto, la criada hizo una impresión en cera del oso grabado en el frasco y… —Acaricié con la punta de los dedos la imagen impresa—. Y es igual que el oso de mi vial.

—Exactamente el mismo —confirmó Gaynor—. Y cuantas más vueltas le doy, más sentido le encuentro. Si la boticaria dispensaba venenos a mujeres, es posible que el oso fuera su logo, la marca que ponía en todos sus viales. En cuyo caso, el hallazgo que hiciste en el río sigue siendo increíble, pero no tan fortuito como pensamos de entrada.

Gaynor cogió el artículo y leyó una parte en concreto.

—Aquí queda claro el modo en que la suerte le dio la espalda a nuestra querida boticaria. Resulta que la impresión en cera no solo contenía la imagen del oso, sino también algunas letras.

Señaló el párrafo que mencionaba que la policía estaba intentando descifrar el significado de las letras «B ley».

—La policía sospechaba que las letras formaban parte de una dirección. Evidentemente, y gracias a la nota del hospital, nosotras sabemos que significaba «Bear Alley». Pero cuando se imprimió esto, la policía no lo sabía.

Gaynor levantó la tapa de la taza para que el café con leche se enfriase un poco y yo contuve la respiración, visualizando la puerta que había cruzado la noche anterior. Sospechaba que «B ley» no significaba «Bear Alley», sino probablemente «Back Alley», el pasadizo que conducía a la dependencia secreta de la boticaria.

—Aunque parece una locura que pusiese su dirección en los viales, ¿no te parece? —Gaynor se encogió de hombros—. A saber en qué estaría pensando. Tal vez fue un error por simple negligencia. —Cogió entonces el segundo artículo—. Veamos, he traído también el otro boletín, el que identifica a la mujer como una boticaria. Y más aún, como una «boticaria asesina». Sospecho que poco después de que se imprimiera el primer artículo… —Gaynor se interrumpió—. Digamos que esto sería para ella el principio del fin.

Fruncí el entrecejo, sin saber muy bien qué quería decir.

—¿El principio del fin?

Gaynor fijó la vista en el segundo artículo, fechado el 12 de febrero de 1791. Pero no tuve oportunidad de leerlo, pues mi teléfono, que había dejado en la mesa por si acaso James me llamaba, empezó a sonar. Miré la pantalla y el corazón me dio un vuelco al ver que era él.

—Hola. ¿Qué tal sigues?

Lo primero que oí fue su respiración entrecortada, una aspiración lenta seguida por una exhalación temblorosa y silbante.

—Caroline —dijo; su voz sonaba tan apagada que apenas conseguí oírlo—. Tengo que ir al hospital. —Me llevé la mano a la boca, segura de que se me había parado el corazón—. He intentado llamar al 911, pero no funciona.

Cerré los ojos y visualicé vagamente un folleto que había visto en la recepción del hotel donde constaba el número de urgencias del Reino Unido. Pero me resultó imposible recordarlo.

La sensación de vértigo se inició en cuanto caí presa del pánico. La cafetería, con el sonido de las conversaciones y el silbido de la cafetera, empezó a girar a mi alrededor.

—Enseguida voy —dije, casi asfixiada, levantándome de la silla y recogiendo mis cosas—. Tengo que irme —le dije a Gaynor, con manos temblorosas—. Lo siento, pero es mi marido, está enfermo…

Mis ojos se llenaron de repente de lágrimas. A pesar de los sentimientos que había albergado hacia James estos últimos días, estaba tan aterrada que se me secó la boca de golpe. Ni siquiera podía tragar. Por teléfono, la voz de James sonaba como si casi ni pudiera respirar.

Gaynor me miró, confusa y preocupada a la vez.

—¿Tu marido? Dios mío, sí, vale, ve. Pero… —Cogió los dos artículos y me los entregó—. Cógelos. Las copias son para ti.

Le di las gracias, doblé por la mitad las hojas y las metí en el bolso. Y luego, después de disculparme una vez más, fui directa hacia la puerta y eché a correr hacia el hotel. Las lágrimas calientes irrumpieron por fin y rodaron por mis mejillas por primera vez desde mi llegada a Londres.

Cuando entré en la habitación del hotel, lo primero que me recibió fue el hedor: el olor dulce y ácido que ya había olido antes en James. Vómito.

Dejé el bolso en el suelo, ignorando la botella de agua y la libreta que salieron de su interior al caer, y entré corriendo al baño. James estaba en el suelo, tumbado en posición fetal, con las rodillas replegadas contra el pecho, blanco como el papel y temblando de mala manera. En algún momento debía de haberse quitado la camiseta, que estaba arrugada en un rincón junto a la puerta, empapada en sudor. Por la mañana, me había resultado insoportable verlo sin camiseta, pero ahora, me arrodillé sin más tardar a su lado y acerqué la mano a su vientre desnudo.

Me miró con ojos hundidos y noté un grito ascendiendo por mi garganta. Tenía sangre en la boca.

—¡James! —grité—. ¡Oh, Dios…!

Fue entonces cuando miré el interior del inodoro. Más que solo vómito, parecía como si alguien hubiera derramado allí acuarela de color granate. Sin que mis piernas me sujetaran por completo, corrí hasta el teléfono del hotel y pedí a recepción que llamaran una ambulancia. Colgué y volví corriendo al baño. Aquello no era ninguna intoxicación causada por la comida italiana, eso estaba claro. Pero mis conocimientos médicos eran nulos. ¿Cómo era posible que James solo tuviera un resfriado leve por la mañana y ahora estuviera vomitando sangre, casi sin vida? Algo no encajaba.

—¿Has comido alguna cosa después de que yo me fuera? —le pregunté.

Desde el suelo, negó débilmente con la cabeza.

—No te tomado nada. No he comido nada.

—¿Ni agua, ni nada?

Pensé que a lo mejor había bebido algo que no debería, o…

—Solo el aceite ese que me diste, y estoy seguro de que lo he echado hace rato.

Lo miré con perplejidad.

—No te he dado nada de tomar. Tenías que masajearte la zona de la garganta, como has hecho otras veces.

James repitió un gesto negativo.

—Te he preguntado si tenías algún antigripal y me has dicho que no, que tenías aceite de yuca o no sé de qué.

Me quedé blanca.

—¿De eucalipto?

—Sí, eso —gimió, secándose la boca con la mano—. Me lo he tomado igual que me tomaría un antigripal.

La botellita estaba junto al lavabo y la etiqueta era muy clara: el aceite tóxico era solo para uso tópico. No para ser ingerido. Y por si el peligro no fuera bastante evidente, la etiqueta informaba además de que su ingesta podía provocar convulsiones o muerte en niños.

—¿Te has bebido esto? —pregunté con incredulidad, y James asintió—. ¿Cuánto has bebido? —Pero antes de que me pudiera responder, acerqué la botellita a la luz. Por suerte, no estaba vacía del todo… ni siquiera medio vacía. Pero le había dado un buen trago—. ¡Esto es tóxico de la hostia, James!

Respondió atrayendo aún más las rodillas hacia el pecho.

—No lo sabía —murmuró en un tono casi inaudible.

La escena era tan patética que deseé arrastrarme por el suelo hasta quedarme a su lado y pedirle perdón, aun sin haber hecho nada malo.

De pronto llamaron a la puerta y oí un grito al otro lado.

—¡El médico! —dijo una voz masculina y grave.

Los minutos que siguieron fueron confusos. Me dijeron que me quedara fuera mientras el equipo médico evaluaba a James. Incluyendo a un par de directivos del hotel que acababan de aparecer, debía de haber diez personas en la habitación, un tiovivo de caras de preocupación.

Se presentó a mi lado una chica pulcramente uniformada de azul marino con el anagrama del La Grande bordado en la camisa que me ofreció té, una galleta e incluso una bandeja con bocadillos. Decliné todas sus ofertas, y me concentré en escuchar el fuerte acento británico que flotaba a mi alrededor mientras todo el mundo intentaba ocuparse de mi marido. Empezaron a formularle una pregunta tras otra, solo algunas de las cuales alcancé a comprender.

Los médicos sacaron diversos objetos de una bolsa de lona: una máscara de oxígeno, un manguito para tomar la presión y un estetoscopio. En un abrir y cerrar de ojos, el cuarto de baño se transformó en un box de urgencias, y ver todo aquel material fue como un bofetón que me llevó a preguntarme, por vez primera, si aquello sería para James una cuestión de vida o muerte.

«No —me dije, negando en silencio con la cabeza—, no llegará a eso. No pasará. No dejarán que pase».

Cuando puse rumbo a Londres sin James para celebrar nuestro «viaje de aniversario», esperé que viviría un torbellino emocional, pero nunca de este tipo. Con las heridas aún abiertas, me descubrí confiando desesperadamente en que James no muriera en el suelo del cuarto de baño, delante de mí, por mucho que en las horas que siguieron al descubrimiento de su aventura se me hubieran pasado por la cabeza ideas oscuras para acabar con él.

James explicó a los médicos lo del aceite de eucalipto y uno de ellos cogió la botellita y la miró al trasluz, como había hecho yo.

—La botella es de cuarenta mililitros, pero está todavía a medias —dijo con voz de autoridad—. ¿Cuánto ha ingerido?

—Solo un trago —murmuró James mientras alguien dirigía una pequeña linterna hacia sus pupilas.

Uno de los médicos repitió las palabras de James en el teléfono móvil que tenía al oído.

—Hipotensión, sí. Vómitos importantes. Sangre, sí. Nada de alcohol ni otros fármacos.

Se callaron todos unos instantes e imaginé que quienquiera que estuviese al otro lado de la línea estaba introduciendo todo aquello en una base de datos, tal vez para determinar el mejor método de tratamiento de urgencias.

—¿Cuánto tiempo ha transcurrido desde la ingesta? —le preguntó el médico a James, acercándole una mascarilla de oxígeno a la cara.

James se encogió de hombros, pero vi en su mirada que estaba aterrado, confuso, y que seguía costándole respirar.

—Hará dos horas y media, tres —sugerí yo.

Todo el mundo se volvió hacia mí, como si acabaran de percatarse ahora de mi presencia.

—¿Estaba usted con él cuando lo ingirió?

Asentí.

—¿Y es suyo ese aceite?

Volví a asentir.

—De acuerdo, pues. —Se volvió entonces hacia James—. Vendrá con nosotros.

—¿Al… al hospital? —murmuró James, separando levemente la cabeza del suelo.

Conociendo a James, sabía que querría luchar contra aquello, encontrarse bien como por arte de magia, insistir en que se repondría solo con que le concedieran unos minutos.

—Sí, al hospital —confirmó el médico—. Aunque a estas alturas el riesgo de sufrir convulsiones ya ha pasado, es bastante habitual padecer una crisis nerviosa central varias horas después de la ingesta, y la aparición posterior de síntomas graves no es en absoluto excepcional. —El médico se volvió hacia mí—. Es muy tóxico —dijo cogiendo la botellita—. Si tienen niños, sugiero que se deshaga de esto. No es la primera vez que nos encontramos con una ingesta accidental de este tipo de aceites.

Como si no me sintiera ya suficientemente culpable, y encima sin hijos.

—Señor Parcewell. —Uno de los enfermeros cogió a James por los hombros—. Señor Parcewell, señor, no se vaya —insistió el médico, con urgencia.

Entré corriendo en el cuarto de baño y vi que la cabeza de James se había derrumbado hacia un lado y que tenía los ojos en blanco. Estaba inconsciente. Me abalancé hacia él, pero un par de manos me retuvieron.

De pronto, se inició un flujo de actividad desenfrenada: mensajes ininteligibles transmitidos por radio, el chirrido del acero de una camilla que entraba desde el pasillo. Varios hombres levantaron a mi marido del suelo. Le colgaban los brazos a ambos lados. Rompí a llorar, y el personal del hotel salió al pasillo para despejar el paso. Incluso ellos parecían aterrados, y la mujer del traje azul marino temblaba ligeramente, alisándose el uniforme. Una solemnidad silenciosa inundó la habitación cuando el personal sanitario, perfectamente entrenado, instaló rápidamente a James en la camilla y salió del baño.

Sacaron a James al pasillo en dirección a los ascensores. En cuestión de segundos, el espacio se vació, quedándonos solo yo y el médico que hacía unos momentos estaba llamando por teléfono desde el otro lado de la habitación, junto a la ventana. Se arrodilló en el suelo, cerca de la mesa, y abrió la cremallera del bolsillo delantero de una bolsa de lona de gran tamaño.

—¿Puedo ir con él en la ambulancia? —pregunté entre lágrimas, dirigiéndome ya hacia la puerta.

—Puede venir con nosotros, sí, señora.

La respuesta me consoló un poco, aunque algo en la frialdad de su tono de voz me dejó preocupada. Además, parecía como si no quisiera mirarme a los ojos. Y entonces, se me cortó la respiración. Al lado de la bolsa del médico vi mi libreta, que se me había caído al suelo al entrar y había quedado abierta por una de las páginas donde había estado anotando cosas a primera hora de la mañana.

—Me llevaré esto —dijo recogiendo la libreta del suelo—. Habrá una pareja de policías esperándonos en el hospital. Querrán formularle algunas preguntas.

—¿Po-policía? —repetí tartamudeando—. No entiendo qué…

El médico me miró fijamente. Y entonces, con un firme movimiento de mano, señaló lo que yo había escrito en la parte superior de una página de la libreta:

Cantidades de productos no venenosos necesarias para matar.

25

ELIZA

11 de febrero de 1791

Nella había dicho que estaría ausente una hora, y cuando vi que regresaba cuando no había pasado ni siquiera la mitad de ese tiempo, me quedé horrorizada. Había podido localizar y mezclar los ingredientes necesarios para elaborar el brebaje para revocar la mala suerte, pero no para recogerlo todo y guardar de nuevo los viales en las estanterías.

Nella me encontró con las manos en la masa y dos infusiones, que me sirvieron tan solo a modo de camuflaje, tal y como ella me había enseñado, algo para mostrarle en caso de que regresara temprano, porque no quería que supiese que había utilizado sus viales para intentar elaborar una poción mágica. Aquellas infusiones tenían como objetivo engañarla y no pude evitar sentirme un poco como Frederick, que también había preparado brebajes a espaldas de Nella. Pero mientras que la intención de él era utilizarlas contra ella, yo no pretendía hacerle ningún daño a Nella.

Nella estaba preocupada por algo, y a pesar del caos que encontró a su llegada, no se enfadó tanto conmigo como cabía esperar. Sin dilación anunció que tenía que marcharme enseguida y me pidió que regresara a casa de los Amwell.

Daba igual. Prácticamente había terminado. Instantes antes de que Nella llegara, había vertido la poción que acababa de mezclar en dos viales que había encontrado junto con los demás recipientes vacíos que Nella acumulaba en su espacio de trabajo principal. Había considerado prudente preparar dos viales, por si uno se me caía y se rompía. De solo unos diez centímetros de alto, eran dos viales idénticos en todo, excepto en el color. Uno era del color de un día despejado —un azul claro y transparente— y el otro tenía una tonalidad rosa pastel.

Me había asegurado de verificarlo dos veces, incluso tres: los viales solo llevaban grabada la imagen del oso, absolutamente nada escrito. Y los viales estaban ahora guardados en el interior de mi vestido, junto a mi pecho.

Me dio la impresión de que Nella se quedaba aliviada al ver que yo accedía a sus deseos de que me marchara de la botica. Pero mi intención no era volver de inmediato a casa de los Amwell, como ella creía. Porque, según el libro de magia, el brebaje debía reposar sesenta y seis minutos y yo había terminado la mezcla hacía solo cuatro minutos, a la una en punto. Por esa razón, no podía ir directamente a casa de los Amwell. Todavía no.

Me ofrecí a ordenar todo el lío que había organizado, pero Nella me dijo que no, que no merecía la pena tal y como estaban las cosas. Aunque no entendí muy bien qué quería decir con aquello, me llevé la mano al pecho, donde guardaba los viales. Pronto todo volvería a la normalidad. En cuestión de semanas, mi señora volvería de Norwich y podríamos reanudar nuestras largas y agradables jornadas en su sala de estar, libres por fin del señor Amwell… bajo cualquier forma.

Y así fue como, por segunda vez en dos días, llegó la hora de despedirme de Nella. No me quedaba la menor duda de que ahora sí que no volvería a verla. Ella no me quería en la botica e, independientemente de que el brebaje mágico funcionara o no, no sería prudente volver. Y a pesar de tener que despedirme de mi nueva amiga, notaba el corazón ligero —con el frescor de los viales contra mi piel, llena de posibilidades— y no me puse tan triste como en la otra ocasión. No lloré, e incluso vi que Nella estaba más distraída, como si tampoco tuviera tan roto el corazón.

Y cuando nos abrazamos por última vez, miré el reloj que Nella tenía a sus espaldas. Habían pasado ocho minutos. Guardé el libro de magia de Tom Pepper en el bolsillo del vestido. Porque aun teniendo el brebaje listo y ninguna necesidad de volver a consultar el libro, no soportaba la idea de separarme de su regalo. Y quería volver a su tienda, lo antes posible. Tal vez entonces, podríamos los dos abrir el libro y probar juntos un nuevo hechizo. Solo de pensarlo, sentí un hormigueo en la punta de los dedos.

Como no podía volver a casa de los Amwell con mi brebaje hasta transcurrida al menos una hora, puse rumbo hacia el oeste, ya que el camino hacia mi casa pasaba cerca de otro lugar que sentía curiosidad por ver: la mansión de los Clarence. A pesar del escaso interés que tenía por aceptar la vacante ofrecida por *lady* Clarence, me picaba la curiosidad conocer el lugar donde había fallecido *lord* Clarence. Me encaminé hacia la impresionante cúpula de la catedral de San Pablo y giré al llegar a Carter Lane, donde *lady* Clarence había dicho que vivía.

Tenía ante mí media docena de casas adosadas de aspecto idéntico, y de haber sido cualquier otro día, me habría resultado imposible identificar cuál de ellas era propiedad de la familia Clarence. Pero hoy no; la casa del extremo parecía un panal de miel lleno de abejas: rebosaba de gente, y el zumbido de las conversaciones incómodas flotaba por todas partes. Supe, por instinto, que aquella era la casa de los Clarence… y que algo iba mal. Me quedé rígida, con miedo a acercarme más.

Me instalé detrás de unos setos y observé la escena. Debía de haber más de veinte personas pululando por allí, la mitad de ellas agentes de policía con levitas azul marino. No vi a *lady* Clarence por ningún lado. Agité la cabeza con consternación, sin entender el porqué de tanto movimiento. La noche anterior había visto el frasco que *lady* Clarence le había devuelto a Nella. No había mostrado el más mínimo indicio de que se avecinara una crisis, y su mayor preocupación en aquel momento era que su doncella la había abandonado de forma repentina. De ser sospechosa del crimen, nos lo habría mencionado. ¿Habría sucedido algo más en la casa?

Me armé de valor y se me ocurrió una idea: me acercaría a la casa, fingiría interés por la vacante de *lady* Clarence y tal vez de este modo me enteraría de la razón de que hubiera tantas visitas, tantos agentes. Me aparté del seto y eché andar con despreocupación hacia la casa, como si ignorara por completo el hecho de que allí acababa de morir un hombre, víctima de un veneno que había preparado con mis propias manos.

Cerca de la entrada había varios hombres. Cuando me aproximé a los peldaños de acceso a la casa, empecé a oír por encima fragmentos de su apresurada conversación.

«Está en el salón… vino enseguida…».

«… la imagen de su vial encaja con la impresión en cera de la criada, son idénticas…».

De pronto noté la piel bañada en sudor y uno de los viales se deslizó hacia el interior de mi vestido. Subí muy despacio la escalera, recordándome el propósito inventado que me llevaba a casa de los Clarence. Por muchas cosas que viera u oyera, no podía olvidarlo. Me acerqué a la puerta. Nadie me hizo ni caso, pues todo el mundo seguía enfrascado en la conversación.

«… se ve que hay informes de otras muertes de carácter similar…».

«… un asesino en serie, tal vez…».

Tropecé, pisándome un pie con el otro, y me precipité hacia delante. De pronto, aparecieron dos brazos para sujetarme y un agente de policía con una cicatriz en la mejilla izquierda me ayudó a incorporarme.

—*Lady* Clarence —dije con voz entrecortada—. Vengo a hablar con ella.

El agente me miró con mala cara.

—¿Con qué fin?

Me paré un instante a pensar. Mi cabeza era un caos confuso de hierbas medicinales, nombres y fechas; parecía una página del cuaderno de registro de Nella. «Asesino en serie». Las palabras resonaron dentro de mí, como si alguien las estuviera susurrando a mis espaldas. Vi un destello blanco y temí acabar derrumbándome en el suelo, pero el hombre siguió sujetándome.

—Por lo de la criada... —dije, titubeando—. Estoy aquí para hablar con ella sobre el puesto de criada que está vacante.

El hombre me miró ladeando la cabeza, sin cambiar de expresión.

—La doncella se marchó justo ayer. ¿Ha publicado ya *lady* Clarence la vacante? —Y entonces miró detrás de él, como si quisiera preguntárselo directamente a la señora—. Ven conmigo —dijo—. Está en el salón.

Entramos en la casa y el agente de policía me guio por un vestíbulo lleno de gente impregnado con un curioso olor a sudor y mal aliento. Vi más policías reunidos en círculo, comentando lo que me pareció que era un dibujo publicado en un periódico, aunque me fue imposible ver con claridad la imagen. Situado encima de una mesita auxiliar lacada en negro y oro, un espejo enorme reflejó por un instante el horror de mis ojos. Volví la cara hacia el otro lado, ansiosa por poder escapar de una casa llena de hombres furiosos y colorados. No tendría que haber entrado.

Lady Clarence estaba sentada en el salón en compañía de una pareja de agentes. En el instante en que me reconoció, se levantó y exhaló un enorme suspiro de alivio.

—Oh, cielos —dijo—. ¿Vienes por lo de la vacante? Ven, hablemos del tema y...

Uno de los agentes levantó la mano.

—*Lady* Clarence, no hemos acabado aún.

—Solo voy a estar unos minutos con la niña, señor.

No le dijo nada más y me pasó el brazo por los hombros, empujándome para salir de la estancia. Noté su piel húmeda y pegajosa y vi que tenía la frente empapada en sudor. Tiró rápidamente de mí escaleras arriba hasta el segundo piso y me hizo pasar a una de las habitaciones. Estaba pulcramente arreglada, con una cama con dosel que parecía nueva a estrenar. Un armario, con la madera recién encerada, reflejaba la luz cremosa que se filtraba por la ventana.

—La cosa está muy mal, Eliza —dijo en voz baja en cuanto cerró la puerta—. Tienes que ir a ver a Nella de inmediato y decirle que tiene que irse. Que os tenéis que ir las dos lo antes posible, porque la arrestarán y la colgarán… y también a ti, posiblemente. No tendrán clemencia por la edad… ¡Oh, esta situación se ha vuelto imposible!

—No entiendo nada —dije con voz temblorosa, casi escupiendo las palabras—. Usted devolvió el frasco y dijo que todo iba bien…

—¡Sí, pero esta tarde se ha ido todo al traste! Cuando mi criada se marchó ayer, poco me imaginaba yo que iba a divulgar tantas cosas a la policía. Les contó que yo le había ordenado verter el contenido del frasco en la copa y les entregó un molde de cera con una impresión que hizo del grabado del frasco: un osito y la dirección. La dirección, gracias a Dios, no han conseguido averiguarla por el momento, aunque me temo que es cuestión de tiempo. Y de poco habrá servido devolverle el frasco a Nella si la criada hizo esa impresión, ¿no crees? ¡Qué espantosa es esa criada, y qué cobarde! Si tuviera un mínimo de inteligencia, habría robado el frasco para entregárselo a la policía, pero imagino que tuvo miedo de que alguien la sorprendiera guardándose el objeto en el bolsillo.

Lady Clarence se sentó en la cama y se alisó la falda.

—La imagen fue impresa rápidamente en un boletín y al poco rato de haber aparecido publicada en los periódicos de esta mañana, un caballero de St. James's Square ha ido directo a las autoridades. Resulta que hace unas semanas, después de la muerte inesperada de su hijo adulto, que creyeron, de entrada, que había sido consecuencia de las fiebres tifoideas, encontró un vial debajo de la cama donde había fallecido su hijo. No le dio más vueltas al tema, hasta que vio la imagen en el periódico. ¡La imagen del oso es exacta a la que aparecía en el vial que el hombre encontró!

Lady Clarence hizo una pausa para respirar y miró con impotencia hacia la ventana.

—A Dios gracias, en el vial de ese hombre no aparecía ninguna dirección. Sé poca cosa más, Eliza, pero he oído los murmullos de los agentes y dicen que otra persona, tal vez dos, se han presentado ya con recipientes de aspecto similar, recipientes con el mismo grabado del osito, y todos ellos con el relato de una muerte inesperada en sus círculos más próximos. ¡A saber cuántos más habrá! Pero hablan de un asesino en serie y se están dando prisa para identificar la dirección hasta el momento ilegible. Han descifrado un par de letras, de modo que es solo cuestión de tiempo que convoquen a los cartógrafos e investiguen todas las calles.

Acarició con la mano la superficie del tocador que teníamos a nuestro lado, que estaba impoluto hasta que la huella de sus dedos dejó una mancha oleosa.

—Todo esto me preocupa mucho, naturalmente —dijo, bajando aún más la voz—. Ayer a última hora, el alguacil me reveló la acusación que había hecho mi doncella, que afirma que yo maté a mi marido. ¿Y qué hacer sino negarlo todo? Ahora, por lo tanto, la dirección ilegible es de suma importancia para las autoridades, puesto que pretenden hablar con la persona que dispensó el frasco para determinar quién lo compró. Y por eso me alegro tanto de que hayas venido, ¿porque cómo iba yo a escapar de los ojos de toda esta gente para contarle a Nella lo que está pasando? ¿Les dará Nella mi nombre? ¡Vete y convéncela de que no lo haga! Dile que debe marcharse rápidamente pues, de lo contrario, la localizarán y emplearán todos los trucos necesarios hasta conseguir que revele sus secretos.

Lady Clarence se estremeció y se rodeó con sus propios brazos.

—¡Y pensar que la amenacé con delatarla cuando arrojó el polvo al fuego! Dios mío, cómo se ha vuelto todo contra mí. Y ahora vete, si no quieres que antes de que caiga la noche estemos todas con la soga al cuello.

Al pensar en la posibilidad de formular más preguntas, llegué a la conclusión de que no tenía ninguna. Me daba igual saber más cosas sobre aquel hombre que estaba en el salón con un vial similar, me daba igual saber hacia dónde había huido la criada delatora o si el pobre *lord* Clarence estaba ya enterrado. Sabía todo lo que necesitaba saber: en estos momentos me acosaban muchas cosas más que el espíritu del señor Amwell. La sombra de mi error, que había creído eliminada hacía tan solo unas horas, regresaba ahora a mí para vengarse. Tenía que apresurarme e ir a casa de Nella enseguida. Aunque…

—¿Qué hora es? —pregunté.

El brebaje para revocar la mala suerte era ahora, más que nunca, de suma importancia. Nada más podía salvar a Nella y a mí de esta situación tan apurada.

Lady Clarence me miró, sorprendida.

—En el pasillo hay un reloj —respondió.

Cuando salimos de la habitación resoplé con frustración. El reloj anunciaba que ni siquiera era la una y media; solo habían transcurrido veintiocho minutos desde que había tapado el vial.

Salí de la casa y eché a correr, abriéndome paso previamente entre los numerosos hombres uniformados que pululaban por el vestíbulo. Varios de ellos se quedaron mirándome, y oí por encima que *lady* Clarence les explicaba que me había rechazado para el puesto. No me atreví a volver la vista atrás hasta que llegué a Dean's Court, y me sentí aliviada al comprobar que no me había seguido nadie. Pero de todos modos, para asegurarme, seguí un camino enrevesado y tortuoso para regresar a la botica. Cuando llegué al número 3 de Back Alley, abrí la puerta del almacén y ni siquiera tuve la delicadeza de llamar a la pared de estanterías, sino que fui directa a la palanca oculta entre los estantes y deslicé la puerta para abrirla.

Nella estaba sentada a la mesa con el cuaderno de registro delante de ella. Lo tenía abierto por la mitad. Tenía el cuerpo inclinado sobre él, como si se dispusiera a leer una de sus entradas antiguas. Al percatarse de mi entrada repentina, levantó la vista hacia mí.

—¡Nella, tenemos que irnos! —grité—. Ha pasado algo espantoso. La doncella de *lady* Clarence… les ha contado a las autoridades que…

—¿Has visto el periódico? —dijo Nella, interrumpiéndome, con una voz tan arrastrada que me pregunté si habría tomado una dosis potente de láudano—. La criada les entregó un grabado en cera. Estoy al corriente.

Me quedé mirándola, perpleja. ¿Lo sabía ya? ¿Y por qué no se había marchado todavía?

Miré el reloj que había junto a la puerta. Habían pasado treinta y siete minutos. Corrí hacia el estante que había encima de la mesa, cuyo contenido ya conocía bien, y retiré el frasco con píldoras de resina de incienso. Había visto que Nella se las tomaba, después de masajearse los dedos hinchados.

—Hay más —dije—. Tómese unas cuantas mientras se lo cuento.

Le expliqué que había pasado por casa de los Clarence y que la señora me lo había contado. Que después de que se publicara el periódico, otra persona —quizá dos, o tres, o más— habían ido a las autoridades con viales con el oso grabado. Que todos aquellos viales habían sido descubiertos días o semanas posteriores a muertes prematuras y que ahora las autoridades creían que los viales podían estar relacionados con un asesino en serie.

—Todo eso no lo sabía —dijo Nella, manteniendo una expresión serena.

¿Se había vuelto loca? ¿Es que no entendía la urgencia de la situación y todo lo que aquello significaba? Hacía apenas unos minutos era ella quien me decía que me diera prisa. ¿Por qué no se aplicaba ahora a sí misma su consejo?

—Escúcheme bien, Nella —dije en tono suplicante—. No puede quedarse aquí. ¿Recuerda la otra noche, cuando me ayudó con los escarabajos? Pues de un modo u otro, hizo acopio de todas sus fuerzas. ¡Vuélvalo a hacer ahora, por favor! —Y entonces, se me ocurrió una idea—. Podemos ir a casa de los Amwell hasta que decidamos qué hacer después. Es el lugar perfecto. Allí nadie nos molestará.

Mientras Nella estuviera conmigo, supuse que podría soportar estar dentro de aquella casa a la espera de que el brebaje surtiera efecto. El espíritu del señor Amwell no me haría ningún daño teniéndola a ella cerca, ¿verdad?

—Tranquila, criatura —replicó Nella, y se llevó a la boca un puñado de píldoras de resina—. No pretendo quedarme aquí. —Dejó a un lado el frasco de incienso—. Sé dónde ir, y estaba a punto de marcharme, de hecho. Pero no debes venir conmigo. Me iré sola.

Si lo que Nella necesitaba era que me mostrase de acuerdo, accedí. Le sonreí y la ayudé a ponerse el abrigo. Entonces recordé mi primera visita a la botica, hacía tan solo una semana. Cuántas cosas habían pasado en estos últimos días, y ninguna de ellas buena. Recordé cómo me había sentado en la silla delante de ella, cómo había dudado antes de beber la infusión de valeriana, y recordé también que el señor Amwell y *lord* Clarence estaban todavía con vida e ignoraban los planes que se urdían a sus espaldas. Recordé asimismo mi segunda visita, satisfecha con el éxito de los huevos envenenados, pero acosada por un nuevo terror y agarrotada por el dolor del sangrado de mi vientre.

Y de pronto, otro recuerdo me vino a la cabeza.

—Nella, cuando recogimos los escarabajos y me contó lo de Frederick, me dijo que si usted hubiera vuelto a sangrar, habría acabado con todo esto hace mucho tiempo.

Nella apartó la vista bruscamente, como si mi pregunta le hubiera golpeado un lado de la cara.

—Sí —dijo entre dientes—. Tal vez lo habría hecho. Pero eres demasiado joven para entender qué quería decir con eso, de modo que es mejor que lo olvides.

—¿Y cuándo seré lo bastante mayor como para entenderlo?

—No existe una edad establecida —respondió mientras comprobaba que tenía todos los botones del abrigo abotonados—. Cuando tu vientre esté preparado para llevar un bebé en su interior, empezarás a sangrar, una vez al mes, siguiendo la ruta que la luna traza en el cielo. Es un rito de pasaje, niña. Para entrar en la madurez.

Puse mala cara. «Siguiendo la ruta que la luna traza en el cielo». ¿Verdad que la señora Amwell había dicho algo similar la noche que empecé a sangrar, la noche que matamos a su marido?

—¿Y cuánto dura el sangrado? —pregunté.

Nella me miró con extrañeza, entrecerrando los ojos, como si estuviera reexaminándome.

—Tres o cuatro días, a veces más. —Bajó la voz—. ¿No te contó nunca tu madre, o la señora Amwell, nada de todo esto?

Negué con la cabeza.

—¿Estás sangrando ahora, niña? —preguntó Nella.

Turbada, respondí:

—No, pero sí hace unos días. Y me dolió mucho…, tenía la barriga hinchada, y muchos pinchazos.

—¿Era la primera vez?

Asentí.

—Fue justo después de la muerte del señor Amwell. Temía que me lo hubiese hecho él y…

Nella levantó una mano y me sonrió.

—Una simple coincidencia, niña. Piensa que es una bendición que yo no tengo. Ojalá me lo hubieses contado antes. Podría haberte preparado algo para acabar con esos dolores.

Y yo también pensé que ojalá se lo hubiese contado antes. Por primera vez desde la muerte del señor Amwell, me permití considerar la posibilidad de que el sangrado no fuera su espíritu malvado apoderándose de mí. ¿Podría tratarse simplemente de ese sangrado mensual del que acababa de hablarme Nella? ¿Del paso a la madurez? Nunca me había considerado una mujer, solo una niña, una chica.

Me habría gustado también poder darle más vueltas al tema, pero no había tiempo para ello. Tendríamos que habernos ido de allí hacía ya mucho rato.

El cuaderno de registro de Nella seguía abierto sobre la mesa y bajé la vista hacia él. La página era de 1770, hacía más de veinte años, y estaba muy estropeada, con una mancha de color rojo oscuro, como el vino, extendiéndose por todo un lado.

¿Por qué habría vuelto Nella a esas antiguas anotaciones? Tal vez le había apetecido ir pasando las páginas de su vida, recordar los viejos tiempos, antes de que empezara todo. Cuando esa página en concreto fue escrita, el corazón de Nella aún no estaba malherido. Sus articulaciones todavía no estaban inflamadas y rígidas. No había perdido la esperanza de la maternidad ni a su propia madre. Tal vez estuviera repasando aquella entrada porque deseaba recordar esas cosas: el trabajo honorable que realizaba en su día, el tipo de boticaria que podría haber sido, la mujer virtuosa que su madre quería que fuese.

Y todo se había ido al traste por culpa de la amarga traición de Frederick.

Nella me sorprendió mirándola y cerró el cuaderno con un golpe seco. Y, a continuación, fuimos las dos hacia la puerta para marcharnos en direcciones distintas.

26

CAROLINE

Presente, miércoles

Estaba sentada en una habitación lóbrega y sin ventanas de la tercera planta del hospital St. Bartholomew con dos policías enfrente y mi libreta entre nosotros. Un olor nauseabundo —a desinfectante y friegasuelos— inundaba el cuarto mal ventilado, y un fluorescente zumbaba y parpadeaba por encima de nuestras cabezas.

El oficial al mando hizo girar la libreta para que quedara de cara a él y señaló, dando unos golpecitos, la frase incriminatoria: «Cantidades de productos no venenosos necesarias para matar». Me encogí de miedo temiendo qué más podía haber escrito en aquellas notas tan apresuradas. Recordé que había acompañado la palabra «arsénico» con un asterisco, por el amor de Dios.

Deseaba desesperadamente ir en busca de James, al que había perdido de vista en el largo pasillo que conducía a la unidad de cuidados intensivos. Pero el instinto me decía que no sería una decisión inteligente; el oficial sin afeitar sentado delante de mí me pondría las esposas antes incluso de que me diera tiempo a llegar a la puerta. Marcharme de allí no era una opción.

De pronto, tenía muchas explicaciones que dar.

Contuve la respiración y recé para que el policía no siguiera leyendo aquello. Si lo hacía, ¿cómo empezar a contarle la verdad? ¿Por dónde empezar? ¿Por mi marido infiel, que había llegado a Londres sin que su viaje estuviera planeado, o por mi incursión

261

ilegal en la botica de una asesina en serie, o tal vez por los motivos que me habían empujado a guardar una botellita de aceite de eucalipto en mi neceser? Todos los escenarios iban en mi contra; todas las explicaciones eran excesivamente inverosímiles o excesivamente casuales.

Me daba miedo que mi versión de los acontecimientos fuera a hacerme más mal que bien. Estaba destrozada emocionalmente y me sentía incapaz de dar forma con claridad a mis pensamientos y menos aún de articular cualquier frase coherente. Pero teniendo en cuenta el estado en que se encontraba James hacía unos momentos, el tiempo era esencial. Necesitaba encontrar la manera de salir de aquel embrollo, y pronto.

Cuando el segundo agente se disculpó para abandonar la habitación y hacer una llamada, el primero tosió para aclararse la garganta antes de decir:

—Señora Parcewell, ¿le importaría explicarme qué contiene esta libreta?

Me obligué a concentrarme.

—Estas notas están relacionadas con un proyecto de investigación histórica —insistí—. Nada más.

—¿Un proyecto de investigación?

El agente no disimuló su expresión dubitativa cuando se recostó en la silla y extendió las piernas. Contuve la necesidad urgente de vomitar.

—Sí, sobre un misterio no resuelto. —Al menos, esa parte era cierta. Pensé de pronto que tal vez no fuera necesario desvelar toda la verdad, que quizá explicarla parcialmente sería suficiente para salir del embrollo—. Soy licenciada en Historia. He estado dos veces en la Biblioteca Británica, investigando a una boticaria que mató a varias personas hace doscientos años. El cuaderno contiene mis notas sobre sus venenos, eso es todo.

—Umm… —murmuró, cruzando una pierna sobre la otra—. Parece una historia adecuada.

Y esa era precisamente mi preocupación. Me quedé mirándolo, perpleja, resistiendo la tentación de levantar los brazos y decirle: «De acuerdo, cabrón, ven conmigo y te enseñaré unas cuantas cosas». El agente sacó del bolsillo un bloc y un lápiz y empezó a anotar cosas, subrayando algunas de ellas con golpes bruscos, como si estuviera escribiendo con tiza en una pizarra.

—Y empezó esta investigación, ¿cuándo? —preguntó sin mirarme.

—Hace tan solo un par de días.

—Está visitando la ciudad, ¿cuál es su lugar de origen?

—Estados Unidos, Ohio.

—¿Tiene usted antecedentes penales?

Extendí las manos separando los dedos, incrédula.

—¿Yo? Nada de nada. Jamás.

Empecé a sentir un picor en la nuca. «Por el momento, claro está».

Justo en aquel instante reapareció el segundo agente. Se apoyó en la pared y empezó a dar golpecitos en el suelo con la punta de la bota.

—Tenemos entendido que su marido y usted están… pasando por un mal momento.

Me quedé boquiabierta.

—¿Quién…? —Pero intenté apaciguar mi tono de voz. Cuánto más a la defensiva me mostrara con aquellos hombres, peor parada saldría—. ¿Quién le ha dicho eso? —pregunté con una calma fingida.

—Su marido está consciente a ratos; la enfermera que lo atiende…

—¿Así que está bien?

Me contuve para no levantarme de la silla y echar a correr hacia la puerta.

—La enfermera que lo atiende —volvió a empezar el agente— le ha formulado algunas preguntas adicionales mientras le colocaba el suero intravenoso.

La cara me ardía. ¿Así que James le había dicho a la enfermera que estábamos pasando por un mal momento? ¿Pretendía que me arrestaran?

Pero entonces me obligué a recordarme que, por lo que yo sabía, James no tenía ni idea de la situación apurada en la que me encontraba en estos momentos. A menos que la policía le hubiese informado de que me estaban interrogando, James desconocía el vuelco que habían dado los acontecimientos y que ahora me encontraba sentada frente a un par de policías.

El oficial al mando dio golpecitos nerviosos a la mesa con el lápiz, a la espera de mi réplica a la afirmación de James. Me planteé la posibilidad de rechazarla, con el fin de mejorar mi situación, e insistir en que James había mentido sobre nuestro mal momento. ¿Pero no quedaría peor si acusaba a James de mentiroso? La policía mostraría a buen seguro tendencia a creer a la persona ingresada en cuidados intensivos, antes que a la esposa sana con un cuaderno con notas sospechosas, de modo que si James les había contado que estábamos pasando por un momento conyugal delicado, mejor no negarlo. La realidad de la situación se endureció a mi alrededor como los barrotes de hierro de una celda. A lo mejor había llegado el momento de pensar en un abogado.

—Sí —concedí, preparándome para desplegar mi único argumento de defensa: la infidelidad de James. Ya era mala suerte para él que, justo cuando estaba empezando a procesar la realidad de lo que había pasado, me descubriera queriendo usarla en su contra—. Justo la semana pasada descubrí que…

Pero me interrumpí. Revelar a aquellos dos hombres que James me había engañado era inútil. No irían a por él, seguro; solo serviría para que yo quedase como una mujer vengativa e, incluso, emocionalmente inestable.

—La semana pasada, James y yo llegamos a la conclusión de que había diversos temas en los que teníamos que trabajar. Viajé a Londres para huir de todo durante unos días. Quería estar aquí sola.

Pueden llamar al hotel y preguntar en recepción. Llegué sola. —Me enderecé y miré al segundo agente a los ojos—. De hecho, James se presentó en Londres inesperadamente, casi sin previo aviso. Que se lo pregunte la enfermera. James no podrá negárselo.

Los dos agentes cruzaron una mirada cautelosa.

—Acabemos esta conversación en comisaría —dijo el agente sentado delante de mí con la vista puesta en la puerta—. Intuyo que hay alguna cosa que no nos cuenta. Y a lo mejor nuestro sargento tiene más éxito.

Se me resolvió el estómago y me inundó la boca un sabor amargo.

—¿Estoy…? —Me corté, conteniendo un grito—. ¿Estoy arrestada? —pregunté, mirando con impotencia a mi alrededor en busca de una papelera por si acaso necesitaba vomitar.

El segundo agente se llevó la mano a la cadera, cerca del lugar donde colgaban las esposas.

—Su marido, con quien está teniendo problemas conyugales, está al otro lado del pasillo luchando por su vida después de haber ingerido una sustancia tóxica que usted le dio. Y sus «notas de investigación», como usted las llama, mencionan «cantidades necesarias para matar.» —Subrayó esas cuatro palabras y preparó las esposas—. Son sus palabras, señora Parcewell, no las mías.

27

NELLA

11 de febrero de 1791

Si la ausencia de mi botica fuera a ser temporal, habría buscado en los armarios —empezando por los de mi madre, los de la pared lateral— para llevarme algunos objetos sentimentales que quería custodiar.

La muerte, sin embargo, era permanente. ¿Qué objetos terrenales necesitaba, entonces?

Pero todo eso no podía contárselo a Eliza, claro está. Después de que me ayudara a ponerme el abrigo —por suerte, había recuperado momentáneamente mis fuerzas gracias al incienso—, nos quedamos las dos en el umbral, listas para marcharnos, y me vi obligada a guardar las apariencias para que pensara que volvería a aquel lugar en cuanto la crisis hubiera pasado.

Mi mirada fue a parar a la línea que Eliza había dibujado en el hollín durante su primera visita y a la piedra limpia e impoluta que se escondía bajo la mugre. Contuve la respiración. Desde su llegada, aquella niña había empezado a tirar del hilo, a dejar al descubierto mi interior.

—¿No quiere llevarse nada? ¿Ni su libro? —preguntó Eliza.

Señaló el cuaderno de registro que estaba sobre la mesa y que yo acababa de cerrar. Su interior contenía los miles de remedios que había despachado a lo largo de los años, inofensivas tisanas de lavanda junto con pudines mortales cargados de arsénico. Pero lo más importante eran los nombres de las mujeres que constaban allí. Me sentía capaz de abrir aquel libro por cualquier página y recordar fácilmente a las mujeres mencionadas en él, fueran cuales fuesen sus males, sus traiciones o sus calenturas.

El libro era la evidencia del trabajo de toda una vida: de la gente a la que había ayudado y la gente a la que había hecho daño, y con qué tintura, cataplasma o tisana, y qué cantidad, cuándo y por encargo de quién. Sería inteligente por mi parte llevármelo, para que los secretos que albergaba en su interior se hundieran conmigo en el fondo del Támesis; las palabras se diluirían, las hojas se disolverían y la verdad sobre este lugar quedaría así destruida. De esta manera, podría proteger a todas las mujeres que aparecían en mi registro.

Pero protegerlas era borrarlas.

Aquellas mujeres no eran ni reinas ni grandes herederas. Eran mujeres normales y corrientes cuyos nombres no aparecían en árboles genealógicos escritos en letras doradas. El legado de mi madre incluía la preparación de brebajes para curar enfermedades, pero también ayudaba a conservar la memoria de las mujeres del registro, a garantizarles que su huella, única e imborrable, quedaría en este mundo.

No, no pensaba hacerlo. No pensaba borrar los nombres de aquellas mujeres, destruirlas igual que había destruido el primer frasco de polvo de cantaridina. Tal vez la historia ignorara a aquellas mujeres, pero yo no.

—No —dije por fin—. El libro estará a salvo aquí dentro. Nunca encontrarán este lugar, niña. Nadie lo encontrará.

Minutos más tarde, salimos al almacén. La puerta escondida que daba acceso a mi botica estaba cerrada y con la palanca asegurada. Descansé la mano en la cabeza de Eliza y noté la suavidad y la calidez de su cabello entre mis dedos. Agradecía que el incienso hubiera entumecido algo más que mis huesos, puesto que mi agitación interna se había sosegado. Ya no jadeaba ni estaba abatida, y tampoco aguardaba con sensación de miedo el remolino de las aguas.

Consideré adecuado recibir, en los momentos finales de mi vida, la ayuda de uno de los muchos viales de mis estanterías. En la vida y en la muerte, había confiado siempre en el carácter paliativo del material que descansaba en el interior de aquellas botellas de cristal y rememoré entonces más buenos recuerdos que malos, más nacimientos que asesinatos, más sangre de vida que de muerte.

Pero no era solo el incienso lo que me estaba proporcionando consuelo en aquel momento decisivo, sino también la compañía de la pequeña Eliza. A pesar de que su error había desencadenado todo lo que nos había caído encima, decidí no albergar malos sentimientos hacia ella, y solo lamentaba el día en que *lady* Clarence me dejó su carta. De hecho, de no ser por su renombre y por su taimada doncella, no me encontraría en la situación apurada en la que me encontraba ahora.

Pero volver la vista atrás no servía de nada. Enfrentada a aquel duro adiós y, muy pronto, a mi propia despedida de la vida, el carácter inquisitivo de Eliza y su energía juvenil eran un bálsamo para mi corazón. Nunca llegué a conocer a mi hija, pero sospechaba que se habría parecido mucho a la niña que tenía a mi lado. Rodeé con el brazo los hombros de Eliza y la atraje hacia mí.

Lanzando una última mirada a nuestras espaldas, guie a Eliza hacia la puerta del almacén. Salimos al callejón, nos envolvió el aire frío, y echamos a andar.

—Por aquí —dije, indicándole el punto en que Bear Alley se abría a la avenida—, tú seguirás hacia la casa de los Amwell, o dondequiera que elijas ir, y yo seguiré mi camino.

Vi por el rabillo del ojo que Eliza movía la cabeza en un gesto afirmativo. Me acerqué un poco más a ella a modo de despedida final e invisible.

No habíamos dado ni veinte pasos cuando los vi: tres alguaciles con abrigo azul marino caminando, con cara muy seria, directos hacia nosotras. Uno de ellos llevaba una vara en la mano, como si las sombras del callejón le dieran miedo, y vislumbré con dificultad una cicatriz que le cruzaba la mejilla izquierda.

Eliza debió de ver a los hombres al mismo tiempo que yo pues, sin decir palabra ni intercambiar siquiera una mirada, las dos echamos a correr. Por instinto, nos dirigimos juntas hacia el sur, en dirección al río, para alejarnos de ellos, con el ritmo entrecortado de nuestra respiración sonando en armonía.

28

CAROLINE

Presente, miércoles

Justo cuando el agente estaba retirando las esposas de su cinturón, sonó un teléfono móvil. Permanecí inmóvil, a la espera de que uno de los dos policías respondiera, pero, de pronto, la desorientación en la que estaba sumida se disipó de mi mente y me di cuenta de que el teléfono que sonaba era el mío.

—Podría ser algo relacionado con James —dije abalanzándome hacia el bolso sin importarme que los agentes intentaran ponerme las esposas antes de que me diera tiempo a responder la llamada—. Déjenme cogerlo, por favor. —Me acerqué el teléfono al oído, anticipando lo peor—. ¿Diga?

En el otro extremo de la línea oí una voz animada, aunque también algo preocupada.

—Hola, Caroline, soy Gaynor. Solo llamaba para saber cómo va todo. ¿Está mejor tu marido?

Dios, aquella mujer era un encanto. Pero era una lástima que el momento que había elegido para llamarme fuera tan horroroso. El oficial al mando no me quitaba los ojos de encima y balanceó levemente el pie sobre la rodilla.

—Hola, Gaynor —repliqué con la voz tomada—. Todo va bien. Tengo… —Me interrumpí, consciente de que cada palabra que pronunciase sería examinada, grabada incluso—. En este momento me has pillado haciendo algo que no puedo dejar, pero te prometo que te llamo en cuanto pueda.

Miré de reojo el agente que estaba más cerca de mí, el que tenía preparadas las esposas. Mi mirada fue a parar a la placa que llevaba en el la cadera izquierda: una indicación del cargo que ocupaba, de su autoridad. De pronto sentí una bocanada de aire fresco al comprender que también el puesto que ocupaba Gaynor en la biblioteca podía actuar a mi favor.

—De hecho, Gaynor… —Presioné el teléfono contra mi oído— a lo mejor podrías ayudarme con un tema.

—Sí, por supuesto —dijo Gaynor—. Lo que quieras.

—Estoy en St. Bartholomew —dije, y los agentes me observaron extrañados.

—¿El hospital? ¿Estás bien?

—Sí, yo estoy bien. Estoy en la tercera planta, cerca de la unidad de cuidados intensivos. ¿Podrías venir hasta aquí? Es una historia muy larga, pero te la explicaré cuando pueda.

—De acuerdo —dijo—. Enseguida voy.

Mis hombros se destensaron de golpe; me sentía aliviada.

—La mujer que me llamaba por teléfono es colega y amiga —expliqué a los agentes en cuanto colgué—. Trabaja en la Biblioteca Británica y ha estado ayudándome con la investigación. Independientemente de que decidan arrestarme o no, confío en que antes escuchen lo que ella tenga que decir.

Los hombres intercambiaron una mirada y el que tenía delante de mí anotó algo en su bloc. Pasados unos minutos, miró el reloj y tamborileó con tres dedos sobre la mesa.

Era un último intento. Gaynor no estaba al corriente de que había entrado en la tienda de la boticaria ni de que había hecho fotos de aquel registro, y en ningún momento de la investigación que habíamos llevado a cabo juntas habíamos tomado nota de sustancias como el opio, el tabaco o el arsénico. Recé para que los agentes no le enseñaran mi cuaderno, pero tenía que aceptar ese riesgo.

Prefería confesárselo todo a Gaynor antes que acabar arrestada por algo que no había hecho.

Al final, uno de los agentes fue a buscar a Gaynor a la sala de espera. Cuando entró en la pequeña habitación estaba aterrada, seguramente pensando que la presencia de la policía significaba que a James le había pasado una tragedia. No era mi intención alarmarla de tal modo, pero ahora era imposible hablar en privado con ella.

—Hola —dijo al verme—. ¿Qué pasa? ¿Estás bien? ¿Está bien tu marido?

—¿Por qué no toma asiento con nosotros? —dijo el oficial al cargo.

Señaló una silla que estaba libre y Gaynor se sentó. Sujetó el bolso contra su cuerpo. Su mirada descansó sobre mi libreta, que estaba todavía en la mesa aunque tan alejada de ella, que consideré poco probable que alcanzara a leer lo que había allí escrito.

—Íbamos a llevarnos a la señora Parcewell a comisaría para seguir interrogándola —empezó a explicarle el agente— sobre una sustancia tóxica que su esposo ha ingerido hace unas horas y también sobre unas anotaciones muy curiosas que hemos encontrado en su cuaderno y que posiblemente estén relacionadas con el incidente.

Negué con la cabeza. Ahora que tenía a Gaynor cerca de mí, había recuperado la valentía.

—No, no están relacionadas, como ya les he dicho.

Gaynor extendió el brazo hacia mí, como si quisiera cogerme la mano, aunque no estoy segura de sí su intención era tranquilizarse a sí misma o a mí.

El agente se inclinó hacia Gaynor y su aliento caliente a tabaco se extendió por encima de la mesa.

—La señora Parcewell nos ha dicho que usted podría explicarnos ciertas cosas. —Al oír eso, la postura de Gaynor cambió al instante; mientras que hacía un momento parecía sentir lástima por mí, ahora sus hombros se cuadraron en una posición defensiva—. Tenemos entendido que trabaja usted en la Biblioteca Británica.

Gaynor me lanzó una mirada.

—¿Que tiene esto que ver con mi trabajo?

De pronto, el remordimiento me envolvió la garganta, asfixiándome. Le había pedido a Gaynor que viniera al hospital porque necesitaba ayuda, necesitaba salvarme. Pero ahora me daba cuenta de que había cometido una locura, que había arrastrado a otra persona a un problema que era solo mío. No quería ni imaginar que Gaynor pudiera llegar a pensar que la había engañado con malas intenciones. Ella no había hecho absolutamente nada malo y ahora se encontraba allí por mi culpa, sentada a mi lado y siendo interrogada por dos agentes de policía. Cogí aire y empecé a hablar.

—No se creen que estoy investigando lo de la boticaria. Por eso les dije que tú trabajabas en la biblioteca. —Miré entonces al oficial al mando—. He estado dos veces en la biblioteca. He estado estudiando mapas, buscando por Internet… —Hablé expresamente en singular, en ningún momento en plural, porque quería mantener a Gaynor apartada de todo esto, poner entre ella y mis problemas la máxima distancia posible.

Solté el aire cuando la manecilla del reloj de la pared avanzó; había pasado otro minuto, un minuto más encerrada aquí, intentando explicarme, mientras James luchaba por su vida.

—Estos agentes —le dije a Gaynor—, piensan que estoy involucrada en la enfermedad de mi marido. Hoy amaneció con un resfriado y le sugerí que utilizara un poco de aceite de eucalipto. Tenía que masajearse el pecho, la piel, pero no se le ocurrió otra cosa que ingerirlo. Y, por desgracia, resulta que es altamente tóxico.

Miré mi libreta con cautela, deseando que se desintegrase en el aire, deseando, en muchos sentidos, no haber encontrado nunca el vial ni haberme enterado jamás de la existencia de aquella boticaria.

Descansé ambas manos sobre la mesa, delante de mí, preparándome para pedirle a Gaynor lo que necesitaba de ella.

—Los médicos de urgencias encontraron las notas de mi investigación y llamaron a la policía. ¿Podrías, por favor, confirmarles a estos señores que trabajas en la biblioteca y que yo he estado allí dos veces para investigar cosas sobre la boticaria? ¿Qué no se trata de una mentira que me he inventado sobre la marcha?

Por un momento, la reacción de Gaynor me hizo sentir cómoda. Observé cómo sucedía, cómo poco a poco empezaba a entender la coincidencia, la inadecuada cadencia de todo ello. El fluorescente del techo siguió parpadeando mientras todos esperábamos a que Gaynor hablara. A lo mejor salía en mi defensa sin preguntar nada sobre las notas de mi investigación, sin leer el cuaderno. En ese caso, no tendría necesidad de explicarle por qué no la había puesto al corriente.

Gaynor tomó aire antes de empezar a hablar, pero antes de que pudiera decir nada, el agente sentado delante de nosotras acercó la mano al cuaderno y, para mi horror, lo giró hacia ella.

Me entraron ganas de abalanzarme sobre la mesa, tirar el cuaderno al suelo y estrangularlo. El policía sabía que Gaynor estaba a punto de salir en mi defensa, lo veía tan claro como lo había visto yo, y había guardado su truco final para el último momento.

Ya no podía hacer otra cosa que aceptar lo inevitable. Observé con atención los ojos de Gaynor mientras recorrían la página de izquierda a derecha. Allí estaba la verdad saliendo por fin a la luz. Los nombres de los oscuros venenos, copiados del registro de la boticaria; fechas aleatorias y nombres garabateados con prisa en los márgenes de la hoja, datos que ni Gaynor ni yo habíamos investigado en la biblioteca y, naturalmente, la frase más incriminatoria de todas: «Cantidades de productos no venenosos necesarias para matar».

Era, lo sabía de sobra, el principio del fin de nuestra amistad. Gaynor negaría haberme ayudado con aquel nivel de investigación; cualquier persona en su sano juicio lo haría. Su confusión solo serviría para arrojar más dudas sobre la historia que había contado a la policía, y ese sería mi final. Seguí sentada sin moverme, a la espera del metal frío y duro que no tardaría mucho en aprisionar mis muñecas.

Gaynor soltó el aire, temblorosa, y se quedó mirándome, como si quisiera comunicarme alguna cosa solo con la mirada. Pero mis ojos se estaban llenando de lágrimas, y mi remordimiento era tan grande que casi prefería que me esposaran de una vez por todas y se me llevaran de allí. Quería salir de aquella maldita habitación y alejarme de las caras de decepción de los agentes y de mi nueva amiga.

Gaynor buscó algo en el bolso.

—Sí, puedo validar toda esta investigación. —Sacó la cartera y del interior, una tarjeta. Cuando se la entregó a uno de los agentes, dijo—: Aquí tiene mi identificación como empleada. Puedo confirmar que Caroline ha estado dos veces en la biblioteca estos últimos días para realizar su investigación sobre la boticaria y puedo solicitar las grabaciones de las cámaras de seguridad si las necesitaran para sus indagaciones.

No podía creer lo que estaba oyendo. Gaynor había salido en mi defensa, incluso después de entender que había algo que aún no le había contado. Me quedé mirándola, boquiabierta, mientras mi cuerpo casi se derrumbaba en el asiento. Pero no podía ofrecerle todavía una explicación, ni siquiera decirle «gracias». Eso, por sí mismo, parecería sospechoso.

El agente sentado a la mesa pasó el pulgar por encima de la identificación de empleada de Gaynor, como si quisiera verificar su autenticidad y su fecha de expiración. Satisfecho, la arrojó sobre la mesa, donde se desplazó resbalando unos centímetros. Se oyó entonces un sonido en su bolsillo; era su teléfono móvil.

—¿Sí? —respondió con voz tensa. Capté una voz femenina al otro lado de la línea y vi cómo las facciones del agente se endurecían de golpe. Cuando colgó, respiré hondo, a la espera de malas noticias—. El señor Parcewell quiere verla —dijo levantándose de la silla—. La acompañaremos a su habitación.

—¿E-está bien, entonces? —pregunté, titubeando.

Gaynor buscó mi mano y me la presionó con delicadeza.

—No lo afirmaría aún —respondió el agente—. Pero al menos ya está consciente.

Gaynor se quedó en la habitación y los policías me escoltaron hacia la salida, uno de ellos incluso me empujaba levemente por la espalda. Me quedé rígida al notar el contacto y dije:

—Puedo encontrar por mí misma la habitación de James, gracias.

El hombre me sonrió con suficiencia.

—Ni se le ocurra. Aún no hemos terminado.

Me quedé paralizada unos instantes. Mi preocupación por un arresto inminente seguía ahí. ¿Qué le habría dicho por teléfono la enfermera al policía? Fuera lo que fuese, el agente consideraba necesario acompañarme.

Desanimada, eché a andar por el pasillo envuelta en un silencio interrumpido tan solo por las pisadas de las botas de los agentes. La habitación de James estaba justo delante y, atemorizada y con la pareja de agentes flanqueándome, esperé muerta de miedo lo que pudiera decirme.

29

ELIZA

11 de febrero de 1791

Las piernas me empezaron a arder poco después de dejar atrás el callejón; noté una ampolla formándose en el pie izquierdo y la piel inflamada rozando mi maltrecho zapato a cada paso que daba. Intenté coger aire, pero una punzada de dolor, como un picahielos, me llevó a sujetarme las costillas. Mi cuerpo entero me suplicaba: «Para, para».

Los alguaciles estaban a veinte pasos de nosotras, quizá menos. ¿Cómo nos habían encontrado? ¿Me habrían seguido desde la mansión de *lady* Clarece incluso habiendo tomado una ruta tortuosa y complicada como la que había seguido? Eran solo dos; el tercer alguacil debía de haberse quedado rezagado o se habría visto incapaz de seguir el ritmo de los otros. Aquella pareja de lobos nos perseguía, como si fuéramos conejos, como si fuéramos su cena.

¿Dónde estaría ahora la raíz de matalobos?

Pero seguíamos llevándoles la delantera. No vestíamos uniformes cargados de aros de hierro ni nos pesaba la cerveza en el estómago. E incluso en el estado debilitado en que se encontraba, Nella era más rápida que los alguaciles. Y aunque seguían persiguiéndonos, la distancia que nos separaba fue incrementándose en tres, cinco, seis pasos.

Valiéndome del instinto de la presa, le indiqué con un gesto a Nella que me siguiera y giré bruscamente hacia la izquierda para meterme por un callejón. Corrimos hasta el fondo —los alguaciles no habían doblado aún la esquina y no habían visto hacia dónde habíamos ido— y encontramos un corredor adoquinado que conducía a otra callejuela. Cogí a Nella de la mano y tiré de ella. Esbozó una mueca de dolor, pero la ignoré por completo. Mi corazón estaba muerto de miedo y no tenía espacio para la compasión.

Me moría de ganas de volver la cabeza para ver si los alguaciles habían girado también hacia el callejón y nos estaban pisando los talones, pero resistí la tentación. «Adelante, adelante». Empecé de pronto a percibir una sensación de picazón en el esternón. Sin ralentizar el paso bajé la vista, esperando encontrarme una abeja o cualquier otro tipo de insecto. Pero era uno de los viales, que me rozaba incómodamente la piel al correr, como si necesitara un recordatorio más de que los minutos pasaban muy lentamente y aún no había llegado la hora de que el brebaje estuviera listo.

Por delante de nosotras, situado detrás de una cochera, vi que había un establo: oscuro, techado, con varias balas de heno que formaban un paredón que me doblaba la altura. Fui directa hacia allí tirando todavía de Nella, pero su expresión me dio a entender que estaba dolorida de verdad. Su cara, que hacía tan solo un momento estaba rabiosamente colorada, se había quedado blanca.

Pasamos por delante de la cochera y cruzamos la valla de madera que daba acceso a los establos. En el compartimento central había un caballo que resopló nervioso al ver que nos acercábamos, como si intuyera peligro. Fuimos directas hacia el compartimento del fondo a la izquierda, que quedaba medio escondido por el edificio de la cochera.

Y allí, por fin, Nella y yo nos derrumbamos en el suelo, que estaba cubierto de restos de heno. Fue como estar de nuevo en Swindon, en los establos donde solía quedarme dormida en vez de hacer mis tareas. Evité una zona que tenía una montaña de excrementos de caballo, pero Nella no prestó ninguna atención al lugar donde decidió sentarse.

—¿Se encuentra bien? —pregunté, jadeando con desesperación. Respondió con un débil gesto de asentimiento.

Me agaché para buscar una abertura en la pared desde donde pudiera ver el exterior. Localicé un agujerito del tamaño de una moneda de penique tan pegado al suelo que me vi obligada a apartar una montaña de heno sucio y a tumbarme por completo para acceder a él. Miré a través del agujero y me sentí aliviada al no ver nada de nada. No había policías investigando la zona, ni perros olisqueando el olor de un recién llegado, ni siquiera algún empleado del establo trabajando.

Pero no era tan ingenua como para creer que estábamos fuera de peligro, así que me mantuve en mi puesto, aplastada contra la humedad del suelo. Durante los minutos que siguieron, alterné entre inspirar hondo para contener la respiración, observar por el agujerito en busca de cualquier movimiento que se desarrollara en el exterior y mirar de reojo a Nella, que se había quedado muy quieta y no había dicho palabra desde que habíamos salido de la botica.

Y allí tumbada, viéndola respirar lentamente y apartarse un rizo rebelde de la cara, recordé el momento que nos llevó hasta el presente que estábamos viviendo, la noche que dormimos en otro establo después de capturar escarabajos. Fue la noche en la que Nella me reveló tantas cosas: su amor por Frederick, la traición de la que fue víctima, todo lo que la condujo hasta una vida como envenenadora de hermanos, maridos, amos e hijos.

Miré de nuevo por mi improvisada mirilla y capté un movimiento. El agujero era diminuto e intenté, en vano, mover el ojo para recorrer mi estrecho campo de visión. Esperé, con el corazón retumbándome en el pecho.

—Es muy posible que acaben encontrándonos, Eliza —dijo un murmullo ronco a mis espaldas. Me encogí de dolor al captar la tensión que envolvía la voz de Nella—. Si lo hacen, tienes que negar que me conoces. Tienes que negar que has estado alguna vez en mi botica. ¿Me has entendido bien? No tienes por qué enfrentarte a todo esto. Cuéntales que te amenacé, que te obligué a entrar en este establo y...

—Silencio —dije, acallándola.

Dios mío, se veía a la legua que estaba muy débil, que el efecto de la resina de incienso estaba desapareciendo. Y delante de nosotras, cerca de la cochera, se había formado un pequeño grupo de gente. Desde mi observatorio era imposible ver a todos sus componentes, pero había varios hombres charlando animadamente y agitando las manos, señalando en dirección a los establos donde nosotras esperábamos con el alma en vilo. Colocada como estaba bocabajo, mis brazos soportaban prácticamente todo el peso del cuerpo y noté que me empezaban a temblar, pero sabía que si liberaba un poco el peso, me vería obligada a retirar el ojo de la mirilla.

Si los hombres entraban en los establos, nos localizarían en cuestión de segundos. Miré hacia el fondo; la pared tenía apenas metro y medio de altura y estaba segura de poder escalarla y escapar por allí en caso necesario. Pero aunque la cara de Nella había recuperado un poco de color, no estaba tan segura de que ella pudiera hacerlo. Si quisiera, yo podría huir ahora mismo y dejar que la capturaran solo a ella. Pero quien la había metido en todo aquel lío era yo y en mí recaía el esfuerzo de intentar corregir mi error.

—Nella —dije con una voz que apenas era un susurro—, hay que escapar de aquí saltando por esa pared. ¿Tiene fuerzas para hacerlo? —Sin responder vi que intentaba levantarse del suelo—. Espere —dije—. No se incorpore mucho. Hay gente delante de la cochera.

No debió de oírme, puesto que empezó a trepar la pared. Y antes de que me diera tiempo a detenerla, saltó por encima del muro, aterrizó al otro lado y echó a correr como buenamente pudo.

Oí los gritos de un hombre a nuestras espaldas y me puse furiosa con Nella por haber cometido tal temeridad, por haber atraído la atención de los hombres. Sin mirar a mis espaldas, escalé fácilmente la pared, aterricé de pie al otro lado y eché a correr tras

Nella, que iba varios pasos por delante de mí. Puso rumbo sur, hacia un pasaje que se abría entre dos casas, sin dejar de cojear. Por delante de nosotras vislumbré las aguas frías, brillantes y oscuras del Támesis. Iba directa hacia allí.

A diferencia de hacía tan solo unos momentos, cuando había tenido que tirar de ella, Nella parecía haber recuperado sus fuerzas, como si la hubiera imbuido un miedo primario, y ahora era yo quien la seguía. El río se estaba acercando, estaba cada vez más cerca, y cuando viró hacia Water Street, imaginé que se dirigía hacia el puente de Blackfriars.

—¡No! —grité, cuando vi que rodeaba el perfil recortado en sombras de un edificio—. ¡Desde allí estaremos expuestas y a la vista de todo el mundo! —No me quedaba aire en los pulmones para poder explicarle mi lógica, pero con aquellos hombres siguiéndonos a escasa distancia, sabía que nuestras posibilidades de escapar eran más elevadas si nos manteníamos ocultas entre sombras y callejuelas. Tal vez conseguiríamos encontrar una puerta abierta donde poder refugiarnos; Londres era una ciudad grande que ofrecía posibilidades de huida a cualquier criminal, como bien sabía Nella después de pasar la vida entera oculta en el secretismo—. Nella —dije, sintiendo una repentina punzada en un costado—, allí arriba estaremos demasiado expuestas, es como subirse a un escenario.

Haciéndome caso omiso, Nella fue aproximándose al puente de Blackfriars, que estaba lleno a rebosar de niños, familias y parejas paseando de la mano. ¿Habría perdido la cabeza por completo? Sin duda alguna, cualquier hombre lo bastante atrevido se daría cuenta de que la policía nos estaba persiguiendo y decidiría detenernos, cortarnos el paso a la fuerza. ¿Acaso no pensaba Nella en todas aquellas posibilidades? Porque seguía corriendo, corriendo sin mirar hacia atrás.

¿A dónde pretendía ir? ¿Qué pretendía hacer?

Al llegar casi al centro del puente, el reloj de una torre capturó mi atención. Forcé la vista para ver mejor la punta de la manecilla pequeña; eran las dos y diez. ¡Diecisiete minutos! Había pasado el tiempo necesario; el brebaje estaba listo.

Volví la cabeza y comprobé que, efectivamente, los policías nos habían seguido hasta el puente. Introduje la mano en el cuerpo del vestido y mis dedos envolvieron los dos recipientes que guardaba en el pecho. Había preparado dos viales por si acaso perdía uno, pero entonces me di cuenta de que mi decisión había sido acertada por otro motivo: tanto Nella como yo estábamos en una situación desesperada.

Concentrada como estaba en sacar el primer vial del vestido, no me di cuenta de que Nella se había parado en medio del puente. Su pecho se movía con fuerza al compás de sus jadeos y había posado las manos en la barandilla. Bajé el ritmo y me detuve a escasos centímetros de ella. Docenas de personas vestidas de negro y de gris caminaban a nuestro alrededor, ignorantes de lo que estaba pasando.

La captura era inminente. En quince, o tal vez en veinte segundos, aquellos hombres caerían sobre nosotras.

Descorché el vial de color azul claro.

—Tómese esto —le supliqué, pasándole el vial a Nella—. Lo solucionará todo.

Esperaba que el hechizo le proporcionase a Nella palabras inteligentes con las que responder a los alguaciles o que formara mentiras en su lengua; cualquier tipo de magia poderosa, como la que había devuelto la respiración a los pulmones de Tom Pepper cuando era un recién nacido.

Nella bajó la vista hacia el objeto que le tendía. Al ver el vial, no se mostró sorprendida. A lo mejor sospechaba que no me había quedado preparando infusiones cuando ella se había marchado al mercado; a lo mejor todo aquel tiempo había sabido que mis infusiones no eran más que un camuflaje.

Vi que le temblaban los hombros con violencia.

—Ahora debemos separarnos —dijo—. Fúndete con toda esta gente, pequeña Eliza, y desaparece como si fueras una más de ellos. Corre —inspiró hondo— y deja que los hombres me sigan al río.

«¿Al río?».

Llevaba todo el rato preguntándome por qué habría ido directa hacia el Támesis. ¿Cómo no me había dado cuenta? En aquel instante comprendí perfectamente bien qué pretendía hacer.

Los alguaciles estaban aproximándose, se abrían paso a empujones entre la multitud. Uno de ellos estaba muy cerca, a escasos segundos de nosotras. Podía distinguir incluso la piel cuarteada de sus labios, la fea cicatriz de su mejilla izquierda, que reconocí al instante. Era uno de los alguaciles que había visto en casa de *lady* Clarence.

Se abrió paso hacia nosotras, me miró directamente, y sus ojos vengativos decían muy claramente una cosa: «Aquí es donde termina todo».

30

CAROLINE

Presente, miércoles

Cuando los dos agentes y yo llegamos a la habitación de James, la enfermera que se ocupaba de él, que en ese momento estaba hojeando unos papeles justo delante de la puerta cerrada, nos informó de que se encontraba en situación estable. Estaban preparándolo todo para pasarlo una habitación normal y sacarlo de cuidados intensivos, pero James había insistido en verme antes de ser trasladado.

Abrí despacio la puerta, sin saber muy bien qué iba a encontrarme detrás, y los policías entraron conmigo. Solté el aire aliviada al ver a James, que tenía aspecto cansado, pero color en la cara, y estaba recostado sobre varias almohadas. Pero si yo me quedé sorprendida al verlo tan mejorado, mi cara no debió de ser nada en comparación con su expresión de asombro al percatarse de la presencia de los hombres uniformados que me acompañaban.

—¿Hay algún problema? —dijo, mirando al agente que me seguía más de cerca.

—Piensan que te he envenenado —dije, antes de que el policía pudiese responder. Me acerqué a la cama y apoyé allí la cadera—. Y más teniendo en cuenta que le has comentado al personal sanitario que tenemos problemas matrimoniales. —Miré el gotero que tenía conectado al brazo, la gasa que mantenía las agujas en su debido lugar—. ¿No te fijaste en la etiqueta de advertencia de la botellita? ¿Por qué demonios te bebiste eso?

James suspiró.

—No la vi. Supongo que me está bien empleado. —Y entonces, volviéndose hacia los policías, añadió—: Caroline no tiene nada que ver con todo esto. Ha sido un simple accidente.

Se me doblaron las rodillas; ahora ya no podían arrestarme, seguro. Uno de los agentes arrugó la frente y su expresión se volvió de aburrimiento, al ver cómo aquel caso tan jugoso que tenía entre manos se esfumaba de golpe.

—¿Podemos dejar este tema zanjado o es necesario que firme algún tipo de declaración? —dijo James, visiblemente frustrado y fatigado.

El oficial al cargo buscó en el bolsillo de su camisa y extrajo de su interior una tarjeta de visita. Dejó aparatosamente la tarjeta en la mesita de la habitación y se encaminó hacia la puerta.

—Si se produce cualquier cambio, señor Parcewell, o si desea compartir cualquier cosa con nosotros a nivel confidencial, llame por favor al número que consta en esta tarjeta.

—Entendido —dijo James, cada vez más exasperado.

Y entonces, sin ni siquiera dirigirme una mirada pidiéndome disculpas, los policías salieron de la habitación.

Libre del peso de la agonía que había vivido en la hora anterior, me senté agradecida en el borde de la cama de James.

—Gracias —murmuré—, y ha sido en el momento perfecto. Si hubieras esperado mucho más, te habría llamado desde una celda. —Miré los monitores instalados a su lado, una pantalla que parpadeaba y estaba llena de líneas irregulares y números imposibles de descifrar. Pero el ritmo cardíaco parecía constante y no destellaban alarmas. Dudaba en reconocerlo, pero dejé a un lado mi orgullo y lo dije de todos modos—: Pensaba que te perdía. Que te perdía de verdad.

La boca de James esbozó una agradable sonrisa.

—Nuestro destino no es estar separados, Caroline.

Me presionó la mano y me miró con expectación.

Se produjo una larga pausa, durante la cual los dos contuvimos la respiración y estuvimos mirándonos a los ojos. Era como si todo nuestro futuro dependiera de mi respuesta, de que estuviera o no de acuerdo con lo que James acababa de declarar.

—Necesito tomar un poco de aire —repliqué por fin, apartando la vista—. Enseguida vuelvo.

Y entonces, soltándole con delicadeza la mano, me aparté de la cama y salí de la habitación.

Recorrí el pasillo para ir hasta la sala de espera vacía y me instalé en un sofá situado en el rincón opuesto a la puerta. En una mesita había un jarrón con flores y, junto a él, una caja enorme de pañuelos de papel. Los necesitaría; las lágrimas empezaban a pincharme los ojos como si fuesen agujas.

Recosté la cabeza en un cojín y sollocé. Me llevé un pañuelo a los ojos para empapar no solo las lágrimas, sino también todas las otras cosas que estaban saliendo a borbotones de mí: el alivio al comprobar que James estaba bien junto con la sensación continuada de traición por su infidelidad, la injusticia del interrogatorio al que había sido sometida y el saber que no les había contado toda… la verdad.

La verdad.

No estaba totalmente libre de culpa.

¿Había sido solo la noche anterior cuando me había adentrado en las profundidades de Back Alley? Parecía que hiciese una eternidad. ¿Cómo había hecho James para esconderme durante meses su infidelidad? Yo había escondido mi secreto a James, a Gaynor y a dos agentes de policía durante apenas unas horas y me había resultado casi físicamente imposible.

¿Por qué sufrimos para guardar secretos? ¿Para protegernos a nosotros o para proteger a otras personas? La boticaria había desaparecido mucho tiempo atrás, llevaba muerta más de doscientos años. No tenía por qué velar por ella.

Como dos niños culpables en el cuarto de juegos, allí estaban, el uno al lado del otro: el secreto de James y mi secreto.

Y mientras las lágrimas seguían empapando el pañuelo de papel, comprendí que mi dolor era más intenso y estaba más lleno de matices de lo que parecía de entrada. Además de la carga del secreto de la boticaria, además de la infidelidad de James, había más cosas. Entremezclado con todo aquel lío, había otro secreto, mucho más sutil, que James y yo nos habíamos estado ocultando mutuamente durante años: éramos felices, pero no nos sentíamos realizados.

Comprendí en aquel momento que era posible experimentar ambas sensaciones a la vez. Me sentía feliz con la estabilidad que me proporcionaba trabajar para mi familia, pero no me sentía realizada con mi trabajo y sufría con la carga de todo lo que había decidido no hacer profesionalmente. Me sentía feliz con el deseo de que algún día tendríamos hijos, pero no me sentía realizada en lo referente a mis logros fuera del ámbito familiar. ¿Cómo era posible que no me hubiese dado cuenta hasta ahora de que ser feliz y sentirse realizado eran cosas completamente distintas?

Noté una mano en el hombro. Sorprendida, despegué el pañuelo mojado de mis ojos y levanté la vista. Gaynor. Casi se me había olvidado que la había dejado sola en la habitación que habían utilizado para interrogarme. Me recompuse lo suficiente como para obligarme a esbozar una débil sonrisa y respirar hondo para serenarme.

Me entregó una bolsita marrón de papel.

—Deberías comer algo —dijo en voz baja mientras tomaba asiento a mi lado—. Al menos dale un mordisco a la galleta. Está buena.

Miré en el interior de la bolsa y encontré un sándwich de pavo perfectamente envuelto, una ensalada César pequeña y una galleta de chocolate del tamaño de un plato.

Moví la cabeza en un gesto de agradecimiento y noté que las lágrimas amenazaban con volver a aparecer. En aquel mar de caras desconocidas, Gaynor me había demostrado que era una amiga de verdad.

Cuando terminé no quedó ni una miga. Me bebí la mitad de una botella de agua y me soné la nariz con otro pañuelo. Decidí serenarme. Nunca había imaginado que ese sería el lugar, o el modo, en que compartiría mi historia con Gaynor, pero tendría que ser así.

—Lo siento mucho —empecé diciendo—. No era mi intención arrastrarte al fango conmigo. Pero cuando estaba con la policía y llamaste, pensé que tal vez fueras la única persona que podría ayudarme.

Gaynor unió las manos en su regazo.

—No te disculpes. Yo habría hecho lo mismo. —Cogió aire y noté que elegía con cuidado sus siguientes palabras—: ¿Dónde ha estado tu marido estos últimos días? No me lo mencionaste ni una sola vez.

Bajé la vista hacia el suelo y la preocupación por el estado de salud de James quedó sustituida por la vergüenza por todo lo que le había escondido a Gaynor.

—James y yo llevamos diez años casados. Este viaje a Londres tenía que ser nuestro viaje de aniversario, pero la semana pasada me enteré de que me había sido infiel. Y decidí viajar sola. —Cerré los ojos, agotada emocionalmente—. He estado huyendo de la realidad de todo esto, pero James se presentó ayer, sin previo aviso. —Al ver la cara de sorpresa de Gaynor, asentí—. Y como has visto, hoy ha caído inesperadamente enfermo.

—No me extraña que la policía sospechara. —Dudó unos instantes, pero dijo a continuación—: Seguramente no es la celebración de aniversario que esperabas. Si puedo hacer alguna cosa por ti... —Se interrumpió, tan falta de palabras como yo.

La situación, al fin y al cabo, no estaba solucionada. James estaba recuperándose, pero nosotros no. Me imaginé a los dos de vuelta en Cincinnati, intentando deshacer el embrollo que James había incorporado a nuestra vida, pero la imagen era turbia y poco satisfactoria, como un final poco adecuado para una película que, por lo demás, habría sido bastante buena.

Gaynor metió la mano en el bolso y sacó mi libreta. Cuando había abandonado con la policía la habitación donde me habían estado interrogando, ni siquiera me había fijado en que la libreta se quedaba allí, en la mesa, delante de Gaynor.

—No he mirado nada —dijo—. He pensado que prefería que me lo explicases personalmente.

Esbozó una mueca, como si no quisiera conocer toda la verdad, como si su ignorancia pudiera servir para que las dos siguiéramos a salvo.

Era mi última oportunidad de escapar ilesa de todo aquello, mi última oportunidad de salvar lo que pudiera quedar de nuestra amistad. Si me inventaba una historia falsa sobre mi investigación, me libraría de tener que reconocer mi peor fechoría: haber entrado ilegalmente en un valioso sitio histórico. Si se lo contaba, a saber qué haría Gaynor. Tal vez saliera corriendo a buscar a los dos policías para informarles de mi delito, tal vez quisiera sacar tajada de mi increíble y notable hallazgo, o tal vez me rechazara y me dijera que no quería volver a saber de mí nunca más.

Pero no se trataba de lo que Gaynor pudiera hacer o no hacer con la información. Sino que aquel asunto era una carga que pesaba sobre mis espaldas, y si alguna cosa había aprendido estos últimos días, era que los secretos causaban estragos en la vida de la gente. Necesitaba explicar la verdad sobre el delito de invasión de la propiedad privada que había cometido —que ahora me parecía menor en comparación con la acusación de intento de asesinato a la que había estado a punto de enfrentarme— y necesitaba contar la verdad sobre el inmenso descubrimiento que había realizado.

—Tengo que enseñarte una cosa —dije por fin, después de comprobar que la sala de espera seguía vacía.

Saqué el teléfono y busqué las fotos del libro de registro de la boticaria. Y entonces, con Gaynor mirando con entusiasmo por encima de mi hombro, empecé a revelarle toda la verdad.

Cuando volví a la habitación de James ya era media tarde. Poco había cambiado, excepto que ahora dormía profundamente. Sabía que cuando se despertara, más tarde, tenía que decirle varias cosas.

Antes de instalarme en la silla, al lado de la ventana, fui al baño. De pronto me quedé inmóvil y me miré al espejo con los ojos como platos: acababa de notar aquella sensación inconfundible entre las piernas. Junté los muslos y me senté rápidamente en el frío inodoro de la habitación de James.

Gracias a Dios tenía por fin la respuesta: no estaba embarazada. No estaba en absoluto embarazada.

El cuarto de baño de la habitación de hospital estaba perfectamente abastecido con compresas y tampones. Abrí con impaciencia uno de estos. Cuando hube terminado, y después de lavarme las manos, me miré en el espejo. Acerqué los dedos al cristal para tocar mi imagen reflejada y sonreí. Independientemente de lo que sucediera con mi matrimonio, no había un bebé en camino que pudiera complicar la situación. No había ningún niño inocente que se interpusiera en la redefinición de la vida de James y de la mía, tanto a nivel individual como a nivel de pareja.

Tomé asiento y recosté la cabeza en la pared, planteándome si sería capaz de echar una cabezada en una postura tan incómoda. Y en aquel momento de cálido y saciado respiro, me vino a la cabeza un recuerdo: por la mañana en la cafetería, Gaynor me había dado dos artículos sobre la boticaria, pero aún no había leído el segundo.

Cogí la bandolera y saqué los artículos. ¿Por qué demonios no se me habría ocurrido enseñárselos antes a los agentes, cuando dudaban de que estuviera llevando a cabo una investigación? Pero la verdad era que, con todos los acontecimientos, me había olvidado por completo de los artículos.

Desdoblé las dos hojas. El primer artículo, fechado a 10 de febrero de 1791, estaba encima. Era el artículo que hablaba sobre el fallecimiento de *lord* Clarence y la impresión en cera con el logotipo del oso. Como ya lo había leído, lo pasé atrás y fijé la vista en el segundo artículo, fechado a 12 de febrero de 1791.

Me quedé boquiabierta al leer el titular. Este artículo, comprendí, explicaba lo que Gaynor me había dicho en la cafetería, cuando hizo referencia a la muerte de *lord* Clarence como el «principio del fin» de la boticaria.

El titular rezaba: *Boticaria asesina salta del puente, suicidio.*

El artículo empezó a temblar en mis manos, como si acabara de leer el anuncio del fallecimiento de alguien a quien conocía muy bien.

31

NELLA

11 de febrero de 1791

Eliza y yo estábamos en el puente y el alguacil estaba a menos de tres pasos de nosotras. La muerte estaba muy cerca, tan cerca que sentía incluso el frío gélido de sus brazos extendidos.

Los segundos previos a mi muerte no fueron como me esperaba. En mi interior no surgieron recuerdos de mi madre, ni de mi hija muerta, ni siquiera de Frederick. Sino un único recuerdo, nuevo, apenas formado: la pequeña Eliza y la primera vez que apareció en el umbral de mi puerta con su abrigo raído, con su pobre insinuación de sombrero, pero con las mejillas jóvenes y como cubiertas por el rocío, similares a las de un recién nacido. En el sentido más real de la palabra, Eliza era un camuflaje. La asesina perfecta. Porque en la ciudad de Londres muchas criadas habían asesinado a su señor, ¿pero quién iría a creer que una niña de doce años serviría un huevo envenenado para desayunar?

Eso no lo creería nadie. Ni siquiera yo.

Y por eso caí de nuevo en la incredulidad. Porque mientras estábamos las dos en el puente y me disponía a saltar, justo en el instante en que la palabra «corre» salía de mi boca, la niña pasó sus delgadas piernas por encima de la barandilla del puente de Blackfriars. Me miró con dulzura y su falda se agitó con la brisa que ascendía del Támesis y soplaba contra ella.

¿Sería un truco? ¿O me estaban jugando los ojos una mala

pasada, tal vez como consecuencia de un ataque del demonio que vivía dentro de mí, que había decidido privarme de aquel valioso sentido en mis momentos finales? Trasladé el peso de mi cuerpo hacia delante para sujetarla, pero se escapó de entre mis manos y mis esfuerzos fueron inútiles ante lo ágil de sus movimientos. Me puse furiosa, pues su jueguecillo me había robado unos segundos preciosos. Debía encontrar la fuerza necesaria para pasar mis huesos por encima de la barandilla metálica antes de que el alguacil me capturara.

Con una mano en la barandilla, la otra mano de Eliza se cerró en torno al pequeño vial azul que acababa de ofrecerme. Se lo llevó a los labios, engulló el líquido de su interior como un bebé hambriento y arrojó el recipiente al agua.

—Me salvará —musitó.

Y entonces sus dedos, uno a uno, se fueron despegando de la barandilla como si fueran cintas.

«Todo lo que se introduce en el cuerpo elimina algo de este, invoca su presencia o la reprime».

Cuando yo no era más que una niña, mi madre me enseñó esta sencilla lección, el poder de los remedios nacidos de la tierra. Eran palabras del gran filósofo Aulo, del que se sabía muy poco. Había incluso quien dudaba de su existencia y, en consecuencia, de la veracidad de esta afirmación.

Sus palabras vinieron a mí mientras veía el cuerpo de Eliza caer. Jamás antes había experimentado la extrañeza de aquella perspectiva privilegiada, ver a otra persona caer al vacío justo delante de mí. Su cabello se impulsó hacia arriba, como si algo invisible lo estuviera sujetando. Cruzó los brazos sobre el pecho, como intentando proteger algo de su interior. Y miró directamente hacia delante; la vista fija en el río que se extendía ante ella.

Me aferré a la promesa de las palabras de Aulo. Sabía que, introducidos en el cuerpo, los aceites, los brebajes y las pócimas podían eliminar —desmembrar y destruir, de hecho— la creación de tu vientre. Podían eliminar aquello que más deseabas.

Sabía también que podían invocar dolor, odio y venganza. Que podían invocar el mal en uno mismo, la pudrición de los huesos, la fractura de las articulaciones.

Pero introducidas en el cuerpo, ¿esas cosas podían… podían reprimir la muerte?

Y para cuando mi miedoso y acelerado corazón comprendió lo que había pasado, Eliza ya había desaparecido en el agua, ya había encontrado la muerte que yo había soñado como mía. Pero mi instinto animal empezó a suplicarme que me alejara del peligro más urgente que tenía ante mí: el alguacil estaba a muy escasa distancia, con los brazos extendidos, como si también él quisiera alcanzar a la chica que acababa de arrojarse al agua… Al haber saltado del puente, Eliza se había implicado en el caso y el alguacil debía de pensar que solo ella era capaz de resolver el misterio de quién había vertido el veneno en el licor que había matado a *lord* Clarence.

A nuestro alrededor, movimiento: una mujer de aspecto cansado cargada con una cesta de ostras, un hombre guiando hacia el sur un pequeño rebaño de ovejas, varios niños dispersándose como ratones por todos lados. Pero de pronto se acercaron todos, oscuros, morbosamente curiosos.

El alguacil me miró.

—¿Estaban juntas en esto? —preguntó señalando el agua.

Fui incapaz de responder; mi corazón, que latía aún, estaba destrozado. Debajo de mí, el río discurría agitado, como si estuviera furioso con la víctima que acababa de incorporar a sus aguas. No tendría que haber sido ella. Tendría que haber sido yo. Mi deseo de morir era lo que nos había conducido hasta lo alto de aquel puente.

El alguacil escupió a mis pies.

—Estamos mudos, ¿verdad?

Me apoyé en la barandilla al sentir que las rodillas ya no me sostenían, y me sujeté al hierro.

El segundo agente, más fornido que el primero, apareció detrás de él, colorado y jadeante.

—¿Ha saltado? —Miró con incredulidad a su alrededor antes de volverse para examinarme—. ¡Esta no puede ser la segunda, Putnam! —gritó—. Apenas se tiene en pie. Las dos que hemos visto corriendo iban vestidas igual que todo el mundo.

Inspeccionó con la mirada el gentío, seguramente en busca de otra figura con abrigo pero con más vigor en la cara que yo.

—¡Maldita sea, Craw, pero resulta que es ella! —vociferó Putnam, como el pescador que acaba de perder una presa valiosa—. Se sostiene bien, lo único que le pasa es que está conmocionada por la pérdida de su amiga.

Lo estaba, efectivamente. Y me sentía como si aquel hombre pretendiera retorcerme el anzuelo en lo más hondo de la carne.

Craw se acercó y se apoyó en su compañero. Bajó entonces la voz al decir:

—¿Está seguro, entonces, de que no es una más de toda esta gente? —preguntó, abarcando con un gesto el entorno. La masa de cuerpos, todos ellos vestidos con abrigos oscuros similares al mío, había aumentado. A primera vista, podía confundirme con cualquiera de ellos—. ¿Lo bastante seguro como para dejar que cuelgue de la horca? La envenenadora está muerta, señor. —Miró puente abajo, hacia el río—. Enterrada en el fango a estas alturas

Un destello de duda cruzó la cara de Putnam y Craw la pilló al vuelo, como una moneda que cae al suelo.

—Sacamos a esa rata de su agujero y ambos la vimos saltar. Esto se acaba aquí. Es suficiente para contentar a la prensa.

—¿Y el fallecido *lord* Clarence? —exclamó Putnam, colorado como un tomate. Se volvió hacia mí—. ¿Sabe algo sobre él? ¿Quién compró ese veneno que acabó con su vida?

Negué con la cabeza y escupí las palabras como un vómito.

—No sé quién es ese ni sé nada de ningún veneno que pudiera matarlo.

Un jaleo repentino silenció a los hombres cuando apareció otro oficial corriendo por el puente. Lo reconocí como el tercer alguacil del callejón.

—Allí no hay nada, señores —anunció.

—¿Qué diantres quiere decir? —preguntó Putnam.

—Quiero decir que he forzado la puerta del lugar de donde salieron las mujeres. Allí dentro no hay nada. Solo un barril viejo lleno de cereal podrido.

A pesar de la angustia del momento, experimenté una singular sensación de orgullo. Mi libro de registro, y la infinidad de nombres que contenía, estaban a salvo. Todas aquellas mujeres estaban a salvo.

Putnam me señaló con descaro.

—¿Le suena de algo esta mujer? ¿Es una de las dos que vimos? El tercer alguacil dudó.

—Es difícil decirlo, señor. Estábamos a bastante distancia.

Putnam hizo un gesto de asentimiento, como si él también dudara de tener que reconocer finalmente este hecho. Craw le dio una palmada en la espalda.

—Su caso contra esta mujer no se sostiene de ninguna manera, señor mío.

Putnam escupió a mis pies.

—Aléjese de mi cara, mujer —dijo.

Los tres hombres miraron una última vez por encima de la barandilla, intercambiaron unos gestos de conformidad y abandonaron el puente.

Cuando se hubieron ido, asomé también la cabeza y mis ojos buscaron con desesperación el tejido de un vestido mojado o la palidez cremosa de la piel. Pero no vi nada. Solo las aguas fangosas y revueltas del río.

No necesitaba haberlo hecho. Su pequeño corazón debió de pensar que la devastación que su error había provocado sobre nosotras la obligaba a ser ella la que se lanzara al vacío. O quizá fuera algo más, quizá fuera su miedo a los espíritus. Quizá tenía miedo de que mi espíritu la persiguiera después de mi muerte y la maldijera por haber provocado aquella desgracia. ¡Cómo me gustaría haber sido más amable con ella cuando me hablaba sobre el fantasma del señor Amwell! ¡Cómo me gustaría haber suavizado mi tono, haberme ganado su confianza, haberla convencido de lo que era real y lo que no lo era! Pero, por encima de todas las cosas, me habría gustado poder retroceder en el tiempo y retenerla conmigo. Tropecé con mis propios pasos, la sensación asfixiante de remordimiento me debilitaba las rodillas.

De remordimiento, pero también de descontento.

La que tenía que estar allá abajo era yo. La que tenía que morir era yo. ¿Sería capaz de vivir un día más soportando aquella nueva agonía?

La muchedumbre se había dispersado; ya nadie miraba hacia abajo con curiosidad. Y si intentaba alejar de mí el recuerdo de la caída de Eliza, casi conseguía convencerme a mí misma de que nada había cambiado. Que estaba yo sola, sola con el final que siempre había imaginado.

Cerré los ojos con fuerza y pensé en todo lo que había perdido, y entonces me acerqué a la barandilla y me incliné sobre el oleaje negro y hambriento.

32

CAROLINE

Presente, miércoles

James dormía con un ritmo de respiración tranquilo y regular mientras yo permanecía sentada en una silla junto a la cabecera de la cama. El artículo descansaba sobre mis piernas. Después de haberlo leído, lo único que pude hacer fue inclinarme hacia delante y sostenerme la cabeza entre las manos. Aunque desconocía su nombre —conocía a aquella mujer simplemente como «la boticaria»— la muerte que había elegido me removía por dentro, me inquietaba igual que un incipiente dolor de cabeza.

Naturalmente, aquella mujer había vivido hacía doscientos años; desde el primer momento en que tuve noticias de ella sabía que no estaba viva. Pero me había impresionado el modo en que había muerto.

Tal vez fuera porque había estado en el Támesis, cerca de donde la mujer se había arrojado a sus aguas, y por eso podía visualizar tan bien el suceso. O tal vez fuera porque había estado en la tienda secreta de la boticaria, en el lugar discreto y oscuro donde vivió, respiró y mezcló sus brebajes, por amenazadores que fueran, y era por esa razón por lo que tenía aquella sensación solitaria de conexión con ella.

Con los ojos cerrados, me imaginé los acontecimientos detallados en el segundo artículo: los familiares y los amigos de las anteriores víctimas —de todos los que murieron antes que *lord* Clarence—, dirigiéndose a la policía después de ver el primer artículo llevando con ellos viales y frascos, todos identificados con la marca del osito.

La policía entendiendo, al instante, que estaban enfrentándose a un asesino en serie.

Los cartógrafos convocados a altas horas de la noche, y cualquier rincón de la ciudad que pudiera contener las letras «B ley» investigado y tenido en cuenta.

Los tres oficiales adentrándose en Bear Alley el 11 de febrero, llegando de manera tan abrupta que la mujer no pudo hacer otra cosa que echar a correr y no parar hasta llegar a lo alto del puente de Blackfriars.

El artículo mencionaba también Back Alley, aunque muy brevemente. Después de que la mujer huyera corriendo, el tercer agente, el más joven, se quedó en la zona para inspeccionar la puerta por la que había salido la mujer. Era la puerta del número 3 de Back Alley. Pero cuando entró, lo único que encontró fue un viejo almacén con un barril de madera con cereales podridos y estanterías vacías al fondo, poca cosa más.

Ese lugar, sabía, era exactamente el mismo en el que yo había estado la noche anterior, la habitación que tenía un montón de estantes caídos al fondo. Era la tapadera de la boticaria, su fachada, similar a la máscara con que la gente se oculta la cara en un baile de disfraces. Y detrás de aquella habitación estaba la verdad: la tienda de venenos. Y a pesar de que el artículo, escrito doscientos años atrás, aseguraba al público que la policía seguiría indagando hasta descubrir su nombre y su lugar de trabajo, el espacio inalterado que yo había descubierto la noche anterior me daba a entender que nunca lo consiguieron. Que la fachada de la boticaria había funcionado.

Pero había algo extraño. Aunque el artículo ocupaba una buena parte de la página, el autor pasaba por alto la parte más importante del suceso: la mujer que había saltado del puente. No se hablaba ni de su descripción ni de sus facciones, ni siquiera se mencionaba su color de pelo; solo se decía que vestía prendas oscuras y gruesas. El artículo no revelaba si había habido un intercambio de palabras con la mujer y apuntaba que los acontecimientos habían sido desordenados. Varios transeúntes se habían acercado al lugar de los hechos y la confusión y el caos habían sido tales que los agentes habían perdido de vista brevemente a la mujer antes de que se encaramara a la barandilla del puente.

Según el artículo, no cabía la menor duda de que la mujer era cómplice de la muerte de *lord* Clarence, y la policía estaba segura de que el goteo de asesinatos asociados a la mujer a la que apodaban la «boticaria asesina» había tocado a su fin. El Támesis se había mostrado hostil aquel día, rápido y gélido, cubierto con placas de hielo. Después de que la mujer saltara del puente, la policía había estado controlando la zona mucho rato. Pero no había vuelto a la superficie. No había reaparecido.

Su identidad, según el artículo, seguía siendo desconocida.

Cuando el crepúsculo empezó a caer sobre Londres dando paso a la noche, James se movió. Se volvió hacia mí y abrió lentamente los ojos.

—Hola —musitó con una sonrisa formándose en sus labios.

Llorar en la sala de espera había sido una experiencia más catártica de lo que me imaginaba, y después del miedo que había pasado por la mañana, cuando temía que iba a perder a James, algo en mi interior se había ablandado. Seguía estando desesperadamente enfadada con él. Pero por el momento podía soportar, al menos, su proximidad. Busqué su mano y la estreché entre la mía, preguntándome si esta sería la última vez que nos daríamos la mano en mucho tiempo… o quizá la última.

—Hola —repliqué, también en un susurro.

Le coloqué unas almohadas en la espalda para que pudiera sentarse más cómodamente y le pasé la carta de la cafetería del hospital. Insistí en que no me costaba nada salir a buscarle algo de comida de verdad, aunque la carta del hospital tampoco estaba tan mal.

En cuanto hubo pedido por teléfono, recé para que James no me formulara más preguntas sobre la policía, como la de por qué creían que yo le había envenenado. Si me preguntaba cuál había sido el desencadenante del interrogatorio, querría ver la libreta. Y por el momento, mi intención era reservar su contenido solo para Gaynor y para mí.

Después de enseñarle las fotos a Gaynor, se había mostrado de acuerdo conmigo en que era mejor no divulgar todo lo que le había contado. Comprendía que mi vida era ya suficientemente caótica, dada mi situación actual con James, y al no haber estado implicada directamente en el descubrimiento de la botica, no consideraba que fuera cosa suya decidir qué pasos debía seguir yo a partir de ahora. Una vez dejado esto claro, me pidió que reflexionara muy bien sobre lo que pensaba hacer con esta información, dado el excepcional valor histórico de mi hallazgo. Y era normal que me dijera eso; al fin y al cabo, trabajaba en la Biblioteca Británica.

La realidad era que solo nosotras dos conocíamos toda la verdad; solo Gaynor y yo sabíamos dónde había trabajado la boticaria asesina que vivió hacía doscientos años y la increíble fuente de información que dejó enterrada en las entrañas de un viejo sótano. En cuanto la crisis que ahora estaba viviendo quedara atrás, tendría que tomar unas cuantas decisiones difíciles sobre qué revelar, cómo y a quién… y también sobre el papel que jugaba todo esto en mi recién redescubierta pasión por la Historia.

Para consuelo mío, James no estaba interesado en revivir lo que había sucedido hacía tan solo unas horas.

—Estoy listo para volver a casa —dijo, y bebió un poco de agua mientras yo me instalaba en un lado de la cama.

Enarqué las cejas.

—Pero si acabas de llegar. Tu vuelo de regreso no es hasta dentro de ocho días.

—Está el seguro de viaje —replicó—. Una estancia en el hospital es motivo más que suficiente para reclamar los costes de volver a casa. En cuanto me den el alta, voy a cambiar la reserva del vuelo. —Jugó con el borde de la sábana y, entonces, levantó la vista—. ¿Reservo plaza también para ti?

Suspiré aparatosamente.

—No —dije con amabilidad—. Volveré a casa con el vuelo que tengo reservado.

Los ojos de James reflejaron la decepción que sentía, aunque se recuperó enseguida.

—Me parece bien. Necesitas espacio, ya lo he captado. No tendría que haber venido, para empezar. Ahora lo entiendo. —Instantes después, llamó a la puerta un auxiliar con una bandeja y dejó la cena delante de James—. Al menos, no son más que ocho días —añadió, inspeccionando con voracidad la comida.

Se me aceleró el pulso. «Allá vamos», pensé. Sentada con las piernas cruzadas a los pies de la cama, con una esquina de la sábana sobre el regazo, me sentía casi como si estuviéramos de nuevo en Ohio, como si estuviéramos de nuevo de vuelta a nuestra rutina habitual. Pero jamás volveríamos a nuestra antigua «normalidad».

—Voy a dejar el trabajo en la granja —dije.

James se quedó paralizado, sosteniendo una patata delante de la boca. Dejó el tenedor en el plato.

—Caroline, están pasando muchas cosas. ¿Estás segura de que no quieres...?

Me levanté de la cama y me quedé de pie. No podía caer víctima de sus argumentos para hacerme entrar en razón, otra vez no.

—Déjame acabar —dije en voz baja.

Miré hacia el exterior y recorrí con la mirada el perfil de Londres. Un panorama nuevo sobre lo antiguo: los escaparates de las tiendas de moda reflejaban la cúpula gris perlada de la catedral de San Pablo y los autobuses turísticos de color rojo escupían turistas en los lugares más emblemáticos. Si algo había aprendido en los últimos días, era la importancia de arrojar nueva luz sobre las viejas verdades que permanecían escondidas en lugares oscuros. Mi viaje a Londres —y el descubrimiento del vial azul celeste y de la boticaria— había servido para revelarlas todas.

Me aparté de la ventana y me volví hacia James.

—Necesito decidir pensando en mí. Necesito priorizarme. —Hice una pausa y me froté las manos con nerviosismo—. No pensar en tu carrera profesional, en nuestro bebé, en la estabilidad y en lo que todos los demás quieren de mí.

James se puso muy rígido.

—No te sigo.

Miré la bandolera, dentro de la cual estaban los dos artículos sobre la boticaria.

—En algún momento de mi recorrido, he perdido una parte de lo que soy. Hace diez años, visualizaba para mí una vida muy distinta, y me temo que he acabado abandonando por completo esta visión.

—Pero la gente cambia, Caroline. En el transcurso de los últimos diez años has crecido como persona. Has sabido establecer un orden de prioridades. Cambiar está bien, y tú...

—Cambiar está bien —dije, interrumpiéndolo—, pero lo que no está bien es esconder, enterrar partes de nuestra persona.

No consideré necesario recordarle que él también había escondido bastantes cosas sobre sí mismo, pero me negué a abordar el tema de la otra mujer en aquel momento. La conversación actual giraba en torno a mis sueños, no en torno a los errores de James.

—Entiendo, así que quieres dejar tu trabajo y dejar para más adelante lo del bebé. —James tomó aire, tembloroso—. ¿Y qué tienes pensado hacer?

Intuí que no se refería solo a mi trabajo, sino también a nuestro matrimonio. Y a pesar de que el tono de James no era condescendiente, sí que estaba cargado de escepticismo, igual que diez años atrás, cuando me preguntó cómo pensaba conseguir un trabajo con mi licenciatura en Historia.

Tenía la sensación de encontrarme en una encrucijada y de no atreverme a mirar la carretera que tenía a mis espaldas, la carretera cargada de monotonía, complacencia y expectativas de los demás.

—Tengo pensado dejar de esconderme de la verdad, que es la razón por la cual mi vida no es lo que quiero que sea. Y para hacer eso… —Dudé, consciente de que en cuanto pronunciara las palabras siguientes, jamás podría retirarlas—. Para hacer eso, necesito estar sola. Y no me refiero a quedarme ocho días más en Londres. Sino que me refiero a «sola», en el futuro próximo. Quiero pedir la separación.

El rostro de James se desmoronó y apartó lentamente la bandeja con la cena.

Volví a sentarme a su lado y descansé la mano sobre la sábana blanca de algodón, caliente por haber estado en contacto con su cuerpo.

—Nuestro matrimonio ha camuflado demasiadas cosas —murmuré—. Es evidente que tú tienes mucho en que pensar, y yo también. Y eso no podemos hacerlo juntos. Podríamos acabar en el mismo camino, cometiendo los mismos errores que nos han llevado hasta aquí.

James se tapó la cara con las manos y empezó a mover la cabeza hacia delante y hacia atrás.

—No puedo creerlo —dijo, hablando entre los dedos entreabiertos, con el tubo del suero colgando aún de la mano.

Hice un gesto como queriendo abarcar la habitación esterilizada sumida en la penumbra.

—Aunque estemos en un hospital, no he olvidado que tuviste una aventura, James.

Con la cara oculta aún entre las manos, me costó oír su réplica.

—En mi lecho de muerte… —murmuró, y un instante después—: Haga lo que haga…

Se interrumpió, y el resto de la frase me resultó ininteligible.

—¿Qué quieres decir con eso de «haga lo que haga»?

Se apartó por fin las manos de la cara y miró por la ventana.

—Nada. Solo necesito… tiempo. Hay mucho que asimilar.

Pero noté que no se atrevía a mirarme, y una vocecita interior me dijo que debía indagar más. Intuí que no estaba contándomelo todo, era como si hubiera hecho algo que no le había reportado el resultado esperado.

Pensé de nuevo en la botellita de aceite de eucalipto, en la etiqueta que alertaba de su contenido tóxico. Y, como si acabara de entrar en la habitación una ráfaga de aire fresco, se me planteó de repente una pregunta. Por injusta que pudiera ser la acusación en el caso de que estuviera equivocada, me obligué a pronunciar las palabras.

—James, ¿ingeriste ese aceite a propósito?

La idea ni se me había pasado por la cabeza, pero ahora estaba horrorizada. ¿Era posible que hubiera sido sometida a un interrogatorio policial y hubiera temido por la muerte inminente de mi marido porque James se había tragado aquello intencionadamente?

James volvió la cabeza hacia mí; tenía la mirada empañada por la culpabilidad y la decepción. Era una mirada que le había visto en otra ocasión recientemente; era la misma mirada que tenía cuando descubrí los mensajes incriminatorios en su teléfono móvil.

—No sabes lo que estás tirando por la borda —dijo—. Lo nuestro tiene solución, pero no si me echas de tu vida. Déjame volver, Caroline.

—No has respondido a mi pregunta.

James levantó las manos y me miró fijamente.

—¿Y a estas alturas eso qué importa? Todo lo que hago te cabrea. ¿Qué importancia tiene una cagada más? Incorpórala a tu lista.

Con el dedo hizo un movimiento como si acabara de marcar como completada una tarea más en un listado imaginario. Un reconocimiento, apuntado justo debajo de su infidelidad y de su llegada sin invitación a Londres.

—¿Cómo te atreves? —murmuré, y mi tono dejó patente la rabia que se estaba apoderando de mí. Y entonces formulé la pregunta que llevaba días en mi cabeza—: ¿Por qué?

Pero ya conocía la respuesta. No era más que otro ardid, otra táctica. James era una persona calculadora y poco amante del riesgo. Si se había tragado el aceite a pesar de conocer sus efectos peligrosos, debía de haberlo considerado un último esfuerzo para recuperar mi estima. ¿Por qué, si no, un marido infiel se pondría en peligro de esta manera? A lo mejor pensaba que mi preocupación por su bienestar físico ablandaría mi desamor; que la lástima que me inspirara aceleraría mi perdón.

Casi le funciona, pero no. Porque ahora, habiéndome distanciado física y emocionalmente de aquel hombre, era capaz de ver su verdadero carácter, y apestaba a engaño e injusticia.

—Querías inspirarme lástima —dije en voz baja, levantándome de nuevo.

—Lo último que quiero en este mundo es inspirarte lástima —replicó James con voz gélida—. Solo quiero que tengas sentido común, que entiendas que algún día te arrepentirás de esto.

—No, no me arrepentiré. —Me temblaban las manos, pero continué hablando sin pelos en la lengua—: Has conseguido cargarme con la culpa de todo. Me has hecho sentir culpable de tu infelicidad, de que tuvieses que buscarte una amante y ahora de esta enfermedad. —James se quedó blanco al ver cómo subía el tono—. Hace unos días pensaba que de este viaje de aniversario no saldría nada bueno. Pero no podía estar más equivocada. Ahora sé, más que nunca, que yo no soy la causa de tu forma de ser errática, de tu infidelidad. He aprendido más cosas sobre nuestro matrimonio alejada de ti que en todo el tiempo que hemos estado viviendo bajo el mismo techo.

Llamaron a la puerta y la conversación se interrumpió. Me vino de perlas, pues temía acabar derrumbándome en las losas pegajosas del suelo si continuaba mucho rato más.

Entró en la habitación una enfermera joven que nos sonrió, ignorando la escena.

—Vamos a trasladarlo a otra habitación —le explicó a James—. ¿Listo para ponernos en marcha?

James asintió con rigidez; de pronto parecía tremendamente cansado. Y cuando mi adrenalina empezó a bajar, yo me sentí igual. De un modo bastante similar a la noche de mi llegada, me descubrí ahora echando de menos mi pijama, mi comida para llevar y la habitación vacía y con iluminación tenue del hotel.

Y mientras la enfermera lo desconectaba de los monitores, James y yo nos despedimos, muy incómodos. La enfermera confirmó que si todo iba bien, al día siguiente le darían el alta, y yo le prometí estar allí a primera hora de la mañana. Después, sin haberle mencionado a James nada sobre la boticaria y su establecimiento, salí y cerré la puerta a mis espaldas.

De regreso al hotel, acomodada en medio de la cama con una caja de pollo *thai* en el regazo, podría haber derramado lágrimas de alivio. No había gente, ni policía, ni monitores emitiendo pitidos... y no estaba James. Ni siquiera puse la tele. Entre bocado y bocado, me limité a cerrar los ojos, recostar la cabeza y saborear el silencio.

Los carbohidratos me dieron energía, pero no eran ni siquiera las ocho de la tarde. Cuando acabé de comer, cogí la bandolera del suelo y busqué el teléfono, saqué entonces mi cuaderno y también los dos artículos que me había dado Gaynor. Lo dispuse todo a mi alrededor y encendí la lámpara de la otra mesita de noche para tener mejor luz y volver a leer los artículos sobre la boticaria y examinar con más detalle las fotos que guardaba en el móvil.

Estudié las primeras imágenes del conjunto, las fotos del interior de la tienda. Estaban tremendamente granuladas y sobreexpuestas, e incluso después de intentar jugar con la exposición y el brillo, fui incapaz de ver nada más allá del fondo. Era como si el *flash* de la cámara solo hubiese conseguido enfocar las motas de polvo que flotaban en el ambiente, e imaginé que era la parte negativa de utilizar un teléfono móvil para capturar imágenes de un acontecimiento de esos que suceden una sola vez en la vida. Para matarme. ¿Por qué no podría haber llevado conmigo una linterna de verdad?

Pasé a las fotos siguientes, las del libro de la boticaria, su cuaderno de registro. Había ocho fotos en total, imágenes que había disparado apresuradamente al azar: un par hacia el principio, unas cuantas de la parte central y el resto del final. Eran las imágenes que me habían causado tantos problemas; y eran lo suficientemente claras como para tomar notas sobre ellas, las notas que casi me meten en la cárcel.

La última fotografía del conjunto era una imagen de la cubierta interior de otro libro que había en la estantería. Solo distinguía una palabra: «farmacopea». Introduje la palabra en el buscador y los resultados me informaron de que este segundo libro era un directorio de fármacos. Una recopilación para utilizar a modo de referencia, pues. Interesante, pero no tanto como el registro escrito a mano por la boticaria.

Volví a la última imagen del registro de la boticaria. Al ampliar la foto, me fijé en el formato ya conocido de las entradas, que incluían siempre la fecha y el nombre de la persona a la que se le había dispensado el remedio. Leí las entradas con atención y caí en la cuenta de que, al tratarse de la última página del registro, aquellas anotaciones debían de ser de los días o las semanas que precedieron a la muerte de la boticaria.

Mis ojos descansaron al instante en el nombre de «*lord* Clarence». Di un grito y leí la totalidad de la entrada:

Señorita Berkwell. Amante y prima de lord *Clarence. Cantaridina. 9 de febrero de 1791. Por encargo de su esposa,* lady *Clarence.*

Me abalancé sobre la cama para coger el primer artículo que Gaynor me había impreso, el que estaba fechado el 10 de febrero de 1791. Con el corazón acelerado, verifiqué la coincidencia entre los nombres y las fechas que constaban en el registro y los que aparecían en el artículo relacionado con aquel mismo incidente, el fallecimiento de *lord* Clarence. Y aunque siempre había creído que aquella tienda era propiedad de la boticaria asesina, ahora tenía ante mí la prueba. La foto del registro que había encontrado en la botica era la prueba de que ella había dispensado el veneno que había acabado con su vida.

Pero me preocupé al leer la entrada con más detalle. El primer nombre, el de la persona que supuestamente tenía que ingerir el veneno, era «señorita Berkwell». *Lord* Clarence, que era quien lo había ingerido, solo aparecía mencionado en referencia a la señorita Berkwell; era su prima. Y el último nombre anotado, el de la persona que había comprado el veneno, era el de *lady* Clarence. Su esposa.

Volví a leer el final del primer artículo y la tal señorita Berkwell ni siquiera aparecía mencionada. El artículo afirmaba, con claridad meridiana, que *lord* Clarence había muerto y que había dudas sobre si había sido su esposa u otra persona la que había echado veneno a su bebida. Pero la entrada del registro de la boticaria daba a entender que *lord* Clarence no debía morir. Que la supuesta víctima era la señorita Berkwell.

Según lo que tenía delante de mí, había muerto la persona equivocada. ¿Sabría eso alguien, además de *lady* Clarence, la boticaria y ahora yo? Tal vez no tuviera un máster en Historia, pero me sentía orgullosa del descubrimiento monumental que acababa de hacer.

¿Y el motivo? La entrada también lo dejaba claro; identificaba a la señorita Berkwell no solo como la prima de *lord* Clarence, sino también como su amante. No era de extrañar que *lady* Clarence se propusiera matarla; la señorita Berkwell era la otra. Recordaba perfectamente bien cuando me enteré de la infidelidad de James y de la urgencia de buscar venganza que me invadió de inmediato. No podía culpar a *lady* Clarence, aunque me pregunté cómo se sentiría cuando el plan le salió mal y el que murió fue su esposo. Lo que era evidente es que las cosas no salieron como pretendía.

«No salió como pretendía…».

La nota del hospital. ¿No decía algo similar? Con manos temblorosas, busqué en el teléfono la imagen digitalizada de la nota del hospital de St. Thomas, fechada a 22 de octubre de 1816. Leí de nuevo la frase que acababa de recordar.

Aunque no todo salió como yo pretendía.

¿Podría haber sido *lady* Clarence la autora de la nota del hospital? Me tapé la boca con las manos.

—Imposible —susurré en voz alta.

Pero la última frase de la nota del hospital encajaba también con aquella posibilidad: *Atribuyo la culpa a mi esposo, y a su sed de aquello que no estaba pensado para él.* ¿Sería una pista tanto literal como figurada? ¿Haría referencia a la sed de *lord* Clarence, que le empujó a beber un líquido venenoso que estaba destinado a la señorita Berkwell y también a su sed por una mujer que no era su esposa?

Sin pensármelo ni un minuto más, le envié un mensaje de texto a Gaynor. En la cafetería, me había mencionado que había confirmado la muerte de *lord* Clarence en los archivos parroquiales. Tal vez pudiera hacer lo mismo para *lady* Clarence, validar si aquella mujer había escrito la nota en su lecho de muerte.

¡Hola de nuevo! —le escribí a Gaynor—. *¿Podrías mirarme las actas de fallecimiento una vez más? El mismo apellido, Clarence, pero ahora una mujer. ¿Algún fallecimiento en torno a octubre de 1816?*

Hasta que Gaynor me respondiera sería inútil perder más tiempo con esta idea. Bebí un buen trago de agua, recogí las piernas bajo mi cuerpo y amplié más la imagen del teléfono para poder leer mejor la última entrada, la entrada de cierre.

Antes de empezarla a leer, se me puso carne de gallina. Aquella entrada era el último registro anotado por la boticaria antes de salir huyendo de la policía y arrojarse por el puente.

Leí la entrada una vez, pero no entendí nada; la escritura de aquella entrada final era menos firme, como si su autora estuviese temblando. Quizá estaba enferma, o tenía frío, o incluso andaba con prisas. O quizá —y me estremecí solo de pensarlo—, aquella entrada la había escrito otra persona.

Las cortinas de la ventana estaban abiertas y al otro lado de la calle, en otro edificio, alguien acababa de encender una luz. De pronto me sentí expuesta, así que me levanté de la cama y cerré las cortinas. Abajo, las calles de Londres bullían de movimiento: amigos de camino al *pub*, hombres trajeados que salían tarde del trabajo y una joven pareja empujando un cochecito, paseando tranquilamente hacia el Támesis.

Volví a sentarme en la cama. Algo no encajaba, pero no lograba identificarlo. Leí una vez más la última entrada y chasqueé la lengua pensando en todas y cada una de las palabras allí escritas. Y entonces lo vi.

La entrada estaba fechada a 12 de febrero de 1791.

Cogí el segundo artículo —el que hablaba sobre la muerte de la boticaria— y confirmé que la mujer había saltado del puente el 11 de febrero.

Se me cayó el teléfono de las manos. Me recosté en la cama, con una sensación extraña flotando por encima de mí, como si acabase de entrar un fantasma en la habitación y estuviera observándome, esperando, tan eufórico como yo al comprobar que por fin la verdad salía a la luz: independientemente de quién hubiera saltado al agua desde el puente el 11 de febrero, alguien había regresado a la botica, vivo y en buen estado.

33

NELLA

11 de febrero de 1791

Antes de pasar la pierna por encima de la barandilla, me detuve.

«Todo lo que he perdido». Una vida entera de desgracias pesaba sobre mí, igual que la tierra presiona una tumba abierta. Y aun así —el aliento de ese preciso instante, la leve sensación de la brisa en la nuca, la llamada lejana de alguna ave acuática desde el río, el sabor a sal en la lengua—, todo eso eran cosas que aún no había perdido.

Me aparté de la barandilla y abrí los ojos.

¿Todo lo que había perdido o todo lo que no había perdido?

Eliza había saltado en mi lugar. Una ofrenda final hacia mí, su último suspiro en un intento de engañar a las autoridades y hacerse pasar por la envenenadora. ¿Cómo iba a arrojar ahora su regalo al agua para que se hundiera junto a ella?

Y sin dejar el puente, cuando miré hacia el este, más allá del Támesis, me vino a la cabeza otra persona: la señora Amwell, la señora a quien Eliza tenía en tanta estima. En los días venideros regresaría a su casa y descubriría que Eliza se había ido. Que había desaparecido. Por mucho dolor fingido que la señora Amwell pretendiera exhibir por la pérdida de su esposo, cuando descubriera que Eliza había desaparecido, el dolor ya no sería una farsa. La idea de que aquella niña la había abandonado la obsesionaría durante toda la vida.

Necesitaba contarle la verdad a la señora Amwell. Debía contarle que Eliza había muerto. Y debía consolar a aquella mujer de la única manera que sabía: con un preparado de escutelaria, o casida, que le aliviaría la punzada que le atravesaría el corazón cuando se enterara de que la pequeña Eliza nunca más escribiría sus cartas.

Y, en consecuencia, me aparté de la barandilla del puente, obligando al nudo de lágrimas que se me había formado en la garganta a permanecer allí hasta que estuviera sola, hasta que estuviera de nuevo en mi tienda de venenos, que había pensado que no volvería a ver nunca más.

Habían transcurrido veintidós horas desde el momento en que Eliza se había lanzado al agua —toda una noche y un día, durante el cual había preparado y embotellado la escutelaria que quería entregar en casa de los Amwell—, pero mis manos seguían sintiendo el frío del aire vacío cuando la buscaban. Seguía oyendo la zambullida de su cuerpo, el sonido de embudo del agua al engullirla.

Cuando después de abandonar el puente, regresé al número 3 de Back Alley, capté todavía el rastro que el alguacil había dejado en la habitación almacén de la entrada, el olor a sudor y a suciedad de un hombre merodeando por la estancia, buscando algo que no lograría encontrar. Tampoco había encontrado la nueva carta que guardaba el barril de cebada. Debían de haberla dejado muy recientemente, tal vez cuando había ido al mercado y Eliza había estado ocupada con su brebaje.

Tenía la carta en mis manos. El papel no desprendía ningún aroma a lavanda o a rosas. La mano que la había escrito no era especialmente elegante o pulcra. La mujer daba pocos detalles y se identificaba solamente como un ama de casa traicionada por su marido.

La petición final, que en poco se distinguiría de la primera.

La preparación no sería complicada. De hecho, tenía una botella de cristal con ácido prúsico prácticamente al alcance de la mano; podía prepararlo con un esfuerzo mínimo en menos de un minuto. Y quizá aquel veneno final, el último, me proporcionara la paz que había estado buscando desde que mi bebé se desprendió de mi vientre por obra de Frederick.

Curar a modo de venganza.

Pero eso no existía; no había existido nunca. Hacer daño a los demás solo había servido para hacerme más daño a mí misma. Cogí la carta, repasé con el dedo las palabras escritas en ella y me levanté de la silla. Doblándome hacia delante y con respiración trabajosa, fui extendiendo una débil pierna delante de la otra y me acerqué al fuego. Una llama baja consumía un exiguo pedazo de madera. Con cuidado, deposité la carta en la llama bailarina y vi cómo el papel prendía en un instante.

No, no le daría a esa mujer lo que quería.

De este lugar no saldría más muerte.

Y con eso, mi tienda de venenos dejó de existir. La llamita del hogar chisporroteó y la última carta se redujo a cenizas. No quedaban bálsamos para hervir, ni tónicos que mezclar, ni brebajes que agitar, ni plantas que arrancar.

Me incliné hacia delante y empecé a toser. Un coágulo de sangre salió de mis pulmones y llegó a la lengua. Llevaba escupiendo sangre desde el día anterior por la tarde, desde que habíamos huido de los alguaciles, había saltado por la pared posterior del establo y había visto a mi joven amiga arrojarse a la muerte. Había dilapidado un año de esfuerzos en simples minutos; los alguaciles, con su persecución, me habían acercado más a la muerte de lo que me imaginaba.

Escupí el coágulo de sangre en la ceniza y no tuve ni ganas de beber algo para limpiarme el residuo pegajoso de la boca. No tenía sed, ni hambre y llevaba casi un día entero sin orinar. Sabía que aquello no presagiaba nada bueno; cuando la garganta deja de suplicar y la vejiga deja de llenarse, es que se acerca el fin. Lo sabía porque ya lo había experimentado, porque lo había visto suceder ante mis ojos en otra ocasión.

El día que murió mi madre.

Sabía que tenía que ir a casa de los Amwell, y pronto. Dejaría la carta y el brebaje a algún criado, ya que Eliza me dijo que la señora estaría ausente varias semanas y no esperaba encontrarla allí. Luego me dirigiría al río, me sentaría en una zona tranquila de sus orillas y esperaría la llegada de una muerte segura. No creía que la espera fuese a ser larga.

Pero antes de abandonar mi botica para siempre, me quedaba una cosa que hacer.

Cogí la pluma, abrí mi libro de registro y empecé a anotar con diligencia mi entrada final. Aunque no era yo la que había dispensado la poción ni sabía qué ingredientes contenía, no podía marcharme sin confesar su vida, su pérdida.

Eliza Fanning, Londres. Ingr. desconocidos. 12 de febrero de 1791.

La mano no dejaba de temblarme mientras la plumilla arañaba el papel y las palabras brotaron tan mancilladas que ni siquiera parecían mías.

De hecho, era como si un espíritu desconocido se negara a dejarme escribir aquellas palabras, se negara a dejarme anotar la muerte de la pequeña Eliza.

34

CAROLINE

Presente, miércoles

Leí la última entrada, cubriéndome la boca con la mano.

Eliza Fanning, Londres. Ingr. desconocidos. 12 de febrero de 1791.

¿El 12 de febrero? No tenía sentido. La boticaria había saltado del puente el 11 de febrero y el artículo decía que el río estaba «cubierto con placas de hielo». Aun en el caso de sobrevivir a la caída, parecía poco probable que hubiera durado más de un par de minutos en el agua helada.

Resultaba curioso, además, que solo apareciera un nombre: «Eliza Fanning». La entrada no mencionaba que actuase «por encargo» de nadie. Debía de haber acudido a la tienda para ella misma, pues. ¿Tendría idea de que era la clienta final? ¿Y habría jugado algún papel en la defunción de la boticaria?

Me cubrí las piernas con una manta. La verdad era que aquella entrada final me había dejado un poco espantada. Consideré la posibilidad de que la discrepancia fuera un error, que tal vez la boticaria se confundiera de fechas. ¿Podía no significar nada?

Lo que también resultaba extraño era que la entrada dijese «Ingr. —abreviatura para ingredientes— desconocidos». Parecía imposible. ¿Cómo podía la boticaria haber dispensado un preparado elaborado con ingredientes que desconocía?

Quizá no fuera la boticaria. Quizá la última entrada estuviera escrita por otra persona. Pero la botica estaba muy escondida y parecía totalmente ilógico que alguien hubiera entrado en la tienda el día después de que la boticaria se arrojara por el puente para escribir un mensaje final tan críptico. Solo tenía sentido si era una entrada escrita por la boticaria.

Pero si la había escrito ella, ¿quién había saltado por el puente?

En los últimos minutos se me habían presentado más preguntas que respuestas y mi curiosidad se transformó en frustración. No cuadraba nada: la víctima del primer artículo no encajaba con la víctima de la entrada sobre *lord* Clarence; la entrada final era críptica, estaba escrita con una caligrafía extraña y hacía referencia a ingredientes «desconocidos», y lo más importante, la fecha de la entrada final era un día posterior al de la supuesta muerte de la boticaria.

Estaba totalmente perdida. ¿Cuántos secretos se llevaría a la tumba la boticaria?

Me acerqué a la neverita de la habitación y saqué la botella de champán que el hotel ofrecía junto con la *suite*. No pensé ni en servir la bebida en una copa, sino que en cuanto la descorché, me llevé el borde de la botella a los labios y bebí directamente de ella.

Pero en lugar de fortalecerme, el champán hizo que me sintiera cansada, casi mareada. Mi curiosidad por la boticaria me había dejado agotada y la idea de seguir investigando por hoy ya no me resultaba atractiva.

Mañana, tal vez.

Decidí anotar mis preguntas sobre todo lo que había averiguado y repasarlas por la mañana, o cuando James se hubiera ido. Cogí un bolígrafo y la libreta y la abrí por una página en blanco. Tenía más de una docena de preguntas sobre lo que había leído y me dispuse a anotarlas todas.

Pero en cuanto cogí el bolígrafo y me planteé qué escribir primero, me di cuenta de que había una pregunta de la que ansiaba conocer la respuesta por encima de todo. Era la más intrusiva, la más insistente de todas ellas. Intuía que la respuesta a esa pregunta podría resolver algunas de las demás, como la de por qué la entrada se escribió el 12 de febrero.

Apoyé la punta del bolígrafo en la hoja y escribí:

¿Quién es Eliza Fanning?

A la mañana siguiente, de regreso en el hotel después de que le dieran el alta a James en el hospital, nos sentamos a la mesita que había junto a la puerta de la habitación. Enlacé las manos en torno a una taza de té flojo mientras él, teléfono en mano, navegaba por la página web de la compañía aérea en busca de vuelos para volver a casa. El servicio de habitaciones no había pasado todavía y la botella de champán que había dejado a medias descansaba al lado de la cafetera. Mi dolor de cabeza demostraba que era yo quien me había bebido lo que faltaba.

Sacó la cartera del bolsillo.

—He encontrado uno que sale de Gatwick a las cuatro —dijo—. Me da tiempo suficiente para hacer la maleta y coger el tren hasta allí. Tendré que salir a la una.

El jarrón con las hortensias azules estaba entre nosotros; la mayoría estaban ya marchitas y caían sobre el borde del jarrón. Corrí el jarrón hacia un lado y me quedé mirándolo.

—¿Crees que estarás bien? ¿No tienes mareos ni nada?

Dejó la cartera en la mesa.

—Nada de nada. Estoy listo para volver a casa.

Poco después, James estaba junto a la ventana con la maleta preparada, como si hubiéramos rebobinado el viaje y acabase de llegar. Yo seguía sentada a la mesa, donde había estado, con escaso entusiasmo, mirando de nuevo las fotos del libro de la boticaria, consciente de que los minutos iban pasando. Si pensaba revelarle a James la verdad sobre las actividades que había estado llevando a cabo los últimos días, tenía que hacerlo rápido.

—Creo que ya lo tengo todo —dijo James, palpándose el pantalón vaquero para asegurarse de que había guardado el pasaporte en el bolsillo.

Entre nosotros estaba la cama por hacer donde yo había dormido —sola— durante las últimas noches. Se había convertido en un elemento forzado en nuestro espacio, un recordatorio blanco y ondulante de todo lo que teníamos que haber compartido en este viaje, y que no habíamos compartido. Hacía apenas unos días, confiaba desesperadamente en poder concebir a nuestro bebé en aquella cama. Pero ahora, no podía ni imaginarme volver a hacer el amor con el hombre que tenía delante.

Todo lo que había imaginado para nuestro viaje de «aniversario» no se había acercado ni de lejos a la realidad, pero tenía la sensación de que aquella historia de terror había sido una lección necesaria. Al fin y al cabo, ¿qué habría pasado si no hubiese descubierto la infidelidad de James, si me hubiese quedado embarazada y la verdad hubiera salido a la luz después de la llegada del bebé? ¿O si ambos hubiéramos desarrollado un rencor de esos que hierven a fuego lento —hacia nuestros respectivos trabajos, hacia nuestra rutina, hacia nosotros mismos— y el resultado hubiera sido el cataclismo de nuestro matrimonio y la separación de una posible familia de tres componentes? Porque esto no giraba tan solo en torno a James. Yo estaba tan insatisfecha con la vida como él, y había enterrado mis sentimientos en lo más profundo de mi ser. ¿Y si hubiese sido yo la que la hubiese pifiado? ¿Y si hubiese sido yo la que hubiese cometido un error irreversible?

Miré la hora; la una menos cinco.

—Espera —dije, dejando el teléfono y levantándome de la silla.

James me miró, confuso, con el asa de su equipaje ya en la mano. Me agaché junto a mi maleta, aparté las zapatillas deportivas que me puse el día de mi excursión de *mudlarking* y busqué un objeto que había escondido en el fondo. Era tan pequeño que me cupo sin problemas en la palma de la mano cuando lo saqué.

Rodeé entre mis dedos el objeto frío y duro: la caja de anticuario para las tarjetas de visita de James. Era mi regalo de décimo aniversario y lo había mantenido escondido desde aquella tarde fatídica en el vestidor de nuestro dormitorio.

Crucé la habitación.

—No es para perdonar —dije en voz baja—, ni siquiera significa un paso adelante. Pero te pertenece, y me parece más adecuada ahora de lo que nunca podría haber soñado cuando la compré. —Le entregué la caja, que James aceptó con una mano temblorosa—. Está hecha de hojalata —le expliqué—. Es el regalo tradicional para los diez años de bodas porque representa la fuerza y... —Tomé aire, deseando poder ver el futuro. En cinco o diez años, ¿cómo serían nuestras vidas?—. La fuerza y la capacidad de soportar una buena cantidad de daños. La compré como símbolo de la durabilidad de nuestra relación, pero eso ya no importa. Lo que importa ahora es nuestra fortaleza individual. Ambos tenemos un montón de trabajo duro por delante.

James me estrechó en un fuerte abrazo; estuvimos tanto tiempo así que supe con toda seguridad que el reloj dio la una y, luego, varios minutos más. Cuando por fin me soltó, habló con voz temblorosa.

—Nos vemos pronto —musitó, sujetando aún mi regalo.

—Nos vemos —repliqué.

Un escalofrío inesperado acompañó mis palabras. Caminé con James hasta la puerta y nos miramos una última vez. Luego se marchó y cerró la puerta a sus espaldas.

Estaba sola de nuevo. Pero la libertad era tan penetrante y real que me quedé inmóvil, casi atónita, por unos momentos. Bajé la vista hacia el suelo, esperando con miedo a que la ola inevitable de la soledad me engullera al instante. Esperé a que James volviera corriendo y me pidiera una nueva oportunidad para intentarlo.

Esperé a que el teléfono sonara, a que llamaran del hospital o de la policía para darme noticias, malas noticias, más malas noticias.

Esperé también a sentir la punzada del arrepentimiento; no le había contado a James lo de la boticaria. No le había contado que había entrado ilegalmente en un sótano escondido. No le había contado nada sobre Gaynor ni sobre Alf el Solterón, ni tampoco sobre la asesina en serie cuyos secretos guardaba a buen recaudo.

No le había contado nada de todo aquello.

Me quedé delante de la puerta muchísimo rato, a la espera de que la culpabilidad o el arrepentimiento pudieran conmigo. Pero no me acosó ningún sentimiento de ese tipo. Nada se ulceró dentro de mí, no había ningún ajuste de cuentas pendiente.

Cuando me aparté de la puerta, mi teléfono vibró: un mensaje de texto de Gaynor.

¡Perdón por el retraso! —decía— . *Los registros parroquiales indican que una tal* lady *Bea Clarence murió en el hospital de St. Thomas, de edema, el 23 de octubre de 1816. Sin hijos que la sobrevivieran.*

Miré fijamente el teléfono, pasmada, y me dejé caer en la cama. La nota del hospital era, pues, una confesión en el lecho de muerte, escrita —quizá como consecuencia de una conciencia culpable— por la viuda de *lord* Clarence veinticinco años después del fallecimiento de este.

Cogí el teléfono para llamar a Gaynor y explicarle todo lo que había averiguado.

Después de explicarle la existencia de la señorita Berkwell, la amante —a quien conocía no por los artículos que Gaynor me había impreso, sino por la entrada en el registro de la boticaria—, Gaynor se quedó un rato en silencio.

Solo había una cosa que no le había contado, lo de la entrada del registro escrita el día después de la supuesta muerte de la boticaria y en la que aparecía el nombre de Eliza Fanning.

Eso me lo guardé para mí.

—Es asombroso —dijo Gaynor finalmente desde el otro lado de la línea. Y mientras yo reflexionaba sobre lo tremendamente increíble que era todo, sobre lo tremendamente espectacular que era todo aquel asunto, me imaginé a Gaynor moviendo la cabeza con incredulidad, asimilando todo lo que yo había averiguado—. Y todo esto gracias a un pequeño vial encontrado en el río. No puedo creer que hayas conseguido encajar tantas piezas. Has hecho un trabajo detectivesco excelente, Caroline. Creo que serías de gran valor para cualquier equipo de investigación privada.

Le di las gracias y luego le recordé que últimamente ya había cubierto mi cupo de policía.

—Bueno, entonces, si no es en un equipo de investigación privada —replicó—, sí podrías sumarte al equipo de investigación de la biblioteca. —Imaginé que lo decía en broma, pero acababa de tocarme la fibra sensible—. He visto que tienes chispa —añadió.

Si no tuviera que volver a Ohio en pocos días…

—Ojalá pudiera —dije—, pero tengo un buen lío que solucionar en casa…, empezando con mi marido.

Gaynor inspiró hondo.

—Mira, somos amigas desde hace poco y no pienso ofrecerte consejos sobre tu matrimonio. Pero si salimos de copas, no tardaré en hacerlo. —Rio—. Una cosa sí sé, sin embargo, y es que es muy importante perseguir nuestros sueños. Créeme, si quieres vivir algo distinto, ten claro que la única persona que te retiene eres tú. ¿Qué es lo que más te gustaría hacer?

Lo solté sin perder ni un momento.

—Indagar en el pasado, en la vida de personas reales. Conocer sus secretos, sus experiencias. De hecho, estuve a punto de matricularme en Cambridge cuando me gradué para especializarme en Historia…

—¿Cambridge? —dijo Gaynor—. ¿Te refieres a la universidad que está apenas a una hora de aquí?

—Exactamente esa.

—Y dices que estuviste a punto de matricularte pero no lo hiciste, ¿por qué? —dijo en tono amable, aunque inquisitivo.

Apreté los dientes y me obligué a pronunciar la frase.

—Porque me casé y mi marido tenía un trabajo en Ohio.

Gaynor chasqueó la lengua.

—Tal vez tú misma no seas capaz de verlo, pero yo sí: tienes talento, eres inteligente, eres capaz. Y tienes, además, una nueva amiga en Londres. —Hizo una pausa y me la imaginé cruzándose de brazos y con una expresión decidida—. Tienes talento para eso y más. Y creo que lo sabes.

35

NELLA

12 de febrero de 1791

Cuando me aproximé a la casa de los Amwell, mi visión empezó a alterarse y todo a mi alrededor comenzó a dar vueltas; empecé a verlo todo con colores intensos, como los de los juguetes infantiles; la ciudad de Londres perdió el equilibrio en torno a mí. Saqué un trapo manchado de sangre del bolsillo de la falda y observé las caras que pasaban por mi lado, algunas con expresión de repugnancia por la sangre seca que me manchaba los labios, otras neblinosas, oscuras y ciegas, como si yo no existiera. Me pregunté si habría entrado ya en el reino de los fantasmas. ¿Existiría un medio mundo, un lugar intermedio, donde los muertos y los vivos se mezclaban y confundían?

En otro bolsillo de la falda llevaba el paquete: el brebaje de escutelaria y una breve misiva en la que le explicaba a la señora Amwell que Eliza no volvería, y no por falta de cariño, sino como consecuencia de un acto heroico en el que Eliza se había mostrado altruista y valiente. Aconsejaba también a la señora tomarse la dosis de escutelaria que le sugería, igual que hizo cuando acudió a mi botica mucho tiempo atrás, en busca de un remedio para el temblor de las manos. Le habría escrito más cosas…, ¡oh, cuántas cosas le habría escrito!, pero el tiempo no me le permitió, tal y como indicaba una mancha de sangre en una esquina de la carta. Ni siquiera había tenido tiempo para anotar en el registro la escutelaria, mi último remedio.

La mansión se alzaba por delante de mí: tres plantas de ladrillo moteado de color rojo sangre. Ventanas de guillotina, de doce paneles cada una, o tal vez de dieciséis; aquellos minutos finales, era imposible estar segura de nada. Todo era muy borroso. Obligué a mis pies a seguir caminando. Solo me faltaba llegar a los peldaños de acceso a la casa, a la puerta de color negro, y dejar el paquete.

Levanté la vista hacia el tejado a dos aguas, que parecía inclinarse y doblarse bajo las nubes. La chimenea no escupía humo. Como sospechaba, la señora no estaba en casa. Lo cual fue un gran alivio; no tenía fuerzas para hablar con ella. Dejaría el paquete y me iría. Arrastraría trabajosamente mis pies hacia el sur, hacia las primeras escaleras que bajaban al río que encontrara. Si acaso conseguía llegar tan lejos.

Pasó correteando por mi lado una niña, riendo, enredándose casi con mis faldas. Giró a mi alrededor una vez, dos veces, jugando con mis sentidos, recordándome el bebé que se desprendió de mi vientre. Se marchó corriendo con la misma velocidad con la que había aparecido. Las lágrimas me empañaron la vista y la cara de la niña pareció fundirse, oscura e indistinta, un fantasma. Empecé a sentirme como una imbécil por haber dudado de Eliza cuando afirmó que vivía rodeada de fantasmas. Tal vez me equivocara cuando le dije que aquellos espíritus no eran más que remanentes de recuerdos, creaciones de nuestra viva imaginación. Porque todos ellos parecían tremendamente animados, tremendamente corpóreos.

«El paquete. Debo dejar el paquete».

Una última mirada hacia arriba, hacia las ventanas de la buhardilla, donde debían de estar los criados. Confiaba en que alguno de ellos me viera dejar el paquete envuelto en papel en el porche, que tenía a escasos peldaños de mí, y bajara a recogerlo y lo guardara hasta que volviera la señora Amwell.

¡Sí, acababa de verme una criada! La vi claramente detrás de la ventana, su cabello negro y abundante, su barbilla airosa...

Me detuve en seco en el camino de acceso a la casa y mi mano soltó el paquete; con un ruido sordo, cayó al suelo. La que estaba detrás de la ventana no era una criada. Era una aparición. Mi pequeña Eliza.

Me sentía incapaz de moverme. Incapaz de respirar.

Pero entonces vi un destello, un movimiento; la sombra se apartó de la ventana. Caí de rodillas y la necesidad de toser volvió a ser urgente; los colores de Londres se volvieron negros, todo se volvió negro. Mi último suspiro quedaba ya a escasos segundos...

Y entonces, en mi momento final de coherencia, el color regresó: la pequeña Eliza, con aquellos ojos jóvenes y brillantes que conocía tan bien, salió flotando de la casa en dirección a mí con un frasco de color rosado. Entrecerré los ojos para intentar enfocar la visión. En la mano llevaba un vial diminuto, muy similar en tamaño y en forma al que me había ofrecido en el puente. Con la diferencia de que aquel vial era azul y este tenía el color rosado de las conchas marinas. Lo destapó mientras corría hacia mí.

Extendí la mano hacia la sombra luminosa de Eliza; todo me parecía extraño e inesperado: el rubor de sus mejillas, la sonrisa inquisitiva..., como si no fuese un fantasma.

Todo en ella estaba lleno de vida.

Todo en ella era igual a como yo la recordaba instantes antes de su muerte.

36

CAROLINE

Presente, viernes

A la mañana siguiente entré en la Biblioteca Británica por tercera vez. Recorrí el trayecto conocido, pasé por delante del mostrador de recepción y luego seguí escaleras arriba hasta el tercer piso.

La sala de mapas me resultaba ya tan familiar y confortable como las estaciones de metro. Vi a Gaynor al lado de una de las mesas del centro de la sala, ordenando una montaña de libros que tenía a sus pies.

—Hola —dije, sorprendiéndola por detrás.

—¡Hola! No puedes mantenerte lejos de aquí, ¿verdad?

Sonreí.

—Es que resulta que tengo noticias.

—¿Más noticias? —Bajó la voz y dijo—: No me digas, por favor, que has vuelto a forzar alguna puerta.   Al ver que mi sonrisa seguía fija en mi cara, expiró un suspiro de alivio—. Gracias a Dios. ¿De qué se trata, entonces? ¿Algo más sobre la boticaria? —preguntó a la vez que cogía un libro de la montaña del suelo para colocarlo en una estantería.

—No, esta vez la noticia va sobre mí.

Se quedó inmóvil con otro libro en la mano, mirándome.

—Cuenta.

Inspiré hondo, aún sin poder creer que lo había hecho. Lo había hecho. Después de todas las cosas descabelladas que había hecho en Londres durante la última semana, esta era la que más me había sorprendido.

—Anoche presenté una solicitud para matricularme en Cambridge.

Los ojos de Gaynor se llenaron al instante de lágrimas y captaron el reflejo de las luces que colgaban del techo. Dejó el libro de nuevo en el suelo y posó ambas manos sobre mis hombros.

—Caroline, me siento superorgullosa de ti.

Tosí, en un intento de eliminar el nudo que se me había formado en la garganta. Había llamado a Rose hacía un rato para contarle también la noticia. Había estallado en lágrimas de felicidad y me había dicho que era la mujer más valiente que conocía.

«Valiente». Una etiqueta que jamás se me habría ocurrido ponerme en Ohio, pero me di cuenta de que Rose tenía razón. Lo que acababa de hacer yo era valiente —incluso un poco loco—, pero era auténtico y se correspondía con quien era de verdad. Y a pesar de lo distinta que a partir de ahora sería mi vida de la de Rose, su apoyo me recordó que no pasaba nada si dos amigas decidían aventurarse por caminos distintos.

Miré a Gaynor, agradecida también por su excepcional amistad. Pensé en la primera vez que había estado en aquella sala; empapada por la lluvia, afligida y sin rumbo, había abordado a Gaynor —una perfecta desconocida— con nada más que el vial de cristal que llevaba en el bolsillo. Un vial de cristal y una pregunta. Y ahora que volvía a estar a su lado, me daba cuenta de que no guardaba apenas parecido con aquella persona. Seguía estando afligida, sí, pero había descubierto muchas cosas sobre mí misma, las suficientes como para impulsarme hacia una dirección totalmente distinta. Una dirección que tenía que haber seguido hacía ya mucho tiempo.

—No es una licenciatura en Historia, sino un máster en Estudios Británicos —le expliqué—. Siglo XVIII y Romanticismo. El curso incluye el estudio de textos antiguos y obras literarias, así como de métodos de investigación. —Había pensado que aquel tipo de máster me serviría para tender un puente entre mis intereses por la historia, la literatura y la investigación—. Y al final del programa presentaré mi tesis —añadí, aunque la voz me tembló al pronunciar la palabra «tesis». Gaynor levantó las cejas mientras yo seguí explicándole—: Aspiro a que el tema de mi investigación sea la mujer conocida como la «boticaria asesina»: su botica, su cuaderno de registro, los ingredientes oscuros que utilizaba. Un enfoque académico y conservacionista para compartir todo lo que he descubierto.

—Dios mío, hablas ya como una erudita. —Gaynor sonrió, y añadió—: Me parece brillante. ¡Y no estarás muy lejos! Pensaremos unas cuantas escapadas de fin de semana. ¿Qué te parece incluso ir hasta París en tren?

Me ilusioné solo de pensarlo.

—Por supuesto. El programa empieza a primeros de año, así que tenemos tiempo de sobra para planificar unas cuantas ideas.

Aunque me moría de impaciencia por empezar, la verdad era que faltaban aún seis meses para que se pusiera en marcha el curso. Tenía por delante varias conversaciones complicadas —con mis padres y con James, para empezar— y tendría también que formar a la persona que me sustituyera en el negocio familiar, luego buscar alojamiento en Cambridge y hacer todo el papeleo de la separación matrimonial, que había iniciado ya por Internet anoche.

Como si me estuviera leyendo el pensamiento, Gaynor unió las manos y me preguntó, en tono dubitativo:

—Ya sé que no es asunto mío, pero ¿lo sabe ya tu marido?

—Sabe que debemos estar separados por un tiempo, pero lo que no sabe es que pienso volver al Reino Unido mientras decidimos qué hacer con nuestras vidas. Esta noche lo llamaré para decirle que me he matriculado.

Y tenía también la intención de llamar a mis padres para contarles, por fin, la verdad sobre lo que había hecho James. Porque mientras unos días atrás quería protegerlos de la noticia, ahora comprendía que no tenía sentido hacerlo. Gaynor y Rose me habían recordado la importancia de rodearme de gente que me apoyara, a mí y a mis deseos. Llevaba mucho tiempo sin este tipo de apoyo y quería recuperarlo.

Gaynor siguió colocando libros en la estantería, mirándome de reojo.

—Y el curso, ¿cuánto dura?

—Nueve meses.

Nueve meses, el mismo tiempo durante el cual habría deseado llevar un bebé en mi vientre. Sonreí, pues la ironía del tema no me había pasado por alto. Tal vez mi futuro inmediato no incluyera un bebé, pero otra cosa —un sueño olvidado durante mucho tiempo— había ocupado su lugar.

Después de despedirme de Gaynor, bajé al segundo piso. Confiaba en que no me viera entrando en la sala de lectura de humanidades. Debo reconocer que en aquel momento quería evitarla; para llevar a cabo esta tarea deseaba estar sola y lejos de ojos curiosos, por muy bien intencionados que fueran.

Fui hasta el fondo de la sala para instalarme delante de uno de los ordenadores de la biblioteca. Hacía tan solo unos días que Gaynor y yo nos habíamos sentado enfrente de un ordenador idéntico en el piso de arriba y no había olvidado todavía los pasos básicos para navegar por las herramientas de búsqueda de la biblioteca. Abrí la página principal de la Biblioteca Británica e hice clic en la tecla de búsqueda del catálogo principal. A continuación, entré en los registros digitalizados de prensa, donde Gaynor y yo habíamos probado suerte en nuestra infructuosa búsqueda de información sobre la boticaria asesina.

Tenía el día entero sin planes fijos y estaba dispuesta a pasarme allí todo el rato que fuera necesario. Me instalé cómodamente en una silla, recogí una pierna para sentarme encima de ella y abrí mi libreta. *¿Quién es Eliza Fanning?*

Esta era la pregunta, la única pregunta, que había anotado hacía dos noches.

En la barra de búsqueda del Archivo Británico de Prensa, tecleé dos palabras, *Eliza Fanning*, y pulsé la tecla de *intro*.

La búsqueda me devolvió de inmediato varios resultados. Los examiné rápidamente por encima, pero solo encontré un registro, el primero de la página, que aparentemente coincidía con lo que estaba buscando. Abrí el artículo y, como estaba digitalizado, apareció en pantalla el texto completo.

El artículo había sido publicado en verano de 1802 en un periódico llamado *The Brighton Press*. Abrí otra página para buscar Brighton, y vi que era una ciudad costera del sur de Inglaterra, a un par de horas de Londres.

El titular rezaba: *Eliza Pepper, nacida Fanning, única heredera de la tienda de libros de magia de su esposo.*

El artículo explicaba que Eliza Pepper, de veintidós años, natural de Swindon, pero residente en las afueras de Brighton desde 1791, había heredado la totalidad de las propiedades de su esposo, Tom Pepper, incluyendo una librería de tremendo éxito situada en el norte de la ciudad. La tienda disponía de un amplio surtido de libros de magia y ocultismo, y acudían regularmente clientes de todas partes del continente en busca de remedios y curas para los males más inusuales.

Por desgracia, según contaba el artículo, el señor Tom Pepper no fue capaz de conjurar un antídoto para sus propios problemas; había caído recientemente enfermo, se pensaba que de pleuresía del pecho. Su esposa, Eliza, fue su única cuidadora hasta que llegó su prematuro final. Pero como tributo a la vida y al éxito del señor Pepper, hubo una celebración en la tienda y acudieron centenares de personas para presentarle sus respetos.

Después del acto, un pequeño grupo de periodistas entrevistó a la señora Pepper acerca de sus intenciones de sacar adelante la tienda. Y les aseguró que permanecería abierta.

«Tanto Tom como yo debemos nuestra vida a las artes mágicas», dijo a los periodistas, antes de explicarles que mucho tiempo atrás, en Londres, la poción mágica que ella misma había elaborado le salvó la vida. «No era más que una niña. Fue mi primer brebaje, pero arriesgué mi vida por una amiga muy especial, una amiga que hasta la fecha sigue animándome y asesorándome». Y luego, la señora Pepper añadió: «Tal vez fuera culpa de mi juventud, pero no tuve ni la más mínima pizca de miedo cuando el momento de la muerte se me presentó. De hecho, el pequeño vial azul de magia ardía contra mi piel, pero después de beber el brebaje, el calor que sentí fue tan potente que las profundidades gélidas fueron una sensación de respiro que agradecí».

El artículo decía que los periodistas le hicieron más preguntas sobre este asunto. «¿Las profundidades gélidas? Explíquese, señora Pepper», preguntó uno de ellos. Pero Eliza les dio las gracias por el tiempo que le habían dedicado e insistió en que debía volver a la tienda.

Extendió entonces los brazos para coger de la mano a sus dos hijos —un niño y una niña, gemelos de cuatro años— y entró con ellos en el establecimiento de su fallecido esposo, la tienda de libros mágicos y baratijas Blackfriars.

Salí de la Biblioteca Británica menos de una hora después de llegar. El sol de la tarde brillaba y calentaba con fuerza por encima de mi cabeza. Compré una botella de agua a un vendedor callejero y me instalé en un banco a la sombra de un olmo para pensar cuál sería la forma más adecuada de pasar el resto del día. Mi intención, de entrada, había sido echar toda la tarde en la biblioteca, pero había encontrado lo que estaba buscando casi al instante.

Entendía, ahora, que la boticaria no había sido la persona que había saltado del puente, sino su joven amiga, Eliza Fanning. Y esto explicaba que la boticaria hubiese escrito una entrada en su cuaderno de registro el 12 de febrero. Porque, contrariamente a lo que creía la policía, la boticaria no estaba muerta. Pero tampoco lo estaba Eliza; bien fuera por su brebaje, bien por pura suerte, la chica había sobrevivido a la caída.

Pero el artículo sobre Eliza no lo explicaba todo. No explicaba por qué la boticaria no conocía los ingredientes del brebaje, ni si la policía había conocido en algún momento la existencia de Eliza. El artículo no hablaba de si la boticaria compartía con Eliza su creencia sobre la eficacia de la magia, ni se extendía detallando qué tipo de relación unía a Eliza con la boticaria.

Y, además, ni siquiera conocía aún el nombre de la boticaria.

Había, asimismo, algo enternecedor en la implicación de la joven Eliza. El papel que la chica había jugado en la vida y en la muerte de la boticaria estaba envuelto en misterio; lo único que había revelado a la prensa era que había «arriesgado la vida por una amiga muy especial», una amiga que seguía «asesorándola» hasta la fecha. ¿Significaba esto que la boticaria vivió, como mínimo, una década más y que dejó atrás Londres para vivir con Eliza en Brighton? ¿O se referiría Eliza a otra cosa, al fantasma de la boticaria, quizá?

Jamás lo sabría.

Tal vez algún día conseguiría recabar más información sobre estos detalles, cuando iniciara mi trabajo de investigación y volviera a la botica con una linterna como Dios manda acompañada por un equipo de historiadores y académicos. Sin duda alguna, el interior de aquella habitación minúscula contenía un auténtico tesoro de posibilidades no exploradas. Aunque lo más probable era que este tipo de preguntas —sobre todo las relacionadas con las interacciones sutiles y misteriosas entre dos mujeres— no encontraran respuesta en periódicos ni documentos antiguos. La Historia no registra la complejidad de las relaciones entre mujeres; no son susceptibles de ser descubiertas.

Sentada a la sombra del olmo, con los gorjeos de las alondras sonando por encima de mí, seguí reflexionando sobre el hecho de que después de conocer la verdad sobre Eliza no había corrido arriba para contárselo a Gaynor. No le había revelado el nombre de la persona que realmente saltó del puente el 11 de febrero de 1791 y había sobrevivido al suceso. Por lo que sabía Gaynor, la que había saltado del puente y se había suicidado era la boticaria.

No era tanto porque sintiera la necesidad de esconderle aquel hecho a Gaynor, sino porque la historia de Eliza me inspiraba un sentimiento de protección hacia aquella chica. Y aunque mi intención era seguir explorando el establecimiento de la boticaria y el trabajo que había desarrollado a lo largo de su vida, quería reservar a Eliza solo para mí, quería que fuese mi único secreto.

Compartir la verdad —que fue Eliza, y no la boticaria, la que saltó desde el puente— podría probablemente catapultar mi tesis hasta la portada de algunas publicaciones académicas, pero la fama no era mi objetivo. Eliza no era más que una niña, pero, igual que yo, se encontró en un momento decisivo de su vida. E, igual que yo, se había aferrado a aquel vial de color azul celeste, se había inclinado sobre profundidades gélidas y poco gratas… y había saltado.

Sentada en el banco, cerca de la biblioteca, saqué la libreta de la bolsa y fui pasando hojas, aunque hacia atrás, más allá de las notas que había tomado sobre la boticaria, hasta que llegué a la primera página. Volví a leer el itinerario que había planeado realizar con James. Mi caligrafía de aquellas semanas era desordenada y caprichosa, entremezclada con corazoncitos en miniatura. Hacía apenas unos días, aquel itinerario me había provocado náuseas y no había tenido ni el más mínimo deseo de visitar nada de lo que James y yo teníamos que experimentar juntos. Pero ahora sentía curiosidad por todos los lugares que tanto había deseado conocer: la Torre de Londres, el Museo de Victoria y Alberto, Westminster. La idea de visitar sola aquellos lugares ya no me resultaba tan desagradable como unos días atrás y tenía ganas de hacer de turista. Además, estaba segura de que Gaynor estaría encantada de sumarse a mí en alguna de esas salidas.

Pero visitar un museo podía esperar hasta mañana. Hoy necesitaba hacer una cosa más.

Fui en metro desde la biblioteca hasta la estación de Blackfriars. Al salir, eché a andar rumbo este en dirección al puente del Milenio, siguiendo el estrecho paseo a orillas del río. Las aguas, a mi derecha, circulaban en calma por su desgastado lecho.

Seguí caminando junto al murete bajo un rato, hasta que vi los peldaños de piedra que descendían hacia el río. Eran los mismos peldaños por donde había bajado hacía unos días, justo antes de iniciar mi experiencia con el *mudlarking*. Bajé y empecé a caminar con cuidado por encima de los cantos rodados del río. El silencio me sorprendió, igual que la primera vez que estuve allí. Agradecí ver que no había gente pululando por la zona: ni turistas, ni niños, ni grupos.

Abrí mi bandolera y saqué el vial azul celeste; el vial que, como sabía ahora, había contenido el brebaje mágico de Eliza. Aquel vial la había rescatado y, en cierto sentido, me había rescatado también a mí. Según el registro de la boticaria, hace doscientos años este vial contenía «ingredientes desconocidos». Lo desconocido era antiguamente un concepto desagradable para mí, pero ahora comprendía la oportunidad que me brindaba. La emoción que implicaba. Y era evidente que Eliza había sentido lo mismo.

Tanto para ella como para mí, el vial había significado el final de una forma de vida y el inicio de otra; representaba un cruce de caminos, el abandono de los secretos y el dolor a cambio de aceptar la verdad, a cambio de aceptar la «magia». La magia, con su atractivo encantador e irresistible, igual que un cuento de hadas.

El vial tenía el mismo aspecto que cuando lo encontré, aunque estaba algo más limpio y marcado con mis huellas. Acaricié el grabado del oso con la punta del dedo y pensé en todo lo que aquel vial me había enseñado: que las verdades más crudas nunca están en la superficie. Que hay que desenterrarlas, sacarlas a la luz y limpiarlas.

Un movimiento en mi visión periférica llamó mi atención: dos mujeres, río arriba, caminaban hacia mí. Debían de haber bajado por otra escalera. No les presté atención y seguí preparándome para mi tarea final.

Me acerqué el vial al pecho. Eliza debió de hacer lo mismo en el puente de Blackfriars, no muy lejos de aquí. Y a continuación, levanté el vial por encima de mi cabeza y lo lancé al agua con toda la fuerza que me permitió el brazo. La botellita trazó un arco hacia arriba para luego descender sobre el agua hasta que terminó sumergiéndose con delicadeza en las profundidades del Támesis. Se levantó una única olita antes de que la corriente subterránea lo engullera.

El vial de Eliza. Mi vial. Nuestro vial. Su verdad era el único secreto que no quería compartir.

Recordé las palabras de Alf el Solterón cuando viví mi experiencia con el *mudlarking*, cuando dijo que encontrar algún objeto en el río era a buen seguro cosa del destino. En aquel momento no me lo creí, pero ahora sabía que tropezarme con el pequeño vial azul había sido cosa del destino, un vuelco crucial en la dirección de mi vida.

Cuando me dispuse a subir los peldaños de piedra para abandonar la orilla, miré una vez más río arriba, hacia donde estaban las dos mujeres. En aquella parte, el río discurría recto y, en consecuencia, las dos mujeres deberían estar ya más cerca. Forcé la vista y examiné la zona, y luego sonreí al pensar que la imagen había sido simplemente resultado de mi florida imaginación.

Los ojos debían de haberme jugado una mala pasada: las dos mujeres no estaban por ningún lado.

NELLA CLAVINGER, BOTICARIA DE VENENOS

Extracto de la tesis presentada por Caroline Parcewell,
candidata al máster en Romanticismo del siglo XVIII,
Universidad de Cambridge

Anotaciones y remedios recuperados de
los diarios de Bear Alley
Farringdon, Londres EC4A 4HH, Reino Unido

JULEPE DE CICUTA

Para un caballero de inteligencia excepcional y con dominio
del lenguaje.
Estas cualidades seguirán presentes hasta el final, lo cual podría
resultar de utilidad en caso de necesitar extraer de él una
confesión o un relato de los acontecimientos.

Dosis letal: seis hojas grandes, aunque un varón especialmente
grande podría requerir ocho. Los síntomas iniciales son vértigo y
sensación de tener mucho frío. La preparación recomendada consiste en una decocción, o julepe, similar al de la manzana espinosa.
El jugo se extrae de hojas frescas, machacadas y secadas.

OROPIMENTE [AMARILLO] ARSÉNICO

Dado que este remedio adquiere la consistencia de la harina
o del azúcar glas, resulta adecuado para el caballero especialmente
glotón, el que disfrutaría con una tarta dulce de limón
o un pudin de plátano.

Mineral muy curioso. Nota: altamente soluble en agua caliente. Sus vapores huelen a ajo; de ahí que se recomiende no servirlo caliente. Utilizado para matar alimañas de la casa de todo tipo, humano o animal. La dosis letal es de tres granos.

CANTARIDINA DEL ESCARABAJO IRRITANTE

Cuando se desea excitación previa a la incapacitación,
en lugares como el burdel o la alcoba.

Estos insectos se encuentran en campos de hierbas bajas en clima frío, cerca de cultivos de plantas de raíz; se recogen mejor en épocas de luna nueva o cuarto creciente. No deben confundirse con escarabajos inocuos de aspecto similar; aplastar un macho (extraer un fluido lechoso) para poner a prueba la quemazón en la piel antes de seguir recogiendo. Para su preparación, asar y luego machacar en un recipiente ancho hasta conseguir un polvo muy fino. Dispensar en líquido oscuro y espeso, como vino, miel o jarabe.

ELÉBORO NEGRO, VEDEGAMBRE

Para el caballero propenso a ataques de locura o alucinaciones,
posiblemente debido a excesos con la bebida o al consumo
de gotas de láudano.

Creerá que los síntomas del envenenamiento con vedegambre son el resultado de sus propios demonios.

Semillas, savia, raíces; todo es venenoso. Buscar flores y raíces negras, lo que impide confundirlas con otras especies de la familia del eléboro. Los síntomas iniciales consisten en mareo, estupor, sed y sensación de ahogo.

MATALOBOS O CAPUCHA DE MONJE

Para los más devotos, que podrían fingir recibir la ira de Dios en sus últimos momentos en forma de ataque físico. El matalobos actúa sobre las terminaciones nerviosas de las extremidades, calmándolas; las reacciones teatrales, pues, resultarán imposibles.

Notas de cultivo: la planta con flores es muy fácil de cultivar, la tierra debe estar bien drenada. Cosechar cuando la raíz tenga un centímetro aproximado de grosor en la base de la planta. Manejar con guantes. Secar la raíz arrancada durante tres días. Arrancar las fibras de la raíz con dos cuchillos afilados; dispensar con salsa de raíz de mostaza, como la de rábano picante. Excelente cuando los platos de la cena se sirven de manera individual (evitar bufés).

NUEZ VÓMICA, NUEZ VENENOSA

El remedio más fiable, tan rápido en actuar como irreversible. Adecuado para ser administrado a todo tipo de hombres, independientemente de su edad, proporciones o intelecto.

Para la extracción del agente venenoso, triturar la baya marrón, conocida también como «higo de cuervo», hasta obtener un polvo muy fino. En dosis muy bajas puede utilizarse para tratar fiebres, peste e histeria. Advertencia: ¡es muy amarga! Produce un color amarillento si se cocina. La víctima experimentará sed severa como primer síntoma. Su combinación con yema de huevo es la preparación preferida.

HIERBA DEL DIABLO O MANZANA ESPINOSA

Debido al delirio inmediato que produce, incluso el conspirador más listo acabará pillado por sorpresa. Ideal para abogados y albaceas de propiedades.

Nota: las semillas, de forma ovalada, no se vuelven menos nocivas con el proceso de secado o de calor. La manzana espinosa produce delirios más importantes que otras tipologías de belladona. Los animales, más listos que los hombres, evitan la hierba debido a su sabor y su olor desagradable. La planta se encuentra en zonas poco transitadas.

TEJO DE CEMENTERIO

Se dice que los tejos beben de los cadáveres; remedio ideal para acelerar la muerte de un caballero ya enfermo o anciano.

El agente venenoso se encuentra en sus semillas, espinas y corteza (las espinas son el elemento menos deseable, ya que son muy fibrosas). Se localiza a menudo en cementerios de pueblos medievales (árboles de entre cuatrocientos y seiscientos años de antigüedad). Los árboles más jóvenes ofrecen semillas más codiciables. Preparación: bolo o supositorio de corteza. Se aconseja no dispensar a enterradores o trabajadores de cementerio; conocedores del olor de estos árboles de hoja perenne, podrían frustrar el intento de administración.

HONGO FALO

La muerte por este hongo puede retrasarse cinco días o más.
Se recomienda su administración cuando sea necesario
corregir un testamento en presencia de un testigo
o un familiar que necesita tiempo para llegar hasta el lecho
de muerte de la víctima.

Esta seta, la más mortal que existe, se presenta en la base de determinados árboles durante la segunda mitad del año. Su cocinado no evita su toxicidad. Se trata de un tóxico fiable, aunque muy difícil de obtener. Es un remedio evasivo, puesto que la víctima creerá que su recuperación está cerca; lo cual indica su muerte inminente.

Nota histórica

La muerte por envenenamiento es, por su propia naturaleza, un asunto muy íntimo; entre víctima y villano suele existir un elemento de confianza. Esta relación de proximidad está expuesta a todo tipo de abusos, tal y como demuestra el hecho de que en la Inglaterra de los siglos XVIII y XIX, la población acusada de envenenadora estuviera integrada en su mayor parte por madres, esposas y criadas con edades comprendidas entre los veinte y los veintinueve años. Los motivos eran muy variados: resentimientos contra empleadores, la eliminación de esposos o amantes inapropiados, la obtención de beneficios por fallecimiento o la imposibilidad de sostener económicamente a un hijo.

No fue hasta mediados del siglo XIX que los primeros especialistas en toxicología empezaron a detectar con cierto grado de fiabilidad la presencia de veneno en los tejidos humanos. Es por ello por lo que he situado *El secreto de la boticaria* en el Londres de finales del siglo XVIII; cincuenta años después, los remedios camuflados de Nella habrían sido detectados fácilmente con una autopsia.

Resulta imposible determinar la cantidad de individuos (de todas las clases sociales) que fallecieron por envenenamiento en el Londres georgiano. La toxicología forense no existía aún y, bien fueran accidentales, bien por homicidio, las muertes por envenenamiento eran poco más que una nota a pie de página en las estadísticas de mortalidad del siglo XVIII. Sin lugar a duda, la carencia de métodos de detección contribuyó a ello. Teniendo en cuenta la facilidad con que estos agentes podían camuflarse y administrarse, me aventuraría a afirmar que la cifra de muertes por envenenamiento es significativamente superior a la que consta en dichas estadísticas.

En datos compilados desde 1750 hasta 1914, los venenos que aparecen más citados en casos criminales son el arsénico, el opio y la nuez vómica. Las muertes debidas a alcaloides vegetales, como la aconitina —que se encuentra en el acónito, conocido también como matalobos—, y a venenos orgánicos de origen animal —como la cantaridina, afrodisíaco obtenido a partir de determinadas especies de escarabajos—, no son atípicas.

Algunos de estos venenos, como el matarratas casero, eran fácilmente accesibles. Otros no, y su origen —los establecimientos donde se habrían adquirido estos productos tóxicos— no está bien establecido.

Recetas

INFUSIÓN CALIENTE DE TOM PEPPER

Para aliviar la tos o el malestar después de una larga jornada.

1,4 dracmas (1 cucharadita) de miel pura de abeja
16 dracmas (28 g) de *whisky* escocés o *bourbon*
½ pinta (1 taza) de agua caliente
3 ramitas de tomillo fresco

Mezclar removiendo la miel y el *bourbon* en el fondo de una taza. Añadir el agua caliente y las ramitas de tomillo. Dejar reposar cinco minutos. Beber caliente a sorbitos.

BÁLSAMO BLACKFRIARS PARA PICADURAS DE BICHOS

Para calmar el escozor de la piel causado por picaduras de insectos.

1 dracma (3/4 de cucharadita) de aceite de ricino
1 dracma (3/4 de cucharadita) de aceite de almendras
10 gotas de aceite de árbol del té
5 gotas de aceite de lavanda

Incorporar los cuatro aceites en un vial de cristal para pluma de escribir de 2,7 dracmas (10 mililitros) de capacidad. Llenar hasta arriba de agua y tapar. Agitar bien antes de casa uso. Aplicar sobre la piel irritada o con escozor.

GALLETAS DE MANTEQUILLA CON ROMERO

Mantecada tradicional. Sabrosa y dulce, y de ningún modo siniestra.

1 ramita de romero fresco
1 ½ taza de mantequilla con sal
2/3 de taza de azúcar blanco
2 ¾ tazas de harina normal

Retirar las hojitas de la ramita de romero y cortarlas muy finas (aproximadamente una cucharadita o al gusto del consumidor).

Ablandar la mantequilla y mezclarla bien con el azúcar. Incorporar el romero y la harina. Mezclar bien hasta que la masa resulte homogénea. Cubrir dos bandejas de horno con papel encerado. Formar bolitas de aproximadamente tres centímetros con la masa. Presionarlas ligeramente sobre las bandejas hasta que queden de un grosor de un centímetro. Refrigerar durante al menos una hora.

Precalentar el horno a 190 grados. Hornear entre diez y doce minutos, hasta que los bordes queden dorados. Controlar bien el tiempo para que el horneado no sea excesivo. Enfriar durante al menos diez minutos. El preparado sirve para cuarenta y cinco galletas.

Agradecimientos

Este libro no estaría en vuestras manos de no ser por mi maravillosa agente y asesora, Stefanie Lieberman. Nunca se muerde la lengua y no hace falsas promesas, pero crea magia entre bambalinas. Gracias también a su fabuloso equipo, Adam Hobbins y Molly Steinblatt.

Quiero dar las gracias a mi editora en Park Row Books, Natalie Hallak. En un sector tan potente como este, siempre me recuerda que, en el fondo, el mundo de la edición gira en torno a la buena gente que disfruta con los buenos libros. Valoro muchísimo su cariño, su optimismo y su visión. Quiero dar las gracias asimismo al fenomenal equipo de Park Row Books y Harlequin/HarperCollins: Erika Imranyi, Emer Flounders, Randy Chan, Heather Connor, Heather Foy, Rachel Haller, Amy Jones, Linette Kim, Margaret O'Neill Marbury, Lindsey Reeder, Reka Rubin, Justine Sha y Christine Tsai. ¡Sois como estrellas del *rock*! Gracias a todos, y también a Kathleen Carter, por trabajar incansablemente en la venta y promoción de libros en los tiempos más extraños imaginables.

Mi más sincero agradecimiento para Fiona Davis y Heather Webb, que me ofrecieron su consejo imparcial en los puntos más críticos de mi carrera como escritora. Sinceramente, los escritores son de la mejor gente que existe. Las dos me habéis inspirado para seguir apostando por ello.

A mi hermana, Kellie, y a mi suegra, Jackie, gracias por su infinito apoyo y amor. A Pat y Melissa Teakell, gracias por haber bloqueado mi «bloqueo del escritor» y por vuestras inagotables palabras de aliento.

A Catherine Smith y Lauren Zopatti, gracias porque vuestro apoyo me ha permitido equilibrar mi trabajo diario con mis fantasías.

A mi camarada de toda la vida, la única mujer que nunca se inmuta cuando me harto de buscar por Internet: Aimee Westerhaus, gracias por avanzar a trompicones en la vida siempre a mi lado. Y a cuatro mujeres preciosas, mis amigas de Florida y primeras lectoras: Rachel LaFreniere, Roxy Miller, Shannon Santana y Laurel Uballez.

Para todos aquellos que estén interesados en escribir ficción histórica: sabed que cuando seáis incapaces de dejar de lado el material de vuestra investigación, quiere decir que vais por el camino correcto. A Katherine Watson, autora de *Poisoned Lives*, y a Linda Stratmann, autora de *The Secret Poisoner*, gracias por mantenerme fascinada mientras investigaba y escribía el borrador de esta novela.

Quiero dar las gracias también a los muchos *mudlarkers* que leyeron hace tiempo mi primer capítulo y me animaron a seguir en ello: Marnie Devereux, Camilla Szymanowska, Christine Webb, Wendy Lewis, Alison Beckham y Amanda Callaghan. Y gracias a Gaynor Hackworth, cuyo entusiasmo fue tan fervoroso, que puse su nombre a uno de mis personajes en honor a ella. Y gracias asimismo a «Florrie» Evans, a quien conocí mientras practicaba el *mudlarking* en el Támesis en el verano de 2019…, gracias por enseñarme a detectar las piezas auténticas de cerámica de Delft. Podéis seguirla en Instagram: @flo_finds.

A los libreros, bibliotecarios, revisores de textos y lectores: vosotros sois los que mantenéis los libros con vida y os necesitamos más que nunca. En nombre de los autores de todo el mundo, gracias.

A mi marido, Marc. Pienso en tus muchas horas de espera paciente en la otra habitación mientras yo tecleaba mi sueño. Conoces este viaje mejor que nadie. Gracias por haber creído siempre en mí; sin ti, nada de esto sería tan divertido.

Y, por último… Este libro empieza y termina con una dedicatoria a mis padres.

Para mi madre: existe una determinada alegría y un entusiasmo que solo un progenitor es capaz de ofrecer, y te estaré eternamente agradecida por haberte tenido a mi lado durante esta locura de viaje. Valoro tu cercanía ahora más que nunca. Y para mi padre, que falleció en 2015: hay muchísimas cosas que caracterizan mi trabajo —la tenacidad, la terquedad, el amor por el lenguaje— que son regalos que tú me diste. Te los agradeceré siempre. Gracias a los dos.

CPSIA information can be obtained
at www.ICGtesting.com
Printed in the USA
JSHW060727211222
35249JS00001B/13

9 788491 397021